JULIE LESCAULT

Mademoiselle Rosalie und der tote Chocolatier

GOLDMANN
Lesen erleben

Julie Lescault im Goldmann Verlag:

Rosalie und der Duft der Provence. Roman
Rosalie und die Farben des Südens. Kriminalroman
Mademoiselle Rosalie und der Tote im Weinkeller.
Ein Provence-Krimi
Mademoiselle Rosalie und der tote Chocolatier.
Ein Provence-Krimi

(alle auch als E-Book erhältlich)

Julie Lescault

Mademoiselle Rosalie und der tote Chocolatier

Ein Provence-Krimi

GOLDMANN

Dieses Buch ist auch als E-Book erhältlich.

MIX
Papier aus verantwortungsvollen Quellen
FSC® C014496
FSC
www.fsc.org

Verlagsgruppe Random House FSC® N001967

1. Auflage
Originalausgabe Juni 2020

Dieses Werk wurde vermittelt durch die
Literarische Agentur Thomas Schlück GmbH, 30827 Garbsen.
Umschlaggestaltung: UNO Werbeagentur, München
Umschlagmotiv: serts/E+/Getty Images
Susanne Kremer/huber images
Redaktion: Rainer Schöttle
BH · Herstellung: kw
Satz: Buch-Werkstatt GmbH, Bad Aibling
Druck und Bindung: GGP Media GmbH, Pößneck
Printed in Germany
ISBN: 978-3-442-48809-4
www.goldmann-verlag.de

Besuchen Sie den Goldmann Verlag im Netz

Prolog

Wie blank geputzt strahlte der Himmel über den Bergen und Weinfeldern der Vaucluse. Der Blick in die Ferne war so klar und scharf, dass man von der höchsten Erhebung, dem fast zweitausend Meter hohen Mont Ventoux, einen Rundumblick hatte, der vom Mont Blanc in den Alpen über das Mittelmeer bis hin zu den Pyrenäen reichte. Und doch war diese Schönheit trügerisch. Ein Aufenthalt im Freien war an diesem Morgen kein Genuss. Mit beißender Schärfe fegte der Mistral über die knorzig-krummen Weinstöcke, aus denen sich schon bald zaghaft frisches Grün herauswagen würde. Im grellen Licht des kalten Nordwindes warfen sie bizarre Schattenmuster auf die rotbraune Erde. Das wolkige Weiß der Kirschblüten setzte malerische Akzente, ebenso wie die immergrünen Olivenbäume, deren Blätter im böigen Wind ein flirrend silbriges Lichtspiel boten. Mit ungebremster Wucht donnerte der Wind an diesem Tag gegen die mittelalterlichen Mauern von Brillon-de-Vassols. Unberechenbar trieb er sein Spiel in den schmalen Gassen des provenzalischen Dorfes, konzentrierte sich auf Plätzen zu aufsteigenden Wirbeln aus Staub und wintertrockenen Blättern, um nach einem kurzen, wilden Tanz wieder unversehens in sich zusammenzufallen. Die unberechenbaren Launen des Windes setzten auch den Bewohnern des Dorfes zu.

Josette Balbu, die Inhaberin des *Magasin du Journal*, versuchte an diesem Morgen bereits zum wiederholten Mal, den Postkartenständer für die Touristen vor ihrer Eingangstür so zu platzieren, dass der Wind ihm nichts anhaben konnte. Soeben mühte sich die hagere Frau mit einem schweren Stein ab, den sie auf den Fuß des Postkartenständers zu rollen beabsichtigte. Doch bevor ihr dies gelang, wurde sie von Arlette Farnauld unterbrochen, die sich in ihrer ganzen Breite vor ihr aufbaute.

»Verdammter Mistral«, bemerkte sie missmutig, als trüge Josette Mitschuld an dem unangenehmen Wind.

»Hmpf«, grunzte diese mindestens ebenso schlecht gelaunt. Eine weitere Bö brachte den Postkartenständer gefährlich ins Wanken. Josette ließ den Stein Stein sein und griff in letzter Sekunde nach dem fallenden Ständer. Da sie sich noch in gebückter Haltung befand, benötigte sie dazu beide Hände. Arlette ignorierte die missliche Lage ihrer Freundin und blieb weiterhin unbeeindruckt neben ihr stehen. Man konnte dabei das Gefühl haben, dass Josettes bizarre Verrenkungen sie sogar amüsierten. Die beiden Frauen verband seit Jahren eine innige Hassliebe, die sowohl von Schadenfreude und Missgunst als auch von ihrer gemeinsamen Schwäche für Dorfklatsch geprägt war. »Du hättest den Ständer lieber im Laden lassen sollen« war alles, was sie sagte.

»Hmpf.« Josette, die figürlich das genaue Gegenteil von ihrer kompakten Busenfeindin war, kämpfte immer noch mit der Tücke des Objekts. Mit viel Mühe gelang es ihr schließlich, sich an dem Ständer aufzurichten, ohne ihn loszulassen. An ihrem verkniffenen Gesicht war deutlich abzulesen, wie sehr sie sich über die Bäckersfrau ärgerte. »Hast du heute Morgen nichts Besseres zu tun, als andere Leute mit deiner Besserwisserei zu belästigen?«, fuhr sie sie giftig an.

»Ich brauche was aus deinem Laden«, entgegnete Arlette stoisch. »In *La Provence* steht heute ein Artikel über meinen Jean-Luc«, fügte sie mit unverhohlenem Stolz hinzu. »Erst gestern hat er einem wichtigen Journalisten ein Interview gegeben. Von ihm als Spitzenkandidaten möchten die Leute doch wissen, was er als künftiger Bürgermeister in Vassols alles verändern wird.«

Josette zog die Augenbrauen hoch und bedachte sie mit einem abfälligen Blick. »Dazu müsste er ja wohl erst einmal gewählt werden.«

»Das wird er!«, behauptete Arlette im Brustton der Überzeugung. Sie ging nahtlos in ihren Wahlkampfmodus über. »Unter Jean-Luc wird Vassols zu neuem Glanz und Wohlstand gelangen. Außerdem hat er als Einziger im Dorf das Format dazu. Das sehen wohl die meisten hier ganz genauso.«

»Träum weiter, *ma Chérie!*«, spottete Josette. »Noch ist die Bewerbungsfrist nicht verstrichen. Glaub mir, es gibt *einige* hier im Dorf, die sich einen Kandidaten oder eine Kandidatin wünschen, die nicht nur redet, sondern unser Dorf *wirklich* voranbringt. Und jetzt halt mal!« Sie drückte ihrer Freundin den Ständer in die Hand, damit sie endlich den Stein auf dessen Fuß rollen konnte. Noch bevor diese etwas erwidern konnte, war Josette auch schon im Laden verschwunden. Wenig später kam sie mit der geforderten Zeitung zurück.

»Den Artikel über Jean-Luc findest du auf der vorletzten Seite ganz unten«, bemerkte sie, ohne sich Mühe zu geben, ihre Genugtuung zu verbergen. »Nach einem Interview sieht mir das Ganze allerdings ganz und gar nicht aus, so knapp, wie das alles abgefasst ist.«

Arlette entriss ihr verärgert die Zeitung. Hastig blätterte sie auf die genannte Seite. Es gab tatsächlich kein Interview oder eine sonstige ausführliche Berichterstattung. Dort stand in wenigen Zeilen, dass demnächst Bürgermeisterwahlen in Brillon-de-Vassols anstünden und die Anmeldefrist für etwaige Kandidaten noch eine Woche liefe. Der bislang einzige Bewerber um das Amt sei der Bäckermeister Jean-Luc Farnauld. Sonst nichts. Kein Artikel, kein Interview, keine strahlende Vorstellung ihres Göttergatten! Arlette konnte es nicht fassen. Noch einmal blätterte sie die Zeitung von Anfang an durch und suchte nach dem erhofften Artikel.

»Das verstehe ich nicht!«, schimpfte sie enttäuscht, »Monsieur Cabrecourt hat Jean-Luc versichert, dass der Artikel heute erscheint.« Als sie jedoch das schadenfrohe Grinsen auf Josettes Gesicht registrierte, straffte sie ihre blockförmige Figur und reckte selbstbewusst ihr Kinn vor. »Dann erscheint das Interview eben morgen!«

»Oder eben gar nicht.« Josette wollte noch etwas Bissiges hinzufügen, als ihre Aufmerksamkeit auf etwas anderes gelenkt wurde. »Sieh mal! Da steigt einer aus!« Sie deutete auf den Regionalbus, der gerade aus Avignon eingetroffen war. Es kam nicht oft vor, dass der Bus um diese Uhrzeit vor der Apotheke hielt. Neugierig verfolgten die beiden Frauen, wer wohl so früh am Morgen ihr Dorf besuchte.

Im dunklen Schatten der Häuser war zunächst nicht auszumachen, ob es ein Dorfbewohner oder ein Fremder war. Sie erkannten nur einen hochgewachsenen Mann mit einem auffallend schwerfälligen Gang.

»Mein Gott, der Kerl ist ja schwarz wie die Nacht«, entfuhr es Arlette, als er vom Schatten ins Licht trat. »Das ist bestimmt einer von diesen Flüchtlingen!«

»Sei still, du verdammte Rassistin!«, zischte Josette erbost. »Ich glaube, der Mann will was von uns!« Tatsächlich humpelte der Ankömmling auf die beiden Frauen zu.

»Bonjour, Mesdames«, begrüßte er sie höflich. Der Mann sprach mit einem starken Akzent. Seine Erscheinung war alles andere als gepflegt. Der Anzug und das weiße Hemd waren voller Ölflecken und zum Teil eingerissen. Sein linkes Auge war beinahe völlig zugeschwollen. Außerdem fehlten ihm zwei Schneidezähne. Es war offensichtlich, dass er starke Schmerzen hatte. Arlette trat sofort angewidert einen Schritt zurück, während Josette ihn neugierig musterte.

»Können Sie mir freundlicherweise sagen, wo ich die Chocolaterie von Monsieur Bonnet finde?«, erkundigte sich der Mann. Sein Dialekt ließ vermuten, dass er irgendwo aus Westafrika stammte. »Das ist die Companie, wo Schokolade gemacht wird«, fügte der Mann erklärend hinzu, als keine der beiden Frauen gleich antwortete.

»Und was wollen Sie da?«, platzte Arlette heraus. Sie hatte sich als Erste gefangen. »Die Schokolade im Supermarkt ist viel günstiger!« Josette stieß ihre taktlose Freundin grob in die Seite. Verlegen und betont freundlich erklärte sie dem Mann den Weg.

»Gehen Sie immer die Straße lang, durch das ganze Dorf hindurch. Direkt hinter dem Ortsschild halten Sie sich links. Von dort sind es etwa noch zweihundert Meter. Sie können es gar nicht verfehlen!«, antwortete sie mit ausgesuchter Höflichkeit.

»Merci, Mesdames.« Der Afrikaner nickte ihnen fahrig zu und setzte seinen Weg humpelnd fort. Die beiden Frauen sahen ihm ratlos hinterher. Kaum war er außer Hörweite, legte Arlette auch schon wieder los.

»Hast du gesehen, wie verwahrlost der Kerl war? Der hat doch nie im Leben Geld für so teure Schokolade! Bestimmt ist er nur die Vorhut von einer ganzen Meute von Flüchtlingen, die sich in Vassols niederlassen wollen!«

»Red doch keinen Schwachsinn«, widersprach Josette. Sie fuhr sich nachdenklich mit ihren hageren Fingern über den faltigen Hals. »Vielleicht sucht er ja Arbeit in der Produktion. Bonnet sucht ja ständig nach Aushilfskräften, seitdem er expandiert hat.«

»Schokoladenflecken fallen bei dem auf jeden Fall nicht auf!«, lästerte Arlette gehässig.

»Genauso wenig wie auf deiner Haut Mehlflecken zu sehen sind!«, konterte Josette.

Der Fremde bekam die Unterhaltung der beiden Frauen zum Glück nicht mit. Er hatte ganz andere Sorgen. Und er musste sich beeilen. Mühsam schleppte er sich seinem Ziel entgegen. Die Schussverletzung an seiner Seite pochte stark. Als seine Hand die Stelle berührte, stellte er fest, dass die Wunde wieder zu bluten begonnen hatte. Sehr viel länger würde er nicht mehr durchhalten. Doch so nah am Ziel war

Aufgeben keine Option. Die Menschen in seinem Dorf vertrauten ihm. Er durfte sie nicht enttäuschen.

Seine dringendste Sorge galt immer noch den Verfolgern. Als er plötzlich das Geräusch eines heranfahrenden Wagens hinter sich hörte, zuckte er unwillkürlich zusammen. Rasch suchte er im Eingang eines Hauses Deckung. Ob sie seine Spur wieder aufgenommen hatten? Er hatte am eigenen Leib erfahren müssen, dass man diese Leute nicht unterschätzen durfte. Im Hafen von Marseille hatten sie ihn abgefangen und zu töten versucht. Wäre nicht jemand zufällig vorbeigekommen, hätten sie mit Sicherheit ihr Werk vollendet und ihn den Fischen im Hafenbecken zum Fraß vorgeworfen, sofern unter dem Ölfilm auf dem Wasser überhaupt noch Fische gewesen waren. Das Auto fuhr vorüber, ohne dass jemand von ihm Notiz nahm. Er atmete erleichtert auf und setzte seinen Weg fort.

Der kalte Nordwind ließ ihn frösteln. Vielleicht war es auch das Fieber, das er sich durch die Infektion zugezogen hatte. Immer wieder musste er gegen die Schwäche ankämpfen, die ihm die Sinne vernebelte. Nur der Gedanke an Sahiba und seine Familie und an seine Freunde hielt ihn noch bei Bewusstsein. Er tat es für sie alle. Schritt für Schritt kämpfte er sich weiter, bis er endlich das Ortsschild erreichte, auf das ihn die weiße Frau hingewiesen hatte. Kurz dahinter ging eine kleine Straße links ab. Ein großes Hinweisschild kündigte an, dass es nicht mehr weit war. Endlich stand er vor einem großen Gebäude mit einem schmucken, verglasten Vorbau. Über dem Eingang prangte auf einer künstlerisch gestalteten Tafel:

Chocolaterie
Bonnet & Frères, S. A. R. L.

Er schloss die Augen und dankte Allah. Er hatte es geschafft. Nun würde alles gut werden. Er lehnte sich für einen Augenblick an das Treppengeländer vor dem Eingang und sammelte sich. Dann ging er hinein.

Sara Ammari arbeitete erst seit zwei Wochen als Verkäuferin in der Chocolaterie. Die neue Beschäftigung gefiel der jungen Frau, weil sie abwechslungsreich war. Den Kontakt zu den Kunden fand sie genauso spannend wie die Führungen, die sie ab und zu für Touristen machen durfte. Sara hatte erst vor Kurzem ihr *bac* bestanden und war sich noch nicht sicher, was sie mit ihrem Leben nach der Schule anfangen sollte. Ihre Mutter Zora hätte sie gerne als Mitarbeiterin in ihrem Gemüseladen gehabt, jetzt, da ihr Bruder Rachid wieder seinem Beruf als Architekt nachging und nur noch wenig Zeit im Laden verbrachte. Doch Sara wollte kein Gemüse verkaufen. Sie hatte andere Pläne für ihr Leben, auch wenn sie noch nicht so genau wusste, wie sie aussahen. Im Augenblick ordnete sie Aufträge an Lieferanten hinter der Verkaufstheke und war dankbar, dass nicht allzu viel los war.

Das Zischen der automatischen Eingangstür machte sie auf einen Mann aufmerksam, der auf den ersten Blick nicht wie ein Kunde aussah. Er wirkte schmutzig und heruntergekommen, sodass sie ihn für einen Bettler hielt. Als der dunkelhäutige Mann auf sie zusteuerte, sah sie sich sicherheitshalber nach Verstärkung um. Sie gab einem Kollegen im Verkaufsraum ein Zeichen, dass er in der Nähe bleiben möge. In der Zwischenzeit war der Fremde an der Theke angelangt. Sie bemerkte, dass er sich kaum auf den Beinen halten konnte.

»Bonjour. Ich muss Monsieur Arthur Bonnet sprechen, sehr dringend!«, brachte der Mann keuchend hervor. Jedes Wort schien ihn Kraft zu kosten. Offensichtlich hatte er starke Schmerzen. Sie überlegte, ihm ein Glas Wasser anzubieten, aber als ihr einfiel, dass der junge Chef heute auch da war, unterließ sie es lieber. Im Gegensatz zu seinem Onkel Arthur konnte Frédéric sehr unangenehm werden.

»Monsieur Bonnet ist heute nicht zu sprechen«, versuchte sie ihn abzuwimmeln, in der Hoffnung, dass der Kerl gleich wieder verschwand.

Doch der Mann durchschaute sie. Er deutete mit der Hand auf die halb geöffnete Tür des Seniorchefs, durch die Stimmen zu hören waren. Dann entschloss er sich, sie einfach zu übergehen.

»Monsieur Bonnet, *s'il vous plaît!*«, rief er, so laut er konnte. Sie sah deutlich, wie viel Kraft es ihn kostete, seine Stimme laut zu erheben. Bevor sie ihn daran hindern konnte, rief er noch einmal. Im selben Augenblick flutete eine größere Gruppe Touristen den Verkaufsraum und steuerte direkt auf sie zu. Sara fühlte sich komplett überfordert.

»Bitte gehen Sie jetzt! Monsieur Bonnet hat jetzt keine Zeit!« Sie wollte sich von ihm ab- und den Besuchern zuwenden, doch plötzlich griff er nach ihrem Arm und umklammerte ihr Handgelenk.

»Sie müssen mir helfen!«, bat er sie mit flackernden Augen. »Ich muss Monsieur Arthur Bonnet sprechen!« Mit der freien Hand griff er in seine Jackentasche und zog daraus umständlich einen schmutzigen Briefumschlag hervor. »Er muss das hier sehen! Dann wird er kommen!«

Sara machte der Mann Angst. Sie rief nach ihrem Kollegen, der sich der Touristen angenommen hatte. Doch noch bevor der ihr zu Hilfe eilen konnte, löste sich der Griff des Fremden, und er brach vor ihren Augen bewusstlos zusammen.

Tag I

I

Rosalie stand noch unter der Dusche, als Vincent bei ihr eintraf, um sie abzuholen. Auf das gemeinsame Abendessen im *Four à Chaud* mit Rachid und seiner Freundin Amina hatte sie sich schon lange gefreut. Ausgerechnet heute hatte jedoch ihre letzte Kundin sich angestellt, weil ihr die neue Haarfarbe – von der sie, Rosalie, übrigens abgeraten hatte – doch nicht passte. Bis die erneute Färbungsprozedur abgeschlossen war, war sie schon viel zu spät dran gewesen. Glücklicherweise ertrug Vincent die Verspätung mit stoischer Gelassenheit und nutzte die Zeit des Wartens mit dem Lesen einiger Fachartikel auf seinem Smartphone. Unterschiedlicher können zwei Männer nicht sein, dachte sie einmal wieder, während sie sich ihre rote Lockenpracht föhnte. Ihr früherer Freund Jérôme hätte ihr längst eine Szene gemacht und wäre schon einmal ohne sie vorgefahren. Er hatte es immer als persönliche Beleidigung empfunden, wenn sie ihn warten ließ. Im nächsten Augenblick ärgerte sie sich, weil sie die beiden überhaupt miteinander verglich. Doch tief in ihrem Innern war da immer noch die Furcht, dass Vincent sie einmal ebenso würde enttäuschen können wie Jérôme. »Was bist du nur für eine Idiotin«, schimpfte sie sich selbst und wandte ihre Aufmerksamkeit wieder dringenderen Dingen zu. Sie entschied sich dafür, die Haare heute offen zu tragen. Rasch schlüpfte sie in ihr dunkelgrünes Kleid und schminkte sich dezent. Wenig später war sie für den Abend bereit. Sie genoss es, wie Vincent sie mit den Augen verschlang, als sie schließlich in die Küche trat. Im nächsten Augenblick stand er vor ihr und küsste sie mit einer Leidenschaft, die unweigerlich im Bett geendet hätte, würden ihre Freunde nicht längst auf sie warten.

Als sie endlich das *Four à Chaud* betraten, saßen Rachid und Amina bereits an dem reservierten Tisch. Die beiden waren so in eine hitzige Unterhaltung vertieft, dass sie ihr Ankommen erst bemerkten, als Vincent sich mit einem lauten Räuspern bemerkbar machte. Beide verstummten abrupt und sahen ihre Freunde betreten an. Rachid fasste sich als Erster.

»Da seid ihr ja endlich«, begrüßte er sie mit gespielter Fröhlichkeit. »Wir dachten schon, ihr hättet unsere Verabredung vergessen.«

»Tut mir leid! Es ist meine Schuld! Ich hatte in der Apotheke noch so viel zu tun. Außerdem …«

»Außerdem stimmt das gar nicht«, unterbrach ihn Rosalie mit einem liebevollen Seitenblick, weil er die Schuld für ihre Verspätung so ritterlich auf sich nahm. »Ihr kennt uns mittlerweile gut genug, um zu wissen, dass Vincent niemals zu spät kommt. Es lag an mir!« Sie hob entschuldigend die Hände und lachte. »*Excusez-moi!*«

»Dafür, dass sie uns so lange warten ließ, sieht sie umso bezaubernder aus«, fügte Vincent verliebt hinzu. Rosalie gab ihm einen Knuff in die Seite.

»Du Schmeichler«, gurrte sie und errötete leicht.

»Wenn ihr beiden Turteltäubchen euch nicht gleich zu uns setzt, dann fangen wir schon mal ohne euch an«, beschwerte sich Rachid. Amina hatte die Szene aufmerksam verfolgt. Die beiden Frauen umarmten sich, dann lächelte Amina Rosalie warmherzig zu. Rosalie fand ihre neue Freundin hinreißend schön in ihrem weißen Kaschmirpulli, der wunderbar mit ihrem vollen dunklen Haar kontrastierte, das ihr in großen Locken bis weit über die Schultern fiel. Sie hatte sich Rachids Freundin von Anfang an verbunden gefühlt. Nicht nur, weil sie ebenfalls algerische Wurzeln hatte, sondern weil Amina ihre Unabhängigkeit genauso sehr liebte wie sie die ihre. Als sie sich wenig später bei einem Glas Champagner als Apéro gegenübersaßen, genoss sie es umso mehr, endlich einmal wieder einen Abend mit ihren Freunden zu verbringen.

»Schön, dass du endlich einmal wieder in Vassols bist! Bleibst du dieses Mal etwas länger?«, erkundigte sie sich neugierig. Amina lebte in Paris und arbeitete in einem großen Krankenhaus als Assistenzärztin. Rachids Miene verdüsterte sich während ihrer Bemerkung. Sie sah, wie Amina ihm einen trotzigen Blick zuwarf.

»Ich muss morgen früh wieder zurück. Mein Dienst beginnt am Abend.« Wie die meisten Ärzte in Krankenhäusern hatte sie nur wenig Freizeit, was Rachid verständlicherweise nicht besonders gefiel.

»Die Zeit bis zur Facharztprüfung ist wirklich sehr stressig«, meinte Vincent, der dies aus eigener Erfahrung wusste. »Wann sind die Prüfungen?« Amina lächelte ihm dankbar zu.

»In drei Monaten! Dann bin ich endlich ausgebildete Neurologin und Psychiaterin!«

»Dann hat die Pendelei zwischen Paris und der Provence ja bald ein Ende«, stellte Rosalie fest und stieß damit ungewollt in ein Wespennest. Anstatt die Spannung zu lösen, erreichte sie das genaue Gegenteil. Als Rachids Miene noch eine Spur düsterer wurde und Amina jeglichen Blickkontakt vermied, wusste sie, dass das Streitgespräch der beiden Freunde vermutlich diesen Konflikt als Hintergrund gehabt hatte.

»Das ist noch nicht entschieden«, antwortete Amina schließlich mit einem trotzigen Blick in Richtung Rachid. »Wenn es nach mir geht, möchte ich erst noch ein wenig Berufserfahrung sammeln, bevor ich mich irgendwo niederlasse. Man hat mir ein tolles Stellenangebot am Hôtel de Dieu gemacht, das ich ernsthaft erwäge anzunehmen.«

»Also gehst du nach Paris?«, wollte Vincent sofort von Rachid wissen. »Als Architekt kannst du doch überall arbeiten.«

Rosalie verdrehte die Augen. Das war womöglich noch eine falsche Bemerkung in dieser Situation.

»Mein Job in Aix gefällt mir wirklich gut«, antwortete Rachid mindestens ebenso stur wie Amina. »Ich habe gute Chancen, über kurz oder lang dort als Teilhaber einzusteigen. Außerdem braucht mich meine Familie hier!«

»Und meine braucht mich in Paris!«

Vincent begriff endlich auch den Ernst der Lage und warf Rosalie einen alarmierten Blick zu. Sie zuckte mit den Schultern, weil sie auch keine Idee hatte, wie man die Situation entschärfen konnte. Wenn das so weiterging, wäre es besser, den Abend vorzeitig abzubrechen.

»Wenn es nach mir ginge, würde ich lieber hier im Süden

und bei meiner Familie bleiben«, brummte Rachid unzufrieden.

Glücklicherweise steuerte nun Vincents Freund Roland auf ihren Tisch zu, um sie zu begrüßen. Er war der Chef des Gourmetrestaurants und machte es sich zur Aufgabe, sie über das bevorstehende Menü zu informieren. Roland und Vincent kannten sich aus ihrer gemeinsamen Pariser Zeit. Sie hatten zusammen in einer Wohngemeinschaft gelebt, wobei Vincent durch den heutigen Sternekoch zu seiner Leidenschaft am Kochen gekommen war. Roland war ein wahrer Künstler, wenn es darum ging, die saisonalen Einflüsse der Region mit Raffinesse und einem Hauch Weltläufigkeit zu verbinden. Neben einer konventionellen Speisekarte mit den provenzalischen Klassikern bot er immer auch noch ein Menu Surprise an, von dem sie noch niemals enttäuscht worden waren. Zunächst ließ er ihnen einen kleinen Gruß aus der Küche zukommen, den er ihnen persönlich servierte. Es war eine grüne Velouté in einem schmalen, hohen Glas, die mittels eines Strohhalms konsumiert wurde.

Rosalie sog begeistert an der warmen Gemüsesuppe und versuchte zu ergründen, was sie so besonders machte. »Ich schmecke eindeutig grünen Spargel und Sahne«, schwärmte sie, »aber da ist noch was, was ich so noch nie probiert habe. Ich glaube, ich könnte süchtig danach werden.« Die anderen stimmten ihr zu. Sofort war die Stimmung etwas gelockerter.

Der Küchenchef wandte sich nun an Vincent. »Wenn du errätst, was noch in der Velouté steckt, geht das Dessert heute für euch alle auf meine Kosten«, schlug er vor.

Vincent gefiel der Gedanke. »Du möchtest meine Geschmacksnerven testen, alter Freund. Nun gut! Diese Wette gewinne ich!« Er kostete den Rest der Gemüsesuppe und ließ ihn sich genüsslich auf der Zunge zergehen. Roland beobachtete ihn aufmerksam. »Grüner Spargel und Sahne, genau wie Rosalie festgestellt hat«, meinte er beiläufig, »dazu Basilikum und ziemlich sicher Pistazien«, tastete er sich weiter heran. Roland nickte anerkennend. »Du bist nah dran, aber da ist noch etwas Wesentliches, ohne das der Geschmack nicht vollkommen wäre.« Vincent musste sich nun wirklich anstrengen. »Vielleicht gemahlener Koriander?«, riet er ins Blaue.

Roland grinste zufrieden. »In ein paar Dingen bin ich dir also doch noch voraus. Gib zu, du errätst es nicht!« Vincent riet zwei weitere Male falsch. Dann gab er sich geschlagen.

»Aber nun musst du dein Geheimnis auch verraten!«, verlangte er. »Was macht die Velouté so besonders, du alter Zauberer?«

»Schokolade«, verriet Roland nicht ohne Stolz. »Aber nicht irgendeine Schokolade, sondern eine ganz besondere. Eine hochwertige Criollo aus Madagaskar und eine Forastero von der Elfenbeinküste, beste Qualität und hervorragend verarbeitet, wie es nur die Chocolaterie von Bonnet & Frères vermag. Seine neuen Sorten sind wirklich einzigartig in Frankreich, wenn nicht sogar in Europa«, schwärmte er begeistert. »Vor allem seitdem Tristan Thibault für ihn arbeitet!«

»Aber die Schokolade schmeckt man doch gar nicht heraus!« Rosalie war sich unsicher. Sie war in Geschmacksdingen eher Pragmatikerin.

»Auf jeden Fall war das Entree einzigartig, und die Idee, mit Schokolade zu kochen, ist wirklich originell. Chapeau, Roland!« Vincent klopfte seinem Freund auf die Schulter.

»Mit Schokolade kochen viele meiner Kollegen«, bemerkte der Koch noch. »Allerdings kommt es wirklich auf die Zutaten der Schokolade an, die den Geschmack so hervorragend machen. Ihr werdet es beim Dessert noch bemerken!« Er schmunzelte zufrieden. »Nun muss ich aber wieder zurück in die Küche, um eure Vorspeise zu kontrollieren.« Er verabschiedete sich und verschwand durch die Tür zur Küche.

»Die Chocolaterie von Bonnet & Frères macht überall von sich reden«, bemerkte Rachid. »Die Firma hat gerade erst expandiert. Das Architekturbüro, für das ich arbeite, hat die neue Verkaufshalle entworfen, die vor Kurzem fertiggestellt wurde. Wirklich beeindruckend und sehr modern. Meine kleine Schwester arbeitet dort seit ein paar Wochen. Sie ist sehr gerne dort.«

»Vor einigen Jahren sah es noch so aus, als würde die Chocolaterie pleitegehen«, wusste Vincent. »Aber dann hat Bonnet kräftig investiert und einiges an seinem Firmenkonzept geändert, und plötzlich boomte seine Fabrikation – wohl auch deswegen, weil er auf Fairtrade-Schokolade und ›Bean to Bar‹ setzte.«

»Was bedeutet ›Bean to Bar?‹«, nahm Amina Rosalies Frage vorweg.

»Das heißt, dass der Hersteller von Schokolade den gesamten Produktionsweg von der Bohne bis zur Schokoladentafel selbst in die Hand nimmt«, erklärte Vincent, der sich in kulinarischen Dingen bestens auskannte. »Der

Hersteller kauft die besten Zutaten, die er finden kann, baut sich die Maschinen so, wie er sie braucht, und macht dann seine ganz eigene, individuelle Schokolade.«

»Mein Vater hat neuerdings auch seine Liebe zu Schokolade entdeckt. Er liebt Bonnets Bio-Schokolade«, seufzte Rosalie nicht sehr begeistert. »Wir müssen ihm dauernd Nachschub besorgen, was leider nicht gerade billig ist.«

»Und die Preise dürften noch steigen, wenn die Chocolaterie diesen wichtigen Preis gewinnt und Fairtrade-zertifiziert ist. Sara hat erzählt, dass Bonnet dafür extra einen berühmten Chef-Chocolatier aus Paris hergeholt hat.«

Ihre Unterhaltung wurde von dem ersten Gang unterbrochen, der nun serviert wurde.

»Knusprig gebratenes Tête de Veau an Sauce Gribiche mit weiß-rot gestreifter Rote Bete und Kräuter-Gnocchi«, verkündete der Ober und platzierte das köstlich duftende Gericht vor ihnen. Rosalie und Vincent machten sich mit Freude darüber her, während Rachid und Amina nur von den Gnocchi und der kurz frittierten Bete kosteten.

»Wieso probiert ihr nicht von dem Kalbskopf?«, wollte Rosalie wissen. »Es schmeckt wirklich köstlich, das Kalb. Oder seid ihr neuerdings Vegetarier?«

»Es tut mir leid«, gestand Amina mit sichtlichem Widerwillen. »Aber der Gedanke, dass ich Hirn, Maul und Zunge von einem Tier essen soll, nein … das bringe ich einfach nicht übers Herz.« Rachid stimmte ihr aus vollem Herzen zu.

»An diese französische Sitte werden wir uns wohl nie gewöhnen können. Wieso müsst ihr Franzosen auch versuchen, aus allem, was die Natur hergibt, eine Delikatesse zu machen?«

»Weil daraus überraschend Köstliches hervorgeht?«, schlug Vincent vor und schob sich ein Stück Zunge in den Mund. »Rolands Kalbskopf sucht seinesgleichen. Sogar Bocuse hat ihn seinerzeit gelobt, obwohl er doch als der Vater aller Kalbsköpfe gilt.«

Amina ließ sich nicht überzeugen. »Tut mir leid, aber ich passe«, meinte sie entschieden. Auch Rachid schob seinen Teller beiseite. Wenigstens in dieser Beziehung waren sie einer Meinung.

»Jedem das Seine«, bemerkte Rosalie schulterzuckend und fischte sich noch ein Stück Kalbskopf von Aminas Teller.

»Wie war es denn heute Morgen mit deinem Vater in Avignon?«, wollte Rachid von ihr wissen.

»Der Spezialist hat mit Bertrand einige Tests gemacht. Leider haben sie genau das bestätigt, was Louis und ich schon länger befürchtet haben.« Rosalie seufzte. »Wir werden uns wohl damit abfinden müssen, dass Papa in nächster Zeit noch schwieriger wird, als er schon in gesundem Zustand war.«

»Um welche Art von Demenz handelt es sich denn?«, interessierte sich Amina. »Nicht alle Krankheitsverläufe sind gleich.«

»Das weiß ich gar nicht so genau …« Rosalie zog besorgt die Stirn in Falten. »Alzheimer ist es jedenfalls nicht. Angeblich ist das ein gutes Zeichen.«

»Hört sich irgendwie nach einer vaskulären Demenz an«, überlegte Amina. »Wenn du einen Befund hast, sehe ich ihn mir gerne einmal an«, schlug sie vor. »Das ist eines meiner Fachgebiete. Mit der richtigen Medikation und ein wenig

Geistestraining wird sich der Zustand deines Vaters nicht allzu schnell verändern.«

»Ich weiß gar nicht, was schlimmer ist«, bemerkte Rosalie sarkastisch. »Ein herrschsüchtiger gesunder Vater oder der verwirrte alte Mann mit all seinen merkwürdigen Anwandlungen.« Vincent nahm ihre Hand und drückte sie.

»Ihr Geschwister werdet das schon zu dritt hinbekommen.« Doch das war nicht das, was sie hören wollte.

»Vergiss meine Brüder, pah!«, brauste sie sofort auf. »Louis ist schon jetzt völlig überfordert, und Maurice will von Papas Aussetzern einfach nichts wissen, weil er angeblich genügend eigene Probleme hat. Die beiden stellen sich vor, dass ich mich um Bertrand kümmere. Aber da haben sie sich geschnitten. Schließlich bin ich ja nur das Kuckuckskind, der Bastard oder das Überbleibsel einer algerischen Erntehelferin. So zumindest haben sie mich damals genannt, als ich zu ihnen in die Familie kam. Deshalb fühle ich mich ihnen in keiner Weise verpflichtet.«

Amina hob erstaunt die Augenbrauen. Rosalie hatte ihr noch nie etwas davon erzählt.

»Meine Mutter war eine algerische Erntehelferin, mit der mein Vater ein Verhältnis hatte. Sie hat mich als Baby vor der Tür meines Vaters ausgesetzt, obwohl er schon eine eigene Familie hatte«, erklärte sie ihr verbittert. »Ich stand wohl ihrem zukünftigen Leben im Weg.«

»Das … das ist furchtbar!«

Als sie Aminas betroffene Miene bemerkte, fügte sie rasch hinzu: »Das ist alles schon eine Ewigkeit her, und ich hatte das große Glück, wenigstens eine fürsorgliche Tante zu haben. Babette hat mich wie ihr eigenes Kind behandelt. Von ihr habe ich auch meinen Friseursalon geerbt. Alles ist also gut!« Sie lächelte aufmunternd. Amina blieb dennoch betroffen.

»Du hast also algerische Wurzeln wie Rachid und ich«, stellte sie fest. »Wolltest du nie wissen, was aus deiner Mutter geworden ist?«

»Sie hat angeblich einen Landsmann aus Algerien geheiratet, den ihre Eltern für sie ausgesucht haben. Mehr weiß ich nicht, und wenn du es genau wissen willst: Es interessiert mich auch gar nicht.«

Ihre Aufmerksamkeit wurde nun wieder aufs Essen gelenkt. Der Hauptgang mit einem exzellenten Weißwein bestand aus gebratenem Saiblingsfilet, das mit weißem Spargel und frischen Morcheln an aufgeschäumter Portweinbutter und kross gebratenem Salbei serviert wurde. Als Höhepunkt stellte sich jedoch der Nachtisch heraus, dessen Hauptbestandteil wiederum die Schokolade der Chocolaterie Bonnet war. Roland servierte eine luftige Mousse au Chocolat aus sortenreiner Schokolade von Honduras in leicht angefrorenem Zustand, die mit Erdbeeren aus Carpentras und etwas Minze getoppt wurde. Alle waren sich sicher, dass sie noch nie etwas Köstlicheres probiert hatten. Roland nahm das Lob gerne entgegen und ließ es sich nicht nehmen, ihnen zu erklären, weshalb die Mousse so hervorragend war.

»Arthur Bonnet hat eine Walzmaschine nach seinen eigenen Vorstellungen bauen lassen«, erklärte er ihnen. »Diese Maschine ermöglicht es ihm, die Kakaomasse so zu präparieren, dass sie mehr Aromastoffe aufnehmen kann, als es die Maschinen der Konkurrenz vermögen. Dafür müsst ihr wissen, dass man die Kakaomasse in einem Raffineur durch mehrere Walzen zu einer hauchdünnen Schicht walzen muss, damit sie eine so weiche Konsistenz bekommt, dass sie nicht mehr ›sandig‹ schmeckt. Die Grenze, bis zu der die menschliche Zunge einzelne Körner wahrnehmen kann, liegt bei etwa dreißig Tausendstelmillimetern. Bonnets Maschine schafft nicht nur das besser als andere, sondern sie erhöht durch ihre Druck- und Scherkräfte außerdem die Temperatur im Walzenspalt so stark, dass die Schmelztemperatur des in der Schokomasse enthaltenen Zuckers überschritten wird. Dadurch können weitere Aromastoffe wie beigefügte Vanille, Pfeffer oder andere Gewürze in die Schokomasse eingelagert werden. Das ist wirklich einzigartig!«

Rosalie fand die Erklärung reichlich kompliziert, aber sie war beeindruckt von seiner Begeisterung. »Du hast mir so viel Appetit auf Bonnets Schokolade gemacht, dass ich gleich morgen Nachschub für Papa kaufen gehe und mir die Produkte nochmals genauer ansehen werde«, beschloss sie vergnügt. Der gelungene Abschluss des Menüs hatte alle Spannungen abgebaut. Beim Abschied stiegen Rachid und Amina eng umschlungen in dessen alten Kastenwagen. Vincent fuhr Rosalie nach Hause.

»Kommst du noch mit zu mir?«, fragte sie, indem sie eine Hand auf sein Bein legte.

»Heute lieber nicht. Ich muss morgen ganz früh raus. Dein Bruder wünscht, dass ich ein Gutachten für ihn erstelle!«

Rosalie versuchte ihre Enttäuschung zu verbergen. »Dein

Aushilfsjob als Médecin légiste scheint dir ja sehr wichtig zu sein. Wer hätte das gedacht!«

»Darf ich dich daran erinnern, dass du mir dazu geraten hast?«, erwiderte Vincent belustigt. »Aber du hast recht, die Arbeit fordert mich mehr heraus als meine Tätigkeit als Apotheker. Außerdem genieße ich die Anerkennung der Kollegen.«

Rosalie schwieg dazu. Seit Vincent regelmäßiger als Rechtsmediziner für die Ermittlungsbehörden arbeitete, war er richtig aufgeblüht. Seine Schüchternheit hatte sich fast vollständig gelegt. Er war eindeutig viel selbstbewusster geworden. Sie mochte sein neues Auftreten, auch wenn er sich dadurch ermutigt fühlte, immer mehr von ihrer Beziehung zu verlangen. Neulich hatte er sogar Andeutungen gemacht, ob sie nicht zusammenziehen sollten. Rosalie ging das alles viel zu schnell. Ihre gescheiterte Beziehung zu Jérôme lag noch nicht allzu lange zurück, und die damit verbundene Enttäuschung steckte noch tief in ihr. Sie wollte ihre Freiheit nicht so einfach aufgeben.

»Vielleicht sollte ich ja doch noch mit zu dir kommen«, überlegte Vincent. Nun war es Rosalie, die plötzlich keine Lust mehr hatte.

»Ich bin auch ziemlich müde«, meinte sie. »Aber wir könnten den morgigen Abend gemeinsam verbringen.«

Vincent bog auf die Cours de la République ein und parkte sein Auto vor der Apotheke.

»Dann bleibt es also dabei?«, vergewisserte er sich. Er sah sie begehrlich an. Rosalie stellte sich auf die Zehenspitzen und küsste ihn auf die Nasenspitze.

»Ja, *mon amour*! Aber das bedeutet nicht, dass ich dich

nicht mehr mag!« Sie wollte gehen, doch er zog sie noch einmal in seine Arme und küsste sie so heftig, dass sie beinahe schwach geworden wäre. Etwas abrupt machte sie sich schließlich von ihm los.

»Schlaf gut«, sagte sie und verschwand im Hauseingang.

2

Die Ereignisse des Vormittags hatten Arthur Bonnet mehr mitgenommen, als ihm guttat. Solche Zwischenfälle verkraftete sein ohnehin angeschlagenes Herz immer schlechter. Während er rastlos sein Büro durchstreifte, wartete er ungeduldig auf seinen Neffen, der ihm einiges zu erklären hatte. Schlimm genug, dass dieser Afrikaner schwer verletzt in seinem Verkaufsraum zusammengebrochen war. Aber noch erheblich verhängnisvoller war das, was der Mann ihnen hinterlassen hatte. Auf die Fotos in dem Umschlag war er erst aufmerksam geworden, nachdem die Sanitäter den Verletzten schon längst abtransportiert hatten. Auch dass er den Mann aus Afrika kannte, war ihm im Tumult der Ereignisse gar nicht bewusst geworden. Er musste sich unbedingt um ihn kümmern.

Doch zuerst galt es herauszufinden, ob das, was auf den Fotos zu sehen war, auch den Tatsachen entsprach. Er mochte gar nicht daran denken, was das für Konsequenzen haben konnte. Arthur setzte sich hinter seinen Schreibtisch und fuhr sich mit beiden Händen durch sein schütter gewordenes Haar. Welch ein Dilemma! Wenn jetzt etwas schieflief, war alles, wofür er die letzten dreißig Jahre gekämpft hatte, umsonst gewesen. Ob Frédéric mit diesen Schwierigkeiten wirklich allein fertigwurde, wenn er selbst dazu nicht mehr in der Lage sein würde? Womöglich war es doch ein Fehler gewesen, den Sohn seines viel zu früh verstorbenen Bruders so kurzfristig zu seinem Nachfolger zu bestimmen, nur weil Madeleine ihn enttäuscht hatte. Er seufzte. Er und Frédéric mussten einfach alles daransetzen, dass sich diese schlimme Sache möglichst schnell aus dem Weg räumen ließ. Gerade jetzt, wo die Zertifizierung für das ECOCERT-Label zum Greifen nah war, konnten sie keinerlei Schwierigkeiten gebrauchen. Außerdem hatte sich Marie-Claire Betaincourt höchstpersönlich angesagt, um die neue Création von Tristan Thibault zu verkosten. Ihr Urteil war maßgeblich dafür, in welcher Liga seine Chocolaterie künftig spielen würde. Sie war die Preisrichterin, die die *Charte Pur Beurre de Cacao* verlieh, die höchste Auszeichnung in seiner Branche. Arthur nahm die Fotos nochmals zur Hand. Sie waren nicht gefälscht, das spürte er.

Wenig später klopfte es an der Tür, und beinahe gleichzeitig trat Frédéric ein.

»Du wolltest mich sprechen?«

Mit forschen Schritten durchmaß sein Neffe das Büro und nahm selbstbewusst auf einem der beiden Ledersessel an dem kleinen Besprechungstisch Platz. Mit übereinandergeschlagenen Beinen und einem verbindlichen Lächeln wartete er darauf, dass sich sein Onkel zu ihm setzte. Bonnet dachte gar nicht daran, dem Folge zu leisten. Stattdessen blieb er an seinem Schreibtisch sitzen und nahm sich die Zeit, seinen Neffen ausgiebig zu mustern. Seine Selbstsicherheit passte zu seiner äußeren Erscheinung. Zu dem maßgeschneiderten Anzug trug er ein helles, perfekt gebügeltes Hemd, das am Kragen offen stand. Sein

Haar war modisch geschnitten, die Hände frisch manikürt. Keine Spur von Verunsicherung. Arthur forderte ihn auf, sich ihm gegenüberzusetzen. Dann präsentierte er ihm die Fotos auf dem Tisch. »Ich möchte wissen, was du dazu zu sagen hast.«

Frédéric nahm die Bilder auf und begann sie in aller Ruhe zu betrachten. Auf seinem Gesicht war keine Regung abzulesen. Arthur wartete ungeduldig auf eine Reaktion. Schließlich handelte es sich um ihre Kakaoplantagen in Westafrika. Was auf den Fotos zu sehen war, war einfach schockierend. Alles, wofür er sich in den letzten Jahren eingesetzt hatte …

Es hatte so viel Mühe gekostet, die »Bean to Bar«-Produktion in einem Drittweltland aufzubauen, das eher für die Minderwertigkeit seiner Kakaosorten bekannt war. Seine Idee, mit dieser Methode eine Schokolade von höherer Qualität zu erzeugen, indem man den Produktionsweg von der Bohne bis zur Schokoladentafel selbst in die Hand nahm, war von vielen als verrückt abgetan worden. Doch er hatte sie, auch dank der Hilfe seiner Exfrau, im Laufe der Zeit durchgesetzt.

Das innovative Grundkonzept lag darin, dass er nicht nur auf biologisch-dynamische Plantagenwirtschaft baute, sondern auch die Bauern eines Dorfes für sich gewann. In jahrelanger Überzeugungsarbeit hatte er sie dazu gebracht, anstatt der minderwertigeren Forastero-Sorte den hochwertigen, wenn auch empfindlicheren Criollo-Kakao anzubauen. Den damit verbundenen geringeren Ertrag konnten die Bauern in Kauf nehmen, da er ihnen den kompletten Absatz und einen fairen Preis garantierte. Dank einer

Stiftung, die er zusammen mit seiner Exfrau gegründet hatten, waren eine Schule gebaut und Lehrer verpflichtet worden, die die Kinder der Bauern unterrichteten. Ziel war es, die Unabhängigkeit der Kakaobauern zu erhalten, damit sie den Dumpingpreisen der internationalen Konzerne trotzen konnten. Im Gegenzug versprachen sie, alle Qualitätsanforderungen einzuhalten, derer es zur Herstellung von biologisch einwandfreier Schokolade bedurfte. Dazu gehörte unter anderem das Verbot, gefährliche Spritzmittel einzusetzen, und selbstverständlich durfte es keine Kinderarbeit geben. Doch die Fotos zeigten einen ganz anderen Sachverhalt. Auf mehreren Bildern waren Kinder von maximal zehn Jahren zu sehen, wie sie schwere Fünfzig-Kilo-Säcke mit Kakaobohnen auf ihrem Rücken trugen. Sie sahen zerlumpt und armselig aus. Dass es sich dabei um seine Plantagen handelte, verriet ausgerechnet ein Schild, vor dem einer der Jungen gerade die schwarz-braunen Kakaobohnen zum Trocknen auf dem Boden verteilte. Wie zum Hohn war darauf zu lesen, dass die Genossenschaft von Bonnet & Frères nachhaltig arbeite, die Umwelt schütze und keine Kinder arbeiten ließ. Auf anderen Fotos waren Kanister mit verbotenen Spritzmitteln zu sehen. Welche Wirkung der Einsatz von Chemie auf die Bauern und ihre Familien hatte, zeigten wiederum andere Fotos. Menschen mit Ekzemen an Armen, Beinen und im Gesicht. Manche Leute waren offenbar erblindet oder hatten kaum noch Haare auf dem Kopf. Es war erschütternd.

Endlich legte Frédéric den Stapel beiseite.

»Das sind schockierende Fotos«, stellte er nüchtern fest. »Woher hast du sie?« Er sah seinen Onkel prüfend an. »Du wirst doch nicht etwa glauben, was darauf zu sehen ist?«

»Willst du damit andeuten, sie könnten gefälscht sein?« Arthur gelang es nur mit Mühe, seine Empörung unter Kontrolle zu halten. »Gobeni war gestern hier und hat sie persönlich vorbeigebracht. Ich kenne den Mann schon seit Jahren. Er hätte sich niemals auf den weiten Weg gemacht, wenn an der Sache nichts dran wäre. Wie du weißt, ist er der Dorfvorsteher und spricht für die Genossenschaft.« In knappen Worten fasste er zusammen, was geschehen war. »Wenn auch nur ein Bruchteil von dem, was auf den Fotos zu sehen ist, stimmt, dann ist das ein Riesenskandal! Wir setzen damit alles aufs Spiel, was wir bislang erreicht haben! Wie konnte es nur so weit kommen? Ich dachte, du hättest alles im Griff!«

»Ich habe alles im Griff«, versicherte Frédéric ungeduldig. »Als ich vor sechs Wochen im Kongo war, habe ich nichts dergleichen gesehen. Ich war mit de Slagter auf den Plantagen und habe mich davon überzeugt.«

»Offensichtlich nicht gründlich genug! Wir müssen das in Ordnung bringen, und zwar sofort, hast du mich verstanden?« Arthurs Blick war scharf auf seinen Neffen gerichtet. »Hast du alle Plantagen regelmäßig in Augenschein genommen?«, verlangte er zu wissen. Bis vor seiner Herzoperation vor fast einem Jahr hatte er sich persönlich um das Wohlbefinden der Bauern und die Einhaltung aller Standards gekümmert. Alles war bestens gelaufen, und die Qualität der Kakaobohnen war überragend gewesen. Wenn ihm nicht sein Herz einen Strich durch die Rechnung gemacht hätte, wäre das immer noch so.

»Nun ja«, räumte Frédéric zögernd ein. »Für alle Plantagen blieb beim letzten Mal einfach keine Zeit. Es gab Wichtigeres zu regeln. Die Anpassung der neuen Verträge, Konsulatsbesuche und andere Behördengänge, die unser Mittelsmann nicht alleine unternehmen konnte. Du weißt doch, wie langwierig das in diesen Ländern sein kann. Meine Zeit war begrenzt. Aber de Slagter hat sich verbürgt, dass es auf allen Plantagen gleich gut aussieht wie auf der, die wir besucht haben.«

»Du warst also nur auf *einer* Plantage?« Arthur gelang es immer weniger, seinen Ärger unter Kontrolle zu halten. »Wie konntest du dich nur damit zufriedengeben? Du weißt doch genau, dass die Demokratische Republik Kongo ein Entwicklungsland ist, in dem Korruption einen enormen Stellenwert hat. Wenn man nicht alles selbst ständig kontrolliert und überprüft, wird man an allen Ecken und Enden betrogen. Nicht nur für uns steht damit alles auf dem Spiel, auch für die Bauern! Was ist eigentlich mit de Slagter? Wieso hat er dir nichts von den Zuständen erzählt? Du hast ihn zu unserem Vertrauensmann erklärt!«

»Er ist nur für die Qualitätskontrolle der Kakaobohnen zuständig. Da gibt es auch nichts zu beanstanden.«

»Die Pflanzen wurden mit verbotenen Spritzmitteln behandelt«, regte sich Bonnet weiter auf. »Damit entsprechen sie nicht unseren Standards. Nächste Woche wird darüber entschieden, ob wir das ECOCERT-Siegel bekommen. Wenn das Komitee davon Wind bekommt, sind wir erledigt. Ist dir das klar?« Arthur lockerte seine Krawatte, weil er plötzlich einen Druck auf der Brust spürte. »Du musst das so schnell wie möglich in Ordnung bringen«, sagte er erschöpft. »Ich habe mich auf dich und Madeleine verlassen. Ich habe dir die Verantwortung für Afrika nur übergeben, weil du mir in die Hand versprochen hast, dass du dir regelmäßig selbst ein Bild von dem Zustand unserer Plantagen machst. Sollte ich mich in dir getäuscht haben, kannst du unsere Abmachung vergessen! Hast du mich verstanden?«

»Es ist nicht meine Schuld, wenn dort unten etwas schiefgelaufen ist.« Frédéric klang zwischenzeitlich weitaus weniger selbstsicher. »Natürlich werde ich mich um alles kümmern. Du kannst dich darauf verlassen. Ich werde mich sofort mit de Slagter in Verbindung setzen und Aufklärung einfordern.«

»Das wird aber nicht reichen«, brauste Arthur erneut auf. »Du musst sofort einen Flieger nach Kinshasa buchen und die Angelegenheit vor Ort regeln. Wir müssen sicher sein, dass die Kakaobohnen allen Anforderungen des ECOCERT entsprechen, mal ganz abgesehen davon, dass unser investiertes Geld ganz offensichtlich in falsche Kanäle läuft. Hast du die Bilder von den arbeitenden Kindern gesehen? Wenn die Presse davon Wind bekommt, sind wir erledigt.«

»Das ist mir durchaus klar! Vertrau mir, Arthur! De Slagter wird mir Rechenschaft ablegen müssen.« Frédéric erhob sich. »Außerdem werde ich gleich unsere Anwälte einschalten. Falls unser Mittelsmann wirklich ein falsches Spiel spielt, werden wir ihm die Hölle heißmachen. In ein paar Tagen ist die Sache vom Tisch!«

»Das hoffe ich schon allein in deinem Interesse«, grunzte Arthur ungnädig. Frédéric blieb in der Tür noch einmal kurz stehen.

»Du kannst dich auf mich verlassen, Onkel.«

Bonnet sah seinem Neffen kopfschüttelnd hinterher. Er fragte sich, ob der Junge überhaupt begriff, worum es hier ging. Frédéric hatte Marketing und Volkswirtschaft studiert und war ein exzellenter Analytiker, wenn es um Zahlen und Marktforschung ging. Die besten Voraussetzungen für einen erfolgreichen Geschäftsmann. Allerdings gab es für eine Chocolaterie wie die seine auch noch ganz andere Voraussetzungen für einen Erfolg. Bonnet & Frères hatten ihren Ruf wegen ihrer Leidenschaft für Schokolade und technische Innovationen erlangt. Er selbst hatte das Handwerk von der Pike auf gelernt und wusste, worauf es ankam. Frédéric hingegen sah das Geschäft immer nur mit den Augen eines Zahlenmenschen. Zwar war er ehrgeizig und hatte gute Ideen, aber ob das alles reichte?

Ein erneutes Klopfen an der Tür riss ihn aus seinen Gedanken. Tristan Thibault balancierte schwungvoll ein Tablett hinein, über das eine Silberglocke gestülpt war. Der für seine Erfolge weit über die Landesgrenzen hinaus bekannte Chef-Chocolatier war sichtlich aufgeregt. Sein dynamisches Auftreten ließ keine Zweifel zu, dass er ihm etwas sehr Wichtiges mitzuteilen hatte.

»Verzeihen Sie die Störung, Monsieur Bonnet«, begrüßte er ihn voller Überschwang. »Soeben ist mir mein letzter Coup gelungen! Ich denke, wir haben nun die ultimative Création, mit der wir nächste Woche Madame Betaincourt beeindrucken werden.«

Mit einer eleganten Bewegung platzierte er das Tablett mitten auf Arthurs Schreibtisch und hob die Glocke an. »*Voilà!*«

Auf einem weißen Porzellanteller lagen sechs unterschiedliche Pralinés und Trüffeln, die auf fantasievolle Weise geformt und verziert waren. Jedes einzelne Stück war ein Kunstwerk für sich. Arthur beschloss, seine Sorgen für einen Augenblick zu vergessen und sich auf die schönen Dinge zu konzentrieren. Thibault war wirklich ein Meister seines Fachs. Er hatte ihn vor einigen Monaten von Paris in die Provinz locken können – nicht nur, weil es ihm gelungen war, ihn von seiner »Bean to Bar«-Idee zu überzeugen, sondern auch, weil er ihm ein großzügiges Gehalt bezahlte und alle Freiheiten bezüglich seiner eigenen Ideen zugesagt hatte.

»Ich habe mich in den letzten Tagen selbst übertroffen«, schwärmte Thibault ohne falsche Bescheidenheit. Er trug eine blütenweiße Kochjacke mit modischen Paspeln am Kragen, dazu einen grauen Vorbinder über einer eleganten Designer-Jeans. Er reichte Arthur mit einer Zange das erste Praliné. »Probieren Sie!«

Die Umhüllung war aus feiner Zartbitterschokolade, wie man sie nur durch den hochwertigen Criollo-Kakao bekam. Die weiche Füllung, die Ganache, bestand aus weißer Schokolade und diversen schwer auszumachenden Aromen.

»Ich habe mich bei der Füllung von Wild- und Gartenkräutern inspirieren lassen«, erklärte Thibault stolz. »Bei dieser Sorte habe ich der weißen Schokolade leuchtend grünen Koriander hinzugefügt. Etwas Zitrone balanciert die Süße schön aus. Was halten Sie davon?«

»Sehr anregend und dennoch nicht zu aufdringlich«, lobte Arthur. »Etwas in dieser Art habe ich noch nirgendwo anders gekostet. Kompliment, mein Freund!« Thibault zeigte sich geschmeichelt.

»Es ist mir eine Ehre, für Ihre Chocolaterie zu arbeiten.« Er reichte Arthur als Nächstes einen Trüffel, dessen Hülle aus weißer Schokolade bestand, die mit Pistaziensplittern dekoriert war. Auch hier erwartete Arthur ein besonderes Geschmackserlebnis. Der Reihe nach probierte der Firmenchef nun die übrigen Kunstwerke, denen essbarer Lavendel, Bergamotte-Tee sowie Himbeeren und Meersalz beigefügt waren. Insgesamt vertraten sie verschiedene Produktlinien, die sich der Schokoladenkünstler ausgedacht hatte. Um die letzte Praline machte Thibault ein besonderes Aufhebens.

»Dies ist die Königin meiner Künste«, pries Thibault sein letztes Kunstwerk an. »Die alkoholisierte Praline vereint einfach alles, was es an höchster Handwerkskunst in meinem Metier gibt. Feinste Criollo-Schokolade aus unseren Bio-Plantagen mit ihrem fruchtigen Geschmack aus natürlicher Süße und feinen Zitrusnoten trifft auf eine Ganache, die mit dem besten Marc der Provence hergestellt wurde. Eine königliche Hochzeit von Kakao und Tresterschnaps, der übrigens von Louis Viale aus Vacqueiras stammt. Sein Marc hat es innerhalb kürzester Zeit zu internationalem Renommee geschafft. Bitte beachten Sie auch die gelungene Trauben-Deko aus weißer Schokolade, die das Kunstwerk auch schon äußerlich zu etwas ganz Besonderem macht ...« Thibaults schwarze Augen funkelten erwartungsvoll, als er ihm seine Top-Création samt Tablett unter die Nase hielt. Arthur fühlte sich von dessen Begeisterung unweigerlich angesteckt. Auch äußerlich machte die Praline einiges her.

Sie hatte die Form einer dunklen Kakaoschote, auf der hauchzart eine Rebe mit Trauben aus weißer Schokolade aufgebracht war. Als er in die Praline biss, begriff er sofort, dass der Maître mit seinen Lobpreisungen nicht übertrieben hatte. Mit dieser Praline war ihnen die Auszeichnung sicher!

Tag 2

3

Als Rosalie am nächsten Morgen das *Folies Folles* aufschloss, hatte der Mistral zum Glück nachgelassen. Mit derselben Unberechenbarkeit, mit der der Wind die Menschen überfiel, verschwand er auch wieder. Mit dem Wetterwechsel besserte sich sofort die Laune der hiesigen Menschen, die nun endlich den Aufenthalt im Freien wieder genießen konnten.

»Guten Morgen«, rief Josette, die gerade die Gasse entlangkeuchte. Rosalie hatte die Besitzerin des Zeitschriftenladens normalerweise eher schlurfend in Erinnerung. Heute hingegen trug sie Sportklamotten, die ihrer hageren Erscheinung ein noch merkwürdigeres Aussehen verliehen. Die engen weißen Leggins betonten unvorteilhaft ihre dünnen, knochigen Beine. Rosalie musste unwillkürlich an die Gliedmaßen eines Skeletts denken. Aber auch das knallbunt gemusterte Funktionshemd und das dazu passende Schweißband in ihrem grauen Wuschelkopf machten nicht gerade eine Schönheit aus ihr. An ihrem Handgelenk trug sie einen nagelneuen, pinkfarbenen Fitness-Tracker, dessen Display sie nicht aus den Augen ließ, während sie trippelnd vor Rosalie verharrte.

»Seit wann treibst du denn Sport?« Rosalie gelang es kaum, den Spott in ihrer Frage zu unterdrücken.

»Seit heute! Ich werde im Mai beim Dorflauf von Vassols mitmachen«, antwortete Josette wichtig.

»Und dafür willst du dich quälen?«

»Es ist für einen guten Zweck. Außerdem war ich als junges Mädchen einmal ziemlich sportlich.«

Rosalie bezweifelte dies stirnrunzelnd. »Aber das ist ein Zehn-Kilometer-Lauf! Bist du sicher, dass du überhaupt ins Ziel kommst?«

»Natürlich«, behauptete Josette selbstbewusst. »Ich habe doch das hier!« Sie deutete auf ihr Monstrum am Arm. »Das ist ein Computer, der mich Stück für Stück auf mein Ziel vorbereiten wird. Er steht in Verbindung zu meinem Smartphone, auf dem mein Trainingsplan gespeichert ist. Da kann gar nichts mehr schiefgehen!« Sie wollte gerade noch etwas hinzufügen, als ihr Tracker zu piepsen begann. Plötzlich hatte sie keine Zeit mehr. »Ich muss dann los! Zwei Minuten sprinten«, verkündete sie wichtigtuerisch. Sie winkte ihr zu und trabte weiter in Richtung Dorfrand.

Während Rosalie ihr kopfschüttelnd hinterhersah, bog Lucinde Ligier um die Ecke. Ihre Freundin, die mit ihrem Mann den örtlichen Supermarkt betrieb, war heute ihre erste Kundin.

»Komm schon mal rein! Ich bin gleich so weit«, meinte Rosalie, während sie ihren Laden aufschloss und Lucinde hineinließ. Sie schaltete das Licht ein und fuhr die Kasse hoch. Lucinde setzte sich unterdessen auf ihren Lieblingsplatz und summte zufrieden vor sich hin. Rosalie fiel die Veränderung sofort auf. Lucindes vorrangige Eigenschaften waren chronische Unzufriedenheit und ein missmutiges Auftreten. Sie gehörte zu der Sorte Frauen, die ihr gutes Aussehen geschickt hinter Griesgrämigkeit und Nörgelei zu verstecken wussten. Nichts davon war heute zu spüren.

»Ist das nicht ein herrlicher Tag heute?«, meinte Lucinde verträumt. Sie rekelte sich wohlig auf ihrem Frisierstuhl, als läge sie auf einem Liegestuhl am Strand. »Ich glaube, heute ist ein guter Zeitpunkt, um etwas ganz Neues auszuprobieren. Ich möchte einen Haarschnitt, der mich jünger aussehen lässt und mir neuen Schwung verleiht. Er soll zu meinem neuen Outfit passen. Hast du eine Idee?«

Rosalie verkniff sich eine Bemerkung und brachte ihrer Kundin stattdessen einen Stapel Modezeitschriften, die sie durchblättern konnte. »Hier kannst du mal nachsehen«, schlug sie vor. »Aber wenn du meine Meinung hören willst, dann schlage ich dir vor, endlich auf den strengen Mittelscheitel zu verzichten und die Haare asymmetrisch zu schneiden. Wenn du Mut hast, tendiere ich sogar zu einem kleinen Undercut.«

Zu ihrer Überraschung war Lucinde sofort damit einverstanden. Seit sie vor knapp zwei Jahren den Haarsalon ihrer Tante Babette übernommen hatte, kämpfte Rosalie darum, Lucinde von ihrem eigenwilligen Modebewusstsein zu befreien. Diese hatte ein Händchen dafür, immer die falschen Accessoires für ihren Typ auszusuchen. Obwohl sie eine herbe Schönheit mit deutlich römischem Profil und blonden, glatten Haaren war, stand sie auf mädchenhafte Rüschenkleider mit Volants und Firlefanz aus Glitter, die wie eine Verkleidung an ihr aussahen. Rosalie hatte ihr die Diskrepanz zwischen ihrem Typ und ihrem Kleidungsstil schon mehrfach zu erklären versucht, bislang jedoch ohne

Erfolg. Doch plötzlich schien Lucinde wie verwandelt. Zum ersten Mal, seit sie sich kannten, trug sie etwas, das zu ihrem Stil passte. Die dunkelblaue Jeans mit den modischen Sneakers, dazu einen senffarbenen Baumwollpullover mit U-Boot-Ausschnitt und einer schlichten Perlenkette wirkten an ihr sehr vorteilhaft.

»Du siehst heute umwerfend aus«, bemerkte Rosalie, während sie ihr den Frisierumhang umlegte. »Dein neues Outfit hat was.«

»Das Kompliment habe ich heute schon einmal gehört«, gab Lucinde verträumt zu. Rosalie hob verwundert die Augenbrauen.

»Habt ihr heute Hochzeitstag?«

»Hochzeitstag?« Lucinde sah Rosalie verblüfft an. Kurz darauf begann sie herzlich zu lachen. »Hervé hat damit rein gar nichts zu tun.« Sie überlegte einen Augenblick. Dann traf sie eine Entscheidung. »Ich habe mich auf einem Onlineportal angemeldet«, gestand sie ihr verlegen. »Die machen auch eine Typberatung, die ich nun erfolgreich abgeschlossen habe. Das Kompliment stammt also von meinem Berater, mit dem ich heute Morgen geskypt habe.«

»Hat dich Hervé zu dieser Sache ermutigt?«

»Ach, Hervé!« Lucinde winkte erneut verächtlich ab. »Was der denkt, kümmert mich nicht wirklich. Der hat doch keine Ahnung von solchen Dingen!«

»Ich hatte immer das Gefühl, dass ihm sehr viel daran liegt, dass du dich wohlfühlst«, nahm Rosalie Lucindes Mann in Schutz. Hervé war ein großherziger, gutmütiger Mann, der stets alle Rechnungen seiner Frau widerspruchslos beglich. Allerdings war es auch kein Geheimnis, dass die Beziehung der beiden eher einem gewissen Nutzen diente, als dass sie von Liebe geprägt war. Außer ihrem Laden hatte das Paar so gut wie keine Gemeinsamkeiten. Man sah sie nur selten zusammen, weil jeder seiner eigenen Wege ging. Keiner im Dorf konnte sich so richtig erklären, weshalb der gemütliche Hervé mit seiner künstlerischen, weichen Ader und die herbe, nüchterne Lucinde überhaupt zusammengefunden hatten. Es ging das Gerücht, dass sie nur wegen des Pachtvertrages für den Supermarkt geheiratet hatten. Die Kette, für die sie arbeiteten, nahm nur Ehepaare unter Vertrag.

»Hervé mag ja ganz nett und großzügig sein«, gab Lucinde widerwillig zu. »Aber auf Dauer reicht mir das nicht mehr!«

»Habt ihr eine Krise?«

Lucinde schüttelte unwirsch den Kopf. »Nein, haben wir nicht! Ich habe nur in letzter Zeit festgestellt, dass ich etwas verändern möchte. Ich fühle mich einfach zu jung, um hier auf Dauer zu versauern. Und jetzt möchte ich, dass du endlich loslegst.« Damit beendete sie abrupt das Thema, und die beiden Frauen besprachen Lucindes neue Frisur.

Rosalie freute sich auf ihr neues Projekt und stürzte sich mit Feuereifer in die Arbeit. Sie wusch ihrer Freundin die Haare und verpasste ihr daraufhin einen asymmetrischen, schulterlangen Schnitt, der sie sofort um fünf Jahre jünger aussehen ließ. Während der Prozedur unterhielten sie sich nur über belanglose Dinge. Beschwingt von dem Resultat ließ sich Lucinde auch noch zu ein paar helleren Glanzlichtern überreden, die die harte Wirkung ihres Gesichts etwas abmildern sollten. Während Rosalie ihr die Farbe mit einem Kamm dezent auftrug, kam Lucinde nochmals von sich aus auf ihre persönliche Situation zu sprechen.

»Früher dachte ich immer, dass es reicht, wenn man einen Job und ein einigermaßen sorgloses Leben hat«, bekannte sie freimütig. »Hervé dachte ähnlich. Als wir uns vor Jahren kennenlernten, passte einfach vieles zusammen. Wir hatten beide denselben Beruf und wollten gerne selbstständig arbeiten. Außerdem waren wir beide Singles, wir mochten uns, hatten aber keine große Vorstellung von der wahren Liebe. Kinder wollten wir beide nicht. Ich dachte immer, das reicht aus, um einigermaßen glücklich zu sein. Als dann das Angebot kam, den Dorfladen zu übernehmen, haben wir nicht lange gezögert und geheiratet. Eine ganze Weile waren wir damit auch beide zufrieden. Doch vor einiger Zeit begann ich mich zu fragen, ob das wirklich alles ist, was das Leben noch für mich bereithält …« Sie legte eine kleine Pause ein. »Du hingegen …« Sie warf Rosalie einen Blick zu, den diese nur schwer zu deuten vermochte. »Als ich neulich gesehen habe, wie glücklich du mit Vincent bist, da ist mir plötzlich klar geworden, dass ich solch ein Gefühl auch einmal erleben möchte.« Sie kicherte unsicher. »Kannst du das verstehen?«

Rosalie musste nicht lange überlegen. »Klar kann ich das!«

Lucinde stieß einen tiefen Seufzer aus. »Und ich wollte endlich auch einmal die große Liebe spüren! Deswegen habe ich mich auf einem Dating-Portal angemeldet.«

»Du hast dich *was?*« Rosalie ließ ihren Kamm fallen. Zum ersten Mal, seit sie Lucinde kannte, überraschte die

Freundin sie. »Hast du keine Angst, dass du an den Falschen gerätst?«

»Natürlich habe ich mir ein seriöses Portal ausgesucht«, entgegnete Lucinde pikiert. »Außerdem ist das alles mehr oder weniger nur ein Spiel. Ich will einfach sehen, wie hoch mein Marktwert noch ist.«

»Diese Männer wollen doch alle nur billigen Sex«, zweifelte Rosalie. »Mir wäre das Kennenlernen viel zu beliebig. Warum gehst du nicht einfach nach Avignon in eine Bar?«

»Du magst ja viel herumgekommen sein«, spottete Lucinde. »Aber von solchen Dingen hast du anscheinend keine Ahnung. Ich habe mich kundig gemacht. Laut Statistik werden fast ein Drittel aller langfristigen Partnerschaften heutzutage über das Internet geschlossen. Der Vorteil solch einer Börse ist, dass man sich seinen potenziellen Partner in aller Ruhe aussuchen kann.«

»Oder man kauft die Katze im Sack!« Rosalie war immer noch nicht überzeugt.

»Mir macht es auf jeden Fall viel Vergnügen!«

Rosalie ließ es dabei bewenden. Sie wollte keine Spielverderberin sein. Außerdem tat Lucinde der neue Wind in ihrem Leben zweifellos gut.

Nach Lucinde hatte Rosalie noch zwei weitere Kunden. Als sich danach niemand mehr sehen ließ, beschloss sie, den Laden für eine Weile zu schließen, um kurz auf dem Wochenmarkt nachzusehen, ob es schon Erdbeeren gab. Vincent wollte heute Abend für sie beide kochen, und sie hatte versprochen, den Nachtisch beizusteuern. Sie hatte Glück. Einer der Gemüsehändler hatte noch ein Körbchen mit *Fraises de Carpentras,* die für ihr wundervolles Aroma weit über regionale Grenzen bekannt waren. Ganz in der Nähe plauderten Josette und Arlette mit Lucinde. Rosalie gesellte sich zu den drei Frauen, von denen man immer etwas über den neuesten Dorftratsch erfuhr. Die drei Frauen unterhielten sich gerade über das im Juni anstehende *Fête des Fruits,* an dem sie alle drei organisatorisch beteiligt waren.

»Also von mir aus hätten wir das Komitee nicht erweitern müssen«, legte Arlette sich ins Zeug. »Und dass ihr ausgerechnet Zora Ammari vorgeschlagen habt, kann ich schon gar nicht verstehen. Die Gute weiß doch gar nicht, worauf es bei uns ankommt!« Die Frau des Bäckers kam sich wieder einmal sehr wichtig vor. Seit dem Tod des alten Bürgermeisters Maurel vor knapp einem Jahr führte ihr Mann Jean-Luc kommissarisch die Amtsgeschäfte der Gemeinde. Dadurch fühlte auch sie sich in ihrer Stellung privilegiert.

»Ist ja klar, dass du gegen eine Erweiterung bist«, hielt Josette sofort dagegen. »Du hast was gegen Zora Ammari, weil ihre Familie aus dem Maghreb kommt.«

»Genau! Und deshalb haben Menschen wie die einfach keine Ahnung von unseren guten provenzalischen Bräuchen. Die sollen sich gefälligst um ihre eigenen Dinge kümmern.« Arlette stemmte ihre kurzen Arme in die Hüften und sah beifallheischend in die Runde.

»Schon mal was von Integration gehört, Madame Farnauld?«, mischte sich Rosalie sofort ein. Solchen Debatten wich sie grundsätzlich nicht aus. »Die Ammaris sind keine Gäste, sondern französische Staatsbürger wie Sie und ich. Hinter welchem Mond leben Sie eigentlich?«

»Zora, Rachid und Sara gehören doch längst zu uns«,

stimmte nun auch Lucinde bei. »Außerdem war ihr Stand letztes Jahr am schnellsten ausverkauft. Wenn ich nur an Zoras Baklavas denke, dann läuft mir das Wasser im Munde zusammen …« Lucinde schloss genussvoll die Augen, was Arlette nur noch mehr auf die Palme brachte.

»Die hat mit ihrem Gebäck meine Preise unterboten. Außerdem habt ihr doch alle keine Ahnung von Politik«, protestierte sie empört. »Unser Land wird von Extremisten und Flüchtlingen überschwemmt, und ihr findet das auch noch gut. Aber ihr werdet schon noch sehen, wohin das führt.«

»Auf jeden Fall wurde Zora bis auf deine Gegenstimme, Arlette, mit großer Mehrheit in unser Komitee gewählt. Und damit wirst du dich eben abfinden müssen«, beendete Josette genervt die Diskussion.

»Wie lief denn dein Trainingsprogramm heute Morgen?«, erkundigte sich Rosalie. Josette verdrehte die Augen.

»Gar nicht gut«, stöhnte sie. »Ich habe erst hinterher festgestellt, dass ich aus Versehen das Trainingsprogramm für Fortgeschrittene heruntergeladen habe. Statt drei Kilometern bin ich sieben gelaufen und dann fast nicht mehr nach Hause gekommen. Nun tut mir jeder Knochen weh, und wenn ich atme, dann brennt mein ganzer Brustkorb wie Feuer.«

»Sport ist Mord«, kommentierte Arlette schadenfroh. »Das habe ich dir ja gleich gesagt!«

»Und wenn jemand gar nichts macht, dann endet er wie du!«, konterte Josette giftig. Bevor die beiden Freundinnen sich erneut in die Wolle bekamen, ergriff Lucinde das Wort.

»Apropos Mord«, meinte sie. »Joseph hat mir gerade erzählt, dass gestern in der Chocolaterie ein Afrikaner zusammengebrochen ist. Er war anscheinend schwer verletzt und soll sogar eine Stichwunde im Bauch gehabt haben. Aber keiner weiß mehr.« Sie blickte augenzwinkernd zu Rosalie. »Das ist doch was für euch beiden Hobbydetektive.«

»Das herauszufinden ist ja wohl allein Sache der Polizei«, fuhr Arlette dazwischen, bevor irgendjemand etwas darauf entgegnen konnte. »Wenn Jean-Luc in ein paar Wochen Bürgermeister ist, wird er als Erstes für mehr Sicherheit sorgen. Er wird eine Bürgerwehr aufstellen und solche Dinge verhindern …« Sie brach plötzlich ab, wurde ganz blass und wandte sich an Josette. »Aber das war ja dann der Typ, der neulich mit dem Bus aus Avignon kam und uns nach dem Weg zu Bonnet gefragt hat!« Erst jetzt verstand sie, was Lucinde gesagt hatte. Sie griff sich ans Herz, als wäre sie dadurch unmittelbar höchster Gefahr ausgesetzt gewesen. »Mir kam der Typ gleich verdächtig vor!«

»Der arme Mann war das Opfer, nicht der Täter«, stellte Josette klar. »Also war unsere Sicherheit keine Sekunde gefährdet!«

»Und dennoch brauchen wir eine Bürgerwehr«, insistierte Arlette trotzig.

»Nun hören Sie endlich auf mit Ihrer dämlichen Bürgerwehr!« Rosalie platzte der Kragen. »Für unsere Sicherheit garantiert immer noch die Polizei. Außerdem leben wir mitten auf dem Land und nicht in Marseille!« Arlettes simpler Populismus gepaart mit unverhohlener Ausländerfeindlichkeit war ihr unerträglich. »Wenn eine Bürgerwehr das gesamte Wahlprogramm Ihres Ehemannes darstellt, dann ist Vassols arm dran. Ich werde ihn jedenfalls ganz gewiss nicht wählen.«

Arlette schnappte empört nach Luft. »Auf Ihre Stimme, Mademoiselle Rosalie, kann mein Mann sehr gut verzichten. Er wird Bürgermeister werden, ob Sie wollen oder nicht!«

»Das stimmt in der Tat. Solange Jean-Luc Farnauld der einzige Bewerber bleibt, wird er Bürgermeister unseres Dorfes.«

Die vier Frauen drehten sich alle gleichzeitig um. Völlig unbemerkt war Clotilde Maurel zu ihnen herangetreten. Die Witwe des verstorbenen Bürgermeisters strahlte eine natürliche Autorität aus, die ihr sofort Gehör verschaffte. Es war höchst ungewöhnlich, dass sie sich für den Dorftratsch interessierte. Seit dem tragischen Tod ihres Mannes lebte sie normalerweise sehr zurückgezogen in ihrer Villa am Fuß des Graveyron. Man munkelte, dass sie adligen Ursprungs war und ihre Familie einen ausgedehnten Herrensitz an der Loire besaß. Indem sie den um einiges älteren Monsieur Maurel heiratete, hatte sie ihren Titel aufgegeben. Clotilde Maurel reichte jeder einzelnen der Frauen die Hand.

»Wie ich höre, unterhalten Sie sich gerade über die anstehenden Bürgermeisterwahlen?«, erkundigte sie sich interessiert.

»Das Dorf sollte sich glücklich schätzen, dass Jean-Luc bereit ist, dieses schwierige Amt auf sich zu nehmen«, gab sich Arlette selbstbewusst. Sie reckte sich dabei in die Höhe, um sich neben Madame Maurel behaupten zu können. »Im Laufe des letzten Jahres war er unermüdlich damit beschäftigt, alte Fehler aufzuarbeiten. In den letzten Jahren haben sich so manche Missstände ergeben, die er während seiner Amtszeit ausmerzen wird.«

Madame Maurel nahm die Seitenhiebe auf ihren verstorbenen Ehemann ohne sichtbare Regung zur Kenntnis. »Ich bin ganz Ihrer Meinung, dass es in unserem Dorf einige Veränderungen geben sollte«, pflichtete sie Arlette zur Überraschung aller mit einem feinen Lächeln bei. »Doch es erscheint mir wenig sinnvoll, dabei den Blick allzu sehr in die Vergangenheit zu richten. Es geht doch um die Zukunft. Anstatt einer Bürgerwehr fände ich einen neuen Kindergarten sinnvoll. Meiner Meinung nach sollte es die Aufgabe eines Bürgermeisters oder einer Bürgermeisterin sein, Neuerungen, die er oder sie in ihrem Wahlprogramm vorgestellt hat, rasch umzusetzen. Finden Sie nicht auch?«

Arlette war von der Redegewandtheit der Bürgermeistergattin regelrecht überrumpelt worden. Auf jeden Fall blieb die Bäckerin erst einmal sprachlos. Madame Maurel nutzte die Gelegenheit, um fortzufahren: »Aus diesem Grunde möchte ich Sie, meine Damen, und alle Interessierten für nächste Woche zu meiner Wahlveranstaltung in den Gemeindesaal einladen. Dort möchte ich mein persönliches Wahlprogramm samt konkreter Vorschläge vorstellen. Anschließend wird es eine Fragerunde für die Bürger geben, der ich mich gerne stellen werde. Jeder einzelne Bewohner unseres Dorfes soll dort Gehör finden und seine Meinung äußern können. Solche Runden beabsichtige ich auch in Zukunft einmal im Monat fortzuführen, falls die Bürgerinnen und Bürger von Brillon-de-Vassols mich zu ihrer neuen Bürgermeisterin wählen.«

Nach dieser Ankündigung trat überraschte Stille ein. Bevor die Anwesenden sich davon erholt hatten, nickte Madame Maurel allen noch einmal freundlich zu, bevor sie sich beschwingten Schrittes wieder ihren Einkäufen widmete.

4

Es war schon spät, als Arthur Bonnet beschloss, sich endlich auf den Weg nach Hause zu machen. Am Nachmittag hatte Frédéric nochmals bei ihm vorbeigesehen, um ihn darüber zu informieren, dass de Slagter aus allen Wolken gefallen war, als er ihn mit den Zuständen auf ihren Plantagen konfrontiert hatte, wie sie auf den Fotos dokumentiert waren.

»Er wird alles unternehmen, um mögliche Missstände zu beseitigen«, hatte er ihm versichert. Doch das hatte Arthur keinesfalls beruhigt. Unweigerlich war es zu einer weiteren Auseinandersetzung gekommen.

»Verdammt! Wir bezahlen de Slagter dafür, dass während unserer Abwesenheit nichts schiefläuft. Entweder ist der Kerl total unfähig, oder aber er hat selbst etwas mit der Sache zu tun. Du musst in den Kongo reisen und die Sache persönlich in Ordnung bringen. Hast du mich verstanden?« Dann hatte Arthur seinem Neffen nochmals unmissverständlich klargemacht, dass von dem Erfolg seiner Unternehmung auch dessen Zukunft in der Firma abhing. »Ich werde mein Testament erst ändern, wenn du mir bewiesen hast, dass du auch mit solchen Krisensituationen umgehen kannst.« Er hatte wohl gesehen, dass Frédéric seine Drohungen nicht gefielen, doch dann hatte der Neffe eingelenkt und ihm versprochen, gleich am nächsten Tag nach Afrika zu fliegen. Arthur war dennoch nicht wohl. Am liebsten wäre er selbst in den Kongo gereist, um alles wieder in Ordnung zu bringen. Doch er wurde hier gebraucht, bis die Zertifizierung erfolgreich über die Bühne gebracht worden war. Er fühlte sich müde und ausgelaugt. Seit der Herzoperation fiel ihm die Arbeit immer schwerer. Er war einfach nicht mehr so belastbar wie früher. Seine Ärzte hatten ihm geraten kürzerzutreten. Schließlich war er bereits Ende sechzig, in einem Alter, in dem andere schon längst in Rente waren. Er zog seine Jacke über und betrat das Vorzimmer.

»Ich wünsche Ihnen einen wunderschönen Abend, Monsieur Bonnet«, meinte seine Sekretärin, die sich ebenfalls zum Gehen anschickte.

»Sie sollten nicht so lange hier sein«, mahnte Bonnet seine treue Mitarbeiterin. »Sie haben doch schon längst Feierabend! Wartet Ihr Mann nicht auf Sie?«

»Der ist diese Woche auf Montage«, antwortete Madame Rossignol. »Ich habe die Zeit genutzt, um die Einladungen für unser großes Event endlich fertig zu machen. Gleich morgen werde ich sie auf Ihren Schreibtisch legen.«

»Was täte ich nur ohne Sie!« Bonnet lächelte ihr freundlich zu und ließ seiner Sekretärin beim Verlassen des Gebäudes den Vortritt. Sie plauderten noch über ein paar belanglose Dinge, während sie zum Parkplatz liefen, bevor jeder seines Weges ging. Es war ein lauer Abend, und die Luft roch nach würzigen Kräutern. Die Sonne ging gerade unter, sodass ihr Licht den noch mit Schnee bedeckten Gipfel des Mont Ventoux in rotgoldene Farben tauchte. Er sah, wie Madame Rossignol in ihren Wagen stieg, als ihm noch etwas einfiel.

»Wann geht denn der Flug meines Neffen morgen nach Kinshasa?«, rief Bonnet ihr zu.

»Monsieur Frédéric will in den Kongo?« Madame Rossignol wandte sich ihm erstaunt zu. Er sah, wie sie kurz zögerte. »Davon hat er mir nichts erzählt. Vielleicht hat er den Flug ja selbst gebucht?«

»Schon möglich!« Arthur winkte ihr zerstreut zu und stieg in seinen Lexus. Er würde Frédéric eben von zu Hause aus nochmals anrufen müssen, um ihm noch einige wichtige Instruktionen zu geben. Als er seinen Wagen auf die Straße lenkte, fiel ihm ein auffälliger Sportwagen ins Auge, der unter den Platanen geparkt war. Er hatte ihn noch nie in der Gegend gesehen.

Bonnets Villa lag ein paar Kilometer außerhalb von Vassols an den Hängen des Graveyron. Normalerweise genoss er die Fahrt über die schmalen Landstraßen und dann über Feldwege den Berg hinauf, doch heute wanderten seine Gedanken in andere Richtungen. Ob Madeleine zu Hause war, wenn er kam? Seine Frau war mit Freundinnen für ein paar Tage nach Cannes gereist, um sich ein wenig zu vergnügen. Er hatte sie zu diesem Ausflug überredet, weil er die Hoffnung hatte, dass sie die Zeit nutzen würde, um sich Gedanken über ihre gemeinsame Zukunft zu machen. So wie in letzter Zeit konnte es jedenfalls nicht mehr weitergehen. Er sehnte sich nach einem gemütlichen Abend mit ihr, so wie sie ihre Freizeit früher regelmäßig gemeinsam verbracht hatten.

Als er vor knapp einem Jahr den Herzinfarkt erlitten hatte, war zwischen ihnen noch alles in Ordnung gewesen.

Madeleine hatte sich nicht nur rührend um ihn gekümmert, sondern sich auch in der Firma in alle wichtigen Bereiche eingearbeitet. Er selbst hatte sie dazu ermuntert, auch weil er auf diese Weise den Überblick über die Geschäfte behielt. Madeleine hatte sofort Feuer gefangen. Die neuen Aufgaben hatten sie inspiriert, und sie bewies ein außergewöhnliches Gespür für neue Trends und modische Geschmacksnoten in der Schokoladenwelt. In dieser Hinsicht ergänzte sie sich bestens mit Tristan Thibault, der kurze Zeit später als Chef-Chocolatier bei ihm eingestiegen war. Doch durch die Zeit bei Bonnet & Frères hatte sich Madeleine auch verändert. Sie war selbstbewusster und bestimmender geworden, und sie hatte sich von ihm entfremdet. Arthur wusste, was das bedeutete. Seine erste Ehe war gescheitert, weil er nur noch für die Firma da gewesen war. Er wollte nicht, dass ihm das auch mit Madeleine passierte. Seine Krankheit hatte ihm gezeigt, dass es wichtigere Dinge im Leben gab. Er war nicht mehr der Jüngste. Umso wichtiger war es für ihn, die Zeit, die ihm noch blieb, mit seiner Frau zu verbringen. Doch Madeleine war mit seiner Entscheidung nicht zufrieden gewesen. Sie hatte sehr gekränkt reagiert, als er ihr nahelegte, sich wieder aus den Geschäften zurückzuziehen. Es tat ihm leid, dass er sie enttäuschen musste, aber sie besaß einfach nicht seine Erfahrung.

Arthur sah im Rückspiegel, dass ihm der Sportwagen folgte. Erst als er auf den Privatweg zu seinem Haus abbog, fuhr er an ihm vorüber. Seine Gedanken wanderten wieder zurück zur Chocolaterie. War es ein Fehler gewesen, Frédéric Hoffnungen auf seine Nachfolge zu machen? Sein

Bauchgefühl sagte ihm, dass sein Neffe nicht das Herzblut dazu besaß. Auf der anderen Seite gehörte er zur Familie. Als einzigem Sohn seines älteren Bruders Filibert war er ihm vermutlich auch verpflichtet. Nach Filiberts plötzlichem Unfalltod hatte er seine Schwägerin Eveline und ihren kleinen Sohn aus den Augen verloren. Eveline hatte ihr ererbtes Vermögen in der Firma belassen und ihm freie Hand gegeben, sie zu führen. Dafür hatte er sie mit Firmenanteilen an seinem Erfolg teilhaben lassen. Vor zwei Jahren war ihr Sohn Frédéric plötzlich in der Provence aufgetaucht. Er hatte einen glänzenden Universitätsabschluss in Wirtschaftswissenschaften und einige Jahre Auslandserfahrungen. Jetzt forderte er einen Platz in der Firmenleitung ein. Arthur hatte sein forsches Auftreten nicht besonders gefallen. Doch aus alter Verbundenheit zu seinem Bruder stellte er ihn ein. Zweifelsohne hatte Frédéric einen guten Geschäftssinn. Mit Thibault als kreativem Kopf des Unternehmens konnte eigentlich nichts passieren. Er würde lernen müssen loszulassen. Mit Madeleine an seiner Seite würde er es schon schaffen. Sie musste nur noch einsehen, dass die Chance, die er ihnen beiden noch einmal bot, auch die richtige war.

Arthur fuhr das letzte steile Stück bis zu seiner Villa hinauf und beschloss, noch heute Abend alles mit seiner Frau zu besprechen. Er wollte, dass sie beide glücklich miteinander waren. Als er das verschlossene Eisentor sah, wusste er, dass sie noch nicht zurückgekehrt war. Enttäuscht stieg er aus, um den Entsperrungscode am Tor einzugeben. Während er damit beschäftigt war, hörte er, wie sich aus einiger Entfernung ein weiteres Fahrzeug näherte. Das wird

Madeleine sein, dachte er erfreut. Dabei vertippte er sich und musste den Code erneut eingeben. Arthur konzentrierte sich, um zu verhindern, dass die Sicherheitsvorkehrung beim dritten Mal den Zugang automatisch versperrte und einen Alarm auslöste. Endlich machte es *klick,* und das Tor öffnete sich automatisch nach innen. Mittlerweile hatte der andere Wagen ebenfalls sein Grundstück erreicht. Arthur hörte das Schlagen einer Autotür und drehte sich in der Erwartung um, Madeleine zu sehen. Doch sie war es nicht. Erstaunen vermischt mit Ärger zeichnete sich auf seinem Gesicht ab, als er den ungebetenen Gast erkannte.

Tag 3

5

»Joël, Cathérine! Beeilung! Wenn ich euch mit in die Schule nehmen soll, müssen wir sofort los!«

Maurice blickte ungeduldig auf die Uhr und überlegte ernsthaft, seine Drohung endlich wahr zu machen und die Kinder ihrem Schicksal zu überlassen. Es war jeden Morgen dieselbe nervenaufreibende Prozedur. Joël war zu müde zum Aufstehen, weil er sich die Nächte mit irgendwelchen Klimaschutzaktionen um die Ohren schlug, und seine dreizehnjährige Tochter Cathérine kämpfte im Badezimmer stundenlang gegen ihre Pickel. Zeit spielte für die beiden scheinbar überhaupt keine Rolle. Drei Minuten später schlurfte Joël aus seinem Zimmer. Er erinnerte Maurice an einen Clochard, seitdem er sich neuerdings die Haare weder schneiden ließ noch kämmte. Seine ehemals schönen braunen Locken hatten sich zu verfilzten Haarbüscheln verformt, die seinem Kopf das Aussehen eines knotigen Wischmopps verliehen. Seine Kleidung bestand aus einem schlabbrigen T-Shirt und einer bis zu den Knien herabhängenden, löchrigen Jeans. Sein Aussehen hatte sich drastisch geändert, seit er sich aktiv in der Klimaschutzbewegung engagierte. Nicht, dass Maurice das befremdlich fand, im Gegenteil, doch musste der Junge gleich immer so übertreiben?

»Hast du Croissants besorgt?« Ohne seinen Vater auch nur eines Blickes zu würdigen, drückte er sich an ihm vorbei und machte sich in aller Ruhe an der Kaffeemaschine zu schaffen.

»Wenn du frühstücken willst, musst du gefälligst früher aufstehen«, raunzte Maurice ungehalten. Er deutete mit dem Kopf in Richtung Anrichte. »Nimm dir ein Croissant für unterwegs und dann ab ins Auto.« Er sah nochmals auf die Uhr und schüttelte ungehalten den Kopf. »Cathérine. Wir fahren jetzt ohne dich!«

Doch auch diese Drohung lief wie die vorherigen ins Leere. Eine kleine Ewigkeit später verließ seine Tochter endlich das Badezimmer. Im Gegensatz zu ihrem Bruder hatte sie sich ausgiebig zurechtgemacht. Neuerdings trug sie auch Schminke, als hätte sie gleich einen Auftritt im Fernsehen. Sie trug eine hautenge Jeans, dazu ein bauchfreies Top, das sie unter einem Blouson vor ihm zu verstecken versuchte. Das Make-up war so dick aufgetragen, dass es wie eine Maske wirkte. Ihre Augen wurden durch Kajal, Wimperntusche und Eyeliner unnatürlich hervorgehoben, was wiederum nicht zu dem kindlichen, zartrosa Lipgloss passen wollte. Unter anderen Umständen hätte Maurice sie sofort wieder zum Abschminken zurück ins Badezimmer geschickt. Doch die Zeit war viel zu knapp. Er hatte in gut einer halben Stunde eine Besprechung auf dem Kommissariat in Carpentras einberaumt. Da durfte er nicht schon wieder zu spät erscheinen. Allerdings bezweifelte er, dass er das schaffte, da er die Kinder doch noch an ihrer Schule absetzen musste. Er drückte seiner Tochter ein Croissant in die Hand und winkte sie hinaus.

»Ich hab jetzt endgültig die Nase voll! Ab morgen fahrt ihr mit dem Bus«, schimpfte er.

»Jetzt chill mal deine Base«, gab sein Sohn ungerührt zurück. »So viel Stress ist schlecht für deinen Blutdruck.«

Maurice verzichtete auf eine Antwort, als er sah, wie Joël sich die Kopfhörer über die Ohren stülpte und sich sofort im Takt seiner Musik wiegte. Sie stiegen in den Wagen ein und fuhren los. Cathérine war intensiv mit ihrem Smartphone beschäftigt und zeigte ebenfalls keinerlei Interesse an einer Konversation. Maurice seufzte. So lief das schon seit Monaten zwischen ihnen. Seitdem Sylvie ausgezogen war, war ihr Familienleben ein Trümmerhaufen. Zwar gab er sich alle Mühe, den Kindern ein guter Vater zu sein und sich um alle ihre Belange zu kümmern, doch hatte er sich nie vorstellen können, wie schwierig das war. Maurice musste sich nun mit all den Tücken und Problemen eines Alleinerziehenden herumschlagen. Allein die Organisation des Haushalts brachte ihn oft an seine Grenzen. Von Joël und Cathérine konnte er in dieser Richtung nicht viel Unterstützung erwarten. Seine Kinder waren viel zu sehr mit sich selbst beschäftigt. Für Gespräche oder irgendeine Art von Gemeinsamkeit blieb kaum noch Zeit, denn schließlich hatte er ja auch noch einen Job, der ihn nach seiner letzten Beförderung noch mehr in Anspruch nahm als zuvor. An manchen Tagen war er so erledigt, dass er nach dem Abendessen auf dem Sofa einfach einschlief und oft erst wieder erwachte, wenn die Kinder längst schon im Bett waren.

Auf Sylvie konnte er derzeit nur selten zählen. Zwar traf sie sich regelmäßig mit den Kindern, doch aufgrund ihrer unregelmäßigen Arbeitszeiten als Moderatorin eines regionalen TV-Senders war sie bei Verabredungen oft nicht pünktlich. Maurice war nicht sicher, ob er ihr immer glauben konnte. Er vermutete, dass hinter der Unzuverlässigkeit seiner Exfrau eher ihr Chef Gilbert steckte, dem sie auch in ihrer Freizeit ihre ganz persönliche Aufmerksamkeit widmete. Dieser schmierige Typ war für Maurice ein rotes Tuch. Sein Magen krampfte sich jedes Mal zusammen. Er mochte sich immer noch nicht damit abfinden, dass Sylvie ihn und die Kinder wegen solch eines windigen Ekelpakets verlassen hatte. Sie hatte es als Auszeit tituliert, doch langsam glaubte er nicht mehr daran, dass sie noch einmal zu ihnen zurückkehrte. Und dennoch schaffte er es nicht, endlich die Scheidung in die Wege zu leiten. Vielleicht weil er fürchtete, dass damit ihre Familie endgültig zerbrach. Aber war sie nicht längst zerbrochen?

Maurice war gezwungen, scharf abzubremsen, weil vor ihm eine Frau plötzlich die Straße überquerte. Sein Sohn blickte kurz auf, bevor er sich wieder auf seine Musik konzentrierte. Der Junge war im letzten Jahr ganz schön erwachsen geworden, dachte er. Eigentlich braucht er mich gar nicht mehr. Seine Familie sind jetzt seine Freunde und die Klimaaktivisten. Und bei Cathérine, seinem geliebten Küken, war es auch nur noch eine Frage der Zeit, bis sie ihre eigenen Wege ging. Der Anfang war bereits gemacht. Noch vor wenigen Monaten wäre es unvorstellbar gewesen, dass sie sich so herausputzte. Wo war nur sein kleines, süßes Mädchen geblieben, mit dem er so unbeschwert hatte herumalbern können? Mitten in seine sentimentalen Gedanken hinein klingelte plötzlich das Telefon. Er nahm den Anruf über die Freisprechanlage entgegen. Es war Adjoint Arduin von der Police Municipale in Brillon-de-Vassols.

»Was gibt's, Arduin?«

»Verzeihung, mon Capitaine«, entschuldigte sich der junge Dorfpolizist auf seine umständliche Art. »Natürlich weiß ich, dass Sie beschäftigt sind, aber …«

»Kommen Sie zur Sache!«, unterbrach Maurice ihn ungeduldig.

»In Vassols gab es einen Todesfall, den Sie sich vielleicht mal ansehen sollten.«

Ein Toter, das hatte ihm gerade noch gefehlt.

»Um wen handelt es sich denn?«

»Um Arthur Bonnet, den Besitzer der gleichnamigen Chocolaterie. Er wurde heute Morgen tot von seiner Frau aufgefunden. Der Arzt meinte, es sei ein Herzinfarkt, aber …«

»Moment!« Maurice schaltete die Freisprechanlage aus, damit seine Kinder nicht weiter mithören konnten, auch wenn beide mit anderen Dingen beschäftigt schienen. Er nahm das Telefon ans Ohr und bat den Polizisten weiterzusprechen.

»Also, ich bin mir ziemlich sicher, dass Bonnet nicht an einem Herzinfarkt gestorben ist«, meldete Arduin.

»Was heißt hier glauben? Haben Sie Anzeichen von Fremdeinwirkungen gefunden?«

»Nun ja, ähm, ich meine, nein. Aber dennoch kommt mir das alles so seltsam vor. Der tote Monsieur Bonnet sah gar nicht so aus wie ein Herztoter. Seine Haltung war irgendwie merkwürdig. Wissen Sie, meine Tante Cécile ist auch an einem Herzinfarkt gestorben, aber ihr Gesichtsausdruck war völlig anders als der von Monsieur Bonnet.«

»Und wie kommen Sie dazu, den Toten zu begutachten?«, verlangte Maurice zu wissen.

»Nun, ich machte gerade in meinem Auto meine Runde durch die Gegend – wie jeden Morgen. Da sah ich Docteur Richard vor Bonnets Villa und auch Madame Bonnet, die ganz aufgelöst schien. Ich hielt an, um zu sehen, ob ich helfen kann.«

Maurice war drauf und dran, Arduins Bedenken einfach als unbegründet abzutun. Der Adjoint war für seinen Übereifer bekannt. Ebenso wie Maurice' Schwester Rosalie hatte er ein Faible für Kriminalfälle, auch wenn es gar keine waren. Wenn er daran dachte, was er am heutigen Tag alles zu erledigen hatte, wurde ihm ganz anders. Gleich stand eine wichtige Teamsitzung an, in der er dem neuen Polizeikommissar auf Probe seine neuen Aufgaben zuteilen musste. Danach wartete sein Schreibtisch auf ihn. Seitdem er zum Capitaine befördert worden war, hatte er zusätzlich zu seinen normalen Tätigkeiten jede Menge Verwaltungsaufgaben zu verrichten: Statistiken, Anfragen des Innenministeriums und Berichte seiner Kollegen, die er begutachten musste. Und er war weit im Verzug. In dem Moment, als er den Adjoint zurechtweisen wollte, fiel ihm aber noch rechtzeitig der Afrikaner ein, der im Krankenhaus von Carpentras vor zwei Tagen schwer verletzt eingeliefert worden war. Seiner Erinnerung nach war der Mann in Bonnets Chocolaterie zusammengebrochen. Das war vermutlich kein Zufall.

»Sind Sie noch bei dem Verstorbenen?«, erkundigte sich Maurice. Er sah im Rückspiegel, wie Cathérine ihm plötzlich aufmerksam zuhörte, und ärgerte sich über seine unbedachte Äußerung.

»Ähm ja. Ich dachte, ich muss Sie doch gleich informieren.«

»Bleiben Sie vor Ort und stellen Sie sicher, dass nichts verändert wird. Ich werde Olivier benachrichtigen, damit er sich das alles mal ansieht, und komme dann nach. Wir sehen uns später!«

»Sehr wohl, Capitaine.«

Maurice beendete das Gespräch. Nachdem er seine Kinder abgesetzt hatte, fuhr er mit überhöhter Geschwindigkeit ins Kommissariat. Duval und der ihm neu zugeteilte *Lieutenant de police stagiaire* warteten bereits auf ihn. Schon beim Betreten des Büros fiel Maurice auf, dass es dem jungen Kollegen nicht an Kontaktfreudigkeit zu mangeln schien. Er hatte sich bereits an dem für ihn freigeräumten Schreibtisch häuslich niedergelassen und unterhielt sich gerade mit dem sonst so wortkargen Duval angeregt über die neuen Fußballergebnisse von Olympique Marseille.

»Wie ich sehe, haben Sie sich schon miteinander bekannt gemacht«, unterbrach Maurice ihr Gespräch. »Dann müssen wir ja mit dem Kennenlernen keine weitere kostbare Zeit vergeuden, sondern können uns gleich auf unsere Aufgaben konzentrieren.«

Duval schnaubte nur verächtlich, während der Lieutenant sofort aufsprang und Haltung annahm.

»Ich freue mich auf die Zeit in Ihrem Kommissariat, Capitaine Viale«, begrüßte er ihn förmlich. Maurice nickte ihm zu. »Wir haben eine Menge zu tun. Also fangen wir gleich an!« Er ging rüber in ihr Besprechungszimmer und erwartete die beiden Kollegen dort.

Der junge Croiset war ein dynamisch wirkender,

athletischer Mann, dessen Hautfarbe seine westafrikanischen Wurzeln nicht verbarg. Laut seiner Akte hatte er beste Zeugnisse und war Computerspezialist. Außerdem wurde er vom Commandant persönlich protegiert. Maurice hoffte, dass er nicht sein Spitzel war. Croisets Kenntnisse in Computerdingen konnten ihnen möglicherweise von Nutzen sein. Maurice umriss in knappen Worten die anstehenden Fälle, die sie zu bearbeiten hatten, und kam dann gleich auf Arduins Anruf und den toten Bonnet zu sprechen.

»Olivier und die KTU sind bereits benachrichtigt. Ich werde ebenfalls nach Vassols fahren und mir selbst ein Bild von der Lage machen. Gut möglich, dass Arduin sich täuscht und der arme Bonnet eines natürlichen Todes gestorben ist. Doch in Anbetracht des Afrikaners, der kürzlich schwer verletzt in der Chocolaterie aufgefunden wurde, möchte ich nicht, dass wir etwas übersehen.«

»Glauben Sie vielleicht, dass Bonnet ein Flüchtlingshelfer war?«, spottete Duval, der Arduin nicht ausstehen konnte. »Die beiden Vorfälle haben doch nichts miteinander zu tun. Nur weil ein Flüchtling zusammengebrochen ist und Arduin ein komisches Gefühl hat, heißt das noch lange nicht, dass wir es mit einem Mord oder gar einer Intrige zu tun haben.«

Maurice überging seinen Einwand. »Mag schon sein, Duval. Dennoch werden wir der Sache auf den Grund gehen. Deshalb kümmern Sie sich um den verletzten Afrikaner. Ich möchte alles über ihn wissen. Rufen Sie im Krankenhaus an und bringen Sie in Erfahrung, wie schwer seine Verletzungen sind. Sobald er aus dem Koma erwacht, werden wir ihn vernehmen. Croiset wird Sie dabei unterstützen.« Zur

Bekräftigung tippte er mit der Rückseite seines Kugelschreibers auf die Tischfläche. »Ich möchte so schnell wie möglich über alles informiert werden.«

Zwei Stunden später kam Lieutenant Croiset mit den ersten Ergebnissen.

»Unser Opfer stammt aus der Demokratischen Republik Kongo«, berichtete er. »Sein Name ist Bosange Gobeni, vierunddreißig Jahre alt. Er stammt laut seinem Reisepass aus einem kleinen Dorf am Rande des Virunga-Nationalparks. Der Mann ist als Tourist nach Frankreich eingereist und besitzt sowohl ein gültiges Visum als auch ein Rückflugticket nach Kinshasa. In seiner Jackentasche fanden wir ein Busticket von Avignon und ein Zugticket von Marseille. Vermutlich wurde er in Marseille Opfer eines Raubüberfalls oder geriet in eine Streitigkeit. Er war schon verletzt, als er in der Chocolaterie eintraf. Und er ist kein Flüchtling.«

»Ist der Mann schon ansprechbar?«

»Er wird immer noch in einem künstlichen Koma gehalten. Allerdings sind die Ärzte zuversichtlich und wollen ihn noch im Laufe des Tages wieder zurückholen. Spätestens morgen können Sie den Mann verhören.«

»Gute Arbeit, Lieutenant«, lobte Maurice. »Dann ist der Mann vermutlich Opfer einer Bande von Kriminellen geworden. Es stellt sich nun die Frage, in welcher Beziehung Gobeni zu der Chocolaterie stand. Was wollte er dort? Haben Sie eine Vermutung?«

Croiset setzte ein wissendes Lächeln auf, das seine ebenmäßigen weißen Zähne zur Geltung brachte. »Oh ja, mon Capitaine«, antwortete er eifrig. »Ich vermute mal, dass

Gobeni in irgendeiner Weise in einer geschäftlichen Beziehung zu der Chocolaterie steht. Die Tatsache, dass er aus der Demokratischen Republik Kongo stammt, und zwar aus der Nähe des Virunga-Nationalparks, lässt den Schluss zu, dass er einer der Pächter auf Bonnets Plantagen ist. Bonnet strebt laut seiner Website an, demnächst das ECOCERT-Siegel zu erwerben. Er unterstützt mehrere Plantagen genau dort.«

»Hhm.« Maurice dachte nach. »Vermutlich gibt es eine einfache Erklärung. Da Gobeni schon verletzt war, bevor Bonnet zu Tode kam, ist vermutlich auszuschließen, dass der Afrikaner etwas damit zu tun hat. Da es sich jedoch um ein Gewaltdelikt handelt, möchte ich, dass wir den Mann vernehmen, sobald er fit genug ist.«

6

Der Anruf von Capitaine Viale erreichte Vincent mitten in einer Besprechung mit Denise Sissoko, seiner besten Mitarbeiterin in der Apotheke. Er war gerade dabei, ihr Wissen über pharmazeutische und medizinische Chemie zu prüfen, um sie für die in Kürze anstehenden Prüfungen zu wappnen. Denise war zwar studierte Apothekerin, doch da man ihren Abschluss, den sie in ihrem Heimatland Mali erworben hatte, nicht in Frankreich anerkannte, durfte sie bislang nur als einfache Fachkraft in seiner Apotheke tätig sein. Vincent hatte schnell erkannt, was für eine Perle er in Denise gefunden hatte. Die etwa vierzigjährige Frau hatte seine etwas nachlässig geführte Apotheke innerhalb weniger Monate auf Vordermann gebracht und viele positive Neuerungen eingeführt. So boten sie neuerdings selbst hergestellte pflanzliche Kosmetika und Salben an, die einen reißenden Absatz bei der Bevölkerung von Vassols fanden. Am liebsten hätte Vincent Denise als gleichberechtigte Partnerin in seinem Geschäft gesehen. Das würde ihm erlauben, mehr Zeit mit neuen Nachweismethoden und der neuen, gelegentlichen Tätigkeit als Médecin légiste zu verbringen. Doch dafür brauchte sie ein anerkanntes Examen. Es hatte ihn einige Anstrengung gekostet, Denise dazu zu überreden, sich noch einmal auf die Prüfungen vorzubereiten. Sie war Mutter von drei kleinen Kindern und diejenige, die die Familie überwiegend ernährte. Über ihren Mann wusste er nicht viel, nur dass er selten oder fast nie zu Hause war. Schließlich hatten sie sich darauf geeinigt, dass er sie dabei unterstützen würde und sie sich bis zu ihrer Prüfung einen Tag in der Woche freinehmen konnte.

»Wir machen gleich weiter«, entschuldigte sich Vincent bei seiner Mitarbeiterin und nahm den Anruf entgegen.

»Wir haben einen Toten, den Sie sich gleich mal ansehen sollten. Es handelt sich um Arthur Bonnet. Er verstarb wohl in der vergangenen Nacht. Der Hausarzt tippt auf einen natürlichen Tod, doch ich möchte, dass Sie ihn sich dennoch einmal ansehen«, fiel Capitaine Viale gleich mit der Tür ins Haus. Vincent hatte außerdem den Eindruck, dass er es eilig hatte. »Ach ja, und rufen Sie die KTU dazu, wenn Sie den Eindruck haben, dass es notwendig sein sollte.« Er gab ihm Namen und Adresse durch und versprach ihm, so schnell wie möglich nachzukommen.

Eine halbe Stunde später war Vincent in seiner neuen Funktion vor Ort. Vor etwas mehr als zwei Jahren hatte er seine arbeitsintensive und stressige Position in einem Forschungslabor für Forensik in Paris an den Nagel gehängt, um nur noch der geregelten Tätigkeit als Apotheker auf dem Land nachzugehen. Er hatte sich nach einem ruhigen, beschaulichen Leben gesehnt. Doch dann war ihm Rosalie über den Weg gelaufen, die mit ihrem Temperament sein Leben durcheinanderbrachte. Als Viale ihm vor einigen Monaten die Stelle eines Gerichtsmediziners in Avignon angeboten hatte, hatte er noch abgelehnt. Doch zwischenzeitlich hatte er sich bereit erklärt, wenigstens aushilfsweise für die Gerichtsmedizin tätig zu sein. Die Arbeit machte ihm mittlerweile um einiges mehr Spaß als die Tätigkeit in der Apotheke. Rosalie hatte dies viel früher erkannt als er. Umso dankbarer war er ihr, dass sie ihn dazu ermuntert hatte.

Manchmal glaubte er allerdings, dass sie das auch mit einem Hintergedanken getan hatte, denn über ihn erfuhr sie Dinge, die ihr sonst verborgen geblieben wären. Seine Freundin steckte ihre Nase nur allzu gerne in polizeiliche Angelegenheiten und ging dann ihren eigenen Ermittlungen nach, was sie nicht nur einmal in beachtliche Schwierigkeiten gebracht hatte. Das wiederum passte ihrem Halbbruder, dem Commissaire Maurice Viale, überhaupt nicht in den Kram. Doch Rosalie kümmerte das nicht.

Vincent parkte seinen Wagen in der Auffahrt der großzügigen Villa. Das Eingangstor stand ebenso offen wie die Garage, in der ein teures Cabrio neben einem Geländewagen stand. Draußen auf der Straße sah er das Polizeifahrzeug der Police municipale. Allem Anschein nach war Philippe Arduin ebenfalls vor Ort. Er nahm seinen Aluminiumkoffer aus dem Kofferraum und begab sich zur Eingangstür. Eine attraktive, groß gewachsene Frau mit schulterlangem, dunklem Haar empfing ihn. Sie trug einen hellblauen Hosenanzug, der schon etwas mitgenommen wirkte. Sie sah aus, als wäre sie gerade erst nach Hause gekommen. Das musste Bonnets Ehefrau sein. Vincent erinnerte sich, dass Viale ihm erzählt hatte, die Frau sei erst in den frühen Morgenstunden nach Hause gekommen, wo sie ihren Ehemann tot aufgefunden habe.

»Kommen Sie herein«, bat sie ihn und ging gleich voraus

in Richtung Wohnzimmer. Er folgte ihr durch ein weiträumiges Atrium, durch dessen gläserne Schiebetüren man den Garten mit dem Swimmingpool bewundern konnte. Linker Hand befand sich eine großzügige Wohnküche. Eine Treppe führte in das obere Stockwerk. Im Wohnzimmer traf er auf Arduin. Der junge Polizist stellte eilig eine Tasse beiseite und sprang auf, als er ihn erblickte.

»Madame Bonnet war so freundlich, mir eine Tasse Kaffee zu bringen«, erklärte er verlegen. Vincent nickte ihm freundlich zu und erkundigte sich, wie lange er schon hier war. »Seit etwas mehr als anderthalb Stunden. Nichts wurde verändert.« Er wies auf den Toten, der nur wenige Meter von ihm entfernt zurückgelehnt auf einer hellen Ledercouch saß. Sein Kopf hing ihm leicht seitlich herabgesunken auf der Brust. In seinen Mundwinkeln sah man den Rest von Speichelfäden. Die Beine ragten halb ausgestreckt unter dem Glastisch hervor. Beide Arme lagen neben dem Körper. Auf den ersten Blick deutete alles auf einen plötzlichen Herztod oder ein Aneurysma hin. Zeichen von Gewaltanwendung schien es nicht zu geben. Doch das konnte täuschen.

»Wann haben Sie Ihren Gatten so vorgefunden?«, wandte sich Vincent an die Frau des Toten. Sie stand verkrampft da, die Arme um den Körper geschlungen, und vermied es, dem Toten zu nah zu kommen.

»Bei meiner Rückkehr so gegen halb sieben heute Morgen«, sagte sie mit leiser Stimme. Ihr Gesicht wirkte starr und blass. »Bitte beeilen Sie sich mit Ihren Untersuchungen«, bat sie ihn schließlich. »Ich möchte nicht, dass Arthur so … so … hilflos hierbleiben muss.« Vincent fiel auf, dass sie vermied, den Verstorbenen anzusehen.

»Haben Sie irgendetwas verändert? Bitte verzeihen Sie, aber ich muss Sie das fragen, damit ich mir ein besseres Bild machen kann.«

»Es ist doch offensichtlich, dass Arthur nicht mehr lebt«, brach es aus Madeleine Bonnet heraus. »Er hatte ein schwaches Herz und ist daran gestorben!« Sie atmete tief ein. »Nein! Ich habe nichts angerührt. Oder doch! Ich habe Arthur ein wenig an den Schultern gerüttelt und ihm danach an den Hals gefasst, um seinen Puls zu spüren. Aber da war nichts mehr, verstehen Sie?« Sie sah ihn aus weit geöffneten Augen an. Ihre Stimme bebte. Sie machte den Eindruck, als würde sie gleich zusammenbrechen. Vincent kannte das. Er versuchte sie zu beruhigen, indem er auf sie zutrat und sanft seine Hand auf ihre Schulter legte. Doch sie wehrte ihn mit einer ungeduldigen Armbewegung ab.

»Lassen Sie mich in Ruhe. Stellen Sie endlich den verdammten Totenschein aus, damit ich die Bestatter rufen kann. Es ist alles so … so unwürdig!« Dann brach sie in Tränen aus.

»Holen Sie Madame Bonnet ein Glas Wasser«, wandte sich Vincent an den Polizisten, der sofort in der Küche verschwand. »Ich werde Ihnen ein leichtes Beruhigungsmittel geben, Madame. Dann fühlen Sie sich gleich besser.« Er führte sie weg von dem Toten, hinaus ins Atrium. Dort half er ihr, sich auf einen Korbstuhl zu setzen.

»Ich wollte eigentlich schon gestern Abend wieder zurück sein«, schluchzte sie, nachdem sie das Medikament eingenommen hatte. Er fühlte sich bemüßigt, bei ihr zu bleiben, bis sie sich ein wenig beruhigt hatte. Dabei fand er Gelegenheit, sie eingehender zu mustern. Madeleine war deutlich jünger als ihr Ehemann. Vincent vermutete um die zwanzig Jahre oder sogar noch mehr. Sie war eine bildschöne, elegante Frau, selbst jetzt nach diesem Schock. »Es ist meine Schuld, dass Arthur tot ist«, fuhr sie fort. »Meine Freundinnen und ich waren schon auf dem Nachhauseweg, als wir erfuhren, dass es einen Unfall mit Stau auf der Autobahn bei Nizza gegeben hatte. Wir haben dann entschlossen, eine weitere Nacht in unserem Hotel zu bleiben und ganz früh am Morgen zurückzufahren.« Sie sah ihn aus ihren großen, auffallend hellen Augen an und hatte erneut Tränen in den Augen. »Wäre ich doch nur gestern Abend noch gefahren. Vielleicht hätte ich ihm dann noch helfen können.«

»Machen Sie sich keine Vorwürfe«, erwiderte Vincent ein wenig überfordert. Normalerweise war es die Aufgabe des Commissaires, sich mit den Angehörigen der Opfer zu unterhalten. Aber da Viale immer noch nicht eingetroffen war, blieb ihm gar keine andere Wahl, als diese Aufgabe zu übernehmen. Geduldig wartete er also ab, bis sie sich wieder einigermaßen beruhigt hatte. »Ich werde mich jetzt um Ihren Mann kümmern. Bitte bleiben Sie so lange hier. Haben Sie vielleicht jemanden, den wir informieren sollen?«

»Ich habe in der Firma schon Bescheid gegeben. Auch Frédéric ist informiert«, meinte Madeleine schon sehr viel gefasster. »Er ist der Neffe meines Mannes. Er hat versprochen, so schnell wie möglich zu kommen. Allerdings lebt er in Avignon. Andere Verwandte haben wir hier nicht. Später werde ich noch eine Freundin informieren. Sie wird mir sicherlich beistehen.« Sie versuchte ein tapferes Lächeln.

Vincent machte sich einigermaßen beruhigt an seine Arbeit. Nachdem er sich seine Handschuhe und Schutzkleidung übergezogen hatte, stellte er fest, dass die Totenstarre fast vollständig ausgeprägt war. Bonnet war also seit ungefähr zwölf Stunden tot. Arduin, der ihm ins Wohnzimmer gefolgt war, trat neugierig zu ihm heran und beobachtete ihn dabei, wie er seinen Koffer öffnete, um das batteriebetriebene Reizstromgerät zu entnehmen. Er setzte die Nadelelektroden an die inneren und äußeren Lidwinkel des Toten und setzte sie unter Strom. Es gab keinerlei Reaktion.

»Wozu ist das?«

»Damit prüfe ich die Gesichtsmuskeln, um den Todeszeitpunkt genauer einkreisen zu können«, erklärte Vincent dem wissbegierigen Polizisten. »Etwa sechs bis acht Stunden nach dem Tod reagieren die Gesichtsmuskeln noch auf elektrische Reize, danach nicht mehr.«

»Dann ist Monsieur Bonnet also schon länger tot«, schlussfolgerte dieser sofort.

»So sieht es aus.« Vincent zog sein Diktiergerät heraus und beugte sich über die Leiche.

»Mit dem elektronischen Thermometer kann ich den Todeszeitpunkt des Verstorbenen noch genauer einkreisen«, erklärte er Arduin. Er zog das Gerät aus seinem Koffer und zeigte es ihm. »Ich messe mit der feinen Messelektrode die Differenz zwischen der am Leichnam gemessenen Körpertemperatur und der Umgebungstemperatur am Fundort.« Vincent nahm die Umgebungstemperatur an verschiedenen Stellen im Zimmer und in verschiedenen Höhen über dem Fußboden. Danach maß er rektal die Temperatur des Verstorbenen.

»Der Verstorbene ist nach erster Grobeinschätzung seit ungefähr zehn bis zwölf Stunden tot«, protokollierte er, bevor er sich wieder Arduin zuwandte. »Die übliche Körpertemperatur des Menschen beträgt knapp siebenunddreißig Grad Celsius bis etwa drei Stunden nach seinem Tod. Danach verringert sie sich um etwa ein Grad pro Stunde. Entsprechend lassen sich aus der Differenz Rückschlüsse auf die Todeszeit ziehen.«

»Aber das Fenster stand offen, als ich hier ankam«, bemerkte der junge Polizist, der auffallend gut mitdachte. »Heute Morgen war es noch ganz schön frisch. Das hat doch sicherlich auch Auswirkung auf Ihre Berechnung.«

»Stimmt«, gab Vincent ihm recht. »Außerdem könnte der Tote Fieber gehabt haben oder schon vorher ausgekühlt gewesen sein. Es gibt viele äußere Faktoren, die das Ergebnis verfälschen können. Deshalb gebe ich die Messdaten noch einmal in ein Computerprogramm, das auch alle anderen Informationen, die wir am Fundort gesammelt haben, miteinbezieht. Allerdings geschieht das nur, wenn wir zu dem Ergebnis kommen, dass Monsieur Bonnet eines gewaltsamen Todes gestorben ist.«

»Wenn Sie mich fragen, wurde Monsieur Bonnet umgebracht«, platzte es aus Arduin heraus. »Deshalb habe ich auch den Capitaine benachrichtigt.« Er unterrichtete Vincent über die Dinge, die ihm aufgefallen waren. »Monsieur Bonnet sieht so aus, als habe ihn sein Tod mitten im Schlaf ereilt. Dabei war er doch gerade dabei, einen Cognac zu trinken. Außerdem finde ich es sehr merkwürdig, dass der Tote immer noch seine Anzugjacke trägt und nicht einmal seinen obersten Hemdknopf geöffnet hat.«

Vincent war dieses Detail ebenfalls aufgefallen. Allerdings konnte das auch bedeuten, dass der Tote sehr angespannt gewesen war und dringend einen Drink benötigte. Er machte noch ein paar weitere Untersuchungen und kam zu dem vorläufigen Ergebnis, dass der Mann an Herzversagen, also eines natürlichen Todes, gestorben war. Als er sich jedoch das nähere Umfeld des Toten besah, fielen ihm einige Merkwürdigkeiten auf. Auf dem blank geputzten Glastisch vor dem Toten stand ein gut zu einem Drittel gefülltes Glas mit Cognac. Allem Anschein nach war es jedoch unberührt. Selbst unter der Lupe waren weder Fingerabdrücke noch Lippenspuren zu sehen. Das war merkwürdig. Bonnet konnte sich wohl kaum einen Drink eingeschenkt haben, ohne das Glas dabei zu berühren. Kurz entschlossen griff er zu seinem Telefon und informierte die KTU, wie der Commissaire es ihm geraten hatte. Außerdem veranlasste er, dass der Leichnam in die Gerichtsmedizin überstellt wurde.

7

Als Maurice am späten Vormittag am Tatort eintraf, war die Spurensicherung mit ihrer Arbeit beinahe fertig. Eben war der Leichenwagen eingetroffen, um die sterblichen Überreste von Arthur Bonnet mitzunehmen. Von Madame Bonnet war nichts zu sehen. Vincent Olivier wartete bereits auf ihn.

»Wie sicher sind Sie, dass es sich um keine natürliche Todesursache handelt?«, fragte er den Gerichtsmediziner.

»Zu etwa achtzig Prozent«, antwortete Olivier, ohne zu zögern. »Überdies hat die KTU keine Fingerabdrücke auf dem Cognacglas gefunden, was darauf hindeutet, dass jemand seine Spuren verwischen wollte. Das allein ist schon ein handfestes Indiz.«

»Das muss noch nicht viel heißen«, stellte Maurice klar. Vincent zuckte mit der Schulter.

»Dennoch bleibe ich bei meiner Einschätzung. Arduin denkt übrigens ähnlich. Er hat eine erstaunlich gute Beobachtungsgabe, wenn Sie mich fragen.«

»Das habe ich auch schon bemerkt«, stimmte Maurice ihm zu. »Er wäre ein guter Kriminalist. Nur schade, dass ihm für den höheren Dienst die Qualifikation fehlt.«

»Philippe ist ganz unglücklich, dass Sie ihn derzeit nicht mehr anfordern«, erwähnte Vincent. Maurice rollte mit den

Augen. »Das haben wir dem stellvertretenden Bürgermeister zu verdanken. Er beansprucht den Adjoint ganz für sich allein. Das hat er mir mehr als einmal deutlich gemacht. Farnauld ist eine Schande für das Dorf, wenn Sie mich fragen. Aber so wie es aussieht, wird er wohl der neue Bürgermeister von Vassols.«

»Noch ist die Wahl nicht gelaufen«, bemerkte Olivier mit einem Blick auf die Uhr. »Aber ich muss jetzt los. Ich werde dringend in der Apotheke erwartet. Sobald der Leichnam im Institut in Avignon ist, werde ich mich um ihn kümmern. Bonjour, Capitaine!«

Dann blieb er doch noch einmal stehen. Offensichtlich war ihm noch etwas eingefallen.

»Übrigens soll ich Ihnen von Rosalie ausrichten, dass Sie sich dringend bei ihr melden möchten. Es geht wohl wieder einmal um Ihren Vater und seine neuesten Aktionen.«

Maurice winkte genervt ab. An dieses Thema wollte er nur ungern erinnert werden. Er hatte im Moment weiß Gott andere Probleme, als sich auch noch um seinen starrsinnigen Vater zu kümmern. »Sagen Sie Rosalie, sie soll das mit Louis allein klären. Ich bin mit allem einverstanden, was sie entscheiden.«

Vincent zuckte mit den Schultern. »Wenn Sie meinen. Ich werde es ihr ausrichten. Allerdings glaube ich nicht, dass sie sich damit zufriedengeben wird.«

»Das werden wir ja sehen!« Mit einem verkniffenen Lächeln verzog sich Maurice ins Haus. Da inspizierte er doch um einiges lieber einen Tatort.

Er fand Madeleine Bonnet in einem Korbstuhl sitzend allein auf der Terrasse. Ihr Blick war gedankenverloren über die Wipfel der Olivenbäume in die Ferne gerichtet, auch wenn sie nichts von der schönen Aussicht über das Rhônetal zu bemerken schien. Maurice machte sich mit einem Räuspern bemerkbar. »Madame Bonnet. Es tut mir aufrichtig leid, was Ihrem Mann widerfahren ist.«

Sie wandte ihm kurz ihr ausdrucksloses Gesicht zu und nickte kaum merklich, bevor ihr Blick wieder zurück in die Ferne ging.

»Wir haben das Haus wegen des schönen Blickes gekauft«, erzählte sie scheinbar zusammenhangslos. »Aber eigentlich haben wir die Aussicht nur selten gemeinsam genossen. Arthur hat die meiste Zeit seines Lebens in der Firma verbracht. Sie war ihm das Wichtigste, verstehen Sie?«

»Fühlen Sie sich in der Lage, mir ein paar Fragen zu beantworten?«, erkundigte sich Maurice behutsam. Sie reagierte nicht gleich. »Falls nicht, werde ich später noch einmal wiederkommen.«

»Mein Mann wurde nicht ermordet«, meinte Madeleine Bonnet mit fester Stimme und lenkte ihre Aufmerksamkeit in die Gegenwart zurück. Ihre bemerkenswert hellen Augen sahen ihn nun offen an. »Arthur hatte ein schwaches Herz. Er war lange Zeit sehr krank …« Sie seufzte. »Außerdem war er beliebt und hatte keine Feinde.«

Sie wirkte sehr verletzlich und schien die Situation noch nicht annähernd in ihrer Tragweite zu begreifen. Doch der Eindruck mochte täuschen. Womöglich stand sie noch unter Schock.

Er entschied, ihre Bemerkung zu übergehen, und zog sein Notizbuch hervor. »Ich muss Ihnen nun ein paar Fragen stellen, um den Sachverhalt auch für die Akten festzuhalten«, begann er vorsichtig. Sie nickte gequält.

»Fangen Sie an. Ich verstehe, dass Sie Ihre Arbeit tun müssen.«

Maurice formulierte seine Fragen so, dass es ihr leichtfiel, darauf zu antworten. So fragte er sie nach den genauen Umständen ihrer Rückkehr und wollte wissen, in welcher Lage sie den Toten vorgefunden hatte. Sie antwortete klar und ohne zu zögern. Er erkannte, dass sie eine ungewöhnlich gut strukturierte Frau war, wenn es um komplexe Zusammenhänge ging.

»Mein Mann war schwer herzkrank«, wiederholte sie schließlich noch einmal. »Die Ärzte haben ihm dringend geraten, sich nach seiner Operation zu schonen, doch er wollte auf ihren und auch auf meinen Rat einfach nicht hören.« Ihre Stimme klang resigniert. Maurice hatte das Gefühl, dass sie ein solches Ende ihres Gatten schon seit längerer Zeit befürchtet hatte.

»Ich bin fast dreißig Jahre jünger als Arthur«, bemerkte sie, als hätte sie seine Gedanken erraten. »Natürlich war mir klar, dass unsere gemeinsame Zeit begrenzt sein würde, aber dass er so früh gehen würde, damit habe ich nicht gerechnet.« Sie begann zu zittern. Vermutlich ließ die Wirkung des Beruhigungsmittels allmählich nach.

»Wenn Sie wollen, kann ich Ihren Hausarzt anrufen«, schlug Maurice mitfühlend vor. »Sie sollten auf alle Fälle jetzt nicht allein sein. Soll ich noch jemanden verständigen?«

Madame Bonnet schüttelte den Kopf. »Danke! Ich schaffe das schon.« Ihr Lächeln wirkte immer noch schmerzerfüllt, doch sie machte auf ihn keinen so instabilen Eindruck, als könne sie zusammenbrechen. Also notierte er die letzten Einzelheiten und bedankte sich für das Gespräch. Mittlerweile waren auch die Leute von der Spurensicherung mit ihrer Arbeit am Ende und hatten sich zurückgezogen. Eben wollte er noch Madame Bonnet nach ihren geschäftlichen Verbindungen in den Kongo befragen, als ein Mann Ende dreißig mit forschen Schritten die Terrasse betrat.

»Madeleine! Wie schrecklich! Es tut mir so leid!« Ohne den Commissaire zu beachten, eilte er mit großen Schritten auf sie zu, um sie zu umarmen. Sie ertrug seine Berührung, aber Maurice fiel auf, wie sie sich dabei versteifte. »Kann ich dir irgendwie behilflich sein?«, erkundigte er sich besorgt. »In der Chocolaterie sind alle außer sich. Thibault ist sogar in Tränen ausgebrochen. Der Tod von Arthur ist für uns alle ein schrecklicher Verlust!«

»Er würde nicht wollen, dass alle traurig sind«, antwortete Madeleine tapfer. »Wir müssen nun alle zusammenhalten, damit sein Traum noch Wirklichkeit wird!«

»Keine Sorge, meine Liebe! Ich habe in der Firma alles unter Kontrolle! Arthur hatte immer großes Vertrauen in mich. Wir werden das auch ohne ihn schaffen!«

»Darf ich erfahren, wer Sie sind?«, unterbrach Maurice das Zwiegespräch, bevor es allzu melodramatisch wurde. Natürlich konnte er sich denken, wen er vor sich hatte.

»Wer will das wissen?« Abrupt wandte der Mann sich ihm zu.

»Capitaine Viale von der Police nationale.« Maurice musterte sein Gegenüber kühl. »Wir ermitteln hier wegen des Tods von Arthur Bonnet.«

Sofort änderte sich das Verhalten des Mannes.

»Verzeihung! Mein Name ist Frédéric Bonnet«, erwiderte er mit einem herablassenden Lächeln. »Ich bin Arthurs Neffe. Mein Onkel und mein Vater haben die Chocolaterie gemeinsam gegründet. Ich bin ebenfalls Geschäftsführer.« Sein Blick suchte den seiner Tante, wie um sich zu vergewissern, ob es richtig war, was er sagte. Dann erst spielte er den besorgten Angehörigen. »Was hat die Kriminalpolizei für ein Interesse am Tod meines Onkels? Madeleine sagte, er ist an Herzversagen gestorben.«

»Wir stecken noch mitten in unseren Untersuchungen«, hielt Maurice seine Antwort vage. Dieser Frédéric war einer jener smarten Typen, die genau wussten, wie sie am besten auf andere wirken konnten. Er hielt ihn für berechnend.

»Sie wollen mir einfach nicht glauben, dass Arthur ein schwaches Herz hatte«, klagte Madeleine hilflos. »Es ist so ungerecht, dass er gerade jetzt sterben musste, wo er doch kurz davor stand, sein Lebenswerk zu vollenden.«

»Alles wird so kommen, wie er es sich gewünscht hat!«, beeilte sich Frédéric ihr zu versichern. »Arthur und ich haben erst gestern noch alles genau besprochen. Alles läuft, wie es soll.«

»Darf ich wissen, um was genau es geht?« Maurice hob fragend eine Augenbraue.

»Wir werden demnächst das ECOCERT-Label verliehen bekommen«, erklärte Madeleine an Frédérics Stelle. »Damit steigt die Chocolaterie in die oberste Liga der französischen Schokoladenproduzenten auf.«

»Dann sind Sie auch in der Geschäftsführung der Chocolaterie?«, wollte Maurice wissen. Das war ihm bislang nicht bekannt gewesen.

»Sie hat ein wenig ausgeholfen, während Arthur krank war«, antwortete Frédéric ein wenig zu rasch. »Wir sind Madeleine alle für ihre geleistete Unterstützung dankbar.« Er lächelte verbindlich in ihre Richtung, ohne sie jedoch direkt anzusehen. Maurice bildete sich ein, dass es zwischen den beiden Spannungen gab oder aber dass sie ein Geheimnis teilten. Aber er konnte sich auch täuschen.

»Ich habe geholfen, als Arthur im Krankenhaus lag«, antwortete diese steif.

»Eine Frage hätte ich noch«, meinte der Commissaire. »Wer tritt die Nachfolge von Arthur Bonnet in der Chocolaterie jetzt an?«

»Das ist noch nicht abschließend geklärt«, antwortete Madeleine. »Meinem Mann gehört die Mehrheit der Anteile mit fünfundvierzig Prozent. Ich nehme an, dass ich sie von ihm erben werde. Weitere fünfunddreißig Prozent gehören Frédéric. Er hat die Anteile von seinem verstorbenen Vater geerbt. Die verbleibenden zwanzig Prozent gehören Christelle Réval, Arthurs erster Ehefrau. Ihre Einlage ist jedoch an gewisse Bedingungen gebunden.«

»Mein Onkel hat mich zum alleinigen Geschäftsführer bestimmt«, stellte Frédéric mit einem Seitenblick auf seine Tante eilig klar. »Der Notartermin stand schon fest …« Er hielt inne und griff nach Madeleines Hand, um sie voller Anteilnahme zu drücken. »Doch das hat natürlich erst einmal keine Priorität. Wir werden diese Angelegenheit später und in aller Ruhe regeln.«

Maurice sah, wie sie zurückzuckte. Er machte sich noch eine Notiz, dann verabschiedete er sich.

8

»Was hältst du davon, wenn wir für heute Schluss machen?« Minouche spitzte die Ohren und sah Rosalie aufmerksam an. »Heute kommt ohnehin niemand mehr vorbei, und wenn doch, hat er eben Pech gehabt«, fuhr Rosalie leichthin fort, als könne der Hund mit ihr reden. »Lass uns lieber den schönen Tag genießen und ein wenig Gassi gehen!«

Beim Wort »Gassi« sprang die Hündin sofort auf und fing an, ihr freudig bellend um die Beine zu hüpfen. Sie tätschelte Minouches Kopf und griff nach der Leine. Wenig später verließen die beiden das Haarstudio und schlugen den Weg ein, der hoch zum Lac du Paty führte. Sie beschloss, zu der kleinen Kapelle hochzulaufen, denn von dort hatte man einen wunderbaren Blick ins Rhônetal. Minouche lief munter voraus. Vincent hatte die Hündin am frühen Nachmittag bei ihr abgeladen, weil er noch in die Gerichtsmedizin nach Avignon musste, um eine Leiche zu obduzieren. Auf ihre Frage, um wen es sich handelte, hatte er nur ausweichend geantwortet. Offiziell durfte er mit ihr nicht über laufende Ermittlungen reden. Immerhin verriet er ihr, dass er aus der Gegend von Vassols stammte. Damit wusste Rosalie sofort, dass es sich um Arthur Bonnet handelte. Vassols war schließlich nur ein kleines Dorf, und der

Todesfall im Hause Bonnet hatte sich bereits wie ein Lauffeuer herumgesprochen.

»Also ist Bonnet ermordet worden?«, schlussfolgerte sie.

»Du weißt doch, dass ich darüber nicht reden darf!«

Rosalie tat so, als hätte sie seine Worte nicht gehört. Ihr Interesse war sofort geweckt. »Meinst du, sein Tod hat etwas mit dem geheimnisvollen Afrikaner zu tun, der vor ein paar Tagen in der Chocolaterie zusammengebrochen ist?«

»Davon weiß ich nichts! Außerdem geht dich das gar nichts an. Tu mir den Gefallen und halte dich aus dieser Angelegenheit zur Abwechslung einmal heraus.« Mit erhobenen Augenbrauen hatte Vincent darauf gewartet, dass sie ihm zustimmte. Doch den Gefallen tat sie ihm nicht.

»Du redest schon genauso wie mein Bruder«, zog sie ihn stattdessen auf und lächelte hintersinnig. »Dabei ist der in Wirklichkeit ganz froh, wenn wir ihm ein wenig unter die Arme greifen. Ohne uns wäre seine Aufklärungsrate wohl kaum so hoch gewesen in den letzten beiden Jahren. Außerdem bleibt ja alles in der Familie.« Damit hatte sie Vincent immerhin ein widerwilliges Lächeln entlockt.

»Du bist unmöglich«, wandte er sich kopfschüttelnd ab. Sie war sicher, dass sie auch in Zukunft wertvolle Details von ihm erfahren konnte.

Während sie einem steinigen, steil ansteigenden Wanderpfad durch ein Steineichenwäldchen folgte, klingelte wiederholt ihr Handy. Auf dem Display erkannte sie Louis' Nummer. Er meldete sich in letzter Zeit beinahe täglich bei ihr, um sich über ihren Vater zu beschweren. Seit der alte Bertrand mit seinem Gedächtnis Schwierigkeiten hatte, suchten ihre Halbbrüder wieder mehr Kontakt zu ihr, besonders Louis, der das väterliche Weingut übernommen hatte und gemeinsam mit ihrem Vater dort auch wohnte. Er musste ständig mit Bertrands Absonderlichkeiten umgehen und hatte es sicherlich nicht leicht. Schon mehrmals hatte er betont, dass es eigentlich die Aufgabe einer Tochter war, sich um den kranken Vater zu kümmern. Doch das sah sie ganz anders. Ihr Mitgefühl für ihren Vater und auch ihre Brüder hielt sich immer noch in Grenzen. Zu tief waren die Verletzungen, die sie während ihrer gemeinsamen Jugend erfahren hatte. Maurice und Louis hatten ihr als Kind viel zu oft das Gefühl gegeben, dass sie in deren Familie nur geduldet war. Sie hatten sich immer alle Vorteile und die Zuwendung ihres Vaters erschlichen und dafür gesorgt, dass man sie für schwierig hielt, bis sie schließlich von zu Hause abgehauen war. Beinahe zwanzig Jahre hatte sie sich dort nicht mehr blicken lassen und war erst nach dem Tod ihrer Lieblingstante Babette nach Vassols zurückgekehrt.

Mittlerweile hatte sie mit ihrer Familie eine Art Burgfrieden geschlossen. Ihre Zusammenkünfte waren zwar meist spannungsgeladen, auf der anderen Seite begann sie – dank langer Gespräche mit Vincent – langsam zu verstehen, dass die drei sie auf ihre Weise sehr wohl mochten und auch achteten. Auch wenn sie es vor den anderen nie eingestehen würde, könnte sie den alten Bertrand doch nicht im Stich lassen, wenn alle Stränge rissen. Dennoch hatte sie bei dem schönen Wetter keine Lust auf Louis' Gejammer und ignorierte deswegen seine Anrufe. Nach mehreren vergeblichen Versuchen sandte er ihr eine Textnachricht. Sie warf einen kurzen Blick darauf.

Papa nervt! Er mag die Schokolade aus dem Supermarkt nicht. Kannst du ihm welche von Bonnet vorbeibringen?

»Kauf sie doch selbst für ihn«, ärgerte sich Rosalie und wollte ihrem Bruder genau das gerade schreiben. Doch dann fiel ihr ein, dass dies ein willkommener Vorwand war, um die Chocolaterie ein wenig genauer unter die Lupe zu nehmen. Außerdem erinnerte sie sich daran, dass Rachids Schwester Sara doch neuerdings dort arbeitete. Kurzerhand beschloss sie, den Spaziergang mit Minouche abzukürzen und umzukehren.

In den letzten Wochen war Rosalie zu einer Art Stammkundin in der Chocolaterie geworden. Deshalb begrüßte die Dame hinter der Verkaufstheke sie besonders freundlich. Sara war im Augenblick nicht zu sehen. Normalerweise ging Rosalie bei ihren Einkäufen sehr zielstrebig vor, indem sie das betreffende Regal mit Bertrands Lieblingsschokolade ansteuerte, nach der Ware griff und sofort bezahlte. Doch heute ließ sie sich mit Absicht Zeit. Der Verkaufsraum vermittelte den Eindruck eines kleinen provenzalischen Dorfes. An die Wände waren alte Häuser aufgemalt und mit Blendtüren und montierten Fensterläden versehen worden. Man hatte das Gefühl, in der Mitte eines kleinen Marktplatzes zu stehen. Die unterschiedlichen Produkte fanden sich übersichtlich präsentiert in verschiedenen Marktständen. Außerdem gab es ein kleines Café und eine Bar für die Verkostungen. Linker Hand schloss sich ein fensterloser Anbau an, hinter dessen Tür sich die Produktion befand. Hinter der Verkaufstheke mit Kasse war der Trakt mit den Büros, auf die man einen freien Blick hatte. Dort war alles sehr modern und in Glas gehalten.

»Salut, Rosalie«, wurde sie von Sara Ammari begrüßt, die von hinten an sie herangetreten war. Sie kam gerade aus der Produktion. Rosalie nutzte die Gelegenheit, dass gerade niemand außer ihr im Laden war, um Rachids Schwester ein wenig auszufragen.

»Mich wundert, dass ihr heute trotz des Todesfalls geöffnet habt«, sprach sie sie direkt an. »Im ganzen Dorf spricht man von dem tragischen Tod deines Chefs.«

Sara verzog bekümmert das Gesicht. »Ja, das ist ganz furchtbar. Erst die schreckliche Sache mit dem Afrikaner, und dann bricht Bonnet tot in seinem Haus zusammen. Hier wird gemunkelt, dass sogar die Kriminalpolizei vor Ort war.«

»Das habe ich auch gehört«, meinte Rosalie, ohne darauf näher einzugehen. »Wirkte Monsieur Bonnet in letzter Zeit angeschlagen oder gar krank?«

»Überhaupt nicht«, antwortete Sara wie aus der Pistole geschossen. »Er war voller Elan und freute sich auf die bevorstehende Zertifizierung und die Verkostung für die *Charte Pur Beurre*. Wenn wir die Auszeichnung dieses Jahr gewinnen, gehört Bonnet & Frères zu den Top Five der europäischen Chocolatiers.« Der Stolz in ihrer Stimme verriet Rosalie, dass selbst eine Aushilfskraft wie Sara sich mit der Firma identifizierte.

»Monsieur Bonnet war wohl ein sehr beliebter Chef«, hakte sie nach.

»Oh ja! Er bezahlt nicht nur gut, sondern vermittelt seinen Mitarbeitern das Gefühl dazuzugehören. Das kann man von seinem Neffen nicht gerade behaupten.« In Saras Stimme schwang eindeutig Missfallen. Unwillkürlich redete sie leiser, obwohl niemand in der Nähe war. »Wenn Frédéric die Chocolaterie übernimmt, weht hier bestimmt ein ganz anderer Wind.« Sie erzählte ihr, dass er der Sohn von Arthurs älterem Bruder war und erst seit einem knappen Jahr in der Firma arbeitete. »Frédéric ist das genaue Gegenteil von seinem Onkel. Ziemlich arrogant und hat mehr Ahnung von Zahlen als von guter Schokolade. Man erzählt sich, dass es jetzt nur noch bergab gehen kann, wo Arthur tot ist.«

»Wie kann das sein? Ich dachte, die Chocolaterie gehört zu einer der besten in ganz Frankreich«, wunderte sich Rosalie.

»Aber nur, wenn das mit der Zertifizierung hinhaut und wir die *Charte Pur Beurre de Cacao* gewinnen. Ohne dieses Label ist Bonnet & Frères nicht konkurrenzfähig und geht pleite.« Sara hatte offensichtlich kein Problem damit, Rosalie über die Interna ihres Arbeitgebers zu informieren. »Viele hier wünschen sich deshalb, dass Arthurs Witwe hier wieder einsteigt.«

Rosalie erfuhr nun, dass sich Madeleine in den Wochen, die sie als Vertretungskraft ihres Ehemannes in der Firma gearbeitet hatte, den Respekt der Mitarbeiter verdient hatte und sehr beliebt gewesen war.

»Glaubst du, dass Bonnet ermordet wurde?«, wollte Sara nun von Rosalie wissen. »Oh, kann es sein, dass du mal wieder ermittelst? Ich kann mich gerne für dich weiter umhören!« Die braunen Augen von Rachids jüngerer Schwester funkelten voller Begeisterung. »Ich denke gerade darüber nach, ein Jurastudium zu beginnen, um dann in den Polizeidienst zu gehen«, verriet sie ihr. Rosalie sah überrascht auf. Die Berufswünsche der Achtzehnjährigen wechselten derzeit in rasanter Geschwindigkeit.

»Ach! Das ist ja mal etwas ganz Neues. Bei unserer letzten Begegnung wolltest du noch Medizin studieren – und davor war es Meeresbiologie oder Archäologie?«

Sara winkte lässig ab. »Diese Berufe sind mir auf Dauer alle zu langweilig. Außerdem …«

Sie wurden unterbrochen, als die automatische Schiebetür, die zur Produktion führte, plötzlich aufging und mehrere Mitarbeiter Aufsteller hereintrugen, um sie im Raum zu platzieren. Ein Mann in blütenweißer Kochmontur dirigierte sie mehrmals um, bis er endlich zufrieden war.

»Das ist Monsieur Thibault, unser berühmter Chef-Chocolatier«, flüsterte Sara ihr zu. »Er ist ein Genie, wenn es um neue Schokoladenkreationen geht. Allerdings weiß er das auch!« Sie kicherte. »Obwohl er ziemlich überzeugt von seiner Arbeit ist und manchmal etwas exaltiert wirkt, ist er in allen anderen Belangen völlig unkompliziert und gar nicht eingebildet. Seine Kreativität wirkt auf viele hier richtig ansteckend. Wir hoffen alle, dass er bleibt, auch wenn der Chef nun tot ist.«

Rosalie fiel auf, wie kameradschaftlich der Chef-Chocolatier mit den Kollegen umging. Obwohl er zweifelsohne das Sagen hatte, begegnete er ihnen auf Augenhöhe. Das fand sie durchaus sympathisch. Als Thibault einmal zu ihnen herübersah, winkte Sara ihm zu, was ihn veranlasste, zu ihnen herüberzukommen, nachdem alles zu seiner Zufriedenheit geregelt war.

»Hast du mitbekommen, ob Madame Rossignol die Einladungen endlich verschickt hat?«, erkundigte er sich bei Sara, nachdem er Rosalie mit einem freundlichen Nicken bedacht hatte. »Die Leute von der Presse müssen unbedingt vorab informiert sein, damit sie auch zu der Preisverleihung kommen.« Der Chocolatier wirkte gleichzeitig aufgedreht und besorgt. »Und wo ist überhaupt Frédéric? Ich habe ihn heute den ganzen Tag noch nicht gesehen. Ich muss unbedingt wissen, wann die nächste Criollo-Lieferung endlich eintrifft. Durch den Tod des Chefs droht alles außer Kontrolle zu geraten.« Er warf Rosalie einen bedauernden Blick zu.

»Bitte verzeihen Sie, dass ich so einfach in Ihre Unterhaltung geplatzt bin, aber hier brennt es gerade an allen Ecken und Enden.« Dann warf der Chocolatier einen Blick auf die grünen und braunen Schokoladenbonbons, die wie Oliven aussahen, in ihrem Einkaufskorb und lächelte verbindlich. »Die Picholines sind eine gute Wahl«, meinte er. »Erst neulich habe ich ihre Rezeptur verbessert. Sie werden von dem feinen Schmelzkern begeistert sein!«

Rosalie nutzte die günstige Gelegenheit, ihn in ein kurzes Gespräch zu verwickeln. »Mein Vater ist ein wahrer Fan von diesen Dingern. Am liebsten würde er sich nur noch davon ernähren!«

Thibault lächelte geschmeichelt. »Das freut mich zu hören. Dann sollten Sie vielleicht auch noch von unseren neuen Ganache etwas probieren. Maronen-Rum oder die ›Palet Amer‹ aus hochprozentiger Forastero-Schokolade sind sehr zu empfehlen.«

»Für meinen Vater dürfen es nur die Picholines sein. Er leidet an einer fortschreitenden Demenz und ist darin sehr eigen …«

»Dann vielleicht etwas für Sie?« Thibaults kohlrabenschwarze Augen sahen sie prüfend an. »Ihnen würde ich allerdings etwas von unseren Frucht-Ganaches empfehlen, vielleicht die Bitterschokolade mit Himbeere oder die mit Honig-Zitrone?« Rosalie war sich nicht sicher, ob er mit ihr flirtete. Auf jeden Fall war der Mann sich seiner charmanten Wirkung bewusst. Er war zwar nicht ihr Typ, aber sie konnte sich vorstellen, dass viele Frauen auf ihn flogen. Auch Sara schien ganz hingerissen.

»Leider ist mein Budget als Haarkünstlerin nur sehr beschränkt«, lehnte sie dankend ab.

»Oh, Verzeihung! Ich wollte Ihnen auf keinen Fall zu nahe treten.« Er zog hinter Sara aus einem der Regale eine Pralinenschachtel hervor und reichte sie Rosalie, nachdem er sie geöffnet hatte. »Auch wenn Sie jetzt nichts kaufen wollen, dürfen Sie nicht gehen, ohne meine Frucht-Ganaches probiert zu haben.«

Rosalie ließ sich das nicht zweimal sagen und griff zu. Das Praliné war in der Tat hervorragend. Der Geschmack von zarter Bitterschokolade verband sich fantastisch mit dem fruchtigen Aroma der Himbeere und einer anderen Zutat, die sie nicht eindeutig identifizieren konnte.

»Das Himbeeraroma habe ich mit etwas Lavendel abgerundet«, verriet ihr Thibault, dem es offensichtlich Spaß machte, sie beim Genießen zu beobachten.

»Sie sind wirklich ein Schokoladenkünstler«, lobte Rosalie und probierte gleich eine weitere Praline, die dieses Mal mit einer helleren Kuvertüre überzogen war und innen erfrischend nach Honig und Zitrone schmeckte. »Wie bekommen Sie diese wunderbaren Füllungen nur hin? Auch die Konsistenz ist einfach unübertrefflich.«

»Ihr Lob freut mich sehr. Probieren Sie noch eine dritte. Die hier!«

Rosalie griff zu. »Ehrlich gesagt, habe ich von der Herstellung von Schokolade keine große Ahnung«, meinte sie hingerissen. »Aber wollen Sie mir dennoch verraten, was das Geheimnis dieser Ganache ist?«

Thibault lachte amüsiert. »Diese Frage wird Ihnen kein Chocolatier von Rang und Namen beantworten. Aber ich kann Sie dafür mit einer kleinen Anekdote erfreuen, wie es zur Herstellung der ersten Ganache kam. Der Legende zufolge verrührte Anfang des zwanzigsten Jahrhunderts ein Lehrling unseres berühmten französischen Kochs Auguste Escoffier als Erster Schokolade und Sahne zu einer Ganache. Angeblich goss er versehentlich heiße Sahne in eine Schale mit Schokolade und stellte dann fest, dass die Masse sich leicht zu kleinen Trüffeln formen ließ. *Et voilà*: Der erste Schokoladentrüffel war geboren.« Er blinzelte ihr zu. »Ist damit Ihr Wissensdurst gestillt?«

»Keineswegs.« Rosalie fand allmählich Gefallen an der lockeren Unterhaltung. »Ich würde zu gerne wissen, was die Schokolade von Bonnet & Frères besser macht als andere Schokoladen.«

»Sie lassen wohl nicht so leicht locker!« Thibault schüttelte den Kopf. Rosalie fürchtete schon, zu weit gegangen zu sein, doch dann verriet er ihr doch noch etwas. »Wie gesagt, die Rezepturen unserer Schokolade obliegen dem Chocolatier und sind somit ein Geheimnis. Doch ich kann Ihnen verraten, dass es unsere Zutaten sind, die aus unseren Produkten etwas Besonderes machen. Unser Kakao kommt zum großen Teil aus Plantagen aus der Demokratischen

Republik Kongo, die nur für uns und nach strengen biologischen und umweltfreundlichen Richtlinien Kakao produzieren. Monsieur Bonnet …« Thibault hielt einen Moment inne. »Gott hab ihn selig«, murmelte er mit einem betroffenen Räuspern. »Er hat die Bauern dazu gebracht, recht anspruchsvolle Criollo-Bäume für uns zu pflanzen, die eine herausragende Qualität haben und unter dem Fairtrade-Siegel gehandelt werden.«

»Das bedeutet, dass die Erzeuger gewisse soziale, ökonomische und ökologische Standards einhalten müssen, nicht wahr?«, warf Rosalie ein.

»Genau! Die Arbeitsbedingungen auf unseren Plantagen sind fair, und unsere Preise sind nicht nur wie üblich zehn, sondern sogar zwölf Prozent über dem Marktwert. Monsieur Bonnet hat hier in Frankreich eine Vorreiterrolle. Das ist auch der Grund, weshalb unsere Produkte etwas teurer sind als anderswo.«

»Und was ist an diesem Criollo-Kakao aus dem Kongo so besonders?«

Thibault lächelte überlegen. »Nun, dabei handelt es sich um eine besonders aromatische Sorte mit sehr komplexen und individuellen Noten, wie es sie normalerweise nur in Zentralamerika, der Karibik und in Asien gibt. In Afrika wachsen für gewöhnlich zwar ertragreiche Kakaosorten, wie Trinitario und Forastero, dafür lässt ihr Geschmack zu wünschen übrig. Man hielt Monsieur Bonnet anfangs für verrückt – seine Idee barg ein hohes Risiko, und er musste viel Geld und Überzeugungskraft in die Waagschale werfen, bevor ihm der Versuch gelang. Aber das Ergebnis gibt ihm nun wohl recht.«

»Und wieso kauft er nicht einfach diese Sorte in Südamerika oder Asien? Dort gibt es doch sicherlich auch Fairtrade-Angebote.«

»Weil die Preise für eine kleine Chocolaterie wie unsere beinahe unbezahlbar wären. Wir …« Plötzlich hielt er inne und sah sie misstrauisch an. »Wieso interessieren Sie sich eigentlich so sehr dafür? Sind Sie etwa von der Konkurrenz?«

»Halten Sie mich etwa für eine Spionin?« Rosalie legte den Kopf schief und sah ihn belustigt an. Dann lachte sie. »Nennen Sie es Neugier und absolut privates Interesse«, versuchte sie sein Misstrauen zu beschwichtigen. Gleichzeitig wunderte sie sich, dass es in dem Schokoladengeschäft wohl ähnlich geheim zuging wie in der Industrie. Sara versuchte, ihr aus der Klemme zu helfen.

»Rosalie ist Detektivin«, erklärte sie dem Chocolatier. »Wir nennen sie hier im Dorf heimlich Madame Maigret, weil sie in den vergangenen zwei Jahren schon mehrere Verbrechen aufgedeckt hat.«

Monsieur Thibault hob befremdet die Augenbrauen. Mit einem Mal verhielt er sich sehr reserviert. »Eine Friseurin als Detektivin? Das ist mir fremd!« Plötzlich hatte er es sehr eilig und verschwand, ohne sich zu verabschieden.

Rosalie sah ihm verwundert hinterher.

»Das darfst du Tristan nicht übel nehmen«, erklärte Sara leichthin. »Er fürchtet nichts mehr, als dass die Konkurrenz hinter seine Geheimnisse kommen könnte.«

9

Als Vincent im Sektionssaal des Universitätskrankenhauses von Avignon eintraf, waren seine Kollegen bereits vor Ort. Docteur Moreau, der leitende Pathologe des Krankenhauses, und die beiden Sektionsassistenten waren bereits an zwei Tischen mit anderen Leichen beschäftigt.

»Sie schickt der Himmel, Olivier. Hier ist im Augenblick der Teufel los«, begrüßte ihn Moreau mit einer Knochensäge in der Hand. Wie auch die anderen trug er eine OP-Montur mit Mundschutz. Zusätzlich war sein Gesicht von einem Plastikvisier geschützt. »Wir sind hier gleich fertig, dann können wir uns um Ihren Toten kümmern. Sie können ja schon mal mit der äußeren Leichenschau beginnen. Der Tote ist bei Ihnen als Gerichtsmediziner ohnehin besser aufgehoben. Albert wird Ihnen gleich zur Seite stehen.« Er zwinkerte ihm zu und machte sich wieder an seine Arbeit.

Vincent war es nur recht, dass ihm noch ein wenig Zeit blieb, um sich auf die äußeren Umstände einzustellen. Obwohl er viele Jahre in der Gerichtsmedizin gearbeitet hatte, musste er sich erst wieder an den süßlich-scharfen Verwesungsgeruch der Leichen gewöhnen. Seitdem der Commissaire ihn vor zwei Monaten zu dieser Arbeit überredet hatte, war er noch nicht sehr oft hier gewesen. Im

Grunde genommen war dies seine erste offizielle Arbeit als Gerichtsmediziner. Laut ihrer Absprache sollte sich Vincent nur um die Toten kümmern, die gewaltsam ums Leben gekommen waren. Als Facharzt für Gerichtsmedizin war er einfach besser für deren Obduktion ausgebildet als Docteur Moreau, der Pathologe im Krankenhaus und normalerweise für die Überprüfung von klinischen Diagnosen zuständig war. Er beschäftigte sich in der Regel mit Todesfällen, die Folge innerer Erkrankungen waren, wie zum Beispiel Diabetes oder ein fortgeschrittenes Krebsleiden. Im Gegensatz zu einem Gerichtsmediziner benötigte Moreau als Pathologe für die Durchführung einer Obduktion eine Einverständniserklärung der Angehörigen. Vincent bekam hingegen die Anordnung von einem Richter oder dem zuständigen Staatsanwalt, dem Procureur.

Der Sektionsraum und die anschließenden Labors waren nicht besonders groß, aber sehr zweckmäßig und gut ausgestattet. Im Untersuchungsraum gab es drei Sektionstische, an denen oft parallel gearbeitet wurde. Die Leiche von Arthur Bonnet war bereits aufgebahrt worden, während das Team von Moreau am Nebentisch mit der Obduktion einer Frau beschäftigt war. Neben ihrer Arbeit unterhielten sie sich über alltägliche Dinge und scherzten hin und wieder auch. Vincent schaltete die Operationslampe an. Auf fahrbaren Beistelltischen war alles für ihre Arbeit vorbereitet. Etwas nervös zog er sich ein Paar Gummihandschuhe über und legte über seine OP-Kleidung zusätzlich noch eine abwaschbare Schürze an. Während er auf den Sektionsassistenten wartete, sah er sich nochmals den Bericht an, der bereits von einer Sekretärin abgetippt worden war.

Darin war genauestens aufgelistet, was es bisher an Fakten und Befunden gab. Im Moment wies nicht besonders viel auf einen gewaltsamen Tod hin. Das unberührte Cognacglas konnte auch Zufall sein. Allein der Tote konnte ihnen die Wahrheit verraten.

Wenig später gesellte sich Albert, einer der Sektionsassistenten, zu ihm. Er war ein untersetzter, etwa fünfzigjähriger Mann mit viel Routine, wie sich herausstellen sollte. Er hatte sich frisch eingekleidet und signalisierte Vincent, dass er bereit war für ihre Arbeit. Jede Obduktion folgte einem klar geregelten Ablauf und wurde grundsätzlich zu zweit durchgeführt. Der Grund lag auf der Hand: Vier Augen sahen bekanntlich mehr als zwei. Zunächst begutachteten die beiden Männer oberflächlich den Zustand der unbekleideten Leiche. Eine vorangegangene Ultraschalluntersuchung hatte keine besonderen Ergebnisse gebracht. Vincent nahm sein Diktiergerät zu Hilfe und hatte zusätzlich eine Lupe, mit der er eingehend und sehr detailliert jeden einzelnen Quadratzentimeter des vor ihm liegenden Leichnams betrachtete. Dabei drehten und wendeten sie den Körper mehrfach. Auf den ersten Blick gab es keine Auswirkungen von stumpfer Gewalt.

»Suchen Sie nach Einstichstellen oder sonstigen feinen Verletzungen«, gab Vincent die nächste Anweisung. Bonnet besaß eine ziemlich dichte Körperbehaarung und trug noch dazu einen Vollbart, was die Arbeit nicht gerade erleichterte.

»Soll ich ihn rasieren?«, schlug Albert vor. Vincent stimmte zu. Doch auch in haarlosem Zustand wurden sie zunächst nicht fündig. Albert entdeckte zwar unterhalb der

Armbeuge einen roten Fleck, doch der stellte sich bei eingehender Betrachtung als harmlose Hautirritation heraus. Aber dann fand Vincent doch einen Hinweis, der seine Theorie eines gewaltsamen Todes stützte.

»Hier ist was!«, rief er erfreut und zeigte seinem Assistenten den feinen, aber doch deutlich erkennbaren roten Fleck direkt über der Halsvene, der zuvor unter dem Bartgestrüpp verborgen gelegen hatte. »Wissen Sie, was das ist?«, stellte er den Kollegen auf die Probe.

»Sieht aus wie eine Einstichstelle«, antwortete Albert prompt. Er warf ihm einen prüfenden Blick zu. »Dann haben wir es also möglicherweise mit einem Giftmord zu tun?«

»Das werden wir sehen, nachdem wir die Organe, Blutserum und Gewebeproben eingehend untersucht haben.« Vincent gab sich seinem Assistenten gegenüber lieber etwas zurückhaltend. Erst wollte er gewissenhaft seine Arbeit erledigen, bevor er voreilige Schlussfolgerungen zog. Immerhin schien er mit seinen Vermutungen auf dem richtigen Weg zu sein, dass Bonnets Tod kein natürlicher gewesen war. Er hielt ein Herzglykosid für möglich, ein Fingerhutpräparat, das erst zu einem Kammerflimmern und dann zum Herztod geführt hatte. Aber natürlich gab es auch noch etliche andere Möglichkeiten.

Sie setzten die Obduktion fort und machten sich daran, die drei Körperhöhlen des Verstorbenen zu öffnen: Brusthöhle, Bauchhöhle und Kopfhöhle. In Anbetracht der Tatsache, dass der Verstorbene später noch aufgebahrt werden sollte, entschied Vincent sich für einen Y-Schnitt für die Öffnung der Brust- und Bauchhöhle. Nach dem Ende der

Obduktion, wenn alle Organe wieder zurück in den Körper gelegt und der Leichnam vernäht war, würden die Schnitte unter dem Leichenhemd nicht zu sehen sein. Mit einem scharfen Skalpell setzte er zwei Schnitte von den Schultern zum oberen Ende des Brustbeins und dann von dort hinunter bis zum Becken. Dabei war er hoch konzentriert und nur noch mit den Fakten beschäftigt. Rosalie hatte ihn erst kürzlich mit einem unübersehbaren Schaudern gefragt, wie er die Arbeit an einer Leiche nur ertragen könne.

»Du bist Arzt geworden, um Lebenden zu helfen. Bei den Toten ist doch alles schon zu spät«, hatte sie folgerichtig argumentiert. Vincent hatte darauf nicht gleich eine Antwort gehabt. Erst im Nachhinein war er sich darüber klar geworden, weshalb er sich mit Toten beschäftigte. Später hatte er ihr erklärt, dass es für ihn psychisch kaum zu ertragen sei, jemanden sterben zu sehen.

»Ich könnte niemals das Leid in einer Kinderkrebsklinik ertragen, aber wenn ein Toter im Institut landet, kann ich durch die Resultate unserer Untersuchungen den Lebenden helfen. Die Rechtsmedizin ist neben der Pathologie die Qualitätskontrolle der Medizin. Wir helfen auf unsere Weise, Mörder und andere Gewaltverbrecher zu überführen, sodass weitere potenzielle Opfer geschützt werden.« Er war sich nicht sicher, ob er sich bei ihr damit verständlich gemacht hatte.

Während er die Hautpartien inklusive des darunterliegenden Unterhautfettgewebes auseinanderklappte, bevor er Rippen und Brustbein entfernte, merkte er, wie die alte Routine wieder zurückkam. Er entnahm schließlich Herz und Lungenflügel, um sie für weitere Untersuchungen in vorbereitete Organschalen zu legen. Albert war unterdessen am Kopf des Verstorbenen zugange, um das Gehirn herauszulösen. Alle inneren Organe würden nun auf Erkrankungen, die schon vor dem Tode bestanden hatten, und Zeichen von Gewalteinwirkung untersucht werden. Außerdem entnahmen sie Gewebe- und Blutproben, um sie möglichst rasch in der Toxikologie von den Kollegen untersuchen zu lassen. Vincent wies seinen Assistenten an, den Schwerpunkt der ersten Untersuchungen auf Herzglykoside und Betäubungsmittel zu legen. Ihre ganze Aktion hatte nicht mehr als zwei Stunden in Anspruch genommen. Vincent hatte ursprünglich vorgehabt, sich sofort mit der eingehenden Untersuchung der Organe zu beschäftigen, war aber dann durch Moreau aufgehalten worden, der seine Meinung für ein dringendes Gutachten benötigte. Vincent half ihm gerne. Der ältere Kollege hatte bei ihren ersten Begegnungen anfangs etwas raunzig gewirkt, doch der Eindruck hatte getäuscht. Mittlerweile hatte er festgestellt, dass er ein sehr umgänglicher Mensch war, der genau zuhören konnte und auf seinem Gebiet über ein profundes Wissen verfügte. Schließlich kam Albert mit den ersten Untersuchungen aus der Toxikologie zurück und überreichte sie Vincent. Dieser stieß einen Überraschungspfiff aus, als er die Untersuchungsergebnisse durchblätterte. Moreau, der neben ihm stand, sah ihn erwartungsvoll an.

»Herzglykoside, wie Sie vermutet haben?«

Vincent schüttelte den Kopf. »Keine Spur von Digitalis oder einem anderen Fingerhutextrakt. Bonnet hat überhaupt kein tödliches Gift in sich. Dafür eine leicht erhöhte

Konzentration von GHB, was bedeuten könnte …« Er sah seinem Kollegen in die Augen.

»… dass man Bonnet mit K.-o.-Tropfen betäubt hat«, ergänzte Moreau stirnrunzelnd. Es gehörte zum Wesen der Gammahydroxybuttersäure, dass sie auch als natürliche Substanz im menschlichen Körper vorkam und sich dort sehr schnell wieder zersetzte. Das machte sie schwer nachweisbar. »Sie glauben doch nicht im Ernst, dass das die Todesursache war?«, fragte er zweifelnd.

»Nein. Unmöglich, wie Sie sich denken können! Bei der geringen nachweisbaren Menge von Narkotika ist das ausgeschlossen. Bonnet wurde also betäubt und dann auf eine andere Art und Weise getötet. Das erklärt, weshalb sein Gesichtsausdruck so friedlich wie der eines Schlafenden war. Wenn also kein anderes Gift nachweisbar ist, muss der Täter eine andere Methode gewählt haben.« Vincent sah, dass Moreau im selben Augenblick derselbe Gedanke gekommen war wie ihm.

»Sein Mörder könnte ihm Luft injiziert haben«, schlug dieser vor.

»Genau! Leider wird es einigermaßen schwierig werden, das jetzt noch nachzuweisen. Auf dem Ultraschallbild war auf jeden Fall kein Luftstau in den Adern mehr zu erkennen. Aber ich habe neulich einen Artikel gelesen, wie man es eventuell doch noch nachweisen kann. Ich werde mich gleich an die Arbeit machen!« Vincent hatte es plötzlich eilig. Er ließ seinen Kollegen stehen und eilte zurück in den Sektionssaal, um sich nochmals mit den Organen zu beschäftigen. Die aufwendige Untersuchung nahm mehr Zeit in Anspruch, als er gedacht hatte. Es war schon nach zwanzig

Uhr, als ihm einfiel, dass er mit Rosalie verabredet war. Aus ihrem gemeinsamen Abend würde heute wohl nichts werden. Mit einem ziemlich schlechten Gewissen rief er bei ihr an und erklärte die Umstände.

»Wenn dir eine Verabredung mit einem Toten wichtiger ist als mit mir …«, schmollte Rosalie, »… dann lässt du mir keine Wahl, als die frischen Erdbeeren heute Abend alleine zu essen.« Sie setzte noch einen enttäuschten Seufzer hinterher. »Hast du wenigstens etwas Interessantes herausgefunden?«, erkundigte sie sich. Streng genommen durfte Vincent ihr nichts verraten, doch sein schlechtes Gewissen veranlasste ihn, eine Ausnahme zu machen.

»Ich bin mir ziemlich sicher, dass Bonnet ermordet wurde«, verriet er ihr. Im Gegenzug erzählte sie von ihrem Besuch in der Chocolaterie.

»Ich hatte den Eindruck, dass Frédéric Bonnet nicht sehr beliebt in der Firma ist«, gestand sie ihm. »Auch die Rolle von Madeleine ist mir noch nicht richtig klar. Vielleicht steckt sie ja mit Frédéric unter einer Decke, und die beiden wollten nur an Bonnets Geld ran«, spekulierte sie. »Ich werde versuchen, darüber noch etwas mehr herauszufinden.«

»Muss das sein?«, wagte Vincent einzuwenden. Allerdings beließ er es dabei, weil er sie nicht noch mehr verärgern wollte.

»Mach dir keine Sorgen«, beendete Rosalie prompt ihr Gespräch. »Du weißt doch ohnehin, dass ich gar nicht anders kann, als meine Nase da reinzustecken!« Sie lachte ihr glockenhelles Lachen und legte mit einem »Bonne nuit, mon amour! Wir sehen uns dann morgen Abend zum Essen bei meinem Vater« einfach auf.

Vincent blieb nichts anderes übrig, als sich wieder an seine Arbeit zu machen. Gegen neun Uhr gesellte sich Moreau zu ihm und versorgte ihn mit frischem Kaffee aus dem Automaten. Eine gute Stunde später konnte Vincent endlich ein Ergebnis vorweisen. Mittlerweile waren sie ganz allein im Institut.

»Sehen Sie die feine Fleckung in der linken Herzkammerwand?«, fragte er seinen Kollegen und ließ ihn durchs Mikroskop sehen. »In der direkten Umgebung finden Sie auch zahlreiche kleine Nekrosen in der Herzmuskulatur. Und jetzt sehen Sie noch hier!« Er schob eine weitere Probe unter das Mikroskop, die einen Querschnitt durch Bonnets Gehirn darstellte. »Das sind erhebliche Gewebsveränderungen am Gehirn. Form und Ausdehnung der Hirnläsionen lassen erkennen, dass diese Verletzungen durch eine Lufteinschwemmung in die Hirnarterien entstanden sind. Mit anderen Worten: Das ist der Nachweis, dass Arthur Bonnet mit injizierter Luft umgebracht wurde!« Moreau nickte anerkennend.

»Gratuliere, lieber Kollege. Das war eine hervorragende Arbeit! Darauf wäre ich nie gekommen.«

»Das muss ich sofort dem Commissaire mitteilen«, meinte Vincent, ohne auf sein Lob einzugehen, und wählte dessen Nummer.

»Hätte Ihr Anruf nicht auch noch bis morgen früh Zeit gehabt«, beschwerte sich der Commissaire mürrisch. Vincent klärte ihn über den neuen Sachverhalt auf und unterbreitete ihm gleich noch seine Theorie.

»Meiner Meinung nach kannte Bonnet seinen Mörder«, trug er ihm vor. »Er hat ihn hereingebeten, und sie haben etwas miteinander getrunken. Später hat der Täter ihm die K.-o.-Tropfen verpasst und gewartet, bis er weggetreten war. Danach hat er ihm mit einer Spritze oder einer spitzen Kanüle Luft in den Hals gespritzt, was zu Herzversagen und schließlich zum Tod geführt hat. Seine Spuren hat er sorgfältig beseitigt und ein Glas Cognac vor ihn hingestellt, in der Hoffnung, dass alle davon ausgehen würden, dass er während seines Schlummertrunks an einem Herzinfarkt gestorben ist.«

»Das hört sich für mich immer noch sehr konstruiert an«, zweifelte der Commissaire. »Wer sollte denn auf so eine abstruse Idee kommen? Wieso wurde Bonnet dann nicht gleich mit den K.-o.-Tropfen getötet? Das wäre doch auch möglich gewesen.«

»In der Tat, wenn ihm eine sehr viel größere Menge GHB verabreicht worden wäre, aber das hätte zum einen die Folge gehabt, dass Bonnet der bittere Geschmack beim Trinken aufgefallen wäre, und zum anderen wäre sein Tod so sehr leicht nachweisbar gewesen. Bonnet hat nur so viel von der Gammahydroxybuttersäure verabreicht bekommen, dass er gerade so das Bewusstsein verlor. Der Täter war davon ausgegangen, dass das Mittel sich abgebaut hätte, bis Bonnets Leichnam gefunden wurde.«

»Und mit dem Injizieren von Luft wollte der Täter abermals seine Spuren verwischen«, begriff Viale endlich.

»Genau! Die Luftbläschen im Blutkreislauf sind vergleichbar mit Luftbläschen in der Kraftstoffanlage eines Autos«, erklärte Vincent geduldig. »Sie bringen den Benzinfluss beziehungsweise den Blutfluss zum Erliegen. Die aufgestaute Luft stoppt den Kreislauf, egal, ob sie in der

Vene oder in der Arterie gelandet ist. Leider verflüchtigt sich die Luft nach dem Tod auch wieder, was es schwer macht, diese Art von Tod nachzuweisen.«

»Aber es bleibt dennoch eine These!«

»Meiner und auch Docteur Moreaus Meinung nach nicht, denn die Nekrosen und Gewebsveränderungen an Herz und Gehirn deuten sehr wohl auf eine Luftembolie hin …«

Vincent musste ihm die Sachlage noch ein weiteres Mal erklären, bis der Commissaire endlich einsehen wollte, dass sie es mit einem Mord zu tun hatten.

Tag 4

10

Gleich am nächsten Morgen informierte Maurice während der Fahrt von Avignon zu seiner Dienststelle in Carpentras den Commandant und den *Procureur de la république* von dem Mord an Arthur Bonnet. Sowohl sein Vorgesetzter als auch der Staatsanwalt verlangten, dass er die Aufklärung des Falles zu seiner Chefsache machte. Wie er kurz darauf feststellte, hatte das einen einfachen Grund: Arthur Bonnet hatte im selben Golfklub wie der Staatsanwalt gespielt. Auf der einen Seite hatte dies durchaus Vorteile, da er mit aller Unterstützung rechnen konnte, die er brauchte, auf der anderen Seite bedeutete es jedoch noch mehr Überstunden.

Maurice verfolgte seine Arbeit normalerweise mit großer Leidenschaft, aber seit Sylvie sich fast völlig aus dem gemeinsamen Familienleben ausgeklinkt hatte, war er zu Hause mehr gefordert als früher. Ihm war erst jetzt bewusst geworden, wie viel ihm seine Frau bislang abgenommen und was sie alles geleistet hatte. Außerdem vermisste er sie. Sie hatten fast ihr ganzes Leben miteinander verbracht, und er hatte nie eine andere Frau angesehen als Sylvie. Er verstand immer noch nicht, weshalb sie aus ihrer Beziehung ausgebrochen war, um sich diesem eingebildeten Fernsehschnösel an den Hals zu werfen. Sah sie denn nicht, dass Gilbert genau der Typ Mann war, der sich nie binden würde, der immer nur Affären hatte? Typen wie er waren ihm im Laufe seines Berufslebens schon oft über den Weg gelaufen. Damit kannte er sich aus. Warum tat Sylvie ihm das nur an? Wusste sie denn nicht, wie sehr sie ihn damit verletzte? Er hatte ihr immer blind vertraut und alles getan, um ihr und den Kindern ein schönes Leben zu ermöglichen. Das viel zu teure Haus, der Pool und dann die Urlaube! Er hatte sich immer für die Familie krummgelegt. Aus diesem Grund hatte er bislang die Hoffnung nicht aufgegeben, dass sie eines Tages von ihrem Geliebten die Nase voll haben würde, um wieder reumütig zu ihm zurückzukehren. Doch allmählich verlor er die Geduld. Vielleicht war es endlich an der Zeit, sich der Realität zu stellen. Sogar sein Sohn Joël sah das so.

»Such dir doch im Internet eine neue Frau«, hatte er ihm erst gestern Abend vorgeschlagen, als könne man sich neue Lebenspartner einfach so im Supermarkt bestellen. Verdammt! Konnte denn nicht alles einfach wieder so sein wie früher?

Er bog vom Kreisverkehr am Krankenhaus in Richtung Innenstadt ab und nahm die Abzweigung vor dem Place Aristide Briand links in eine kleine Straße, die ihn auf die Rue du Forum führte, wo er rechts abzweigte, um auf den Boulevard Albin Durand zu kommen, der ihn direkt zum Polizeigebäude führte. Da heute Markttag war, waren alle freien Parklücken mit Autos oder Lieferwagen zugestellt, sodass es schwer war, an sein Ziel zu kommen. Maurice fluchte, als er mit dem Seitenspiegel die Tür eines Lieferwagens streifte, weil dieser schief geparkt hatte. Gleichzeitig fiel ihm ein, dass er den Kindern versprochen hatte, am

Abend für sie etwas zu kochen. Für das Essen musste er den Einkauf heute irgendwie dazwischenschieben. Er hoffte nur, dass er es nicht wieder vergaß. Cathérine hatte sich erst neulich bei Rosalie beschwert, weil er sie schon mehrfach versetzt hatte. Und seine Schwester hatte nichts anderes zu tun gewusst, als ihm ordentlich den Kopf zu waschen und an seine Pflichten zu erinnern. Die Familie als Brutnest von Neurosen, schoss es Maurice grimmig durch den Kopf. Seine Laune verbesserte sich nicht gerade, als ihm obendrein noch die abendliche Verabredung mit seinen Geschwistern einfiel.

Als er wenig später das Büro betrat, das er sich mit dem älteren Kollegen Duval und Croiset teilte, war nur der junge Lieutenant anwesend. Er saß hoch konzentriert an seinem Computer und recherchierte offensichtlich etwas. Zur Begrüßung hob er lässig die Hand und lächelte ihm breit zu. An Selbstbewusstsein schien es dem jungen Polizisten auf jeden Fall nicht zu fehlen. Maurice setzte sich an seinen übervollen Schreibtisch und betrachtete die Berge von Akten vor sich. Alles Fälle, die sie möglichst schnell vom Tisch bekommen mussten. Mit einem gewissen Widerwillen schob er erst einmal die weniger wichtigen Akten beiseite und stieß dabei zu seiner Überraschung auf den bereits vorliegenden Autopsiebericht. Olivier arbeitete schnell, das musste er ihm lassen. Er nahm den Ordner zur Hand und blätterte ihn durch. Dabei stieß er jedoch auf nichts anderes als das, was ihm der Gerichtsmediziner schon am Vorabend berichtet hatte. Lediglich diverse Fotos von dem Toten und dem Fundort verdeutlichten die Situation nochmals.

»Wo bleibt eigentlich Duval?«, richtete er sich schließlich

an Croiset. »Wir haben jetzt einen Mordfall und eine Menge zu tun! Der Procureur macht bereits mächtig Druck.«

»Duval ist beim Zahnarzt. Er müsste jeden Moment kommen«, erklärte Croiset. »Aber ich kann gerne schon einmal Aufgaben übernehmen. Das Whiteboard habe ich bereits vorbereitet.« Er deutete auf die leere Ermittlungstafel mit der Überschrift: »Mordfall Bonnet«. »Wenn Sie wollen, pinn ich die Fotos aus der Autopsie und von der KTU schon mal dran.«

»Tun Sie das. Dabei können Sie sich auch schon mal mit dem Fall vertraut machen.« Er überreichte Croiset die Mappe.

»Ich bin bereits unterrichtet, Capitaine.« Maurice hob befremdet die Augenbrauen. Es war nicht üblich, dass sich ein untergeordneter Polizist, noch dazu ein Polizeischüler, einfach an seinem Schreibtisch zu schaffen machte. »Nun, ich bin Frühaufsteher und war als Erster hier«, erklärte der Lieutenant kein bisschen verlegen. »Da sah ich die Mappe mit Bonnets Aufschrift und habe sie mir angesehen. Außerdem habe ich mir erlaubt, schon einmal alles Weitere vorzubereiten. Von der KTU können wir bis heute Nachmittag weitere Ergebnisse erwarten.«

Maurice war gerade dabei, sich eine gehörige Standpauke auszudenken, die er dem übereifrigen Kollegen für dessen voreiliges Handeln halten wollte, als im selben Augenblick ein griesgrämig dreinblickender Duval ins Büro schlurfte und keinen von ihnen auch nur eines Blickes würdigte.

»Sie kommen zu spät zur Dienstbesprechung!« Maurice ließ von Croiset ab und wandte sich Duval zu. Ihm war wohl bewusst, dass er dem Kollegen damit Unrecht tat, doch seine Laune ließ heute nun mal keine andere Reaktion zu. Dieser grunzte mit schmerzverzerrtem Gesicht und ließ sich zentnerschwer hinter seinem Schreibtisch auf den Stuhl fallen. Dabei sah er aus wie das Leiden Christi.

»Dann fangen wir also endlich mit der Arbeit an.« Maurice hatte nicht vor, noch mehr Zeit zu verlieren. Er informierte seine Kollegen über den Sachverhalt, wie er sich nach der Obduktion dargestellt hatte, sowie die vorläufigen kriminaltechnischen Ergebnisse. Danach ging es an die Verteilung der entsprechenden Aufgaben. Maurice beschloss, dem ehrgeizigen jungen Kollegen gründlich auf den Zahn zu fühlen. Er wollte doch mal sehen, ob hinter dessen Aktionismus auch etwas Fundiertes steckte.

»Lieutenant, was sind die grundsätzlichen Voraussetzungen für eine Ermittlung?«

Croiset schien nur darauf gewartet zu haben. Wie aus der Pistole geschossen setzte er zu einem Vortrag an. »Die Ermittlungen erfolgen nach dem *Sechs-W-Fragen-Prinzip*. Das bedeutet: *Wer* hat *was wann wie warum* und *womit* getan? Zu ergänzen wäre unter Umständen noch ein siebtes *W*: Mit *wem* hat der Täter die Tat geplant? Anders ausgedrückt: Der mutmaßliche Täter muss sowohl die Gelegenheit zu der Tat wie auch ein Motiv gehabt haben, und er muss in der Lage gewesen sein, sie zu begehen. Er muss also …«

»Hören Sie um Gottes willen auf«, stöhnte Duval schmerzgeplagt. »Sie sind ja noch unerträglicher als mein Zahnarzt!«

Croiset verstummte beleidigt. Dabei stand ihm die Entrüstung, dass er unterbrochen worden war, deutlich ins Gesicht geschrieben. Maurice musste wider Willen schmunzeln. Es kam nicht oft vor, dass er und sein älterer Kollege sich einig waren. Aber ihr neuer Musterschüler neigte offensichtlich dazu, gerne übers Ziel hinauszuschießen. Da half nur eines. Er musste ihm erst einmal zeigen, wo er stand.

»Ich sehe, Sie waren in der Polizeischule sehr aufmerksam«, lobte er ihn. »Doch Theorie und Praxis sind oft zwei Paar Stiefel. Aus diesem Grund möchte ich Ihnen die Gelegenheit bieten, etwas praktische Erfahrungen zu sammeln.«

»Ich werde Sie nicht enttäuschen«, versicherte Croiset, der bereits wieder Morgenluft witterte.

»Freut mich zu hören!« Maurice setzte eine ernste Miene auf. »Bei uns ist in letzter Zeit so einiges liegen geblieben. Zum Teil herrscht in unseren Ablagen eine gewaltige Unordnung. Aus Ihrem Zeugnis ersehe ich, dass Sie gut mit Computern umgehen können? Finden Sie ein System, wie wir auf alles leichten Zugriff haben können. Und wenn Sie damit fertig sind, gehen Sie in die Asservatenkammer und kümmern sich dort um die Ordnung.«

»Aber Capitaine! Ich dachte, ich könnte meine Fähigkeiten bei dem Mordfall einse…«

»Schluss jetzt, *Lieutenant stagiaire!*«, unterbrach Maurice scharf den Protest. »Sie machen, was man von Ihnen verlangt! Für eine Mordermittlung brauche ich erfahrene Kollegen und keinen Grünschnabel.«

Croisets Augen weiteten sich vor Empörung, doch dann schien er endlich zu verstehen und gab klein bei. »Sehr wohl, mon Capitaine!«

Duval, der das Ganze hinter seinem Schreibtisch aufmerksam beobachtet hatte, schien es mit einem Mal viel besser zu gehen. Das änderte sich jedoch in dem Moment, als Maurice ihm seine neuen Aufgaben zuteilte. »Duval, wir beide beschäftigen uns mit dem Umfeld des Ermordeten. Wer könnte ein Alibi haben?, Befragen der Angehörigen, Rekonstruktion der Wegstrecken, Innerhalb welcher Zeit ...? Et cetera. Außerdem möchte ich, dass wir uns noch um diesen Afrikaner kümmern. Während ich mich mit ihm unterhalte, werden Sie die Hintergründe seiner Herkunft, Tätigkeiten und den Grund seiner Reise recherchieren. Ich telefoniere als Erstes mit dem Procureur.«

»Verzeihung, Capitaine«, mischte sich Croiset erneut ein. »Aber ich habe bereits ein Dossier über den Afri...«

»Reden Sie gefälligst nur, wenn Sie gefragt werden«, unterbrach ihn Maurice nun wirklich ungehalten. »Jeder weiß nun, was er zu tun hat. Heute Abend machen wir ein Update! Alles klar?« Sein Tonfall ließ keine Widerrede zu. Sogar Duval verzichtete auf seinen üblichen Protest.

Nachdem die Staatsanwaltschaft und sein Vorgesetzter in Avignon über alles informiert worden waren, telefonierte der Commissaire mit dem Krankenhaus, um zu erfahren, ob Gobeni endlich aus seinem künstlichen Koma erwacht war. Der diensthabende Oberarzt informierte ihn, dass man die Narkotika bereits abgesetzt habe und stündlich damit rechne, dass er wieder zu Bewusstsein komme. »Allerdings können wir nicht voraussagen, welche Beeinträchtigungen der Patient haben wird. Er wird noch eine ganze Weile brauchen, bis er sich wieder erholt hat. Geben Sie ihm die Zeit.«

»Ich müsste dem Patienten dringend ein paar Fragen stellen«, beharrte Maurice. »Sein Auftreten steht möglicherweise in Zusammenhang mit einem Mordfall, den wir gerade aufklären müssen. Ich muss leider darauf bestehen.« Sie einigten sich darauf, dass der Arzt sich bei ihm melden würde, sobald Gobeni aufgewacht war und er den Zustand des Patienten einschätzen konnte.

Gegen Mittag verließ Maurice das Polizeigebäude, um noch schnell ein paar Dinge auf dem Markt zu besorgen. Seine Laune hatte sich mittlerweile um einiges gebessert, zumal Sylvie sich überraschenderweise bei ihm gemeldet hatte, um ihm mitzuteilen, dass sie sich am Abend doch um die Kinder kümmern könne. »Gilbert ist für zwei Tage in Paris. Ich habe Joël und Cathérine gefragt, ob sie zu mir kommen möchten. Ich wollte etwas Leckeres für sie kochen. Aber sie haben sich geweigert …« Maurice hörte eine gewisse Traurigkeit aus ihrer Stimme. Allerdings fiel es ihm schwer, dafür Mitleid zu empfinden. Deshalb schwieg er. »Nun habe ich gedacht, dass ich ja auch zu euch kommen könnte«, fuhr sie etwas hilflos fort. »Cathérine verriet mir, dass du dich heute Abend mit deinen Geschwistern bei Bertrand triffst. Macht es dir was aus, wenn ich zu Hause für die Kinder koche? Bis du zurückkommst, werde ich auch schon wieder verschwunden sein.«

»Von mir aus«, gab sich Maurice zurückhaltend. In Wahrheit war er froh, dass er die Kinder nicht schon wieder einen Abend allein lassen musste. Sylvie bedankte sich erleichtert. Dann fragte sie ihn, wie er alleine mit den Kindern zurechtkam. Es war das erste Mal, dass sie versuchte, ein normales Gespräch mit ihm zu führen.

»Es ist, wie es ist«, antwortete er einsilbig. »Allerdings glaube ich, dass es langsam an der Zeit ist, dass wir über unsere Zukunft reden. Ich würde gerne wissen, ob du die Scheidung einreichen willst.«

»Die Scheidung?« Bildete er es sich nur ein, oder klang Sylvies Stimme erschrocken? Er konnte nicht verhehlen, dass er eine gewisse Genugtuung verspürte. Doch im nächsten Augenblick hatte sie sich auch schon wieder gefangen. »Du hast wahrscheinlich recht«, antwortete sie gefasst. »Es wird Zeit, diese Dinge endlich zu klären.«

»Dann lass uns das bald tun!«, antwortete Maurice barsch. Plötzlich war er sich sicher, dass dies der richtige Weg war. Seltsamerweise war es Sylvie, die nun schwieg. Er meinte sogar am anderen Ende der Leitung ein leises Schniefen zu hören. Er schluckte. Hatte er etwa doch noch Gefühle für sie? Wenigstens wusste er jetzt, dass auch sie sich mit der Trennung nicht leichttat. Aus dieser Gewissheit heraus fiel es ihm gar nicht mehr schwer, wieder auf sie zuzugehen. »Ich kann für euch auf dem Markt in Carpentras die Lebensmittel besorgen, dann musst du nach deiner Arbeit nicht mehr einkaufen«, schlug er großzügig vor.

»Oh ja. Das wäre sehr freundlich«, meinte sie hörbar überrascht. Während sie ihm ihre Wünsche mitteilte, wurde ihr Gespräch wieder etwas zwangloser. »Wieso hast du mir das nur früher niemals angeboten?«, brach es plötzlich unvermittelt aus ihr heraus. »Wie oft habe ich mir gewünscht, dass du auch mal etwas zu unserem gemeinsamen Leben beiträgst.«

Maurice war so perplex, dass ihm darauf keine Antwort einfiel. »Ich bringe die Dinge dann bei den Kindern vorbei«, brach er die Unterhaltung kurzerhand ab. »Wenn du gegen neunzehn Uhr zu ihnen kommst, werde ich schon wieder unterwegs sein. Vor elf bin ich sicherlich nicht zu Hause!« Dann legte er hastig auf.

Als er wenig später auf den Wochenmarkt kam, atmete er erst einmal tief durch und versuchte, das Gespräch mit seiner Frau zu vergessen. Er konzentrierte sich auf seine Umgebung und schlenderte langsam über den Place Aristide Briand, der von Platanen gesäumt war. Die fleckigen Stämme und Äste der noch kahlen Bäume wurden von der klaren Frühlingssonne beschienen und warfen bizarre Schatten über den Platz mit den bunten Marktständen voller Blumen, Kleider, Haushaltswaren und Lebensmittel. Es herrschte immer noch ein reges Treiben, obwohl es bereits Mittag war. Die ersten sonnenhungrigen Touristen schoben sich durch die schattigen Gassen von Carpentras und genossen das helle Licht und die Farbenvielfalt des provenzalischen Marktes.

»Bonjour, Maurice! Lange nicht gesehen«, begrüßte ihn ein gut gelaunter Jacques, der unter einem Sonnenschirm frische Austern verkaufte. Maurice blieb kurz stehen und tauschte ein paar Belanglosigkeiten mit dem alten Bekannten aus, mit dem er in seiner Jugend Fußball gespielt hatte. Als Jacques ihn zum Abschied am Sonntag zum Boulespielen einlud, versprach er, darüber nachzudenken. Plötzlich wurde ihm bewusst, dass auch ein Leben ohne Sylvie möglich war. Er musste sich nur ein wenig Mühe geben und sich auf Neues einlassen, schon öffneten sich ihm viele Türen. Statt wie üblich über den Markt zu hetzen, ließ er sich dieses Mal Zeit. In aller Ruhe arbeitete er Sylvies Einkaufsliste ab, besorgte frischen Spargel, Erdbeeren, Käse und etwas Fleisch sowie Baguette und Oliven. Nachdem er alles erledigt hatte, holte er sich ein belegtes Käsesandwich in einer Boulangerie und setzte sich in sein Lieblingscafé am Place Maurice Charretier gegenüber der jüdischen Synagoge. Er griff nach einer liegen gelassenen Zeitung und bestellte sich einen Noisette sowie ein Glas Wasser. Als er sich gerade in die Lokalzeitung vertieft hatte, trat jemand seitlich an ihn heran.

»Bonjour, Monsieur Viale. Ich hätte nicht gedacht, Sie hier auf dem Markt zu treffen.« Überrascht wandte er sich um. Die weibliche Stimme rief sofort angenehme Erinnerungen in ihm wach.

»Mademoiselle Bertine«, meinte er sichtlich erfreut. »Auch ich hätte nicht gedacht, Sie hier zu treffen.« Aus Gedankenlosigkeit war ihm die vertrauliche Anrede herausgerutscht. Er dachte einen Augenblick daran, sich zu korrigierten, doch dann gab er sich einen Ruck. »Darf ich Sie vielleicht zu einer Tasse Kaffee oder einer Erfrischung einladen?«

»Warum nicht«, meinte Bertine Bertrand leicht errötend. Sie sah bezaubernd aus in ihrer bunt gemusterten Tunika, die sie über einer modischen Jeans trug. »Ich habe ohnehin gerade nichts Besseres zu tun.« Sie ließ sich auf dem Stuhl ihm gegenüber nieder und orderte selbstbewusst einen Café au Lait und etwas Wasser. Eine Weile lang musterten sie einander, ohne die Augen abzuwenden. »Sind Sie etwa wieder einmal beruflich unterwegs, oder hat ein Commissaire wie Sie auch einmal frei?«, eröffnete sie schließlich das Gespräch. Er deutete auf seinen Einkauf und sein noch unberührtes Sandwich.

»Auch Polizisten haben hin und wieder Hunger«, grinste

er, während er ihr immer noch in die Augen sah, die ihn an eine Katze erinnerten. »Der Rest ist für meine Familie. Meine Frau kocht heute Abend für die Kinder.«

Sobald er Sylvie erwähnt hatte, wurde sie spürbar reservierter. Maurice fand es an der Zeit, etwas klarzustellen. »Meine Frau und ich sind seit einigen Monaten getrennt«, erläuterte er ihr und erzählte, wie es dazu gekommen war. Bertine hörte ihm aufmerksam zu und nickte nur hin und wieder. »Mir ist sehr wohl bewusst, dass Sie erst vor kurzer Zeit einen sehr viel schlimmeren Verlust erlitten haben«, meinte er abschließend. »Damit sind unsere Trennung und meine Enttäuschung natürlich nicht zu vergleichen.« Er hatte Bertine Bertrand vor etwas mehr als einem halben Jahr während einer Mordermittlung kennengelernt. Ihr Lebensgefährte war das Mordopfer gewesen.

»Ich nehme an, wir trauern beide auf unsere Weise«, sagte Bertine einfühlsam. Sie lächelte unsicher, bevor sie ihn wieder ansah. »Wer weiß, was für eine Enttäuschung mir durch Patrice' Tod letztendlich entgangen ist«, gestand sie zögerlich. »Er war nicht der, der er vorgab zu sein. Heute weiß ich, dass ihn sein eigener Egoismus in diese schreckliche Lage gebracht hat. Er hat mir gegenüber nicht mit offenen Karten gespielt. Ich glaube, sobald ich das herausgefunden hätte, wären auch wir wieder getrennte Wege gegangen.«

»Haben Sie noch Kontakt zu Philine?«, erkundigte sich Maurice, um das Thema zu wechseln. Das noch unmündige Mädchen war die Schwester des Mordopfers gewesen und hatte einen beträchtlichen Anteil an der Aufklärung des Mordes gehabt.

»Oh ja! Ich besuche sie hin und wieder in ihrem Heim. Sie ist sehr glücklich dort. Anfangs war sie mir gegenüber noch ziemlich reserviert, doch nun freut sie sich sogar, wenn ich sie besuche.«

»Menschen mit Down-Syndrom können sehr eigenwillig sein«, bestätigte Maurice. Bertine lachte und erzählte ein paar amüsante Anekdoten, über die sie beide herzlich lachten. Er freute sich über ihre Begegnung. Zum ersten Mal seit langer Zeit gelang es ihm einmal wieder, sich unbeschwert zu unterhalten. Schließlich erkundigte er sich nach Bertines Boutique in Avignon.

»Sie läuft sehr gut«, antwortete sie etwas ausweichend.

»Dann hat Madame Ravigot Sie doch nicht hinausgeworfen. Ich hoffte, dass sie sich einsichtig zeigen würde, nachdem sie sicher sein konnte, dass ihr Mann kein Verhältnis mit Ihnen hat.« Maurice hob vielsagend die Augenbrauen. »Damit wollte ich Ihnen keinesfalls etwas unterstellen.«

Bertine ging darauf nicht ein. »Madame Ravigot weiß, was sie verlangen kann«, meinte sie schließlich bitter. »Seit sie meine Vermieterin ist, muss ich einen großen Teil meines Einkommens an sie als Miete bezahlen. Doch was soll's«, fügte sie mit einem tapferen Lächeln hinzu. »Ich liebe meine Arbeit, und meine Kunden sind mir treu ergeben.«

»Hätten Sie Lust, mit mir eine Kleinigkeit essen zu gehen?«, fragte Maurice aus einer spontanen Laune heraus. »Gleich um die Ecke hat ein hervorragender Inder gerade erst aufgemacht. Er kocht mit den allerfrischesten Zutaten. Man kann ihm dabei zusehen.«

»Warum nicht? Ich habe heute ohnehin meinen freien Nachmittag.« Bertine schien sich aufrichtig zu freuen. Und ihm ging es dabei nicht anders. Er winkte dem Kellner, um die Rechnung zu begleichen, als sein Telefon klingelte. Es war der Arzt aus dem Krankenhaus. Der Afrikaner war wieder bei Bewusstsein, sein Zustand jedoch nach wie vor labil.

»Ist etwas geschehen?«, fragte Bertine, der sofort seine enttäuschte Miene auffiel.

»Ich fürchte, wir müssen unser gemeinsames Essen leider auf einen anderen Zeitpunkt verschieben«, bedauerte Maurice aufrichtig. »Ich werde dringend erwartet.« Er zuckte hilflos mit den Schultern. »Mein Job …«

»Kein Problem«, antwortete Bertine, ohne zu zögern. »Man weiß ja schließlich aus dem Fernsehen, dass ein Commissaire nur selten Zeit für Privates hat.«

»Das ist leider kein Klischee«, gestand Maurice mit einem schiefen Grinsen. »Dann geben Sie mir also noch eine zweite Chance?«

»Wenn es sein muss, auch noch eine dritte«, kokettierte Bertine. Ihr strahlendes Lächeln berührte ihn angenehm. Sie tauschten ihre Telefonnummern aus, und er versprach ihr, sich baldmöglichst bei ihr zu melden. Nachdem sie sich mit Wangenküsschen verabschiedet hatten, sah er ihr noch eine ganze Weile beglückt hinterher.

II

Noch beschwingt von der überraschenden Begegnung mit Bertine Bertrand begab sich Maurice auf direktem Weg ins Krankenhaus von Carpentras. Er parkte seinen Wagen auf einem Besucherparkplatz und telefonierte auf dem Weg zum Eingang nochmals mit Duval, um zu erfahren, ob er schon etwas über den Afrikaner herausgefunden hatte.

»Ich habe mich mit dem Kommissariat in Kinshasa kurzgeschlossen, um herauszufinden, ob etwas gegen diesen Gobeni vorliegt«, berichtete sein Kollege kurz angebunden. Seine Stimme klang, als litte er immer noch an Zahnschmerzen. »Aber der Chef ist im Augenblick nicht zu sprechen, und seine Kollegen weigern sich, ohne dessen Erlaubnis etwas preiszugeben. Sie haben mich vertröstet. Ich melde mich, sobald ich etwas erfahren habe.«

»Machen Sie den Kollegen da unten ruhig Druck«, wies Maurice ihn dessen ungeachtet an. »Zur Not schalten wir den Procureur ein, damit er sich ans Innenministerium wendet.« Er wollte gerade auflegen, als ihm noch etwas einfiel. »Wie läuft es denn mit unserem Lieutenant?«

»Der arbeitet wie ein Besessener an unseren Ablagen«, brummte Duval nicht sehr begeistert. »Ab und zu gibt er mir Belehrungen, wie man seines Erachtens auch einen anderen Ermittlungsansatz verfolgen könnte. Wenn Sie mich fragen, dann nervt der Kerl mit seiner Besserwisserei ganz ordentlich.«

Maurice konnte sich ein Schmunzeln nicht verkneifen. Normalerweise wusste Duval immer alles besser und nervte die Kollegen mit seiner vermeintlichen Erfahrung. Nun hatte er offensichtlich in Croiset eine ebenbürtige Nervensäge gefunden. »Er ist ein Eliteschüler, von dem Sie bestimmt noch etwas lernen können«, zog er den Kollegen auf. »Passen Sie nur auf, dass er Ihnen nicht noch den Job wegnimmt.«

»Das kann er gar nicht«, fuhr Duval entrüstet auf, bis ihm plötzlich klar wurde, dass er auf den Arm genommen worden war. »Ich muss jetzt weiterarbeiten«, schloss er verschnupft das Gespräch.

Als Maurice durch die Drehtür in die Klinik trat, verließ gerade ein Mann, der ihm bekannt vorkam, das Haus. Durch die Spiegelung der Glasscheiben konnte er ihn nicht genau erkennen, doch als der Mann draußen war, erkannte er, dass es Frédéric Bonnet war. Er fragte sich, was er wohl hier zu suchen hatte, wurde allerdings im nächsten Augenblick von dem Klingelton seines Handys abgelenkt. Als er sah, dass es Cathérine war, hob er sofort ab. Normalerweise rief seine Tochter ihn nie während seiner Dienstzeit an.

»Papa! Bitte hol mich sofort von hier ab! Es ist etwas Fürchterliches geschehen! Ich …« Mehr konnte Maurice nicht verstehen, denn Cathérines Worte endeten in einem lauten Schluchzen, das sich sehr verzweifelt anhörte. Noch vor einem Jahr hätte er auf solch einen Anruf gelassen reagiert, doch seitdem seine Kleine von einem durchgeknallten Verbrecher um ein Haar in den Tod getrieben worden war, reagierte er jedes Mal panisch.

»Nun mal ganz ruhig! Was ist geschehen? In welchen Schwierigkeiten steckst du?« Er versuchte die Fassung zu bewahren.

»Ich geh nie wieder in diese blöde Schule«, hörte er vom anderen Ende der Leitung und atmete sofort vor Erleichterung auf. Sie schwebte zumindest nicht in unmittelbarer Lebensgefahr. Cathérine reagierte mit weiteren Gefühlsausbrüchen. »Diese blöde Bitch von Eve. Sie hat vor allen in der Klasse behauptet, dass ich diesem Idioten von Théo einen Liebesbrief geschrieben hätte, über den er sich angeblich vor allen lustig gemacht habe. Doch das stimmt nicht! Ich kann diesen Pickeljunkie überhaupt nicht ausstehen. Die macht mich vor allen lächerlich. Das ist soooo gemein! Und keiner glaubt mir. Ich hasse diese Klasse und will nie wieder dorthin!«

Maurice hätte am liebsten laut aufgelacht, doch natürlich nahm er sich zusammen. Cathérine kämpfte mit dem ganz normalen Wahnsinn ihrer Pubertät und regte sich über irgendeine Ungerechtigkeit auf, die wahrscheinlich schon am nächsten Tag wieder vergessen sein würde. Leider waren sowohl er als auch Sylvie, die gerade auf Sendung war, beschäftigt. Dennoch benötigte sie jetzt elterlichen Beistand. Nach dem schrecklichen Ereignis hatte er sich geschworen, für seine Kinder da zu sein. Er sah auf die Uhr und überlegte, wie er alles am besten regeln konnte.

»Hör zu! Fahr bitte mit dem Bus heim. Du schaffst das! Ich komme in etwa einer Stunde kurz nach Hause. Dann können wir reden. Und falls du mit mir nicht reden möchtest, kannst du das auch mit deiner Maman tun. Sie wird den Abend mit euch verbringen.«

»Maman kommt?« Cathérines Stimme klang schon nicht mehr ganz so hoffnungslos.

»Sie hat es versprochen. Sie wird heute für euch kochen. Ich bringe die Lebensmittel mit.«

»Bleibst du auch zum Essen?« Cathérines Verzweiflung wich aufkeimender Hoffnung. »Habt ihr euch wieder versöhnt?«

»Ich fürchte nicht!« Es tat ihm leid, sie enttäuschen zu müssen. »Maman und ich können nicht mehr zusammen leben«, sagte er schweren Herzens. »Das ändert aber nichts an unserer Liebe zu dir und Joël. Ihr werdet immer das Allerwichtigste für uns beide sein!«

»Das ist aber nicht dasselbe. Ich will, dass wieder alles so wird wie früher.« Cathérine begann erneut die Fassung zu verlieren. »Daran ist nur dieser blöde Gilbert schuld. Ich kann den Typen von Maman nicht leiden!«

Maurice hätte ihr am liebsten recht gegeben, doch das wäre Sylvie gegenüber unfair gewesen. Natürlich hatte auch er seinen Teil dazu beigetragen, dass alles so gekommen war. »Wir können später darüber reden«, schlug er vor. »Ich muss hier noch etwas erledigen, dann komme ich, so schnell es geht, nach Hause! Ich habe dich lieb, *ma Chérie*!«

Unzufrieden mit der Situation beendete er das Gespräch. In Momenten wie diesen fühlte er sich einfach überfordert.

Vor der Intensivstation traf er auf den behandelnden Arzt. Nachdem er sich ausgewiesen hatte, klärte der Docteur ihn über Gobenis Zustand auf.

»Der Patient ist wach, wenn auch in keiner besonders

guten Verfassung. Man hat ihn übel zugerichtet. Schwere Gehirnerschütterung. Das Jochbein und mehrere Rippen sind gebrochen. Eine davon hat nur um ein Haar seine Lunge verfehlt. Außerdem haben wir ihm eine Kugel aus dem Bauchraum entfernt. Der Mann hatte Glück im Unglück. Er hätte verbluten können.«

»Eine Kugel?« Maurice sah den Arzt erstaunt an. Nach einem einfachen Überfall sah das nicht gerade aus. »Wir brauchen unbedingt das Projektil. Sie haben es doch sicherlich aufbewahrt.« Der Arzt bestätigte es. »Ist Monsieur Gobeni vernehmungsfähig? Ich muss ihm dringend einige Fragen stellen.«

»Er hatte bereits vorhin Besuch. Das hat ihn offensichtlich sehr geschwächt. Es wäre besser, Sie kämen später wieder.«

»Wieso haben Sie das zugelassen?« Maurice wurde nun doch ärgerlich. »Sie wussten doch, dass wir von der Polizei ihn zuerst sprechen wollten!« Dann fiel ihm Bonnet ein, den er gerade vor dem Krankenhaus gesehen hatte. »Wer war der Besucher? Kannten Sie ihn?«

Der Arzt verneinte. Auch er schien mit seiner Geduld am Ende. »Hören Sie, ich bin hier für das Wohlergehen meiner Patienten zuständig und nicht dafür, ihnen hinterherzuspionieren. Der Besucher machte einen anständigen Eindruck auf mich und gab vor, den Patienten zu kennen. Deshalb gab es keinen Grund, ihn nicht zu ihm vorzulassen. Gehen Sie zu Monsieur Gobeni, aber regen Sie ihn nicht allzu sehr auf. Eine Schwester wird Sie hinbringen. Und jetzt entschuldigen Sie mich bitte.« Mit einem abschließenden Nicken verabschiedete er sich und ging davon.

»Trug er eine helle Hose und ein dunkelblaues Jackett?«,

rief ihm Maurice noch hinterher. Der Arzt hielt inne und überlegte für einen Moment. »Kann sein«, gab er zu. Dann wandte er sich der Schwester zu, die bereits auf ihn wartete. Das genügte Maurice, um sich ganz sicher zu sein. Die Frage war nun: Was hatte Frédéric Bonnet bei Gobeni zu suchen gehabt?

Wenig später trat er vor das Bett von Bosange Gobeni in der Intensivstation. Der Afrikaner lag mit geschlossenen Augen da. Mehrere Schläuche führten an Überwachungsapparate. Außerdem bekam er eine Infusion. Seine dunkle Haut wirkte fahl und grau. Offensichtlich hatte er viel Blut verloren.

»Monsieur Gobeni?«

Der Mann schlug seine Augen auf und sah ihn ohne erkennbare Regung an. In seinem Blick lagen jedoch Vorsicht und Ablehnung. Maurice kannte diese Reaktion. So verhielten sich Menschen, denen klar wurde, dass sie es mit der Polizei zu tun hatten.

»Mein Name ist Capitaine Maurice Viale von der Police judiciaire«, begann er freundlich. »Ich bin hier, um herauszufinden, wer Ihnen das hier angetan hat. Können Sie mir ein paar Fragen beantworten?«

Gobeni starrte weiter stumm an ihm vorbei.

»Verstehen Sie unsere Sprache? Sie brauchen nur zu nicken oder den Kopf zu schütteln, wenn das Reden Ihnen Mühe bereitet. Haben Sie mich verstanden?«

Endlich nickte der Mann.

»Sind Sie überfallen worden?«

Wieder ein Nicken.

»Waren es mehrere Täter?« Ein Nicken.

»Können Sie sich noch an die Einzelheiten erinnern?«

Dieses Mal ein Kopfschütteln.

»Bitte versuchen Sie sich zu erinnern!«

Maurice spürte, dass der Afrikaner sich hinter seinen Gesten versteckte, um ihm nicht Rede und Antwort stehen zu müssen. Irgendwie musste es ihm gelingen, ihn zum Sprechen zu bewegen. Auch wenn es ihn schwächte, er musste ihn provozieren.

»Sind Sie als Flüchtling nach Frankreich gekommen?«

Gobenis Augenbrauen zogen sich entrüstet zusammen, während er heftig den Kopf schüttelte. Danach schloss er die Augen. Er schien Schmerzen zu haben.

»Nun reden Sie doch endlich mit mir. Ich sehe doch, dass Sie es können! Je schneller Sie mir antworten, desto schneller sind Sie mich auch wieder los.«

Gobenis Augenlider öffneten sich erneut, und Maurice sah, wie er mit sich rang.

»Ich wurde in der Nähe des Bahnhofs von Marseille überfallen«, gab er endlich an. Er sprach ein flüssiges Französisch mit einem afrikanischen Akzent. »Die Männer wollten mein Geld, aber ich habe es ihnen nicht gegeben. Dann haben sie mich zusammengeschlagen, aber ich konnte entkommen. Einer hat auf mich geschossen. *C'est tout. Compris?*«

Maurice befragte ihn nach dem Aussehen der Männer. Doch der Afrikaner konnte sich an keine Details erinnern, nicht einmal, welche Hautfarbe die Täter hatten. Das schien geradezu unwahrscheinlich. Schließlich hatte er ihnen Aug in Aug gegenüber gestanden. Doch warum verschwieg er ihm das? Überfälle dieser Art kamen in Marseille täglich vor. Wieso schützte er die Täter?

»Was wollten Sie in Brillon-de-Vassols?«, wechselte Maurice das Thema.

»Ich wollte Monsieur Bonnet besuchen, um mich zu bedanken«, gab Gobeni etwas zu schnell an. »Er hat meine Familie unterstützt und meinen Kindern die Schule bezahlt.«

»Und deshalb nehmen Sie die weite Reise vom Kongo auf sich? Nur, um sich bei Monsieur Bonnet zu bedanken?«

Gobeni nickte ernst. »Nur dazu!«, bekräftigte er. »Monsieur Arthur Bonnet hat viel getan für unser Dorf in Virunga. Wir machen gute Kakaobohnen für seine Firma.« Maurice erfuhr, was er bereits wusste. Wieder hörte er von Bonnets Großzügigkeit. Der Mann musste ein wahrer Heiliger gewesen sein.

»Wissen Sie, dass Arthur Bonnet tot ist?«, konfrontierte Maurice ihn schließlich mit der Wahrheit. Gobeni starrte an die Decke. Dann schüttelte er leicht den Kopf und wandte sich ab. Ihm blieb nicht verborgen, dass sich die Augen des Mannes mit Tränen gefüllt hatten.

»Die Nachricht scheint für Sie nicht überraschend zu kommen«, bohrte er weiter nach. Gobenis Blick wanderte zu ihm.

»Ich fühle viel Traurigkeit«, wich er aus.

»Kannten Sie Arthur Bonnet gut?«

Gobeni wandte den Kopf wieder ab und schwieg. »Ich möchte allein sein«, verlangte er. »Ich habe Schmerzen.«

»Ich bin gleich fertig«, setzte Maurice noch eine Frage hinterher. »Was wollte Frédéric Bonnet von Ihnen? Sind Sie auch mit ihm bekannt?«

»Er hat mir gute Besserung gewünscht«, antwortete

Gobeni unsicher. Maurice beobachtete, wie sich seine Hände etwas verkrampften. »Er gute Mann. Macht sich Sorgen um mich. Bitte lassen Sie mich nun allein.«

Seine Erfahrung sagte ihm, dass er nun nichts mehr erreichen würde. Er musste sich wohl oder übel zufriedengeben. Fürs Erste hatte er genug erfahren. Gobenis Darstellung nach hatte der Überfall nichts mit seinem Besuch bei Bonnet zu tun. Und wie es den Anschein hatte, hatte auch Bonnets Tod nichts mit dem Afrikaner zu tun, der ja bereits im Krankenhaus gelegen hatte, als Bonnet getötet worden war. Er war keinen Schritt weitergekommen.

12

Rosalie hatte eine anstrengende Zeit hinter sich. Sie war den ganzen Tag über Land gefahren, um dort die Kunden zu besuchen, die entweder zu alt waren, um in ihren Haarsalon zu kommen, oder kein Auto hatten. Die Aussicht, den Abend nun auch noch mit ihrem Vater und den Brüdern verbringen zu müssen, war für sie nicht sehr verlockend. Ihr einziger Trost war, dass Vincent sie begleiten würde. Er wartete bereits im Auto unten auf der Straße, als sie mit leichter Verspätung eintraf.

»Tut mir leid, dass ich schon wieder …« Vincent ließ sie zu ihrer Überraschung nicht ausreden, sondern küsste sie mit solcher Leidenschaft, dass ihr der Atem wegblieb.

»Das musste ich einfach tun«, gestand er mit jungenhaftem Charme. »Ich habe den ganzen Tag in der Sektionshalle mit Leichen verbracht, da muss ich testen, wie viel Leben noch in mir ist.«

Rosalie warf einen prüfenden Blick auf seine Lendenregion. »Offensichtlich eine Menge«, grinste sie. Obwohl es zwischen ihnen in dieser Beziehung kaum noch Geheimnisse gab, wurde Vincent ein wenig verlegen. Sie liebte es, wenn er so reagierte. »Nun fahr schon«, zog sie ihn auf. »Bei Papa wird dir ohnehin gleich jegliche fleischliche Lust vergehen.«

»Wir könnten auch erst noch zu dir und dann …« Er deutete mit dem Kopf in Richtung ihrer Wohnung. Sie stieß ihn lachend in die Seite.

»Das könnte dir wohl so passen! Du wirst dich jetzt zusammenreißen und deinen Antrittsbesuch bei meiner Familie tapfer hinter dich bringen!«

Mit einem bedauernden Seufzer fügte sich Vincent in sein Schicksal und fuhr los. Es war das erste Mal, dass er sie zu ihrem Vater begleitete. Bislang hatte sie sich gescheut, ihn offiziell mit ihrer Familie bekannt zu machen, doch Bertrands Zustand machte ihr Sorgen, und sie wünschte sich, dass Vincent sie verstand. Deshalb wollte sie ihn einbeziehen. Außerdem legte sie Wert auf seine objektive Meinung als Arzt. Louis neigte gerne zu Übertreibungen, während Maurice seine Demenz einfach wegen seiner persönlichen Probleme ignorierte. Auf jeden Fall musste sie wissen, wie es um ihren Vater stand. Doch erst einmal wollte sie ihre Neugier stillen und erfahren, was Vincent herausgefunden hatte.

»Wie ist Arthur Bonnet denn nun ums Leben gekommen?«

»Berufsgeheimnis«, wiegelte Vincent ab. Sie wusste wohl, dass er sie damit bestrafen wollte, weil sie ihn gerade abgewiesen hatte. Doch damit kam er bei ihr nicht durch.

»Dann verrate ich dir auch nicht den neuesten Dorftratsch«, konterte sie schnippisch.

»Das wird ja wohl auch nichts Wichtiges sein«, gab sich Vincent gelangweilt.

»Ach ja?« Sie warf ihm einen prüfenden Blick zu. »Auch nicht, wenn es um die Bürgermeisterwahl geht?«

Er wandte seinen Blick von der Straße ab und sah sie kurz an. Daran erkannte sie, dass er angebissen hatte. »Farnauld wird Bürgermeister. Das weiß doch jeder!«, gab er sich weiter desinteressiert.

»Das denkst du!« Rosalie richtete ihren Blick nun auch konzentriert auf die Straße und tat so, als wäre das Gespräch auch für sie beendet.

»Nun sag schon, was es Neues gibt«, drängte Vincent endlich.

»Erst wenn du mir etwas über Arthur Bonnet verrätst!«

»Das ist nicht fair. Außerdem kann ich dafür in Teufels Küche kommen.«

»Wirst du aber nicht, denn erstens werde ich niemandem unser kleines Geheimnis verraten, und zweitens ist der Commissaire mein Bruder. Auch wenn er es nicht gerne zugibt, weiß er doch längst, was er an meinem Scharfsinn hat.«

»Oder an deiner leichtsinnigen Neugier, die dich schon mehrfach in große Gefahr gebracht hat.«

»Du übertreibst maßlos!«

Vincent lachte herzlich. »Also gut«, gab er schließlich klein bei und fasste seine Untersuchungsergebnisse für sie nochmals kurz zusammen. Rosalie hörte ihm aufmerksam zu und machte sich sofort ihre eigenen Gedanken.

»Bonnet muss seinen Mörder gekannt haben, sonst hätte er ihn wohl nicht so einfach ins Haus gelassen«, schlussfolgerte sie. »Aber wie konnte ihm der Täter heimlich die tödliche Spritze verabreichen?«

»Wahrscheinlich haben die beiden etwas gemeinsam getrunken. Dabei könnte ihm der Mörder K.-o.-Tropfen in sein Getränk gemischt haben und so lange gewartet haben, bis er betäubt war. Dann hat er ihm die Injektion verpasst und gehofft, dass man seinen Tod für einen Herzanfall hielt.«

»Das klingt plausibel«, gab Rosalie ihm recht. »Und es bedeutet wohl auch, dass der Mörder und Bonnet sich gut gekannt haben. Wusstest du, dass Arthur und Frédéric kurz vor seinem Tod Streit hatten? Sara hat es mitbekommen. Man konnte ihre Stimmen wohl bis in den Verkaufsraum hören.«

»Hat sie auch gehört, um was es ging?«

Rosalie musste verneinen. »Aber Sara meinte, dass die beiden generell so ihre Schwierigkeiten hatten. Es gab wohl häufig Auseinandersetzungen.«

»Nicht jeder Streit führt gleich zu einem Mord«, wandte Vincent ein.

»Vielleicht hatte ihre Auseinandersetzung ja etwas mit diesem Afrikaner zu tun, der unbedingt Bonnet sprechen wollte. Sara erzählte, dass er einen Umschlag für Bonnet dagelassen hatte. Das deutet darauf hin, dass die beiden in irgendeiner Beziehung zueinander standen.«

»Bonnet hatte direkte Beziehungen in den Kongo«, gab Vincent ihr recht. »Dein Bruder erwähnte etwas von Kakaoplantagen.«

»Davon habe ich auch gehört.« Rosalie rieb sich nachdenklich die Nase. »Vielleicht gelingt es mir ja, etwas mehr über die Witwe des Verstorbenen, diese Madeleine, in Erfahrung zu bringen. Ich habe gehört, dass sie eng mit Clotilde Maurel befreundet ist. Und Madame Maurel ist wiederum eine meiner treuesten Stammkundinnen. Außerdem will sie

Bürgermeisterin werden. Da dürfte es ein Leichtes sein, sie ein wenig auszufragen. Ich habe da auch schon eine Idee!« Rosalie strahlte. »Außerdem werde ich mir diese Preisverleihung in der Chocolaterie auf keinen Fall entgehen lassen. Endlich ist mal wieder was los in Vassols!«

»Clotilde Maurel will Bürgermeisterin werden?«, fragte Vincent, ohne auf ihre Ankündigung einzugehen. Er warf ihr einen ungläubigen Blick zu. »War es das, was du mir erzählen wolltest?«

Rosalie erzählte von ihrem Gespräch auf dem Wochenmarkt.

Dann erreichten sie ihr Ziel. Vincent parkte den Wagen auf dem Hof des Weinguts und half Rosalie beim Aussteigen. Dabei nutzte er die Gelegenheit, um sie nochmals eng an sich zu ziehen und zu küssen. »Hoffentlich dauert das heute Abend nicht so lange«, murmelte er in ihre Halsbeuge. »Ich kann es kaum erwarten, heute Nacht noch meine restlichen Lebensfunktionen an dir auszuprobieren.«

»Lass sofort meine Tochter los, du Schuft!«, donnerte plötzlich eine tiefe Stimme hinter ihnen. »Kaum dreht man dem Gör den Rücken zu, poussiert sie auch schon mit dem Nächstbesten.«

Rosalie machte sich aus Vincents Umarmung frei und registrierte, wie ihr Vater mit erhobenem Stock auf sie losging. Es gelang ihnen gerade noch, sich aus seiner Reichweite zu begeben, als auch schon der erste Schlag sie beide um Haaresbreite verfehlte. Sofort holte der Alte zu einer neuen Attacke aus.

»Hör sofort auf, Vater!«, schrie Rosalie entrüstet. »Das

ist Vincent, mein Freund! Erkennst du ihn denn nicht?« Sie fiel ihm in den Arm, bevor er erneut zuschlagen konnte. Da endlich kam er zur Besinnung. Den Stock noch in seiner erhobenen Hand, hielt er inne und sah erst Rosalie und dann Vincent verblüfft an.

»Wieso hältst du meinen Arm fest?«, fragte er verwirrt und an Vincent gerichtet: »Und was macht der Postbote hier? Ich habe nichts bestellt!« Seine Miene verdunkelte sich. »Du bist viel zu spät! Isabelle wird wütend sein!«

Rosalie war erschüttert. »Niemand wird wütend sein«, erinnerte sie ihn schließlich beklommen. »Louis und du, ihr habt uns zum Abendessen eingeladen. Erinnerst du dich nicht mehr?« Ihr Vater kniff die Augen zusammen und dachte nach. Dann machte er sich ungehalten von ihr los.

»Natürlich weiß ich das«, knurrte er. Mit einem Schlag war er wieder ganz der ruppige Alte, den sie kannte. »Na, dann treten Sie mal näher, Herr Apotheker«, wandte er sich nun wesentlich freundlicher an Vincent und streckte die Hand aus.

Vincent zögerte einen Augenblick, bevor er sie ergriff. Offensichtlich traute er dem Frieden noch nicht. »*Enchanté*, Monsieur Viale«, meinte er etwas steif.

Dieser ließ seine Hand jedoch nicht los, sondern musterte ihn eingehend. »Sie haben sich also meine temperamentvolle Rosalie geangelt. Sie werden schon noch sehen, auf was Sie sich da eingelassen haben.«

Rosalie kämpfte mit einem Lachanfall, als ihr Vater Vincent wie einen Schraubstock umklammert hielt. Sie prustete nur nicht los, weil sie fürchtete, dass ihr Vater erneut durchdrehen konnte.

»Du kannst Vincent ruhig wieder loslassen«, meinte sie schließlich. »Und keine Angst: Er weiß ganz genau, was er an mir hat!«

»Vorlaut war sie auch schon immer«, brummte Bertrand und ließ endlich los. Rosalie sah, wie sich Vincent die schmerzende Hand rieb. Doch ihr Vater war noch nicht mit ihm fertig. »Lassen Sie das dem Mädchen nur nicht durchgehen. Sonst spielt sie mit Ihnen dasselbe Spiel wie ihre Mutter mit mir.«

»Lass gefälligst meine Mutter aus dem Spiel!«, empörte sich Rosalie überrumpelt. »Du weißt doch gar nicht, wie sie war!« Sie fand die Bemerkung nicht nur taktlos, sondern auch unangebracht. Jetzt, da er gerade bei Sinnen war, wusste er ganz genau, was er ihr damit antat. Am liebsten wäre sie sofort wieder nach Hause gefahren.

»In meinem Haus habe immer noch ich das Sagen«, brummte Viale ungnädig, doch dann besann er sich endlich auf seine Rolle als Gastgeber. »Kommen Sie, lieber Vincent. Louis und Maurice sind schon beim Apéro, und Augustine hat irgendetwas im Backofen.« Er schleuderte den Gehstock in hohem Bogen in das Oleandergebüsch und marschierte mit energischen Schritten voran. Vincent warf Rosalie einen ratlosen Blick zu, bevor sie ihm folgten. Im Esszimmer erwarteten sie ihre Brüder, die es sich bereits bei einem Pastis gemütlich gemacht hatten und sich unterhielten.

»Tuschelt ihr etwa schon wieder über mich?«, platzte der alte Bertrand in das Gespräch, das sofort verstummte. »Louis denkt neuerdings, dass ich nicht mehr alle Tassen im Schrank habe«, erklärte Bertrand Vincent. »Er erzählt jedem, der es hören will oder auch nicht, dass ich Alzheimer habe. Dabei ziehe ich ihn beim Belote-Spielen immer noch mit Leichtigkeit ab. Oder willst du das leugnen, Sohn?«

»Keinesfalls! Du bist in dieser Hinsicht mit allen Wassern gewaschen, Papa!«, antwortete Louis friedfertig. Er küsste Rosalie auf die Wangen und reichte Vincent die Hand. »Schön, dass du dich auch endlich mal in die Höhle des Löwen traust«, begrüßte er ihn augenzwinkernd. Im Gegensatz zu Maurice, der Vincent immer noch förmlich ansprach, kam er gleich zum vertraulichen Du.

»Ich freue mich auch, vor allem auf deinen Rotwein. Ich hoffe, wir bekommen heute etwas von deinem prämierten zu kosten«, ging Vincent seinerseits unkompliziert darauf ein. Das gefiel Louis. Er grinste zufrieden.

»Dann wird Rosalie dich wohl heute Abend chauffieren müssen!« Er legte Vincent, nachdem dieser auch Maurice begrüßt hatte, vertraulich den Arm um die Schultern und führte ihn zu der Anrichte, wo die Spirituosen standen. Rosalie nutzte die Zeit, um sich mit Maurice zu unterhalten. Sie erkundigte sich nach seinen Kindern.

»Joël geht seine eigenen Wege. Er hat sich dieser Fridays-for-Future-Bewegung angeschlossen und optimiert unsere Umweltgepflogenheiten im Haus«, sprudelte es nur so aus ihm heraus, was eher ungewöhnlich war. »Damit kann ich ganz gut leben. Aber mit Cathérine weiß ich im Augenblick überhaupt nichts anzufangen. Sie lebt völlig in ihrer eigenen Welt. Niemand kommt an sie so richtig heran. Weder ihre Mutter noch ich. Manchmal weiß ich gar nicht, wie ich ihr noch begegnen soll.« Er strich sich verlegen über seine kurzen Haare und sah sie bittend an. »Könntest du nicht mal wieder etwas mehr Zeit mit ihr verbringen? Du bist die Einzige in unserer Familie, die sie derzeit noch cool findet!«

»Wie schön, dass ich auch mal zu was gut bin«, antwortete Rosalie ironisch, nahm sich jedoch gleich wieder zusammen. »Aber warum nicht! Cathérine ist meine Nichte. Ich bin gerne für sie da. Vielleicht hat sie ja demnächst mal Lust auf einen Mädelsausflug in die Stadt!«

»Das ist sehr anständig von dir«, erwiderte Maurice sichtlich erleichtert. »Ich werde ihr gleich morgen früh davon erzählen.«

»Tu das«, gab sich Rosalie großzügig, nur um ihn im nächsten Moment über den Stand der Ermittlungen im neuen Mordfall auszufragen.

Auch Maurice hatte heute seinen großzügigen Tag. »Ich nehme mal an, dass du ohnehin durch Docteur Olivier auf dem Laufenden bist?«, unterstellte er ihr augenzwinkernd. Rosalie zuckte mit den Schultern und stellte gleich eine Frage. »Wie geht es denn dem Afrikaner? Wird er wieder gesund?«

Maurice hob erstaunt die Augenbrauen. »Ich dachte, du interessierst dich für den Mordfall an Bonnet?«

»Natürlich«, versicherte Rosalie mit einem unschuldigen Augenaufschlag, »aber mich interessiert eben auch dieser arme Mann. Haben der Überfall auf ihn und der Tod von Bonnet etwas miteinander zu tun?«

»Gobeni wird wohl wieder genesen. Wahrscheinlich wurde er von Kriminellen in Marseille erst zusammengeschlagen und dann angeschossen. Wir vermuten, dass er einfach zur falschen Zeit am falschen Ort war.«

»Und wieso hat er sich dann noch so schwer verletzt nach Vassols geschleppt, anstatt in ein Krankenhaus zu gehen? Er hätte das doch aufschieben können.«

»Keine Ahnung«, gab Maurice zu. »Aber das spielt auch keine Rolle. Vielleicht stand er noch unter Schock. Es war ihm offenkundig wichtig, sich bei Bonnet für die Hilfe zu bedanken, die er seinem Dorf und seiner Familie zukommen ließ. Vielleicht ein Schwur oder so was.«

»Hhm.« Rosalie fand die Erklärung nicht ausreichend. Sie bezweifelte, dass sich ein Bauer aus Afrika so einfach auf den Weg machte, nur um seinem Gönner zu danken. Dafür gab es doch sicherlich andere Gelegenheiten. Für sie stand fest, dass er einen triftigeren Grund gehabt haben musste als Dankbarkeit, um in seinem Zustand die Reise von Marseille nach Vassols zu unternehmen. Sie beschloss, ihren Bruder noch auf ein weiteres Detail aufmerksam zu machen. »Wusstest du, dass der Mann Bonnet einen Umschlag übergeben hat, bevor er zusammenbrach?«

Maurice sah sie überrascht an. »Woher hast du das denn schon wieder?«

»Ein kleines Gespräch unter Freundinnen«, bemerkte Rosalie möglichst beiläufig. »Ich war rein zufällig in der Chocolaterie, um für Papa ein wenig von seiner Lieblingsschokolade zu kaufen. Sara hat den Krankenwagen gerufen und war vor Ort, als der Mann zusammenbrach.«

»Rein zufällig, schon klar.« Maurice hob mahnend seinen Finger. »Halt dich da bloß raus! Von mir erfährst du heute Abend auf jeden Fall nichts mehr!«

»Kein Problem!« Rosalie lächelte zuvorkommend. Sie hatte auch so schon genug erfahren.

Bis zum Abendessen gab sich Bertrand völlig normal. Er nahm an allen Unterhaltungen teil und zeigte keinerlei Erinnerungslücken oder Merkwürdigkeiten. Rosalie war sich mit einem Mal nicht mehr sicher, ob ihr Vater die Szene zu ihrem Empfang nicht sogar inszeniert hatte, um sie zu kränken. Die ersten Untersuchungsergebnisse über eine mögliche Demenzerkrankung waren nicht ganz eindeutig gewesen. Die Computeraufnahmen zeigten ein diffuses Bild von seinem Gehirn, zu deren Abklärung der Arzt sie zu einem Spezialisten nach Marseille überwiesen hatte. Doch Bertrand sträubte sich dagegen, was die Lage nicht gerade erleichterte. Als ihnen die Haushälterin Augustine eine selbst gemachte Wildschweinpastete servierte, verschwand Bertrand für einen kurzen Augenblick in der Küche und kam mit einer Dose Schokoladencreme und Senf wieder. Zu ihrer aller Verwunderung begann er in aller Seelenruhe, die Pastete damit dick zu bestreichen. Auf die Creme strich er noch eine Lage Senf und begann dann in aller Seelenruhe davon zu essen.

»Müssen Sie auch mal versuchen«, bemerkte er in Vincents Richtung. »Ist ein Rezept meiner ehemaligen Geliebten.« Er kaute genüsslich, während er Rosalie einen lauernden Blick zuwarf. »Starr mich nicht so an! Ich rede von Malika, deiner Mutter. Sie hatte eben einen besonderen Geschmack!«

Rosalie war kurz davor zu platzen. Die erneute Provokation war einfach zu viel. Doch sie beherrschte sich. Auch weil sie sich wieder nicht sicher war, inwieweit ihr Vater ihnen etwas vorspielte, um sie zu quälen, oder tatsächlich dabei war, verrückt zu werden. Außerdem musste sie zugeben, dass die überraschende Erwähnung ihrer Mutter sie verstörte und alte Wunden wieder aufriss. Ihr Vater hatte noch nie etwas von Malika erzählt. Er hatte immer so getan, als hätte es sie nie gegeben. Sie war für ihn einfach nicht existent gewesen. Das wenige, was sie von ihrer Mutter wusste, hatte sie von ihrer Tante Babette, die mit ihr befreundet gewesen war. Falls ihr Vater sie verletzen wollte, würde sie ihm nicht die Genugtuung verschaffen, damit Erfolg zu haben. Also überging sie die Bemerkung und wechselte das Thema.

»Was ist das eigentlich für eine merkwürdige Maschine dort im Hof«, wandte sie sich an Louis mit einer scheinbar harmlosen Frage. Ihr war nicht bewusst, dass sie damit ein neues Fass aufmachte.

»Das musst du schon Papa fragen«, fauchte ihr Bruder ungewohnt vehement. Er hatte sonst eher ein ruhiges Gemüt.

»Das ist eine Conchiermaschine der allerbesten Art«, sprang Bertrand vergnügt auf ihre Frage an. »Damit erhitzt und rührt man Schokolade.«

»Und was willst du damit?«

Selbst Maurice zeigte sich verwundert.

»Meine eigene Schokolade machen natürlich«, verriet Bertrand, als wäre es das Selbstverständlichste auf der Welt. »Der Arzt, bei dem wir neulich waren, hat mir den Rat gegeben, mir eine Herausforderung zu suchen, die mich fit hält. Nun, das habe ich getan!« Er stieß Vincent, der neben ihm saß, auffordernd in die Seite. »Wäre das auch Ihr Rat, Docteur?«

Er gab ihm damit eine Rolle als Vertrauter, was diesen in eine unangenehme Situation brachte.

»Dieses Ding kostet ein Vermögen und ist völlig überdimensioniert«, empörte sich Louis, bevor Vincent reagieren konnte. »Bonnet & Frères besitzen vielleicht eine Conchiermaschine in dieser Größe. Für einen Privatmann ist sie völliger Schwachsinn.«

»Ich liebe Schokolade«, knurrte Bertrand trotzig. »Und ich werde meine eigene Chocolaterie aufmachen! Das ist auch kein größeres Kunststück, als Wein zu keltern.«

»Du hast doch überhaupt keine Ahnung vom Schokolademachen«, schimpfte sein ältester Sohn überhaupt nicht amüsiert. »Mal abgesehen davon, dass es gar keinen Platz für dein Monstrum bei uns auf dem Hof gibt!«

»Dann wirst du eben die Maschinenhalle für mich leer räumen.« Bertrand gab sich unbelehrbar. »Sobald das Mahlwerk und die Temperiermaschine da sind, fange ich an zu experimentieren. Ihr werdet euch wundern, was ich alles schaffen kann.« Er sprach mit solch einer Entschlossenheit, als hätte er immer noch das alleinige Sagen auf dem Gut.

»Seht ihr jetzt endlich ein, dass ich nicht übertreibe? So geht das mit Papa nun schon seit Monaten!« Louis raufte sich die Haare.

»Halt die Klappe, Sohn! Ich lass mir von niemandem ins Handwerk pfuschen«, knurrte Bertrand böse. »Wenn du nicht tust, was ich dir sage, dann wirst du eben enterbt.«

»Louis gehört doch der Laden schon längst«, erinnerte Maurice seinen Vater. »Du hast ihm bereits vor fünf Jahren die alleinige Leitung des Weinguts überlassen.«

»So ein Unsinn!«, fuhr Bertrand nun auch seinem Zweitgeborenen über den Mund. »Ihr beiden habt euch wohl gegen mich verschworen. Aber da habt ihr euch geschnitten.

Ihr seid hiermit enterbt!« Mit zornfunkelnden Augen schlug er mit der flachen Hand auf den Tisch, dass die Gläser schepperten. Dann ließ er seinen Blick über Vincent und Rosalie schweifen, was diese schon fürchten ließ, nun auch ihr Fett abzubekommen. Doch auch darin hatten sie sich getäuscht. Die Gesichtszüge ihres Vaters verklärten sich mit einem Mal und wurden ganz weich. Als seine große, kräftige Hand ihren Arm sacht berührte, wagte sie nicht, sich zu bewegen. Den anderen am Tisch ging es nicht anders.

»Ich hätte Isabelle damals verlassen müssen, um dich zu suchen, Malika«, sagte er mit brüchiger Stimme. »Aber ich war zu feige. Du warst zwar nur ein einfaches Mädchen, aber dennoch hattest du so viel Liebe und Sanftheit in dir, wie ich es nie wieder bei einem Menschen gefunden habe. Warum habe ich dir nur nie gesagt, dass ich dich liebe?« Tränen kullerten über seine Wangen, als er Rosalies Arm wieder losließ und sich ungeschickt über sein stachliges Gesicht fuhr.

Für Rosalie war damit das Maß voll. Dass ihr eigener Vater sie für ihre Mutter hielt, brachte sie an die Grenze dessen, was sie aushalten konnte. Am liebsten wäre sie wie ein kleines Kind einfach aus dem Haus gerannt. Auch ihre Brüder waren von der Situation überfordert. Peinlich berührt starrte jeder vor sich hin. Nur Vincent reagierte der Situation angemessen. Er begriff, wie erschöpft und verwirrt der alte Mann mit einem Mal war.

»Kommen Sie, Monsieur Viale, ich bringe Sie in Ihr Zimmer und gebe Ihnen etwas zur Beruhigung«, sagte er ruhig. Bertrand sah ihn dankbar an und ließ sich willig von ihm wegführen.

Die anderen blieben schweigend zurück.

»Das kann so nicht weitergehen«, schnaubte Louis, der sich als Erster wieder gefasst hatte. »Ich habe mich zwar bereit erklärt, mich um Vater zu kümmern, aber nicht unter diesen Voraussetzungen. Wir müssen alle zusammenlegen und ihn in einem Heim unterbringen!«

»Papa hat dir alles hier vermacht, damit er bis zu seinem Tod in diesem Haus leben kann«, erinnerte ihn Maurice. »Du bist die Verpflichtung eingegangen. Rosalie und ich haben dafür auf unser Erbe verzichtet.«

»Lass mich da bitte aus dem Spiel«, fuhr sie empört dazwischen. »Mit Vaters Erbe hatte ich noch nie etwas zu tun und will es auch gar nicht, basta!« Sie atmete tief durch, um sich wieder einigermaßen zu beruhigen. Welch eine Ironie des Schicksals, dass sie erst jetzt mitbekam, dass es auch zwischen Maurice und Louis gewisse Zwistigkeiten gab. Immerhin verlieh ihr das ein wenig Kraft, um zu vermitteln. »Ich glaube, wir sind uns alle einig, dass Vater Hilfe braucht«, stellte sie fest. »Allerdings heißt das noch lange nicht, dass wir uns so einfach über seine Wünsche hinwegsetzen dürfen. Du kannst ihn nicht einfach gegen seinen Willen in ein Heim stecken«, wandte sie sich an Louis.

»Außerdem würde er dem nie zustimmen!«, stellte Maurice fest.

»Weil Vater stur wie ein alter Esel ist«, knurrte Louis grimmig. »Dazu müssten wir ihn wohl entmündigen lassen!«

»Ihr redet über euren Vater, als wäre er ein Stück Vieh«, stellte Rosalie entrüstet fest. »Auch wenn er ein Ekel ist, so ist er doch immer noch ein Mensch und unser Vater. Man darf ihm nicht einfach seine Rechte wegnehmen, nur weil es dadurch einfacher wird!«

»Ach nein?« Louis sah sie herausfordernd an. »Dann kümmere du dich doch um Papa und ertrage seine Ausfälle. Du wirst schon sehen, wie schnell er dir auf der Nase herumtanzt.«

»Wir könnten eine Pflegerin einstellen«, schlug Rosalie vor, ohne sich provozieren zu lassen. »Jemanden, der sich mit Demenzkranken auskennt. Sie könnte Louis entlasten, und Papa könnte weiterhin hier wohnen bleiben.«

»Das ist eine gute Idee«, stimmte Maurice ihr zu. »So sollten wir es machen!«

»Wisst ihr überhaupt, was das alles kostet?«, sträubte sich Louis sofort. »So wie ich euch kenne, lasst ihr bestimmt mich auf den Kosten hängen.«

»Das werden wir!« Zum ersten Mal sprachen Maurice und Rosalie wie aus einem Munde. In dieser Sache waren sich die beiden einig.

13

Lucinde beobachtete Hervé, der wie jeden Abend unter der Woche das Metallgitter vor die Glastür ihres kleinen Lebensmittelgeschäfts schob und sorgfältig abschloss. Danach griff er zu seinem Tablet, um die Warenbestände zu überprüfen. Seine Bewegungen hatten etwas Feminines, als er seinen massigen Körper tänzelnd durch die engen Regale zwängte, um zu prüfen, was nachbestellt werden musste. Ab und an schob er dabei mit einer affektierten Handbewegung seine violett gerahmte Brille von der hohen, von Löckchen gerahmten Stirn vor die Augen und wieder zurück, als wolle er jemanden damit beeindrucken. Auf Lucinde wirkte das alles nur noch lächerlich. Missmutig wandte sie sich wieder der Kasse zu, wo die täglichen Abrechnungen bereits auf sie warteten. Jeden Tag dasselbe.

Sie und Hervé waren ein eingespieltes Team mit klar verteilten Aufgaben. Während sie sich um alle buchhalterischen Dinge kümmerte, zu der auch die abendliche Abrechnung der Kasse gehörte, sorgte ihr Mann mit der für ihn typischen Akribie und Hingabe für die Erhaltung und Ausweitung des Sortiments. Rein äußerlich gesehen hatte sie keinen Grund, sich über irgendetwas zu beklagen. Es ging ihnen beiden gut. Der Laden warf genügend für sie ab. Die Wohnung über dem Geschäft war großzügig mit ausreichend Freiraum für jeden von ihnen. Und das Verhältnis von Hervé zu ihr war von Aufmerksamkeit und gegenseitigem Respekt geprägt. Lange Zeit war Lucinde das genug gewesen. Ihre Erwartungen an das Leben waren nie besonders hoch gewesen. Was spielte es da schon für eine Rolle, dass ihr Liebesleben dem von Geschwistern glich. Hervé war so sexy wie ein Paar alte Socken. Klar, sie mochte ihn und konnte sich immer auf ihn verlassen. Nur wenn es um körperliche Nähe ging, gab es einen unüberwindlichen Graben zwischen ihnen. Die wenigen Male, die sie während ihrer Ehe miteinander geschlafen hatten, konnte man an einer Hand abzählen. Es war langweilig und enttäuschend gewesen, aber sie hatte gedacht, dass es nun mal so war. Erst seitdem sie auf dieser Partnerschaftsbörse surfte, hatte sie eine Ahnung davon bekommen, dass es noch mehr im Leben gab.

Anfangs war es ihr nur wie ein verrücktes Spiel erschienen, das sie aus purer Langeweile begonnen hatte. Sie hatte sich auf der erstbesten Internet-Dating-Plattform angemeldet und nicht einmal damit gerechnet, dass sich überhaupt jemand für sie interessierte. Was für ein Irrtum – bis sie herausgefunden hatte, dass die meisten Männer auf dieser Seite nur auf schnellen Sex aus waren. Lucinde hatte sich schnell abgestoßen gefühlt und ihren Account wieder gelöscht. Doch dann hatte sie festgestellt, dass nicht alles an diesen Kontaktbörsen schlecht war und dass es große Unterschiede gab. Beim nächsten Mal hatte sie mehr Glück gehabt. Die Partnerbörse war diskret und sehr auf Seriosität bedacht. Dort hatte sie sich auf die ersten Flirts eingelassen. Für Lucinde war es nur ein Spiel mit dem Feuer gewesen. Sie wollte Hervé nicht verlassen, sondern nur ein wenig Spaß und Anerkennung finden. Es hatte ihr gereicht, ein wenig zu flirten und Komplimente aufzugabeln. Das alles geschah unter Pseudonymen, was ihr sehr angenehm war. Meist wurden die Chats schnell langweilig. Doch irgendwann war sie auf *Ton Rêve* gestoßen. Anfangs hatte sie auch mit ihm nur ein wenig hin und her gechattet, bis sie gemerkt hatte, dass seine Kommentare sich von all den anderen unterschieden. Lucinde mochte die Art, wie er ihr schrieb. *Ton Rêve* hatte Humor und gutes Benehmen. Außerdem verstand er es, Komplimente zu machen, die nicht zu aufdringlich wirkten. Was sie allerdings am meisten beeindruckte, war die Tatsache, dass sie sich mit *Ton Rêve* über alles austauschen konnte. Sie hatte das Gefühl, sich vor ihm nicht verstellen zu müssen, weil er sie so nahm, wie sie war. Als sie ihm zum ersten Mal ihr unerfülltes Leben in einem kleinen provenzalischen Kaff schilderte, reagierte er nicht, wie sie befürchtet hatte, mit Bedauern, sondern versuchte, ihr auch die positiven Dinge aufzuzeigen. Das gelang ihm zwar nicht recht, aber es zeigte ihr, dass er sie ernst nahm. Auch ihre Befürchtung, dass er sie bald langweilig finden könnte, bestätigte sich nicht. Im Gegenteil. *Ton Rêve* gab ihr das Gefühl, etwas wert zu sein, und das hatte sie mittlerweile dazu gebracht, einige Dinge in ihrem Leben zu verändern.

»Wenn ich damals den Mut nicht aufgebracht hätte, in der Fremde etwas Neues zu probieren, wäre ich immer noch ein unbedeutender Koch in der Auvergne«, hatte er ihr verraten. »Nun besitze ich ein kleines, aber feines Hotel auf Mauritius, und das Einzige, was mir noch zu meinem Glück fehlt, ist eine Partnerin, die dieses Paradies mit mir teilen möchte.«

Auch *Ton Rêve* hatte schon bittere Zeiten erlebt. Lucinde

fühlte sich geschmeichelt, als er ihr davon berichtete. Sie fühlte sich von ihm in einer Weise angenommen, wie sie es aus ihrer Beziehung zu Hervé nicht kannte. Der Kontakt zu ihm belebte sie und bewirkte, dass sie sich plötzlich um Jahre jünger fühlte. Wie gerne hätte sie ihn auch im echten Leben getroffen. Doch das war keine Option. *Ton Rêve* lebte auf Mauritius und sie viele Tausend Kilometer entfernt. Während sie so ihren Gedanken nachhing, meldete sich plötzlich *Ton Rêve* auf ihrem Smartphone. Als sie sah, dass Hervé immer noch mit seinen Warenlisten beschäftigt war, öffnete sie die Seite. Sie war aufgeregt wie ein junges Mädchen, denn die letzten beiden Tage hatte sich ihr Verehrer nicht mehr bei ihr gemeldet:

»Bonjour, chère Violet (unter diesem Decknamen hatte sie sich auf dem Portal angemeldet), es tut mir leid, dass ich mich erst jetzt melde. Nach unserem letzten Chat musste ich erst gründlich nachdenken.«

»Kein Problem. Du wirst sicherlich deine Gründe gehabt haben.«

»Meine Gefühle für dich haben mein ganzes Leben durcheinandergewirbelt. Seit dem Tod meiner Frau Nicolette hielt ich dies nicht mehr für möglich. Doch nun weiß ich, dass ich mehr wagen muss! Ich möchte dich persönlich kennenlernen. Mir ist klar geworden, dass es mir nicht mehr reicht, wenn wir uns nur schreiben. Ich muss dich sehen, natürlich nur, wenn du auch dazu bereit bist!«

Um ein Haar hätte Lucinde ihr Telefon fallen gelassen, so sehr wühlten sie seine Worte auf. Damit hatte sie nicht gerechnet.

»Wie stellst du dir das vor?«, tippte sie mit zitternden Fingern ein. *»Du bist auf Mauritius und ich hier in Südfrankreich.«*

»Komm zu mir nach Mauritius! Lass dich in meinem bescheidenen Hotel von mir verwöhnen. Und wenn es dem Schicksal gefällt, werden wir für immer zusammen sein! Lass uns diese wunderbare Chance nutzen! Sag Ja, und ich schicke dir noch heute per E-Mail ein Flugticket nach Port Louis. Du wirst es nicht bereuen!«

Lucinde schloss die Augen vor Aufregung. Sie hatte das Gefühl, dass ihr Herz für einen kurzen Moment aufgehört hatte zu schlagen. Dann las sie die Botschaft nochmals, weil sie sich einbildete, sie hätte geträumt. Nach und nach begriff sie, dass es nicht so war. Im nächsten Augenblick wurde ihr bewusst, dass sie dazu niemals den Mut aufbringen würde. Ihre Angst vor dem Unbekannten war mindestens ebenso groß wie ihre Neugier, *Ton Rêve* endlich kennenzulernen. Sie spürte, wie ihr das Blut in den Kopf schoss und sie kaum noch fähig war, vernünftige Gedanken zu fassen. Sie hatte Frankreich noch nie verlassen, ja noch nicht einmal die Provence. Weiter als Marseille und Nizza war sie noch nie gereist. Sie fürchtete sich vor weiten Reisen und noch mehr vor Flugzeugen. Und jetzt wollte *Ton Rêve,* dass sie ausgerechnet zu ihm nach Mauritius kam? Auf eine tropische Insel, mitten im Atlantik? Das war so unglaublich wie unvorstellbar! Sie atmete tief durch, bevor sie ihm schweren Herzens antwortete.

»Ich kann das nicht! Ich habe Angst!«

Jetzt ist es aus zwischen uns, dachte Lucinde resigniert. Er wird denken, dass ich ein Feigling bin und dass er mir nicht wichtig genug ist. Dabei gehörten die letzten Wochen mit zu den aufregendsten, die sie jemals erlebt hatte. *Ton Rêve* hatte ihre Seele auf eine Weise berührt, wie sie es nicht für möglich gehalten hatte. Und nun hatten ihre Feigheit und Angst dem allen ein vorzeitiges Ende gesetzt. Wahrscheinlich würde er ihr nicht einmal antworten. In ihren tristen Gedanken gefangen, hatte sie gar nicht bemerkt, dass Hervé unbemerkt herangetreten war und sie angesprochen hatte.

»Hilfst du mir?«, wiederholte er seine Frage etwas lauter. Da erst fuhr sie auf und legte hastig das Telefon beiseite. Hervés Augen machten einen besorgten Eindruck. Sie standen in krassem Widerspruch zu seinen Mundwinkeln, die in immer gleichbleibender Freundlichkeit wie erstarrt schienen. Er hat Ähnlichkeit mit einem Frosch, dachte sie, mit einem Frosch, der unfähig ist, sein Gesicht zu verziehen.

»Was ist denn mit dir?«

Sie war immer noch zu keiner Regung fähig. Alles schien mit einem Mal sinnlos. Im nächsten Augenblick ertönte ein deutlich vernehmbares »Pling« auf ihrem Smartphone. Es war der Ton, den sie *Ton Rêve* zugeordnet hatte. Sie bezwang ihren Wunsch, sofort nachzusehen.

»Es dauert nicht lange. Du musst mir nur schnell helfen, das Regal dort hinten wieder neu zu fixieren. Es hat sich von der Wand gelöst und könnte umfallen.« Plötzlich konnte sie sein Froschmaulgrinsen nicht mehr ertragen.

»Ich hab jetzt keine Zeit! Du siehst doch, dass ich mit der Kasse beschäftigt bin«, raunzte sie ihn unbeherrscht an. Hervés Lächeln erstarb nun doch.

»Was ist dir denn für eine Laus über die Leber gelaufen?«, fragte er beleidigt. »Ist es wirklich zu viel verlangt, wenn ich dir bitte, mir zu helfen?«

»Natürlich nicht«, zischte Lucinde nun noch erboster.

»Du verlangst nie etwas Unmögliches von mir. Das ist es ja gerade!«

Die runde Babystirn kräuselte sich bedenklich. Sein Gesichtsausdruck spiegelte eine Mischung aus Befremdung und Ratlosigkeit wider. Er schien sich nicht darüber im Klaren zu sein, was er nun schon wieder verbrochen hatte. Natürlich verstand er ihren Gefühlsausbruch nicht. Wie sollte er auch? Hervé lebte ja in seiner eigenen Welt, in der er sie noch nie richtig wahrgenommen hatte. Wie hatte sie sich nur jemals einbilden können, dass sie mit diesem Mann glücklich werden konnte?

»Soll ich warten, bis du deine Nachricht beantwortet hast?«, schlug er schließlich hilflos vor. »Es war nicht meine Absicht, dich zu stören. Hat dich jemand von deinen Internet-Freunden geärgert?«

Lucinde verdrehte genervt die Augen. Hervés Neugier hatte ihr gerade noch gefehlt. Um ihre langen Zeiten im Internet zu rechtfertigen, hatte sie ihm erzählt, dass sie Mitglied in einem Frauenforum geworden sei. »Dabei kannst du mir nicht helfen. Außerdem ist es auch nicht so wichtig.«

Sie stand auf und folgte Hervé zu dem besagten Regal, das er bereits leer geräumt hatte. Während sie das Regal hielt, schwärmte er ihr von seinen neuen Plänen bezüglich einer Feinkostabteilung vor, die er in den Laden integrieren wollte. Sie hörte ihm kaum zu. Ihre Gedanken drehten sich um *Ton Rêve* und um das, was er ihr geantwortet hatte. Sie haderte bereits damit, ihm eine Absage erteilt zu haben. Wieso sollte sie eigentlich nicht nach Mauritius reisen? Flugängste konnte man überwinden. In der Apotheke gab es sicherlich ein Mittel dagegen. Was war sie nur für eine Idiotin! Mit einem Mal hatte sie es sehr eilig.

»Ich mach die Kasse später«, ließ sie Hervé wissen, kaum dass sie fertig waren, und verdrückte sich rasch nach oben in ihre Wohnung.

Mit klopfendem Herzen öffnete sie die Nachricht.

»Es war ein Fehler, dich einfach zu überrumpeln«, las sie. »Verzeih meine Ungeduld! Ich hoffe sehr, dass ich dich nicht so verschreckt habe, dass du nun keinen Kontakt mehr zu mir möchtest. Es war vermutlich naiv von mir anzunehmen, dass eine Frau wie du auch den Wunsch verspüren könnte, mich kennenzulernen.«

Lucinde atmete vor Erleichterung tief durch. Gleichzeitig schlug ihr Herz bis zum Hals. *Ton Rêve* war ihr nicht böse, im Gegenteil. Der Gedanke, dass sie von einem Mann auf diese Weise geschätzt wurde, machte sie ganz benommen.

»Natürlich möchte ich auch, dass wir uns endlich kennenlernen«, tippte sie mit klopfendem Herzen. Dann beschloss sie, ehrlich zu sein. *»Es ist nur, dass ich noch nie in meinem Leben so weit weg von Frankreich war. Allein der Gedanke, in ein Flugzeug steigen zu müssen, löst in mir Panikattacken aus. Ich bin eben ein ängstlicher Mensch.«*

»Deine Worte machen mich sehr glücklich! Ich dachte schon, dass ich dir nicht wichtig genug bin. Wenn es nur die Flugangst ist, die dich von einer Reise zu mir abhält, dann sag mir, was ich dagegen tun kann! Du wirst die Reise auf diese wunderbare Insel nicht bereuen! Ich brenne darauf, dir alles zu zeigen. Lass mich dir deine Angst nehmen!«

Ton Rêves Worte ließen Lucindes Glücksgefühle in ungeahnte Höhen steigen, als ihr klar wurde, dass er es wirklich ernst und aufrichtig mit ihr meinte. Wenn sie diese Chance ausließ, würde sie das ihr ganzes Leben bereuen. Sie musste einfach über ihren eigenen Schatten springen!

»Also gut!«, tippte sie mit zitternden Fingern. *»Für dich werde ich meine Ängste überwinden.«* Nach kurzer Überlegung fügte sie noch etwas hinzu. *»Wollen wir nicht endlich unsere Decknamen ablegen?«*

»Du machst mich zum glücklichsten Menschen auf Erden! Ich werde sofort alles Notwendige für dich hier arrangieren! Da ich nun in ein wichtiges Meeting muss, melde ich mich später wieder. Du erfährst meinen Namen, sobald ich hier alles für uns arrangiert habe! Bitte entschuldige mich nun. Du wirst die ganze Zeit in meinem Herzen sein. Ich habe mich in dich verliebt, Violet!«

14

Rachid saß an der Theke des *Mistral* und trank bereits den zweiten Pastis. Er wollte seinen Frust vergessen, nachdem Amina ihr gemeinsames Wochenende abgesagt hatte. Frustriert starrte er auf sein halb leeres Glas. Man hatte ihr kurzfristig einen zusätzlichen Dienst aufgehalst. Natürlich wusste er, dass dies in Krankenhäusern üblich war, vor allem solange man noch Assistenzärztin war. Doch die Art und Weise, wie sie ihm das mitgeteilt hatte, hatte sich gar nicht betrübt angehört. Er wurde langsam das Gefühl nicht los, dass sie gar nicht so unglücklich darüber gewesen war, dass sie nicht kommen konnte. Im Gegensatz zu ihm liebte sie die Großstadt. Sie lebte gerne in Paris. Ihr gefiel das pulsierende Leben dort. Er konnte sich hingegen nicht vorstellen, wie sich jemand in diesem riesigen Krankenhauskomplex, in dem sie arbeitete, wohlfühlen konnte. Womöglich trennte sie doch mehr, als er in seiner Verliebtheit gedacht hatte.

»Komm du doch zu mir. Du kannst auch hier arbeiten«, hatte sie ihm vorgeschlagen und dabei seine Einwände ignoriert.

Er hatte am Freitag noch eine Baubegehung und musste danach die Pläne für den geplanten Büroblock überarbeiten. Außerdem hatte er Zora versprochen, ihr im Laden auszuhelfen. Amina wusste, dass er für die beiden verantwortlich war. Doch statt Verständnis aufzubringen, hatte Amina ihm vorgehalten, dass ihm eben alles andere wichtiger sei als sie. Sie hatten gestritten, denn Rachid sah nicht ein, dass seine Familie und seine Arbeit weniger wert sein sollten als Aminas Leben in Paris. Nachdem sie sich ein paarmal mit ihren Argumenten im Kreis gedreht hatten, hatte Amina schließlich entnervt aufgelegt. Rachid verstand die Welt nicht mehr. Es konnte doch nicht sein, dass *er* sich schlecht fühlte, wenn *Amina* ihre Verabredung platzen ließ. Frustriert trank er sein Glas leer und orderte gleich noch einen weiteren Pastis. In diesem Moment betrat Hervé das *Mistral*. Auch er machte einen unzufriedenen Eindruck.

»Bonsoir, Hervé!«, rief er ihm zu. »Was ist, trinkst du einen mit mir? Du siehst aus, als könntest du auch einen guten Schluck vertragen.«

»Hmpf.« Hervé hievte seinen schweren Körper auf den Barhocker neben Rachid. »Einen doppelten Cognac«, orderte er. Joseph, der gerade mit dem Ausräumen der Gläser aus der Spülmaschine fertig war, zog seine Stirn in Falten.

»Schlechte Laune im Doppelpack«, konstatierte er kopfschüttelnd. »Wie gut, dass ich jetzt Feierabend habe.« Er griff nach dem Cognac im Regal und schenkte Hervé und dann auch Rachid ein Glas ein. »Geht aufs Haus! Würde euch beide ja gerne trösten, aber glücklicherweise habe ich noch was Besseres vor! Maryse und ich gehen heute Abend aus.« Er zwinkerte ihnen zu. »Armand wird die Bar ab jetzt schmeißen. Macht's gut, ihr beiden!«

»Der hat's gut! Seine Frau macht wohl nie Probleme.« Rachid sah dem Hünen von Barkeeper neidisch hinterher.

Er fühlte sich von dem Alkohol leicht benommen. Allerdings nicht genug, um damit aufhören zu können. Er hob sein Glas und prostete Hervé zu. »Vielleicht hat Joseph ja einfach nur Glück mit seiner Maryse.«

Hervé nahm den Cognacschwenker und stieß wortlos mit ihm an, bevor er das Glas in einem Zug austrank. »Das war gut«, stellte er finster fest. »Ich glaube, ich brauche gleich noch mal so einen. Wo bleibt denn dieser Armand? Ist der neu hier?«

»Warst wohl schon länger nicht mehr hier, was?« Rachid klopfte dem Lebensmittelhändler kameradschaftlich auf die Schulter. »Armand hilft schon seit ein paar Wochen aus. Er ist quasi Mädchen für alles. Neuerdings kocht er sogar.« Vertraulich flüsternd gestand er ihm: »Im Gegensatz zu Maryse ist er sogar ein ganz passabler Koch. Aber sag das bloß nicht Maryse!« Rachid fand das so lustig, dass er kichern musste. Hervé ging auf seinen Witz nicht ein.

»Mit Frauen lege ich mich heute ganz bestimmt nicht mehr an!« Trübsinnig stierte er auf den Boden seines leeren Glases.

»So schlimm?«

»Schlimmer!«

»Brauchst du jemanden zum Reden?« Rachid hatte die Frage eher rhetorisch gemeint. So vertraut war er nun auch wieder nicht mit Hervé. Doch er hatte nicht mit dessen Mitteilungsbedürfnis gerechnet.

»Lucinde ist in letzter Zeit gar nicht mehr sie selbst«, beschwerte er sich enttäuscht. »Sie hat neuerdings Geheimnisse vor mir. Jede freie Minute hängt sie im Internet rum, und wenn ich frage, was sie da macht, erfindet sie

Ausflüchte.« Er drehte den Cognacschwenker in seiner Hand. »Anfangs dachte ich, dass sie vielleicht spielsüchtig ist oder so was. Als ich sie darauf angesprochen habe, behauptete sie, dass sie sich in einem Frauenforum angemeldet hat, bei dem es um Mode und Lifestyle geht. Aber das glaube ich ihr nicht.«

»Moment mal!« Rachid verstand nur die Hälfte von dem, was ihm Hervé da erzählte. »Du beschwerst dich, weil deine Frau vor dem Computer rumhängt und dir nicht sagt, was sie tut?«, hakte er nach. Hervé nickte.

»Wir hatten noch nie Geheimnisse voreinander. Lucinde und ich vertrauen uns normalerweise.«

»Vielleicht hat sie ja einen Freund!«

Hervé warf ihm einen abfälligen Blick zu. »Lucinde doch nicht! Außerdem könnte sie mir das ruhig sagen. Wir führen eine offene Beziehung.«

»Heißt das, du wärst nicht mal eifersüchtig, wenn sie einen Freund hätte?« Rachid sah den Lebensmittelhändler verblüfft an.

»Warum auch?« Hervé erläuterte das Gesagte. »Sie kann von mir aus ins Bett gehen, mit wem sie will. Hauptsache ist doch, dass wir uns verstehen.«

»Ich würde verrückt vor Eifersucht werden, wenn Amina was mit einem anderen hätte.«

»Das ist Ansichtssache.« Hervé blieb bei seiner Meinung. »Ich stelle keine Besitzansprüche an Lucinde. Wir sind ein gutes Team und wissen einfach, was wir aneinander haben. So war es jedenfalls bis vor Kurzem.« Grübelnd legte er sein Gesicht in die aufgestützten Hände. »Lucinde hat sich verändert«, erklärte er traurig. »Sie stellt plötzlich Ansprüche, mit denen ich nichts mehr anfangen kann. Als wir uns kennenlernten, war sie nicht so kompliziert. Gerade heute warf sie mir vor, dass ich mich nicht für sie interessiere. Doch das stimmt gar nicht. Ich erfülle ihr doch jeden Wunsch. Sogar für ihre teuren Friseurbesuche komme ich auf, und hin und wieder überrasche ich sie mit Blumen. Reicht das etwa nicht?« Hervé sah Rachid ratlos an.

»Vielleicht mehr Engagement im Bett?«, schlug dieser vor. Hervés rosa Babygesicht veränderte seine Hautfarbe, und er schwieg. Rachid wollte gerade nachhaken, weshalb ihm das peinlich war, als Armand aus der Küche hinter die Theke trat. Er trug eine Schürze, an der er sich gerade die Hände abtrocknete.

»Bonsoir, die Herren«, begrüßte er die beiden einzigen Gäste munter. Hervé bekam plötzlich bei seinem Anblick einen heftigen Hustenanfall. Rachid musste ihm auf den Rücken klopfen, bis er sich wieder beruhigte. Armand reagierte ebenfalls, indem er ihm ein mit Wasser gefülltes Glas hinstellte.

»Trinken Sie. Damit wird es gleich besser«, meinte er fürsorglich. Hervé sah den Kellner an, als hätte er eine Erscheinung. Dann trank er das Glas hastig in einem Zug leer, wobei er sich nochmals verschluckte. Mit zitternden Händen stellte er es zurück auf die Theke.

»Alles gut?« Armand lächelte, während er Hervé in die Augen sah. Dieser wandte den Blick ab, nur um ihn gleich wieder zu heben. Rachid beobachtete die beiden und hatte das Gefühl, ausgeschlossen zu werden. Was zum Teufel ging da ab?

»Ich bin Armand«, hörte er den Kellner sagen.

»Hervé Ligier«, räusperte sich dieser. »Aber Sie können ruhig Hervé zu mir sagen.« Verlegen schlug er erneut die Augen nieder. Rachid wurde das Geplänkel mit einem Mal zu viel.

»Noch einen Pastis und einen Cognac, bitte«, verlangte er nachdrücklich.

»Kommt sofort!« Armand machte sich an die Arbeit, ohne Hervé aus den Augen zu lassen. Rachid nahm er mehr oder weniger gar nicht mehr wahr.

»Probleme?« Die Frage war ausschließlich an Hervé gerichtet. Mit einer vertraulichen Geste schob er ihm das Glas direkt vor seine Hände. Dass er sie nicht berührte, war alles. Der Kerl ist schwul, begriff er endlich. Aber wieso geht Hervé nicht auf Distanz?

»Halt einfach die Klappe!«, mischte sich Rachid entschieden ein. »Wir haben beide Probleme mit Frauen. Ich glaube nicht, dass sich jemand wie du damit besonders gut auskennt.«

»O, là, là!« Armand lachte gutmütig. »Auch wir Schwulen kennen uns mit Gefühlen aus!«

»Sorry, das war jetzt nicht fair.« Rachid schämte sich für seine Bemerkung.

»Schon vergeben.« Armand ging leicht darüber hinweg, indem er das Thema wechselte. »Möchte vielleicht jemand von euch beiden noch einen Teller *Soupe au Pistou*? Es ist noch welche vom Mittag übrig. Ein voller Magen beruhigt die Gemüter.«

»Sehr gerne«, kam es von Hervé wie aus der Pistole geschossen. »Rachid hat mir schon erzählt, wie gut Sie kochen können!«

Armand lächelte geschmeichelt.

»Bild dir nur nichts darauf ein«, knurrte Rachid unbehaglich. »Aber ich nehm auch einen Teller, wo du doch schon dabei bist!«

Armand verschwand mit einem Winken in Richtung Küche. Nicht nur Hervé sah ihm beim Hinausgehen hinterher. Auf den ersten Blick wäre Rachid nie aufgefallen, dass der Kerl vom anderen Ufer war. In seinem eng anliegenden Shirt und der schmalen Jeans sah er ungemein männlich aus. Nur der akkurat getrimmte Bart und die zu einem Balken gezupften Augenbrauen waren vielleicht etwas zu sehr gestylt.

»Warum warst du zu Armand so unhöflich?«, wollte Hervé prompt wissen, als sie wieder allein waren. »Monsieur Armand hat sich ausgesprochen nett verhalten.«

»Monsieur Armand hat sich ausgesprochen nett verhalten …«, äffte Rachid ihn nach. »Der soll sich gefälligst um seinen eigenen Kram kümmern.«

Hervés unsicherer Blick verriet ihm, dass er nicht seiner Meinung war. Rachid entschied, wieder auf ihr ursprüngliches Thema zu kommen.

»Hast du Lucinde schon mal direkt auf ihre Chats angesprochen?«, wollte er wissen.

»Sie redet sich irgendwie immer raus.« Hervé zuckte ratlos mit den Schultern. »Als ich ihr neulich zufällig über die Schulter sah, war es ihr ganz peinlich.«

»Du bist ganz schön naiv, mein Guter«, schlussfolgerte Rachid. »Wenn du mich fragst, hat sie jemanden übers Netz kennengelernt. *Das* ist es, was sie vor dir geheim hält. Jede Wette!«

»Und warum redet sie dann nicht mit mir darüber?«, bemerkte er unglücklich. »Lucinde braucht keine Geheimnisse vor mir zu haben. Das ist unsere Abmachung. Jeder macht, was er will.«

Was für ein ausgemachter Schwachsinn, dachte Rachid, enthielt sich jedoch seiner Meinung, weil Armand mit zwei dampfenden Suppentellern hineinkam. »*Voilà!* Lasst es euch schmecken!« Er stellte die Teller vor ihnen ab und reichte ihnen dazu ein Körbchen frisches Brot. Hervé machte sich sogleich über das Essen her.

»*Parbleu!* Was für ein würziger Geschmack!«, lobte er überschwänglich. »So gut konnte noch nicht mal meine Großmutter die Pistou machen. Sie müssen mir unbedingt das Rezept verraten.«

Rachid beobachtete, wie Armand nun verlegen wurde. Die beiden turtelten, was das Zeug hielt.

»Das ist kein Kunststück. Man muss nur darauf achten, dass der Knoblauch und die Kräuter ganz frisch sind und die Qualität des Olivenöls gut ist. Wenn Sie wollen, gebe ich Ihnen das Rezept.«

»Sehr gerne! Sie scheinen ja richtig Ahnung zu haben! Übrigens gehört mir der Supermarkt im Dorf. Ich möchte demnächst dort eine Feinkosttheke eröffnen. Vielleicht haben Sie ja Lust, mich ein wenig zu beraten? Ich könnte Ihr Pistou mit ins Angebot nehmen.« Hervés schlechte Stimmung war plötzlich wie weggeblasen. Er war ganz aufgekratzt. »Vielleicht haben Sie ja auch noch andere kulinarische Köstlichkeiten, die wir verkaufen könnten. Ich würde Sie fair beteiligen.«

»Das hört sich ganz wunderbar an«, erwiderte Armand

erfreut. »Ich hätte da tatsächlich ein paar gute Ideen.« Im Nu waren die beiden in ein Gespräch über Essen vertieft. Rachid kam sich überflüssig vor und wollte gehen. Doch Hervé ließ es nicht zu und spendierte die nächste Runde. Danach gab Armand einen aus. Im Nu waren sie alle drei betrunken.

Als die beiden Männer viel später leicht schwankend die Bar verließen, fühlte sich Rachid tatsächlich viel besser. Seinem Leidensgenossen schien es ähnlich zu gehen.

»Das mit Armand und unserer Feinkostidee muss ich gleich Lucinde erzählen«, lallte Hervé. »Sie wird begeistert sein!«

Oder auch nicht, dachte Rachid und fragte sich, wovon genau er da gerade Zeuge geworden war.

Tag 5

15

Rosalie war auf dem Weg zum Gemeindesaal, wo die überraschend angetretene neue Bürgermeisterkandidatin Clotilde Maurel eine Wahlveranstaltung abhielt. Eines musste man der Witwe des im vergangenen Jahr verstorbenen Altbürgermeisters ja lassen: Sie hatte Mut, gegen den eindeutigen Favoriten Jean-Luc Farnauld anzutreten. Trotz der kurzfristigen Kandidatur hatte sie innerhalb kürzester Zeit ein kleines Wahlkampfteam aufgestellt, das sie tatkräftig unterstützte. Sehr zum Missfallen von Farnauld hatte sie diese Wahlveranstaltung ins Leben gerufen. Als Interimsbürgermeister hatte Farnauld dies im Gemeinderat zu verhindern versucht, doch Madame Maurel hatte auf ihre Rechte hingewiesen und sich schließlich durchgesetzt.

Rosalie versprach sich einen amüsanten Nachmittag. Im Laufe der beiden Jahre, die sie bereits in Vassols wohnte, hatte sie sich um Madame Maurels Haare gekümmert und die etwa Fünfzigjährige einigermaßen einzuschätzen gelernt. Die elegante Frau gab sich gern zurückhaltend und distanziert. Sie hatte zu vielen Dingen eine klare Meinung, ging damit aber niemals hausieren. Sie neigte weder zu Tratsch, noch hatte sie sich jemals in den Vordergrund gespielt. Eine typische Oberschichtfrau mit einem natürlichen Understatement und einer gewissen farblosen Arroganz.

Jean-Luc, der eindeutige Favorit in dem Wettbewerb um den neuen Bürgermeisterposten, war das genaue Gegenteil. Gepuscht von seiner ehrgeizigen Ehefrau Arlette versuchte er ständig im Mittelpunkt zu stehen. Dabei machte er aus seinen radikal konservativen Ansichten keinen Hehl. Eines seiner Hauptanliegen war es, das Dorf Vassols endlich wieder mit einem rein französischen Geist zu beseelen. Dies wollte er erreichen, indem er die Besitzer von Häusern dazu aufrief, ihre Wohnungen künftig nur noch an »richtige« Franzosen ohne Migrationshintergrund zu vermieten. Allein diese Tatsache brachte Rosalie schon auf die Palme. Noch bei einigen weiteren Themen stimmte sie nicht mit den Ansichten von Jean-Luc Farnauld überein. Und da zu viele Bewohner von Vassols für dessen Gedankengut empfänglich waren, sah Rosalie es als ihre Bürgerpflicht an, jeden zu unterstützen, der ein anderes Programm vertrat.

Auf den Treppen hinunter zum Gemeindehaus begegnete sie Rachid, der gerade dabei war, einige Besorgungen für seine Mutter zu machen. Er wirkte niedergeschlagen und ziemlich bedrückt. Er begrüßte sie kaum, obwohl sie sich schon einige Zeit nicht mehr gesehen hatten.

»Was ist denn mit dir los?« Wie es ihre Art war, kam Rosalie direkt auf den Punkt. Rachid zuckte resigniert mit den Schultern und begleitete sie ein Stück des Wegs. Sie waren so miteinander vertraut, dass Rachid ihr ohne Umschweife von seinem Ärger mit Amina berichtete, von seinen Befürchtungen, dass sie vielleicht gar nicht mehr mit ihm zusammen sein wollte.

Rosalie sah ihren Freund nachdenklich an. »Hast du ihr das schon mal so klar gesagt?«

»Wann denn? Wir haben ja nie Zeit füreinander!« Sie spürte, dass er gerne noch mehr erzählt hätte. Mittlerweile waren sie vor dem *Salle publique* angekommen. Überraschend viele Menschen strömten bereits in das Innere des Gemeindehauses. Vor dem Eingang gab es ein großes Gedränge, denn Clotilde Maurel begrüßte alle mit Handschlag. Rosalie fürchtete schon, keinen guten Platz mehr zu bekommen, wenn sie zu lange trödelte, deshalb blieb ihr nichts anderes übrig, als Rachid ihren Rat in Kompaktform zu geben.

»Fahr so bald wie möglich zu Amina und rede mit ihr«, schlug sie ihm kurzerhand vor. »Ihr müsst euch aussprechen. Nur so könnt ihr euch über eure gemeinsame Zukunft klar werden. Ihr schafft das! Und denk dran: Ihr braucht alle beide euren Freiraum.«

»Aber Zora braucht mich nächstes Wochenende. Außerdem ersticke ich in Arbeit«, versuchte Rachid sich rauszureden.

»Zora braucht vor allem einen glücklichen Sohn«, entgegnete Rosalie ungeduldig. Sie wollte nun wirklich in die Veranstaltung. Hastig tätschelte sie seine Schulter. »Lass uns demnächst mal wieder einen Abend zu zweit verbringen. Dann können wir in Ruhe darüber reden.« Damit verabschiedete sie sich von ihrem Freund.

Während sie sich in die Schlange einreihte, fuhr eine dunkle Limousine vor die Gemeindehalle. Zu ihrer Überraschung entstieg daraus Frédéric Bonnet, der die Beifahrertür öffnete, um seiner Stieftante Madeleine beim Aussteigen zu helfen. Er führte sie am Arm in Richtung Gemeindehaus. Rosalie hatte zum ersten Mal Gelegenheit, sich die Witwe des Ermordeten genauer anzusehen. Madeleine Bonnet wirkte in ihrem tiefschwarzen Kostüm zierlich und hilfebedürftig. Rosalie war überrascht, wie jung sie noch war. Sie schätzte sie auf höchstens Mitte dreißig, womit sie an die dreißig Jahre jünger als ihr verstorbener Mann war. Vom Alter her passte sie eher zu Frédéric, auch äußerlich gaben die beiden ein schmuckes Paar ab. Ob sie wohl mehr verband als nur ihre zufällige Verwandtschaft?, schoss es Rosalie prompt durch den Kopf.

Etwas weiter vorne in der Schlange entdeckte sie Sara, die sich in Gesellschaft von Tristan Thibault befand. Sie wunderte sich ein wenig über seine Anwesenheit, denn schließlich war der Chef-Chocolatier kein Einheimischer. Ob Sara wohl für ihn schwärmte?

Rosalies Aufmerksamkeit wurde nun wieder auf Madeleine und Frédéric gelenkt, die sich an der Reihe vorbei direkt zu der Bürgermeisterkandidatin vorschoben, was nicht nur sie als dreist empfand. Dann fiel ihr wieder ein, dass Madeleine und Clotilde Maurel ja befreundet waren. Madame Maurel unterbrach prompt die Begrüßung der Gäste für einen Augenblick und empfing die beiden. Rosalie beobachtete, wie sich die beiden Frauen freundschaftlich umarmten. Ihre Unterhaltung wirkte vertraut und herzlich. Da auch sie nun nah genug war, bekam sie mit, wie sich die beiden Frauen über Clotildes Wahlkampf unterhielten und wie Madeleine und Frédéric, der etwas abseits geblieben war, ihr Glück wünschten. Merkwürdig, dass Madeleine sich das heute antat, überlegte Rosalie. Schließlich war ihr Mann doch erst vor wenigen Tagen grausam aus dem Leben geschieden. Clotilde musste ihr eine wirklich gute Freundin sein, dass sie ihr dennoch zur Seite stand. Sie beschloss, im Anschluss der Veranstaltung eine Gelegenheit zu suchen, um die Frau etwas näher kennenzulernen. Ihr Begleiter hatte sich etwas von den beiden Frauen absentiert. Er stand ein wenig verloren da und ließ seine Stieftante kaum einen Augenblick aus den Augen. Ihre Überlegungen wurden von dem unüberhörbaren Getratsche von Josette Balbu und Arlette Farnauld unterbrochen. Wie üblich waren die beiden Freundinnen unterschiedlicher Meinung.

»Also, ich finde, die Maurel hat überhaupt keine Ausstrahlung«, lästerte Arlette. Sie stand mit in die Hüften gepressten Fäusten vor dem Wahlplakat am Eingang, von dem ihr die Kandidatin mit einem strahlenden Lächeln entgegenblickte. »Sie hat sich bestimmt schon mehrfach liften lassen.«

»Das hat Madame Maurel doch gar nicht nötig«, widersprach Josette energisch.

»Auf jeden Fall hat die keine Ahnung, wie man eine Gemeinde führt. Nur weil ihr verstorbener Mann einmal Bürgermeister gewesen war, hat sie noch lange keine Qualifikation!«

»Ach ja? Und welche Qualifikationen hat dann dein Mann? Er ist schließlich auch nur gelernter Bäcker«, stichelte Josette.

»Er hat Organisationstalent, Wissen und die Ausstrahlung, eine ganze Gemeinde zu führen. Jean-Luc hat das im letzten Jahr wohl genügend unter Beweis gestellt.«

»Hat er das?« Josette warf ihrer Freundin einen spöttischen Blick zu. »Da ist mir wohl in den letzten Monaten so einiges entgangen. Dein Göttergatte hat es ja noch nicht einmal geschafft, dass die Straßenbeleuchtung im Ort zuverlässig funktioniert.«

»Weil der Gemeinderat sich gegen jede vernünftige Entscheidung stellt«, behauptete Arlette patzig. »Du hast ja gar keine Ahnung, was mein Jean-Luc da jede Woche mitmachen muss. Der arme Kerl hat in den letzten Monaten über zehn Pfund abgenommen.«

»Mein Gott, wie schrecklich!«, höhnte Josette. »Vielleicht sollte er sich doch lieber wieder mehr auf sein Bäckerhandwerk konzentrieren. Zucker soll ja sehr nahrhaft sein!«

»Spotte du nur. Sobald du den Unsinn von dieser Maurel gehört hast, wirst du erkennen, was wir alle an Jean-Luc haben.«

»Offensichtlich haben Sie noch nicht Madame Maurels Wahlprogramm gelesen«, mischte sich Rosalie in ihre Unterhaltung. Sie überreichte Arlette ein Flugblatt, auf dem die Hauptthemen der Veranstaltung nochmals aufgelistet waren. »Sie tritt zum Beispiel für den Erhalt unserer Grundschule ein und möchte noch einen zusätzlichen Kindergarten bauen lassen.«

Josette nickte anerkennend. »Das ist ein guter Ansatz!«

»Das sind doch nur leere Versprechen!«, konterte Arlette von oben herab. »Da möchte ich doch gerne einmal wissen, wer das alles bezahlen soll! Damit sind schon ganz andere gescheitert. Viel wichtiger ist es doch, dass wir mehr Gewerbesteuern bekommen. Jean-Luc überlegt, ob er die Gips-Gesellschaft nicht überzeugen kann, bei uns zu investieren.«

»Dann können wir ja gleich alle von hier wegziehen«,

empörte sich Josette sofort. »Wer will schon in einem Steinbruch Urlaub machen! Mal ganz abgesehen von dem Lärm und der Luftverschmutzung.«

»Und der Tatsache, dass wir damit unser Land an die Chinesen verschachern würden«, konnte sich Rosalie nicht verkneifen zu sagen.

»Wo hast du denn den Quatsch her?«, höhnte Arlette boshaft.

»Wie ich sehe, befinden Sie sich bereits mitten im Wahlkampf!« Madame Maurel, die ihr Gespräch offensichtlich mitbekommen hatte, reichte Arlette die Hand. »Ich freue mich sehr, dass Sie meiner Einladung gefolgt sind, Madame Farnauld. Ich wünsche mir nichts als einen fairen Wettbewerb, und ich kann Ihnen versichern, dass ich für jeden Punkt auf meinem Wahlprogramm persönlich einstehen werde!« Sie wechselte das Thema. »Wird Ihr Mann ebenfalls erscheinen?«

Arlette verstand die Frage als Affront und reagierte dementsprechend pampig.

»Mein Mann hat als derzeit amtierender Bürgermeister weiß Gott anderes zu tun«, antwortete sie spitz. »Ich bin nur hier, weil Madame Balbu mich praktisch dazu genötigt hat.« Sie reckte ihr Kinn in die Höhe.

»Die Wahrheit ist, dass Arlette genauso neugierig ist wie wir alle!«, bemerkte Josette und reichte nun ihrerseits Madame Maurel die Hand. Als Nächstes kam Rosalie an die Reihe.

Clotilde Maurel schenkte ihr ein strahlendes, offenes Lächeln. »Über Ihre Anwesenheit freue ich mich ganz besonders, Madame LaRoux«, wurde sie von ihr begrüßt.

»Ich hoffe, es gelingt mir heute Nachmittag, Ihre Stimme zu gewinnen. Das wäre mir viel wert, denn schließlich ist ja bekannt, dass Sie niemals ein Blatt vor den Mund nehmen. Auf eine konstruktive Auseinandersetzung.«

»Ich wusste gar nicht, dass ich solch einen Ruf habe«, erwiderte Rosalie amüsiert. »Aber keine Angst. Ihr Wahlprogramm klingt plausibel und durchführbar. Solange Sie Ihre Wahlversprechen auch einhalten, werde ich nicht zu Ihrer Gegnerin.«

»Das freut mich«, lächelte Madame Maurel verbindlich. »Ich werde auf jeden Fall mein Bestes geben. Menschen wie Sie, mit einem wachen Verstand und einem kritischen Urteilsvermögen, sind für ein gut funktionierendes Dorfleben sehr wichtig. Vielleicht kann ich Sie ja davon überzeugen, sich in den Gemeinderat wählen zu lassen?«

Rosalie hob entrüstet beide Hände in die Höhe. »Um Gottes willen. Damit wäre niemandem gedient. Ich würde innerhalb kürzester Zeit mit jedem Streit anfangen! Mir fehlt die notwendige Diplomatie für eine Politikerkarriere. Da stecke ich doch lieber weiter meine Nase in Dinge, die mich nichts angehen!«

»Dann wünsche ich Ihnen eben Erfolg als Hobbydetektivin. Wie man so hört, sind Sie und Ihr Freund darin unschlagbar.« Madame Maurel nickte ihr noch einmal freundlich zu. Dann war ihr kurzes Gespräch beendet.

Im Saal herrschte bereits viel Tumult. Rosalie fand noch einen guten Platz in den vorderen Reihen, zwischen Lucinde und Hervé, die ein leerer Stuhl voneinander trennte. Josette und Arlette nahmen in der Reihe hinter ihr Platz.

»Habt ihr den Platz extra für mich frei gehalten?« Sie

warf dem Ehepaar einen prüfenden Blick zu. Hervé verzog seinen Mund zu einem schmallippigen Lächeln und schüttelte verunsichert den Kopf. Lucinde überging ihre Bemerkung und fragte Rosalie nach Vincent. Sie erzählte, dass er leider verhindert sei, und fragte sich gleichzeitig, weshalb bei den Ligiers wohl der Haussegen schief hing. Sie hatte noch nie miterlebt, dass die beiden Streit miteinander gehabt hatten. Jetzt schienen sie froh, dass Rosalie als Puffer zwischen ihnen saß.

Vor ihr in der ersten Reihe entdeckte sie Madeleine neben Frédéric. Sie sah, wie er sie immer wieder in ein Gespräch zu verwickeln versuchte, was sie nicht besonders zu interessieren schien. Stattdessen saß sie mit regungsloser Miene neben ihm und starrte auf die Tribüne vor sich. Warum tut sie sich diese Veranstaltung nur an, fragte sich Rosalie erneut. Ich an ihrer Stelle würde mich wahrscheinlich in meinem Haus verkriechen. Doch sie hatte genügend Erfahrung, um zu wissen, dass jeder Mensch anders auf einen schweren Schicksalsschlag reagierte. Einmal drehte sich Madeleine kurz zu der Menge um, als hielte sie nach jemandem Ausschau. Neben ihr saßen Mitglieder des Gemeinderats, zu dem auch Joseph, der Wirt des *Mistral*, gehörte. Rosalie winkte ihm kurz zu, als er einmal zufällig in ihre Richtung schaute.

Der Saal hatte sich mittlerweile bis auf den letzten Platz gefüllt. Eine erstaunliche Leistung, wenn man bedachte, dass vor wenigen Tagen noch niemand von der Bewerbung gewusst hatte.

Etwas nervös betrat Clotilde Maurel endlich die Bühne. Ihre blonden halblangen Haare hatte sie zu einer raffinierten

Frisur hochgesteckt. Sie sah ordentlich aus, ohne jedoch zu streng zu wirken. Der dunkelblaue Hosenanzug mit der cremefarbenen Bluse betonte ihre jugendliche Figur, und die dazu passenden dunklen Stilettos verliehen ihrem Auftreten eine selbstverständliche Eleganz, ebenso wie die einfachen, aber sicher sündhaft teuren Perlenohrringe. Das Make-up war unaufdringlich, die Lippen und Augen nur so geschminkt, dass sie vorteilhaft hervortraten. Rosalie hatte nichts an ihr auszusetzen.

Ihre Unsicherheit verflog in dem Augenblick, als Clotilde Maurel vor das Mikrofon trat. Mit offenem Blick musterte sie die Anwesenden, bevor sie sie herzlich begrüßte. Ihre Stimme war nicht besonders laut, dafür klar und deutlich. Ohne große Umschweife begann sie mit ihrer Rede. Sie sprach in für alle verständlichen Worten und vermied weitgehend Fremdwörter. Rosalie war sich sicher, dass sie nicht zum ersten Mal öffentlich sprach. Aus dem wenigen Privaten, was ihr die Frau des ehemaligen Bürgermeisters erzählt hatte, wusste sie, dass sie aus einer angesehenen und äußerst vermögenden Familie aus der Nähe von Paris stammte, deren Mitglieder zum Teil hohe Posten in der Finanzwelt und der Regierung innehatten. Direkt nach dem tragischen Tod ihres Mannes hatte sie ihr in einem schwachen Moment gestanden, wie wenig erfreut ihre Eltern damals gewesen waren, als sie keinen angesehenen Diplomaten, sondern den viel älteren und relativ unbedeutenden Bürgermeister einer provenzalischen Gemeinde geheiratet hatte.

»Auguste und ich fühlten vom ersten Augenblick an, dass uns etwas ganz Außergewöhnliches miteinander verband«, hatte sie ihr damals erzählt. »Ich habe es keinen Augenblick bereut, ihm in die Provinz gefolgt zu sein, auch wenn mir ein vielleicht angenehmeres Leben offen gestanden hätte.«

Ob Madeleine Bonnet ihren Mann auch so geliebt hatte wie Clotilde Maurel?, überlegte Rosalie, während Letztere ihr Wahlprogramm erläuterte. Obwohl die Bürgermeisterkandidatin um einiges älter war als Madeleine Bonnet, stammten sie beide aus derselben gehobenen Gesellschaftsschicht. Möglich, dass auch dies der Grund für ihre Freundschaft war. Rosalie betrachtete das völlig wertneutral. Zumindest Clotilde Maurel trat sehr sympathisch auf. Sie mochte die Frau, und sie wusste, dass ihre Sympathie auf Gegenseitigkeit beruhte. Die Idee, sich über sie an Madeleine heranzumachen, kam ihr erneut in den Sinn.

Ihre Aufmerksamkeit richtete sich wieder auf den Vortrag. Es ging nun um Werte wie Toleranz und Nachhaltigkeit. Madame Maurel richtete sich direkt an Madeleine und Frédéric, und Rosalie verstand nun endlich, weshalb die beiden hier waren. Es ging offensichtlich um die Reputation der Chocolaterie.

»Ohne Unternehmen – und ich möchte hier beispielhaft die Chocolaterie von Bonnet & Frères nennen –, die sowohl moralische als auch gemeinnützige Ansprüche an sich stellen, wäre unsere Gesellschaft um vieles ärmer. Mein Anliegen ist es, noch mehr Firmen mit dieser Philosophie in unsere schöne Gemeinde zu locken.«

»Das sagt die doch nur, weil die Bonnet sie unterstützt«, zischte Arlette hinter ihr. »Wahrscheinlich bekommt die sogar Geld dafür, dass sie hier Werbung für sie macht.«

»Und wenn schon«, hörte Rosalie Josette schnippisch

kontern. »Dein Jean-Luc schmeißt bei seinen Wahlveranstaltungen ja auch mit seinen Macarons um sich.«

»Das ist ja wohl etwas völlig anderes …«

Noch jemand anderen schienen die Lobeshymnen zu stören. Eine unbekannte Männerstimme tönte aus dem Publikum und störte den Vortrag.

»Wie wollen Sie sicherstellen, dass die Firma Bonnet & Frères weiterhin nach ökologischen Maßstäben arbeitet, jetzt, wo der Seniorchef verstorben ist?«, kam es plötzlich provozierend aus dem Publikum. Die Stimme klang aggressiv. Einige Köpfe wandten sich um. Auch Rosalie versuchte den Störenfried in der Menge ausfindig zu machen. Sie entdeckte einen etwa dreißigjährigen Mann in den hinteren Reihen direkt am Gang. Er hing mehr auf seinem Stuhl, als dass er saß. Möglicherweise war er betrunken. Als Rosalie ihn genauer betrachtete, machte er allerdings nicht den Eindruck in seinem lässigen hellblauen Sakko, das er über einem dunkelblauen Hemd trug. Die Haut war braun gebrannt, die Augen hinter einer Sonnenbrille versteckt. Sie hatte den Typ noch nie im Dorf gesehen. Clotilde unterbrach ihre Rede und begegnete dem Zwischenruf mit routinierter Souveränität.

»Der Tod von Arthur Bonnet hat uns alle im Dorf sehr mitgenommen«, antwortete die Bürgermeisterkandidatin mit professioneller Freundlichkeit. »Jeder hier weiß, mit wie viel Engagement Monsieur seine Geschäfte geführt hat. Er hat Schulen in Afrika gebaut und unterstützt mit seiner Stiftung die Kleinbauern.«

»Und wieso ist dann einer seiner Kakaobauern hier aufgetaucht?«, setzte der Mann seine boshaften Provokationen fort. »Ich meine den Afrikaner, der neulich schwer verletzt in der Chocolaterie zusammengebrochen ist? Was wollte der hier, wenn doch alles in bester Ordnung ist?« Der Mann richtete sich nun auf und sah sich nach Unterstützung im Publikum um. Obwohl seine Behauptungen haltlos zu sein schienen, setzte unter den Zuschauern ein unruhiges Gemurmel ein. Madeleine Bonnet senkte ihren Blick. Rosalie sah, wie sich ihre Hände verkrampften, und bekam Mitleid. Frédéric hingegen drehte sich auf seinem Stuhl um und nahm den Mann ins Visier. Er schien sich für eine Antwort zu wappnen. Doch ehe er noch antworten konnte, sprang weiter hinten Tristan Thibault auf.

»Ich habe keine Ahnung, wer Sie sind, Monsieur«, griff er den Mann hitzig an. »Und ich weiß auch nicht, was Sie veranlasst, hier unsere Chocolaterie zu verunglimpfen. Aber ich bin hier der Chef-Chocolatier bei Bonnet & Frères, und eines kann ich Ihnen versichern: Diese Firma ist in ganz Frankreich etwas Besonderes! Um hier arbeiten zu können, habe ich sogar Paris verlassen. Hören Sie auf mit Ihren unhaltbaren Verleumdungen, oder Sie bekommen es mit mir zu tun!« Thibault strich sich eine dunkle Locke aus der Stirn und sah sich kampfeslustig um. Das Publikum reagierte mit Zustimmung.

»Bravo!«, rief nun auch Rosalie, der Thibaults flammende Rede imponiert hatte. Sie zeigte, wie sehr er sich mit seiner Arbeit identifizierte. Ein paar klatschten nun sogar Thibault Beifall. Der Zwischenrufer hielt sich für den Rest der Rede zurück. Rosalie fragte sich dennoch, was der Mann bezwecken wollte. Nach einer weiteren halben Stunde Rede war die Veranstaltung zu Ende. Alles in allem hatte Clotilde Maurel einen sehr positiven Eindruck bei den Bewohnern von Vassols hinterlassen. Sie erntete auf jeden Fall ordentlichen Beifall, nachdem sie im Anschluss an eine Fragerunde die Veranstaltung offiziell für beendet erklärte.

Beim Hinausgehen äußerten sich viele lobend über die neue Anwärterin auf den Bürgermeisterposten. Ihre Ansichten waren vernünftig, und sie versprach nichts, was unmöglich erschien. Für Jean-Luc Farnauld konnte es nun doch noch eng werden, vor allem, nachdem Clotilde Maurel Farnauld in dessen Abwesenheit zu einer gemeinsamen Podiumsdiskussion eingeladen hatte. Nicht nur Rosalie glaubte, dass Madame Maurel reale Chancen hatte, die Wahl in wenigen Wochen für sich zu entscheiden. Arlette war darüber so empört gewesen, dass sie noch vor Ende der Veranstaltung den Saal verließ.

»So etwas hat es hier noch nie gegeben! Wir sind doch nicht in Amerika!«, protestierte sie lautstark im Hinausgehen.

Rosalie suchte absichtlich die Nähe von Madame Maurel, als sie diese mit Madeleine und Frédéric zusammenstehen sah.

»Sehr eindrucksvolle Rede, die Sie da gehalten haben«, lobte sie die Bürgermeisterkandidatin. »Sie haben übrigens überaus souverän auf diesen Zwischenrufer reagiert.« Sie wandte sich nun an die Bonnets. »Seine Anschuldigungen müssen Sie sehr geärgert haben. Sah fast so aus, als ob dieser Mann irgendeinen Groll gegen Sie hegt. Das tut mir leid.« Sie sah, wie Madeleine zusammenzuckte und noch etwas blasser wurde, während Frédéric ihre Bemerkung abtat.

»Geben Sie nichts darauf! Keine Ahnung, was den Mann geritten hat. Auf jeden Fall hat er nichts als Blödsinn von sich gegeben«, antwortete er bestimmt.

»Darf ich euch beiden Mademoiselle LaRoux vorstellen«, mischte sich nun Madame Maurel wieder ein. »Ich schätze sie übrigens sehr. Nicht nur als sehr kreative Friseurin, sondern auch als Hobbydetektivin. Sie und ihr charmanter Bekannter Monsieur Olivier haben erst letztes Jahr der Polizei geholfen, den Mord an Patrice Meunier aufzuklären. Vielleicht erinnert ihr euch?«

Madeleine schenkte Rosalie zum ersten Mal Beachtung. »Ich habe in der Tat davon gehört. Sie waren sehr mutig und haben dem behinderten Mädchen das Leben gerettet, nicht wahr?«

»Da wurde wohl vieles maßlos übertrieben«, wehrte Rosalie bescheiden ab. »Ich halte nur gerne Augen und Ohren offen, das ist alles! Für richtige Polizeiarbeit ist mein Bruder Capitaine Viale verantwortlich. Alles andere hat sich einfach so ergeben.«

Madame Maurel schmunzelte. »Diese Bescheidenheit ist völlig fehl am Platz. Mademoiselle Rosalie und Monsieur Vincent sind der Polizei schon so manches Mal eine Nasenlänge voraus gewesen. Die beiden haben da so ihre eigenen, unkonventionellen Ermittlungsmethoden.« Sie wandte sich an ihre Freundin. »Vielleicht solltest du sie ja bitten, eigene Untersuchungen bezüglich Arthurs Tod anzustellen?«

»Ich weiß nicht …«, zierte sich Madeleine unsicher.

Diese Gelegenheit wollte sich Rosalie auf keinen Fall entgehen lassen. »Wenn Sie wollen, können wir uns gerne einmal ganz zwanglos unterhalten«, bot sie rasch an. »Ich kann

Ihnen natürlich nichts versprechen, aber ich würde Ihnen sehr gerne helfen.«

»Das ist sehr freundlich von Ihnen«, mischte sich Frédéric kurzerhand ein, »aber ich glaube, dass solche Dinge bei der Kriminalpolizei eindeutig besser aufgehoben sind.«

Rosalie hätte ihm gerne widersprochen, doch mit einem Mal trat der Mann auf sie zu, der die Veranstaltung gestört hatte. Erst jetzt fiel ihr auf, dass sowohl Frédéric als auch Madeleine ihn zu kennen schienen. Frédéric stellte sich sofort schützend vor seine Stieftante.

»Was willst du hier?«, fuhr er den Mann angriffslustig an. Dieser blieb mit einem selbstgefälligen Grinsen stehen und verschränkte seine Arme vor der Brust.

»Oh, ich wollte euch beiden nur mein aufrichtiges Beileid aussprechen«, sagte er, ohne seine Verachtung dabei zu verbergen. »Der Tod von Arthur muss euch ja schwer getroffen haben.«

»Lass uns einfach in Ruhe und behalt deine Lügen für dich«, fuhr ihn Frédéric empört an. »Du hast mit dieser Familie nichts mehr zu schaffen, Sébastien.«

Dieser stieß nur ein höhnisches Lachen aus. »Das wünschst du dir wohl! Vielleicht habe ich mit eurer Familie nichts mehr zu tun, dafür aber mit der Firma. Ihr könnt den Kuchen nicht einfach so unter euch beiden aufteilen, auch wenn du dich bei dem Alten eingeschleimt hast.«

»Hör endlich auf, so zu reden, Sébastien!«, platzte es plötzlich aus Madeleine heraus. Ihre Stimme zitterte vor Aufregung. »Du weißt genau, dass es Regeln gibt, an die selbst du dich halten musst. Du hast damals all deine Chancen verspielt, die dein Vater dir immer wieder geboten hat.

Dass du leer ausgehst, ist allein deine Schuld. Sieh das endlich ein!«

Sébastiens Blick fokussierte sich auf sie. Mit einer wütenden Bewegung zog er die Sonnenbrille herunter und sah sie mit funkelnden Augen an. »Ich will nur, was mir zusteht«, presste er mit mühsam unterdrückten Gefühlen hervor. »Du vergisst, wem ihr das alles hier zu verdanken habt! Mir gehört die Chocolaterie genauso wie dir oder diesem Typen da!« Er warf einen abfälligen Blick auf Frédéric und trat so nah an ihn heran, dass dieser seinen Atem spüren konnte. »Ich werde dir ganz genau auf die Finger sehen«, drohte er unverhohlen, »denn ich weiß, dass du Dreck am Stecken hast!« Damit wandte er sich ab und verschwand in der sich zerstreuenden Menge.

»Was war das denn für ein unangenehmer Typ?«, fragte Rosalie, nachdem sie sich alle wieder ein wenig gefasst hatten.

»Das war Arthurs Stiefsohn, Sébastien Réval«, antwortete Madeleine tonlos. »Er ist der Sohn seiner ersten Ehefrau Christelle. Von ihr hat Arthur damals das Startkapital für seine Chocolaterie bekommen. Nun bildet er sich ein, es wieder zurückholen zu können.«

»Aber das kann er nicht. Das weißt du ganz genau.« Frédéric legte fürsorglich seinen Arm um Madeleines Schulter. »Du solltest dich nicht weiter darüber aufregen, Madeleine. Lass mich dich nach Hause begleiten, damit du die ganze Angelegenheit vergessen kannst.«

»Hat diese Christelle denn ihr Geld bei der Scheidung wiederbekommen?« Rosalie brannte die Frage auf der Zunge, auch wenn sie sah, dass Frédéric die Unterhaltung beenden wollte. Dieser warf ihr prompt einen ungehaltenen Blick zu, doch sie erkannte an Madeleines Blick, dass sie sehr wohl bereit war, noch etwas zu sagen. »Worauf gründet Sébastien denn seine Forderungen?«

»Auf eine schriftliche Abmachung zwischen Christelle und Arthur«, antwortete diese müde. »Arthurs erste Frau war sehr vermögend und nicht auf das Geld angewiesen. Sie hat ihm das Geld unter der Bedingung für die Firma überlassen, dass Arthur sich verpflichtet, die Chocolaterie nach gewissen ethischen Prinzipien weiterzuführen. Die beiden haben damals im Kongo gemeinsam das Entwicklungsprojekt auf die Beine gestellt.«

Rosalie verstand. »Dann wollte Christelle auf diese Weise den Bauern weiterhelfen.« Madeleine bestätigte ihre Feststellung mit einem Nicken. »Doch weshalb besteht Sébastien nun auf dem Geld? Wenn seine Mutter so vermögend ist, dann kann er sich doch an sie halten?«

»Würde mich nicht wundern, wenn er das Geld seiner Mutter längst durchgebracht hat«, bemerkte Frédéric abfällig. »Sie ist vor zwei Jahren gestorben. Sébastien hat schon immer einen aufwendigen Lebensstil gepflegt und das Geld anderer mit beiden Händen ausgegeben. Wahrscheinlich ist die Chocolaterie die letzte Geldquelle, die er noch anzapfen kann.«

»Sehen Sie das auch so?«

Madeleine zuckte kraftlos mit den Schultern. »Gut möglich.« Sie warf ihnen allen einen entschuldigenden Blick zu. »Aber nun fühle ich mich wirklich angeschlagen. Wir können uns bei anderer Gelegenheit gerne noch einmal unterhalten. Vielleicht wollen Sie mich ja mal besuchen?« Rosalie versprach es sehr gerne. »Würdest du mich jetzt bitte nach Hause bringen, Frédéric?« Sie reichte ihrem Begleiter die Hand und ließ sich von ihm zum Wagen führen.

»Madeleine ist eine tapfere Frau«, bemerkte Clotilde Maurel, nachdem sie gegangen waren. »Sie hat es nicht leicht in dieser Familie. Jeder unterstellt ihr, dass sie es nur auf Arthurs Geld abgesehen hat. Dabei war sie es, die in den letzten Monaten die Firma zu dem gemacht hat, was sie jetzt ist. Ohne Madeleine gäbe es keine Zertifizierung. Während Arthur im Krankenhaus war, hat sie alle Weichen gestellt.«

»Ich dachte, Frédéric war Bonnets rechte Hand?«

Madame Maurel zuckte mit den Schultern. »Er ist für die Finanzierung zuständig, soweit ich weiß«, meinte sie zurückhaltend. »Was die übrigen Angelegenheiten angeht, bin ich wirklich überfragt.« Sie winkte einem ihrer Mitarbeiter zu, der sie mit einem Blick auf die Uhr an einen weiteren Termin erinnerte. »Bitte entschuldigen Sie, aber ich habe gleich noch eine Sitzung mit ein paar möglichen Sponsoren.« Sie nickte Rosalie zum Abschied freundlich zu. Rosalie war sich sicher, dass Madame Maurel ihr nicht alles verraten hatte, was sie über die Firma wusste. Offensichtlich fühlte sie sich ihrer Freundin gegenüber zu Loyalität verpflichtet.

16

Vincent hatte den ganzen Nachmittag in der Gerichtsmedizin zu tun, weshalb er Rosalie nicht zur Wahlveranstaltung begleiten konnte. Der Commissaire erwartete dringend die letzten Laboruntersuchungen und den Abschlussbericht, um sie dem Staatsanwalt vorzulegen. Als er damit fertig war, beschloss er, dem Capitaine die Unterlagen persönlich vorbeizubringen, da das Kommissariat in Carpentras ohnehin auf seinem Heimweg lag. Leider traf er den Commissaire nicht persönlich an. Dafür einen griesgrämig dreinblickenden Duval, der ihn während seines Telefonats keines Blickes würdigte, sowie einen ihm unbekannten, dunkelhäutigen Lieutenant, der ihm den Bericht umso bereitwilliger abnahm und es gar nicht abwarten konnte, ihm dazu Fragen zu stellen.

»Schön, Sie endlich kennenzulernen, Docteur Olivier«, begrüßte ihn der junge Mann mit einem strahlenden Lächeln. »Darf ich mich vorstellen, ich bin *Lieutenant stagiaire* Croiset. Was gibt es Neues im Mordfall Bonnet? Inwieweit gibt die Art des Mordes Aufschluss über seinen Mörder? Wer ist überhaupt zu solch einer Tat in der Lage?«

Vincent wurde regelrecht von dem Wissensdurst seines Gegenübers überschüttet. »Alles, was ich weiß, steht in meinem Bericht«, wehrte er ab. »Die Schlüsse, die Sie daraus ziehen, sind dann Polizeiarbeit und damit Ihre Sache.«

»Ja, ja, natürlich«, bekräftigte der Lieutenant. »Aber Sie sind schließlich vom Fach und können uns wertvolle Hinweise liefern. Auf der Polizeischule wurden wir immer wieder darauf hingewiesen, wie wichtig es ist, die Arbeit unserer Kollegen nicht zu unterschätzen. Also bitte! Geben Sie mir eine Einschätzung!«

»Um mir Ärger mit Ihrem Chef einzuhandeln?«, fragte Vincent amüsiert. »Wie gesagt, alles, was es aus meiner Sicht der Dinge dazu zu sagen gibt, steht in meinem Bericht. Außerdem ging ich immer davon aus, dass Capitaine Viale die Ermittlungen leitet.«

Croisets Stirn legte sich in v-förmige Falten, während er einen unsicheren Blick auf Duval warf, der immer noch telefonierte. Mit gesenkter Stimme verriet er Vincent, was seine Absicht war. »Ich möchte Capitaine Viale gerne unterstützen, deshalb ergänze ich seine Ermittlungen, indem ich meine eigenen, modernen Ermittlungsmethoden anwende. Als Jahrgangsbester der Polizeischule wird er meine Hilfe ganz bestimmt zu schätzen wissen. Doch dafür brauche ich Informationen, Sie verstehen?«

»Sie wollen sich profilieren«, stellte Vincent nüchtern fest. Der Eifer des jungen Polizisten erinnerte ihn ein wenig an Arduin, mit dem Unterschied, dass Croiset bereits Kriminalpolizist war. Lieutenant Croiset zuckte mit den Schultern.

»Leider werde ich im Augenblick immer noch ausgebremst«, beschwerte er sich. »Anstatt mich aktiv an der Aufklärung des Falles teilhaben zu lassen, hat man mich zum Aktenordnen verdonnert. Eine wahre Verschwendung meiner Ressourcen, wenn Sie mich fragen!«

Vincent wollte ihm gerade den guten Rat geben, es nicht allzu sehr mit seinem Diensteifer zu übertreiben, als Duval sich an ihn wandte.

»Croiset, es gibt Arbeit!« Duval war fertig mit Telefonieren und wirkte verärgert. »Fahren Sie zum Krankenhaus und finden Sie heraus, weshalb Bosange Gobeni spurlos von der Station verschwinden konnte!«

»Das ist der Kongolese, der mit einem Bauchschuss in der Chocolaterie aufgefunden wurde«, erklärte Croiset aufgeregt. Er war ganz begeistert, dass er seine Aktenstapel endlich verlassen konnte.

»Auf, auf! Reden Sie nicht rum – oder soll ich jemand anderen schicken?« Duval sah Croiset scharf an, woraufhin dieser rasch zu seinem Käppi griff und Vincent zum Abschied glücklich zulächelte. Capitaine Duval nahm erst jetzt von Vincent Kenntnis. Da er ihn schätzte, wurde seine Miene sofort eine Spur freundlicher. »Ah, Docteur Olivier, Sie bringen bestimmt den Obduktionsbericht. Gibt es Neuigkeiten?«

»Nicht mehr als das, was ich Ihrem Chef bereits berichtet habe. Monsieur Bonnet wurde erst betäubt und dann durch eine Luftinjektion getötet. Die Art, wie die Injektion durchgeführt wurde, spricht dafür, dass der Täter zumindest medizinische Grundkenntnisse hat. Vielleicht ist er sogar vom Fach.«

»Sie meinen, er könnte Arzt sein?«

Vincent hob die Augenbrauen. »Zumindest wusste der Täter, wie man Luft in eine Ader spritzt. Außerdem ist die Einstichstelle so gewählt, dass sie unter normalen Umständen unbemerkt geblieben wäre. Hätte sich aufgrund der Blutverdünnungsmedikamente, die Monsieur Bonnet nehmen musste, kein Hämatom gebildet, wäre vielleicht sogar nicht einmal ich auf die wahre Todesursache gekommen.«

Duval nickte. »Das spricht dafür, dass das Opfer seinen Mörder kannte.«

»Das sehe ich auch so.« Vincent wollte sich gerade verabschieden, als ihm noch etwas einfiel. »Haben Sie während Ihrer Ermittlungen eigentlich irgendeinen Zusammenhang herstellen können zwischen dem Überfall auf Gobeni und dem Mord an Bonnet? Die beiden haben sich ja offensichtlich gekannt.«

Duval warf ihm einen erstaunten Blick zu. »Warum wollen Sie das wissen?«

»Nur so. Schließlich fiel der Name des Kongolesen ja gerade«, tat Vincent beiläufig. »Und ich bin in den Fall als Rechtsmediziner involviert.«

»Natürlich!« Duval nickte ernst. »Ich muss mich erst daran gewöhnen, dass Sie nun einer von uns sind.« Dann erzählte er ihm, ohne dass er ihn dazu hätte auffordern müssen, alles über Gobeni. Vincent erfuhr, dass dieser der Dorfvorsteher der Kakaobauern war, die auf den Plantagen von Bonnet & Frères arbeiteten. »Es muss einen triftigen Grund gegeben haben, dass Gobeni sich auf den weiten Weg nach Frankreich gemacht hat«, schlussfolgerte Duval. »Aber der Afrikaner wollte partout nicht, dass wir diesen Grund erfahren. Ich befürchte, dass sein Verschwinden mit diesem Geheimnis zu tun hat.«

»Glauben Sie, jemand hat Gobeni unter Druck gesetzt?«

»So was in der Art. Wir werden uns auf jeden Fall auch

genauer mit Bonnets Tätigkeit im Kongo beschäftigen müssen.«

Vincent bedankte sich für die Auskünfte und machte sich auf den Nachhauseweg.

In seiner Wohnung erwartete ihn Rosalie bereits. Für ihn war es ein schönes Gefühl, sie bei sich zu Hause zu wissen. Wenn es nach ihm gegangen wäre, würden sie schon längst zusammenleben. Doch Rosalie wollte davon nichts wissen. Sie bestand weiterhin auf ihrer Unabhängigkeit. Als er ihr vor einiger Zeit den Schlüssel für seine Wohnung gegeben hatte, war sie nicht einmal davon besonders begeistert gewesen. »Ich finde es gut, wenn jeder seine eigene Rückzugsmöglichkeit für sich behält«, hatte sie ihm klargemacht und den Schlüssel erst angenommen, als er ihr versichert hatte, dass sie damit keine Verpflichtungen einging.

Rosalie lag gemeinsam mit Minouche auf seiner Couch und sah gedankenverloren in das flackernde Flammenspiel des Kaminofens. Sie war so in den Anblick versunken, dass sie sein Kommen erst registrierte, als Vincent sich von hinten an sie herangeschlichen hatte und ihr einen sehnsuchtsvollen Kuss in ihre Halsbeuge gab. Ohne aufzusehen, griff sie mit ihrer Hand nach seinem Kopf und küsste ihn verheißungsvoll auf den Mund. Vincent hätte gerne weitergemacht, doch Minouche fühlte sich ausgeschlossen, drängte sich zwischen die beiden und begann, sie abwechselnd abzuschlecken. Notgedrungen ließen sie voneinander ab und streichelten abwechselnd die Hündin, die nun ihrerseits ganz glücklich war.

»Ich wollte eigentlich nie eine Dreiecksbeziehung«, beschwerte sich Vincent scherzend.

»Hast du Hunger?« Rosalie sah ihn erwartungsvoll an. »Ich habe frischen Spargel mitgebracht und die ersten Erdbeeren aus Carpentras. Keine Ahnung, was wir damit anstellen können!« Ihr Blick sagte ihm eindeutig, dass sie erwartete, dass er für sie beide kochte. Natürlich fügte er sich gerne in sein Schicksal. Im Laufe der letzten Monate war es zu ihrer Gewohnheit geworden, dass Rosalie die Grundzutaten für ihre gemeinsamen Essen besorgte und er daraus etwas zauberte. Weil sie sich selbst fürs Kochen für unbegabt hielt, begnügte sie sich mit kleinen Hilfsarbeiten. So auch an diesem Abend. Während Vincent einen Teig für eine *Tarte* machte und Rosalie den grünen Spargel wusch und schälte, erzählte er von seinen Erlebnissen. Als Rosalie von dem spurlos verschwundenen Gobeni erfuhr, kam sie auch auf ihren Tag zu sprechen.

»Eines ist sicher: Hinter den Kulissen der Bonnets gibt es so manches Geheimnis«, stellte sie fest. »Ich kann es gar nicht erwarten, ein wenig mehr herumzuschnüffeln.« Sie erzählte ihm von dem überraschenden Auftauchen Sébastien Révals und dem Versuch, die Veranstaltung von Madame Maurel zu torpedieren. »Erst dachte ich, er sein ein Störer, den der Front Radical geschickt hat. Später wurde mir dann aber klar, dass Réval es auf Madeleine und Frédéric abgesehen hatte. Frédéric hat sehr ungehalten reagiert, während Madeleine eher überrascht und betroffen war. Auf jeden Fall verbindet die beiden Männer eine tiefe Abneigung«, erklärte sie bestimmt. »Ich hatte das Gefühl, dass sie Konkurrenten um Arthurs Zuneigung waren. Vielleicht ging es aber auch nur um Geld.«

»Angeblich hat Arthur Frédéric zu seinem Nachfolger

bestimmt«, bemerkte Vincent. »Er wollte ihm vor seinem Tod noch Anteile übertragen. Doch dazu kam es nicht mehr. Jetzt scheint Madeleine alles zu erben.«

»Das könnte eine Erklärung dafür sein, dass sich Frédéric so um sie bemüht. Er möchte, dass sie ihm die Anteile abtritt. Oder aber die beiden haben ein Verhältnis.« Sie rieb sich nachdenklich die Nase. »Madeleine hat doch einige Zeit in der Chocolaterie gearbeitet, während ihr Mann seine Herz-OP hatte. Vielleicht sind sich die beiden dabei ja nähergekommen.«

»Schon möglich« Vincent machte sich daran, den Teig auszurollen. »Angeblich ist sie während der Zeit in der Chocolaterie richtig aufgeblüht. Dein Bruder hat mir erzählt, dass sie ein großes Interesse daran hat, dass Arthurs Erbe in seinem Sinne gut weitergeführt wird.«

»Den Eindruck hatte ich auch«, gab sie ihm recht. »Allerdings sagt mir mein Bauchgefühl, dass Frédéric nicht Madeleines Typ ist. Er ist ein aalglatter Geschäftsmann, und sie macht auf mich einen sehr sensiblen Eindruck. Ich weiß nicht …«

»Du magst ihn wohl nicht besonders?«, stellte Vincent fest. Er fuhr Rosalie mit seiner mehlbestäubten Hand absichtlich über die Wange. »Da habe ich ja Glück, dass du mich nicht mit ihm in einen Topf wirfst. Schließlich bin ich dank meiner Apotheke auch ein Geschäftsmann.«

Rosalie wischte sich die mehlige Wange ab und zog eine Grimasse. »Was nicht ist, kann ja ganz schnell noch werden!«, drohte sie ihm spielerisch mit einer Spargelstange. »Außerdem …« Der Satz blieb unvollendet, weil ihr Telefon sich meldete. »Entschuldige, da muss ich schnell ran«, entschuldigte sie sich, nachdem sie einen raschen Blick aufs Display geworfen hatte. »Es ist Louis. Ich fürchte, es geht mal wieder um unseren Vater.« Sie warf die Spargelstange achtlos auf die Anrichte und verzog sich mit dem Telefon ins Nebenzimmer. Vincent kümmerte sich weiter um die *Tarte*. Sorgfältig schnitt er den Spargel in Stücke und briet ihn kurz in Olivenöl an. Dann legte er den Teig mit Tomatenscheiben aus, würzte sie und gab den Spargel darüber. Zum Abschluss vermengte er Eier mit Crème fraîche, frischem Ziegenkäse und etwas Mineralwasser, tat frische Kräuter dazu und goss alles über den Kuchen. Die Oberfläche toppte er mit Kürbiskernen, bevor er sein Werk in den Ofen schob. Rosalie erschien erst wieder, als er das Salatdressing anrührte. Sie war ziemlich aufgewühlt.

»Louis ist mit Vater völlig überfordert«, stöhnte sie genervt. »Und jetzt hat auch noch Augustine gedroht, die beiden zu verlassen. Bertrand raubt selbst der Haushaltshilfe den letzten Nerv. Außerdem ist er fest entschlossen, eine eigene kleine Chocolaterie zu eröffnen. Er hat schon wieder eine neue Maschine bestellt – auf Kosten des Weinguts. Louis fürchtet, dass er ihr ganzes Barvermögen auf den Kopf haut.«

»Kann er das denn nicht verhindern? Das Weingut gehört doch ihm!«

»Das stimmt, aber Vater hat dummerweise noch eine Bankvollmacht für das Rücklagenkonto, das Louis angelegt hat.« Sie sah ihn unglücklich an. »Das Schlimmste ist jedoch, dass Vater einen Privatdetektiv engagieren möchte, der Malika ausfindig machen soll.« Vincent sah, wie sie plötzlich zu zittern begann. »All die Jahre war ihm meine

Mutter völlig egal. Er hat immer so getan, als gäbe es sie gar nicht. Und nun das!« Sie sah ihn an und wurde plötzlich wütend. »Was soll das? Will er mich damit noch mehr demütigen? Warum reißt er alte Wunden auf? Will er mich wirklich mit einer Mutter konfrontieren, die mich als Baby einfach ausgesetzt hat? Das kann er mir doch nicht antun!«

»Deine Tante hat dir doch erzählt, dass Malika damals keine andere Wahl gehabt hatte. Sie war bereits einem anderen Mann versprochen und musste zurück nach Algerien. Sie hat dich bestimmt nicht leichten Herzens zurückgelassen«, versuchte Vincent sie zu trösten.

»Welche Mutter setzt denn ihr Kind einfach aus?«, platzte es aus ihr heraus. Jetzt weinte sie. Bestürzt wollte Vincent sie in die Arme nehmen, doch sie wehrte ihn ungeduldig ab. »Mein Vater hat ganz gewiss in meinem Leben noch nie eine besonders rühmliche Rolle gespielt«, brach es weiter aus ihr heraus. »Er hat mich meine ganze Kindheit über spüren lassen, dass ich nur ein unwillkommener Bastard bin, für den er eben sorgen musste. Doch immerhin hat er mich aufgezogen. Malika war es jedoch egal, was mit mir geschah. Wenn ich ihr wichtig gewesen wäre, hätte sie wenigstens irgendwann einmal Kontakt zu mir aufnehmen können! Allein die Vorstellung, dass sie noch einmal in mein Leben treten könnte, macht mich so unendlich wütend!« Sie war so aufgebracht, dass sie ihre Hände zu Fäusten ballte, bis ihre Fingerknöchel weiß hervortraten. Dann ließ ihre Spannung plötzlich nach, und sie wirkte nur noch hilflos. »Weißt du eigentlich, wie schrecklich es ist, wenn man sich als Kind nie geliebt fühlt?«, schluchzte sie. Vincent stand ihr gegenüber und spürte ihre Verzweiflung wie seine eigene. Wie gerne hätte er sie in den Arm genommen und getröstet. Wenigstens das.

Rosalie brauchte noch eine ganze Weile, bis sie sich wieder gefasst hatte. Schließlich riss sie entschlossen ein Stück von der Küchenrolle ab und schniefte lautstark hinein.

»Gib mir ein Glas Rosé und lass uns den Quatsch vergessen«, verlangte sie trotzig. Vincent tat, was sie wollte. Doch der Abend war für sie beide verdorben.

17

Als Maurice gegen Abend nach Hause kam, war er frustriert. Die Ermittlungen im Fall Bonnet verliefen schleppend, und der Procureur und sein Chef saßen ihm im Nacken. Zudem war Gobeni aus dem Krankenhaus verschwunden, was die Arbeit auch nicht gerade erleichterte. Als ihn dann noch eine unerfreuliche Auseinandersetzung mit seiner dreizehnjährigen Tochter erwartete, riss ihm endgültig der Geduldsfaden. Cathérine war auf die irrwitzige Idee gekommen, dass sie in den nächsten Ferien alleine mit ihrer Freundin nach Spanien reisen wollte. Die beiden hatten sich sogar schon ein Urlaubsresort ausgesucht. Als er seine berechtigten Einwände vorbrachte, hatte sie behauptet, dass Sylvie sie darin unterstütze. Maurice war sich ganz und gar sicher, dass das nicht stimmte. Sylvie mochte zwar ihre eigenen egoistischen Ziele verfolgen, doch was die Erziehung der Kinder anging, hatten sie als Eltern bislang immer an einem Strang gezogen. Doch dass seine eigene Tochter ihre Trennung dazu benutzte, um die Eltern gegeneinander auszuspielen, das konnte und wollte er nicht länger akzeptieren.

Cathérine hatte mittlerweile darin sehr viel Geschick entwickelt. Auf geradezu raffinierte Weise erschlich sie sich abwechselnd von ihrer Mutter oder von ihm Vorteile, die sie in Zeiten, als sie noch alle zusammengelebt hatten, nie bekommen hätte. Von Klamotten angefangen bis hin zu längeren Ausgehzeiten und jetzt eben der Behauptung, ihre Mutter hätte ihr mehr oder weniger erlaubt, dass sie mit Corelie allein nach Lloret de Mar in die Ferien fuhr, wo sich Europas Jugend mit Drogen und Alkohol die Kante gab. Er mochte sich gar nicht vorstellen, wohin das alles führen konnte. Entschieden hatte er ihrer Idee einen Riegel vorgeschoben und die Reise rundheraus verboten. Der darauffolgende Gefühlsausbruch seiner Tochter endete darin, dass sie ihm nicht nur eine heftige Szene machte, sondern auch noch wutentbrannt das Haus verließ.

»Ich lasse mich von dir scheiden!«, hatte sie ihn angebrüllt, bevor sie die Tür hinter sich zugeschlagen und eine geschlagene Stunde vor der Haustür geschmollt hatte. Unter anderen Umständen hätte Maurice das alles vielleicht mit Humor sehen können. Doch dieses Mal war für ihn der Zeitpunkt gekommen, dass er mit Sylvie klare Verhältnisse schaffen wollte. Kurz entschlossen rief er sie an und teilte ihr mit, dass er sie sprechen wollte. Sie war bereit, sich mit ihm in einer Stunde in einer Bar in Avignon zu treffen.

Wie üblich kam sie ein wenig zu spät. Er hatte bereits sein erstes Bier ausgetrunken, als sie ziemlich gehetzt zu ihm stieß. An ihrer Kleidung und dem viel zu dick aufgetragenen Make-up erkannte er, dass sie gerade auf Sendung gewesen war. Auch die Schminke vermochte ihre Erschöpfung nicht zu verbergen.

»Wir hatten noch eine Besprechung im Anschluss an die Sendung«, entschuldigte sie sich mit einer lässigen Handbewegung. Sie tauschten oberflächliche Wangenküsse aus, dann setzte sie sich auf den Barhocker neben ihn.

»Einen Martini mit Eis«, orderte sie beim Barkeeper. Maurice fand ihr Auftreten viel selbstbewusster als noch vor einiger Zeit. Früher, als sie noch keine Kinder gehabt hatten, waren sie häufiger in dieser Bar gewesen. Maurice erinnerte sich plötzlich, wie viel Spaß sie damals gemeinsam gehabt hatten. Besonders Sylvies fröhliches und ausgelassenes Lachen hatte er immer geliebt. Davon war nun nicht mehr viel zu spüren. Stattdessen kam sie ihm fast wie eine Fremde vor.

»Geht es dir gut?«, erkundigte er sich artig. Ein lässiges Schulterzucken, ohne ihn anzusehen, war ihre Antwort.

»Viel Arbeit eben«, meinte sie zerstreut. »Ich kann auch nicht lange bleiben, weil ich heute Abend noch etwas vorhabe.«

»Mit Gilbert, nehme ich an.«

Wieder nur ein Schulterzucken. Er war erstaunt, wie gleichmütig ihn ihre ablehnende Haltung ließ. Noch vor wenigen Wochen hätte er mit Sicherheit verletzt reagiert.

»Wir müssen reden«, kam er deswegen umgehend zur Sache. »Die Kinder und ich müssen wissen, woran wir sind. Wenn ich dich erinnern darf, sollte dein Auszug nur vorübergehend sein. Ich habe das damals akzeptiert, weil ich deiner beruflichen Zukunft und deiner Freiheit nicht im Wege stehen wollte. Ich hoffte, du kämest wieder zur Vernunft, wenn du dich ein wenig ausgetobt hast. Aus diesem Grund war ich auch einverstanden, mich um die Kinder zu kümmern. Doch nun ist über ein halbes Jahr vergangen und, bitte versteh mich nicht falsch …« Er hob die Hand, als sie versuchte, etwas einzuwenden. »Bitte lass mich erst ausreden«, bat er sie. »Und ich habe auch weiterhin die Absicht, deinem Leben und deiner neuen Karriere nicht im Weg zu stehen. Aber ich brauche auch wieder etwas mehr Zeit für mich. Wir müssen endlich klare Regelungen bezüglich der Kinder finden. Und …«, er machte eine kurze Pause, »… ich möchte auch unter unsere Beziehung einen klaren Strich ziehen.«

Sylvie, die die ganze Zeit in ihrem Martini gerührt hatte, hatte ihm mit wachsender Aufmerksamkeit zugehört. »Du möchtest die Scheidung«, stellte sie fest. Es klang, als würde die Nachricht ihr nicht gefallen. Er wich ihrem Blick nicht aus und nickte zustimmend.

»Das wäre wohl in Anbetracht unserer Situation nur angemessen«, sagte er kühl. »Auch die Kinder brauchen Klarheit. Joël kommt so gut wie gar nicht mehr nach Hause, und Cathérine ist völlig durcheinander. Sie spielt uns als Eltern gegeneinander aus und nimmt sich Freiheiten, die ihr einfach noch nicht zustehen. Sie braucht Verlässlichkeit und eine Mutter, die sie nicht nur ab und zu besucht.«

»Du wirfst mir also vor, mich nicht genügend um unsere Kinder zu kümmern?«, versuchte Sylvie die Diskussion auf einen Nebenschauplatz zu führen. Doch dann besann sie sich eines Besseren und wurde nachdenklich. »Vielleicht hast du ja recht«, meinte sie nach einer kurzen Pause. »In letzter Zeit war ich wirklich nicht sehr viel für sie da.«

»Du fehlst ihnen«, bestätigte Maurice. Er war bemüht, jeden Vorwurf aus seiner Stimme zu verbannen. »Besonders Cathérine. Sie ist mitten in der Pubertät und oft sehr stur. Manchmal erreiche ich sie einfach nicht mehr.«

»Mir geht es doch nicht anders«, gestand sie ehrlich. »Wenn wir uns sehen, will sie eigentlich nur mit mir shoppen gehen. Aus ihrem Leben hält sie mich weitgehend fern.«

»Weil ihr euch zu selten seht! Sie braucht dich genauso wie Joël.«

»Denkst du, das weiß ich nicht?« Sylvie trank den Martini leer und kaute trotzig auf der Olive herum. In diesem Moment erinnerte sie ihn an ihre gemeinsame Tochter. »Wir sollten nichts übereilen«, versuchte sie ihn zu einem Kompromiss zu drängen. »Gilbert hat mich für den ganzen nächsten Monat verplant. Ich habe Extra-Sendungen aufgebrummt bekommen, ganz zu schweigen von den Texten, die ich noch dafür schreiben muss. Danach werde ich versuchen, etwas mehr Zeit für die Kinder zu haben.«

»Ich habe auch einen Job, der viel Zeit in Anspruch nimmt«, erinnerte sie Maurice ungeduldig. Er erkannte, dass ihre Unterhaltung wieder in altbekannte Fahrwasser zu steuern begann. Doch das wollte er nicht zulassen. »Seit du ausgezogen bist, muss ich Kinder und Arbeit in Einklang bringen. Sieh zu, dass du das auch hinbekommst!«

»Ich habe ein Recht darauf«, fuhr sie ihn an. »Schließlich war ich fünfzehn Jahre meines Lebens nur für die Kinder da. Jetzt bin ich an der Reihe. Außerdem wohnst du doch in dem großen Haus. Da hast du doch jeden Komfort, während ich nur in einem winzigen Appartement hause!« Ihr ganzer angestauter Frust kam nun hervor.

»Du weißt genau, dass das nicht fair ist«, versuchte Maurice die Ruhe zu bewahren. »Du hast dich damals freiwillig und gerne für die Kinder entschieden. Du hattest deine Auszeit. Jetzt wird es langsam wieder Zeit, Verantwortung zu übernehmen! Was mit dem Haus geschieht, werden wir in

Ruhe regeln müssen wie alles andere auch. Und dass du ausgezogen bist, war schließlich ganz alleine deine Entscheidung!«

»Du hast doch keine Ahnung!« Sylvies Augen begannen wütend zu funkeln. »Joël ist übrigens öfter bei mir, als du denkst. Nur weil die Kinder und ich uns gerade nicht so häufig sehen, heißt das noch lange nicht, dass wir kein gutes Verhältnis haben.«

»Aber darum geht es doch jetzt gar nicht! Alles, was ich will, ist, dass wir uns beide genügend Zeit für die Kinder nehmen und eine klare Umgangsregelung treffen.«

»Die du mit Sicherheit wieder nicht einhalten wirst!«, warf ihm Sylvie böse vor. »Spätestens bei deinem nächsten Fall muss ich doch wieder einspringen.«

»Nun bleib doch mal sachlich«, versuchte Maurice es ein letztes Mal. Er wollte immer noch ruhig bleiben, auch wenn er zunehmend die Geduld verlor. Das letzte halbe Jahr war Sylvie nicht einmal eingesprungen, wenn es eng bei ihm geworden war. Doch Sylvie zeigte sich zu keiner weiteren Diskussion mehr bereit. Sie kramte in ihrer Handtasche nach dem Geldbeutel und legte einen Schein auf den Tresen.

»Ich bin sachlich«, klärte sie ihn zum Abschied auf. »Wenn dir der Umgang mit den Kindern zu viel wird, dann tauschen wir eben unsere Rollen. Zieh doch du aus unserem Haus aus! Ich bleibe gerne mit den Kindern dort wohnen!«

»Das würde dir so passen!« Maurice schnaubte. »Du hast uns verlassen, also ist es auch deine Sache, wie du damit zurechtkommst. Und wenn du dich nicht um unsere Kinder kümmern willst, werde ich eben das alleinige Sorgerecht beantragen!«

»Da hat dann wohl auch noch meine Scheidungsanwältin etwas mitzureden«, konterte Sylvie erbost. »Wir hören voneinander!«

Maurice sah ihr fassungslos hinterher. Alles war schiefgelaufen. Die Situation war ihm völlig entglitten, und er hatte wohl auch seinen Teil dazu beigetragen. Warum hatte er Sylvie auch gleich drohen müssen? Was ihn jedoch am meisten aus der Fassung gebracht hatte, war die Tatsache, dass sie bereits einen Anwalt hatte. Wie hätte sie sonst von ihrer »Scheidungsanwältin« reden können. Er fuhr sich erschöpft über das Gesicht. Also stand für sie längst fest, dass ihre Beziehung am Ende war. Er bestellte sich einen Cognac, den er mehr hinunterkippte als genoss. Dann bezahlte auch er und verließ die Bar.

Zu aufgebracht, um gleich nach Hause zu gehen, und zu erschöpft, um mit Cathérine womöglich die nächste Schlacht um ihre Ferien zu kämpfen, strich er noch eine Weile ziellos durch die engen Gassen der Stadt. Da es ein lauer Abend war, machte er einen Spaziergang zu den höher gelegenen päpstlichen Gärten, von wo man einen schönen Blick auf die beleuchteten mittelalterlichen Mauern der Stadt und die Rhône hatte. Dort fand er langsam wieder zur Ruhe. Auf dem Rückweg fiel ihm ein, dass Bertine Bertrands Boutique hier ganz in der Nähe war. Einer spontanen Eingebung folgend, beschloss er, noch einen kleinen Abstecher dorthin zu machen. Eigentlich wollte er nur sehen, ob noch Licht bei ihr brannte. Irgendwie ging ihm die Frau nach ihrer letzten zufälligen Begegnung nicht mehr aus dem Sinn. Er fühlte sich von ihrer natürlichen Art angezogen, obwohl er sich eigentlich vorgenommen hatte, erst einmal

Abstand zum weiblichen Geschlecht zu halten. Tatsächlich hatte sie noch geöffnet.

Eine Weile lang stand er einfach nur in der Dunkelheit vor dem Schaufenster und beobachtete, wie sie nach Ladenschluss alles aufräumte. Ihre elegante, schlanke Gestalt bewegte sich behände zwischen den Kleiderständern, fast, als tanze sie durch ihre kleine Boutique. Schließlich begab sie sich zur Kasse, um die täglichen Einnahmen zu zählen und wegzuschließen. Ihre Leichtigkeit verschwand in dem Augenblick, als sie sich an den kleinen Tisch hinter der Kasse setzte, um noch etwas am Computer zu erledigen. Er konnte jetzt nur noch ihren Rücken erspähen, erkannte jedoch, dass sie mit hängenden Schultern dasaß und die Hände vors Gesicht geschlagen hatte. Er musste kein Hellseher sein, um zu sehen, dass sie etwas bedrückte. Sein Beschützerinstinkt drängte ihn dazu, dem nachzugehen. Kurz entschlossen betrat er den Laden. Sie war so in Gedanken versunken, dass sie nicht einmal das laute Schellen der Türglocke hörte, als er eintrat. Erst als er direkt hinter ihr stand und sich mit einem vernehmlichen Räuspern bemerkbar machte, fuhr sie auf.

»Himmel!«, rief sie aus, während sie sich ihm erschrocken zuwandte. Doch sobald sie ihn erkannte, huschte ein warmes Lächeln über ihr Gesicht. »Ich dachte schon, Sie wären ein Einbrecher! Ich muss vergessen haben, die Ladentür zu schließen.«

»Ich war zufällig in der Gegend«, erklärte er, plötzlich verlegen geworden. Es tat ihm leid, dass er sie so erschreckt hatte. »Ich hätte vorher anklopfen müssen oder mich anders bemerkbar machen. Bitte entschuldigen Sie. Wie ich sehe, haben Sie zu tun.«

Bertine antwortete mit einem resignierten Lächeln. »Hier gibt es nichts mehr zu tun. Ich bin pleite.«

Maurice erschrak, damit hatte er nicht gerechnet. »Neulich hatte ich den Eindruck, dass Ihr Laden ganz gut läuft«, meinte er bedauernd. »Fehlt es Ihnen an Kunden?«

»Kunden habe ich genügend, und verkaufen tue ich ebenfalls gut«, meinte Bertine unglücklich. »Bislang bin ich damit ganz gut über die Runden gekommen, und wenn es so weiterginge, würde ich schon bald auch richtig Gewinn machen. Doch nun hat mir Madame Ravigot nochmals die Miete erhöht. Das bricht mir definitiv das Genick. *C'est la vie!*« Sie hob die Hände und versuchte ein tapferes Lächeln.

»Ich dachte, Sie hätten sich damals auf einen vernünftigen Preis geeinigt.«

»Das hatten wir auch! Doch seitdem Madame mitbekommen hat, dass die Boutique gut läuft, hat sie ihre Meinung geändert. Sie ist eben durch und durch eine Geschäftsfrau.«

»Ihr muss doch klar sein, wie knapp Sie kalkulieren müssen! Haben Sie ihr denn schon Ihre Sicht der Dinge dargelegt?«

Bertine lachte freudlos. »Natürlich! Was denken Sie? Madame Ravigot hat das jedoch wenig beeindruckt. Sie hat mir angedeutet, die Boutique an ein bekanntes Modelabel zu vermieten, wenn ich mir die Miete nicht leisten kann.« Sie seufzte. »Nächsten Monat werde ich wohl aufhören müssen. Damit gehört mein Traum von der Selbstständigkeit der Vergangenheit an!«

»Vielleicht könnten Sie ja einen kleinen Kredit aufnehmen«, schlug Maurice vor, obwohl er keinerlei Ahnung von solcherlei Geschäften hatte. »Wenn Ihre Einnahmen weiterhin steigen, dann müsste doch jede Bank Ihnen Geld leihen.«

Er erntete einen entrüsteten Blick. »Ich hatte schon einmal Schulden, die mich an den Rand des Ruins getrieben haben. Noch einmal werde ich gewiss nicht so weit gehen. Das Einzige, was mich jetzt noch retten könnte, wäre ein stiller Teilhaber. Aber wie soll ich den wohl aus dem Ärmel schütteln?« Sie hob ratlos die Hände. »Aber nun genug davon. Ich möchte Sie weiß Gott nicht mit meinen kleinen Problemen belästigen.« Sie lächelte ihm tapfer zu, bevor sie stutzte. »Sie sehen übrigens heute Abend auch nicht gerade glücklich aus.«

Maurice verzog unglücklich sein Gesicht. »Treffer!«, gestand er und musste plötzlich grinsen. »Also haben wir ja doch etwas gemeinsam!« Sie erwiderte sein Lächeln, woraufhin er Mut fasste. »Hätten Sie Lust darauf, dass wir bei einem kleinen Essen gemeinsam unsere Wunden lecken? Wir könnten uns gegenseitig ein wenig bedauern und danach wieder aufmuntern.« Er sah sie treuherzig an und hoffte, dass er nicht zu aufdringlich geworden war.

»Warum nicht?«, meinte sie ohne Zögern. »Geteiltes Leid ist schließlich halbes Leid!«

18

Nachdem Bosange Gobeni erfahren hatte, dass der Patron tot war, wusste er, dass es keine Hoffnung mehr gab. Die Hand der Mafia reichte bis nach Frankreich. Sie würden ihn ausfindig machen und töten, weil er sich ihnen in den Weg gestellt hatte. Monsieur Bonnet, der ihn und sein Dorf hätte beschützen können, war tot. Damit war alles verloren. Die Leute des *Seigneurs* hatten ihm in Marseille aufgelauert, und sie würden ihn wieder finden. Es gab nur eines. Er musste so schnell wie möglich fort von hier. *Recht hat immer der, der den Griff eines Dolches in den Händen hält,* besagte ein Sprichwort aus seiner Heimat. Es war schwer für ihn einzusehen, dass all die Mühen, die er für sein Dorf auf sich genommen hatte, nun vergeblich gewesen waren. Jeder einzelne Dorfbewohner hatte ihm etwas Geld gegeben, damit er die Reise machen konnte. Wie sollte er seinen Leuten nur unter die Augen treten, wenn er versagt hatte?

Verzweifelt starrte er an die fleckige Zimmerdecke des Krankenhauses und überlegte, was er als Nächstes tun sollte. Er musste sofort weg. Hier war er nicht länger sicher. Obwohl er kaum die Kraft dazu hatte, richtete er sich im Bett auf. Die frisch vernähte Wunde an seinem Bauch schmerzte höllisch. Doch darauf durfte er jetzt keine Rücksicht nehmen. Er befreite sich kurzerhand von den

Schläuchen an seinem Körper und quälte sich auf den Bettrand. Als er versuchte aufzustehen, gaben seine Beine nach, und er sackte auf den Boden. Immer noch brannte das Fieber. Doch noch viel größer war seine Angst. Der Neffe des Patrons hatte versprochen, ihm bei der Rückkehr nach Hause zu helfen, wenn er nicht mit der Polizei redete. Er war sich nicht sicher, ob er ihm trauen konnte. Doch was hatte er schon für eine Wahl? Die Polizei war bestimmt so korrupt wie in seinem Heimatland. Bestimmt steckten auch sie mit dem *Seigneur* unter einer Decke. Er zog sich am Bett hoch, bis er zum Stehen kam. Mit wackligen Schritten kämpfte er sich zu dem Schrank, in dem seine Kleider lagen. Mit äußerster Anstrengung gelang es ihm, sich anzukleiden. Gleichzeitig schielte er immer wieder in Richtung Tür und hoffte, dass niemand ihn überraschen würde. Er hatte Glück. Das Pflegepersonal hatte gerade Schichtwechsel und war mit anderen Dingen beschäftigt. Er öffnete die Tür zum Gang einen Spalt weit und beobachtete das Geschehen. Er fürchtete, dass die Polizei einen Wachmann vor der Tür postiert hatte, doch er konnte niemanden entdecken. Als er sicher war, dass die Luft rein war, wagte er sich hinaus und eilte in Richtung Treppenhaus.

Den Aufzug wagte er nicht zu benutzen. Irgendwie gelang es ihm, sich die drei Stockwerke hinunter ins Erdgeschoss zu kämpfen. Seine Wunde pochte. Der Schmerz ließ ihn immer wieder halb die Besinnung verlieren. Nun musste er nur noch das Foyer durchqueren. An der Theke zur Information entdeckte er plötzlich einen seiner Landsmänner. Es war der, der ihm schon einmal aufgelauert und die Schusswunde verpasst hatte. Auch diesmal war er nicht allein. Zwei weitere Männer hielten sich in der Nähe des Eingangs auf. Also waren sie ihm schon auf den Fersen.

Während er an den Wänden entlang zu einem Nebenausgang schlich, behielt er die Männer immer im Auge. Er versuchte, wie ein gewöhnlicher Besucher auszusehen. Doch sein schleppender Gang erregte leicht Aufsehen. Einmal gelang es ihm gerade noch, hinter einem Zeitungsständer vor einem Kiosk Deckung zu finden, als einer der Männer in seine Richtung sah. Er wusste nicht, ob er ihn entdeckt hatte. Auf jeden Fall ließ er alle Vorsicht fahren und rannte die wenigen Meter bis zum Ausgang. Dann war er endlich an der frischen Luft.

Es war noch früher Abend. Die Sonne ging bereits unter, doch es war zu hell, um schon in der Dunkelheit Sicherheit zu finden. Bosange suchte in seiner Jackentasche nach Kleingeld, während er auf die Bushaltestelle zuhumpelte. Die Taschen waren leer. Er besaß nichts als das, was er am Leib trug. Möglichst unauffällig mischte er sich unter die Traube der Wartenden und hoffte, dass die Männer ihn nicht entdeckten. Als der Bus in die Parkbucht einfuhr, sah er, wie seine Verfolger gerade das Krankenhausgebäude verließen. Sie sahen in alle Richtungen, also hatten sie erfahren, dass er sich davongestohlen hatte. Mit eingezogenem Kopf drängte er weiter in die Mitte der Fahrgäste und betete darum, dass ihn niemand nach einer Fahrkarte fragte. Er hatte Glück, dass viele der Krankenhausangestellten gerade Feierabend hatten und nun nach Hause fuhren. Zwischen ihnen gelangte er unbeschadet in das beleuchtete Innere des Busses. Obwohl er sich kaum auf den Beinen halten konnte, musste er mit einem Stehplatz vorliebnehmen. Dadurch wurde er für die Männer draußen sichtbar. Einer von ihnen entdeckte ihn und machte die anderen auf ihn aufmerksam. Er sah, wie sie alle drei zu einem Sprint ansetzten, um ebenfalls den Bus zu erreichen. Doch in dem Augenblick, als sie einsteigen wollten, schlossen sich die Türen und versperrten seinen Verfolgern den Zutritt. Bosange dankte Allah zum zweiten Mal an diesem Tag.

Unbeschadet gelangte er in die Stadt. Er verließ den Bus am Busbahnhof von Carpentras. Aus Angst vor Entdeckung versuchte er weiterhin, in der Menge unterzutauchen, und strebte inmitten der Menschentraube in Richtung Stadtmitte. Vor einem Stadtplan machte er Halt und versuchte sich zu orientieren. Er musste zu der Straße, die im Nordwesten aus der Stadt hinausführte, und dort versuchen, den Bus nach Vassols zu bekommen. Die Furcht, entdeckt zu werden, war größer als seine Schmerzen. Immer wieder sah er sich um, doch die Männer tauchten nirgendwo mehr auf. Sie schienen ihn verloren zu haben. Er hoffte, dass sie ihn am Flughafen von Marseille vermuteten oder am TGV-Bahnhof in Avignon. Wenn er ihnen entkommen wollte, musste er genau das Gegenteil von dem tun, was sie von ihm erwarteten. Also sollte er versuchen, von einem anderen Ort aus in seine Heimat zurückzukehren.

Aber zuerst brauchte er Geld. Der junge Bonnet hatte versprochen, ihm zu helfen. Er war der Neffe des Patrons, deshalb musste er ihm vertrauen. Unter Aufwendung seiner letzten Kräfte erreichte er endlich die Bushaltestelle am anderen Ende der Stadt. Völlig erschöpft ließ er sich auf einer der Wartebänke nieder. Mit ihm warteten noch ein paar andere Fahrgäste. Doch es waren zu wenig, um sich zwischen ihnen unbemerkt in den Bus zu schmuggeln. Er machte sich nichts vor. Ohne Fahrschein würde man ihn nicht mitfahren lassen. Sein Bewusstsein spielte ihm immer wieder einen Streich. Die Menschen um ihn herum verschwammen vor seinen Augen. Er bildete sich ein, die Trommeln in seinem Heimatdorf zu hören, wenn sie zum Tanz aufriefen. Er sah, wie seine Frau mit den Kindern aus dem Haus kam und sie zur Schule brachte. Sein ältester Sohn trat auf ihn zu und verlangte nach der Schokolade, die er ihm versprochen hatte mitzubringen. War es nicht ein Hohn? Jeder in seinem Dorf baute Kakao an – und doch hatte keiner von ihnen je Schokolade gegessen.

»Geht es Ihnen nicht gut?«

Eine fremde Stimme ließ Bosange jäh auffahren und holte ihn zurück in die Realität. Mit vor Schreck geweiteten Augen nahm er die alte Frau wahr, die sich nach ihm erkundigte.

»Ich muss nach Brillon-de-Vassols und habe kein Geld«, stammelte er verzweifelt.

»Soll ich nicht lieber einen Krankenwagen holen?« Die Sorge der alten Frau klang echt. »Sie sehen krank aus!«

»Mein Arzt ist in Vassols. Aber ich habe kein Geld«, behauptete Bosange und flehte Allah an, dass er Erbarmen mit ihm haben mochte und seine Notlüge nicht bestrafte. Die alte Frau zückte ihr Portemonnaie und drückte Bosange kurzerhand einen Fünfeuroschein in die Hand. Sie deutete auf die andere Straßenseite.

»Der Bus fährt von dort ab. Beeilen Sie sich! Er kommt gleich.«

Bosange bedankte sich vielmals und humpelte auf die andere Seite. Kurze Zeit später saß er im Bus nach Vassols.

Als er sich der Chocolaterie zum zweiten Mal innerhalb weniger Tage zu Fuß näherte, war es stockfinster. Er fürchtete schon, dass er zu spät käme und der junge Patron bereits nach Hause gegangen war. Doch er hatte Glück. In dem Gebäude neben der Manufaktur brannte noch Licht. Außerdem standen noch zwei Autos auf dem Parkplatz. Eines davon war ein teurer SUV, der bestimmt dem jungen Bonnet gehörte. Das Gelände um die Firma war von einem hohen Zaun umgeben, vor dem er Halt machte. Das Einfahrtstor war bereits geschlossen. Doch es gab eine Tür für Fußgänger, durch die er vielleicht auf das Gelände gelangen konnte. Er hielt darauf zu und überlegte, ob der Patron ihm das Geld wohl gleich geben konnte. Möglicherweise half er ihm sogar, nach Lyon oder Nizza zu kommen. Hatte er ihm nicht versprochen, dass alles gut werden würde?

Mit neuem Mut drückte er gegen die vergitterte Tür und stellte erleichtert fest, dass sie sich öffnen ließ. Neben dem leisen Klacken der sich öffnenden Tür nahm er plötzlich ganz in seiner Nähe noch ein weiteres Geräusch wahr, das sich wie Knirschen auf dem Kies anhörte. Er wandte sich um, konnte jedoch nichts in der tiefen Dunkelheit entdecken. Beruhigt wollte er durch die Tür gehen, als er wieder ein Geräusch vernahm. Dieses Mal war er sich sicher, dass es Schritte waren. Bevor er lokalisieren konnte, von wo sie kamen, traf ihn auch schon der erste Schlag auf die Schulter. Dann wurde er von dem grellen Strahl einer Taschenlampe geblendet. Schützend hob er die Arme vor sein Gesicht, als ihn ein weiterer Schlag mitten in die Magengrube traf.

Von der Wucht des Schlages gegen seine erneut aufgebrochene Bauchwunde wurde ihm schwarz vor Augen. Dennoch gelang es ihm, sich wieder aufzurappeln, um sich seinem Gegner entgegenzustellen. Doch der kannte kein Erbarmen. Weitere Schläge prasselten auf ihn ein, denen er nichts entgegenzusetzen hatte. Als er im Licht der Taschenlampe die Klinge eines Messers aufblitzen sah, wusste er, dass er verloren hatte.

Tag 6

19

»Verdammt noch mal! Wieso erfahre ich erst jetzt, dass Gobeni immer noch nicht gefunden wurde?«, ärgerte sich Maurice am nächsten Morgen bei der Teambesprechung. »Und wieso wurde er nicht längst zur Fahndung ausgeschrieben?«

»Dazu gab es keine Veranlassung«, versuchte Duval die Angelegenheit herunterzuspielen. »Gobeni hat nichts verbrochen. Er ist ein freier Mann und hat die Klinik aus freiem Willen verlassen. Croiset ist dem nachgegangen. Wahrscheinlich hat der Kerl sich verdrückt, weil er Angst hatte, für die Krankenhauskosten nicht aufkommen zu können!«

Maurice musste an sich halten, nicht aus der Haut zu fahren. »Er war ein wichtiger Zeuge in unserem Mordfall«, erklärte er mühsam beherrscht. »Sehen Sie zu, dass Sie ihn auftreiben, bevor er das Land wieder verlässt!«

»Also doch Fahndung?«

»Natürlich! Was denken Sie denn? Das hätte längst geschehen müssen. Wir müssen den Mann unbedingt noch einmal gründlich befragen. Es ist doch offensichtlich, dass er uns etwas verschweigt, das möglicherweise mit unserem Mordfall in Zusammenhang steht. Das müsste doch sogar selbst Ihnen langsam klar sein!«

»Wenn Sie meinen ...«, versicherte Duval eingeschnappt.

»Darauf können Sie einen lassen«, knurrte Maurice immer noch wütend.

Kurze Zeit später riss Lieutenant Croiset die Tür zum Büro auf und trat ein. »Ich habe Neuigkeiten aus der Demokratischen Republik Kongo«, verkündete er und wedelte gut gelaunt mit einem Stoß ausgedruckter Papiere. Duval, dem Maurice' Rüffel mächtig zugesetzt hatte, sah die Gelegenheit, seinen Unmut woanders loszuwerden.

»Was fällt Ihnen ein, ohne Anweisung zu recherchieren?«, wies er ihn als Ranghöherer zurecht. »Der Capitaine hat Ihnen andere Anweisungen gegeben!« Croiset ließ sich nicht beirren.

»Mit der Ablage bin ich fast fertig«, wandte er sich forsch an Maurice. »Außerdem habe ich meine Recherche nach meiner offiziellen Dienstzeit gemacht!« Sein entwaffnendes Lächeln sollte seinen Vorgesetzten milde stimmen. Duval wollte erneut zu einer Gardinenpredigt ansetzen, doch Maurice gebot ihm mit einer Handbewegung zu schweigen.

»Nun erzählen Sie schon«, forderte er den jungen Kollegen auf.

»Ich habe zunächst alles zusammengetragen, was das Netz zum Thema Kakaoindustrie, Fairtrade und unterschiedliche Vermarktungsstrategien hergibt«, erklärte Croiset selbstbewusst. »Dabei stieß ich unter anderem auf mehrere Artikel über Arthur Bonnets Projekt im Kongo. Es sind überwiegend positive Berichterstattungen, die ihm eine Vorreiterrolle in nachhaltiger Kakaoherstellung zusprechen. Es wird immer wieder lobend erwähnt, sowohl in der Fachpresse als auch in den Medien im Kongo.«

»Das wissen wir doch längst«, knurrte Duval böse. »Wenn Sie meiner Zusammenfassung während der vorletzten Besprechung besser zugehört hätten, hätten Sie mitbekommen, dass er die Einheimischen mit am Gewinn beteiligt und ihnen faire Preise bezahlt. Wir wissen ebenso, dass er eine Schule sowie andere soziale Projekte gegründet und auch weiterhin finanziert hat.«

»Nun lassen Sie den Mann doch ausreden«, unterbrach ihn Maurice barsch. Croiset dankte es ihm mit einem Nicken und fuhr fort. »Doch vor einigen Monaten erschien in einer Fachzeitschrift plötzlich ein Artikel, der das Projekt von Bonnet in Frage stellt. Er stammt von einem renommierten Journalisten, der behauptet, dass die Bauern nur zum Schein an dem Gewinn beteiligt seien. In Wirklichkeit bekommen sie nur einen Bruchteil von dem, was ihnen zusteht. Er zieht den Schluss, dass Bonnets Vereinbarungen mit den kongolesischen Bauern nur potemkinsche Dörfer sind, in Wirklichkeit bekommen diese Menschen nur einen Bruchteil von dem, was ihnen zusteht.«

»Und was hat das Ihrer Meinung nach mit unserem Fall zu tun?«, erkundigte sich Maurice schon aufmerksamer.

»Es ist doch merkwürdig, dass dieser Artikel nur knapp eine Woche im Netz stand«, erläuterte Croiset. »Noch bevor die Information Wellen schlagen konnte, verschwand der Artikel, und es erschien von ebenjenem Journalisten ein Widerruf, in dem er sich für seine falschen Behauptungen entschuldigt und dafür falsche Informanten verantwortlich machte.«

»Nun gut, das ist peinlich für einen Journalisten, aber ich verstehe immer noch nicht, was Sie uns damit sagen wollen!«

Croiset setzte wieder sein breites Lächeln auf. »Nun, es könnte so einiges erklären, auch weshalb Gobeni nach Frankreich gekommen ist. Lassen Sie es mich Ihnen erläutern: Wir können mit ziemlicher Sicherheit davon ausgehen, dass Arthur sein Projekt in vollem Umfang umgesetzt hat, so wie es auch in den meisten Artikeln beschrieben wurde. Die Leute in Virunga vertrauten ihm und hatten ein besseres Leben bis zu dem Zeitpunkt, als Arthur Bonnet vor etwa einem Jahr krank wurde. Danach wurde Frédéric sein Stellvertreter. Möglicherweise hat er ja irgendwelche krummen Dinge gedreht? Der Verdacht liegt nahe, da er in dieser Zeit mit einem gewissen de Slagter eine Zusammenarbeit begann. Dieser Mann wird schon seit geraumer Zeit von den Kollegen von Interpol beobachtet. Er gilt als einer der Hintermänner der dortigen Kakao-Mafia. Es wäre doch vorstellbar, dass sie gemeinsame Sache gemacht haben und die Menschen auf den Plantagen das Nachsehen hatten. Ein Journalist würde niemals seinen eigenen Artikel widerrufen, wenn er nicht massiv unter Druck gesetzt worden wäre, wenn Sie verstehen, was ich meine.«

Der junge Lieutenant sah Maurice erwartungsvoll an.

»Für einen Journalisten ist so ein Widerruf reiner Selbstmord«, gab Maurice ihm recht. »Ihre These ist also, dass Frédéric Bonnet hinter dem Rücken seines Onkels zwielichtige Geschäfte getätigt hat, die durch das Auftauchen von Gobeni plötzlich aufzufliegen drohten, richtig?«

»So könnte es gewesen sein«, pflichtete ihm Croiset eifrig bei. »Gobeni war vor seinem Zusammenbruch bei Arthur und hat ihn möglicherweise informiert. Dieser hat dann Frédéric zur Rede gestellt. Vielleicht drohte er, ihn rauszuwerfen. Daraufhin beschloss Frédéric, seinen Onkel zu töten. *Et voilà!*«

Maurice kratzte sich am Kopf. Croisets Theorie war nicht ganz von der Hand zu weisen. Auf jeden Fall hatte der Kollege großen Einsatz gezeigt. »Gut gemacht, Croiset«, gab er etwas widerwillig zu. »Umso wichtiger ist es, dass wir Gobeni auftreiben und ihn dazu befragen.« Je länger er darüber nachdachte, desto plausibler kam es ihm vor. Dieser Frédéric mit seiner aalglatten Art war ihm von Anfang an verdächtig erschienen. »Ich nehme mir Frédéric Bonnet noch einmal genauer vor«, teilte er seinen Kollegen mit. »Sie, Duval, sorgen dafür, dass wir Gobeni schnell finden, und unser übereifriger Croiset wird Ihnen dabei helfen.«

»Verzeihung, Capitaine«, wandte sich dieser hoffnungsvoll an ihn. »Könnte ich Sie nicht vielleicht doch lieber zu Bonnet begleiten? Mir fehlen noch einige Erfahrungen bei Befragungen!«

»Sie werden jetzt die Erfahrung machen, dass man den Anweisungen seines Vorgesetzten Folge zu leisten hat«, erklärte ihm Maurice kurzerhand. Er fand es an der Zeit, dem jungen Kollegen ein wenig die Flügel zu stutzen, damit er nicht zu übermütig wurde. »Und danach dürfen Sie sich an die Kollegen der Spurensicherung hängen, die das Areal um die Chocolaterie noch einmal genauer inspizieren sollen. Beobachten und lernen Sie!«

Croiset gelang es kaum, seine Enttäuschung zu verbergen. Doch Maurice zeigte kein Mitleid. Ein Polizist musste lernen, Anordnungen von oben zu befolgen.

Während der Fahrt nach Brillon-de-Vassols dachte Maurice an den vorigen Abend, der so schrecklich begonnen und so unerwartet nett geendet hatte. Bertine und er hatten gemeinsam bei einem Italiener in der Nähe gegessen. Auch wenn sie den ganzen Abend über eine gewisse Distanz ihm gegenüber beibehalten hatte, waren ihre Gespräche offen und ehrlich gewesen. Sie hatten einander ohne Vorbehalte zugehört und sich so die Gelegenheit gegeben, etwas mehr über das Leben des jeweils anderen zu erfahren. Bertine hatte erklärt, sie würde einer Freundin in Port Grimaud in einer Luxusboutique unter die Arme greifen, falls sie ihren Laden nicht halten konnte. Maurice hatte sie daraufhin nochmals ermuntert, ein weiteres Gespräch mit Madame Ravigot oder der Bank zu führen, denn er spürte, wie sehr sie an ihrer Boutique hing. Später hatte er dann von seiner eigenen Misere erzählt. Sie hatte ihm aufmerksam zugehört, obwohl er fürchtete, sie mit seinen Eheproblemen zu langweilen. Es hatte gutgetan, einem Dritten gegenüber all das auszusprechen, was sich in den letzten Monaten aufgestaut hatte. Maurice hatte sich hinterher wie befreit gefühlt. Als er Bertine nach ihrem Essen noch nach Hause bringen wollte, lehnte sie seinen Vorschlag ab.

»Ich mag Sie wirklich gerne, Maurice«, hatte sie ihm zum Abschied gesagt, »doch im Augenblick ist einfach alles ziemlich kompliziert.« Sie hatte ihm einen leichten Kuss auf die Wange gedrückt und war in der Dunkelheit verschwunden. Er fürchtete, dass dies ein Abschied für immer gewesen war.

Maurice erschien unangemeldet in der Chocolaterie. Die Sekretärin von Frédéric Bonnet musste ihn mehrfach vertrösten, bis der junge Chef endlich bereit war, ihn im ehemaligen Büro seines Onkels zu empfangen. Schon beim Betreten des Raums gab ihm Bonnet das Gefühl, dass er es mit dem designierten Nachfolger zu tun hatte. Mit einer jovialen Geste wurde er gebeten, auf einem der eleganten Ledersessel Platz zu nehmen. Maurice tat ihm den Gefallen.

»Wie ich sehe, haben Sie hier alles schon fest in Beschlag genommen«, begann er ohne Umschweife ihr Gespräch. Die Sekretärin brachte frischen Kaffee und einige ausgesuchte Pralinés.

»Das sind die neuen Kreationen unseres Chef-Chocolatiers«, antwortete Bonnet geschmeidig, ohne auf seine Anspielung einzugehen. Er reichte ihm das kleine Silbertablett, damit er sich bedienen konnte. Maurice lehnte dankend ab.

»Ich bin nicht hier, um mich mit Ihnen über Süßigkeiten auszutauschen«, stellte er klar. »Vielmehr interessiert es mich, wie es mit der Chocolaterie nun weitergeht. Werden Sie alleiniger Geschäftsführer bleiben, oder wird sich Ihre Stieftante mit einbringen?«

Bonnet antwortete mit einem gewinnenden Lächeln. Er nahm sich eine der Pralinen und biss genüsslich ein Stück davon ab. »Wirklich schade, dass Sie nicht davon kosten wollen. Monsieur Thibault ist ganz stolz auf diese Kreation!« Er legte das angebissene Stück wieder zurück auf das Tablett und beantwortete endlich seine Frage. »Ich gehe davon aus, dass ich demnächst alleine über das Geschick der Chocolaterie entscheiden werde.«

»Dafür dürfte Ihnen die notwendige Mehrheit fehlen«, wandte Maurice ein.

»Das zu regeln ist nur eine Frage der Zeit!« Bonnet machte eine wegwerfende Handbewegung und lächelte erneut. »Arthurs Testament macht vermutlich Madeleine zur Alleinerbin, doch ich bin zuversichtlich, dass sie mir ihre Anteile überlassen wird, zu einem angemessenen Preis selbstverständlich. Es war schließlich Arthurs Wille, dass ich sein alleiniger Nachfolger werde.«

»Was gibt Ihnen hierzu die Gewissheit?«, unterbrach Maurice sein selbstgefälliges Gerede. »Könnte es nicht sein, dass Ihre Tante sich selbst in die Firma mit einbringen möchte? Wie ich gehört habe, hat sie sehr viel Engagement und Geschick bewiesen in der Zeit, in der sie hier tätig war.«

»Zweifelsohne«, gab Frédéric unumwunden zu. »Madeleine hat ein gutes Gespür für neue Marketingstrategien. Auf der anderen Seite liebt sie aber auch den Luxus, wenn Sie verstehen, was ich meine.«

»Sie wollen damit andeuten, dass sie mit dem Geld lieber etwas anderes anfangen möchte?«

Frédéric hob die Augenbrauen und zuckte mit den Schultern. »Ich könnte es auf jeden Fall gut verstehen!«

»Ihrem Onkel ging es immer um Fairtrade und einen Platz in der Spitzengastronomie. Werden Sie diese Strategie beibehalten?«

Frédéric lehnte sich in seinem Sessel zurück und schlug die Beine übereinander. »Aber sicher! Die ECOCERT-Zertifizierung und der Preis der *Charte Pur Beurre de Cacao* haben oberste Priorität«, versicherte er verbindlich. »Die Devise:

Klasse statt Masse, die mein verehrter verstorbener Onkel hatte, wird auch in Zukunft gelten!«

Maurice nahm zur Kenntnis, dass sein Gegenüber auf jede seiner Fragen eine geschickte Antwort hatte. Also versuchte er, ihn aus der Reserve zu locken.

»Was hatten Sie eigentlich vorgestern im Krankenhaus von Carpentras zu suchen?«, wechselte er scheinbar zusammenhanglos das Thema.

»Im Krankenhaus?« Das Stirnrunzeln seines Gegenübers verriet ihm, dass er mit dieser Frage nicht gerechnet hatte.

»Ich habe Sie dort gesehen«, erwähnte Maurice, während er ihn nicht aus den Augen ließ. Bonnet blieb scheinbar gelassen, doch seine Finger trommelten nervös auf der Polsterlehne.

»Ich habe dort einen Besuch gemacht«, antwortete er ausweichend. »Nichts von Bedeutung.«

»Sie müssen mir nichts vormachen. Ich weiß, dass Sie bei Bosange Gobeni waren. Was haben Sie mit diesem Mann zu schaffen?«

»Oh, ich wusste nicht, dass das für Sie wichtig ist!«, gab sich Frédéric schuldbewusst. »Ich habe den Mann besucht, weil mein Onkel es so wollte«, fügte er ernst hinzu. »Monsieur Gobeni arbeitet auf einer der Kakaofarmen, die für uns produzieren. Mein Onkel hat sich immer sehr um die Leute bemüht. Ich habe mich vergewissert, dass es ihm an nichts fehlt.« Bonnet hatte seine Unsicherheit überwunden und sah Maurice aufrichtig in die Augen. »Es gehört zu unserer Firmenphilosophie, dass es allen unseren Partnern gut geht.«

»Wissen Sie, weshalb Gobeni Monsieur Bonnet unbedingt sprechen wollte?«

»Oh ja, er wollte sich bei uns bedanken«, versicherte Frédéric. »Er hat wohl Verwandte in Marseille besucht und dann beschlossen, einen kleinen Abstecher zu meinem Onkel zu machen.«

»Finden Sie diese Dankbarkeit nicht etwas merkwürdig in Anbetracht des körperlichen Zustands, in dem sich Gobeni befand? Immerhin hatte er eine Kugel im Bauch!« Maurice gab sich keine Mühe, den Sarkasmus in seiner Stimme zu unterdrücken.

»Er hatte eine Kugel im Bauch?« Bonnet tat erschrocken, doch Maurice war sich sicher, dass er ihm etwas vorspielte, denn seine Antwort folgte etwas zu rasch. »Darüber habe ich mir, ehrlich gesagt, noch keine Gedanken gemacht«, behauptete Bonnet. »Der plötzliche Tod meines Onkels und all das Chaos hier vor der Preisverleihung nehmen mich gerade voll und ganz in Anspruch. Den Besuch bei Gobeni habe ich als eine Art Schockzustand in Erinnerung. Es war quasi der letzte Wunsch, den mein Onkel vor seinem Tod an mich hatte. Ich musste es einfach tun, um mich besser zu fühlen.« Er sah ihn bedauernd an. »Sein Tod hat mich wirklich sehr erschüttert.«

»Haben Sie Gobeni Geld gegeben?«, wollte Maurice wissen, ohne darauf einzugehen. Bonnet hob erstaunt die Augenbrauen.

»Ich habe ihm Pralinen und Schokolade für seine Kinder gebracht«, behauptete er. »Wissen Sie, dass kaum einer unserer Bauern in Virunga je Schokolade gegessen hat, obwohl ihr Leben dem Kakao gewidmet ist?«

Maurice hatte genug von Bonnets Ausflüchten. Er gab sich scheinbar zufrieden, obwohl er wusste, dass dieser in einigen Dingen nicht die Wahrheit gesagt hatte. Er war sich zum Beispiel ganz sicher, dass an jenem Tag keine Schokolade auf Gobenis Nachttisch gelegen hatte. Doch um das aufzudecken, was Bonnet verbarg, fehlten ihnen noch einige Puzzlestücke. Das war eine Aufgabe für Duval und Croiset. Sie mussten die Geschäfte von Bonnet & Frères mit den Kakaobauern nochmals genauer unter die Lupe nehmen. Dafür brauchten sie sowohl die Kollegen von der Wirtschaftsabteilung als auch Informationen von Interpol. Maurice teilte Croisets Auffassung, dass mit den Geschäften in Afrika irgendetwas nicht stimmte. Er verabschiedete sich von Bonnet und verließ das Büro.

Während er auf den Ausgang des Gebäudes zusteuerte, instruierte er seine Kollegen über die anstehende Arbeit. An der Tür trat ihm überraschenderweise seine Schwester in den Weg. Er beendete rasch das Telefongespräch, um sie zu begrüßen.

»Gibt es schon Neuigkeiten wegen des Mordfalls?«, erkundigte sie sich, nachdem sie ein paar belanglose Worte gewechselt hatten.

»Du kannst das Schnüffeln einfach nicht lassen, stimmt's?« Maurice rollte genervt mit den Augen. »Lass es einfach bleiben, okay?«

»Ich schnüffle nicht, ich bin hier, um für unseren Vater Schokolade zu kaufen«, erwiderte sie mit einem unschuldigen Augenaufschlag. »Du weißt doch, was für einen unglaublichen Appetit er im Augenblick auf Süßes hat.«

Natürlich glaubte er ihr kein Wort. Dafür kannte er sie viel zu gut. Ebenso wusste er aber auch, dass es rein gar nichts brachte, ihr nicht zu antworten. Also entschied er sich für einen Mittelweg. »Alles reine Routinemaßnahmen. Befragung des näheren Umfeldes des Ermordeten, Abgleichen von Alibis und so weiter. Aber darüber bist du sicherlich bestens informiert. Vincent hält dich doch bestimmt auf dem Laufenden, oder?«

»Vincent überschreitet nie seine Kompetenzen«, behauptete Rosalie. »Außerdem arbeitet er ja nur gelegentlich als Rechtsmediziner.«

Während sie so miteinander plänkelten, verließ Bonnet das Gebäude. Offensichtlich hatte er es sehr eilig, denn er beachtete sie nicht.

»Nun verrate doch schon, wer in deinen Augen verdächtig ist«, insistierte Rosalie. »Möchtest du vielleicht meine Meinung wissen?« Sie erzählte ihm von dem Zwischenfall mit Sébastien Réval während der Wahlveranstaltung. »Der junge Mann ist eindeutig am Erbe interessiert. Vielleicht solltet ihr mal sein Alibi überprüfen«, schlug sie vor. Dass die Nachricht für ihn neu und durchaus interessant war, wollte er Rosalie jedoch nicht auf die Nase binden.

»Réval steht längst auf unserer Liste«, behauptete er knapp. »Doch der Schwerpunkt unserer Nachforschungen liegt im Augenblick eher auf anderen Dingen.«

»Ach ja?« Rosalie horchte sofort auf. »Glaubst du, der Mord hat etwas mit dem Auftauchen dieses Afrikaners zu tun? Habt ihr ihn schon befragt?«

Widerwillig verriet Maurice, dass er im Augenblick nicht greifbar war. »Wir konzentrieren uns jetzt auf die Familie und das nähere Umfeld«, gab er ihr noch bekannt. »Außerdem ist es gut möglich, dass Bonnets Tod im Zusammenhang mit mafiösen Geschäften im Kongo steht. Aber darüber darf ich natürlich nichts preisgeben.«

»Schon möglich, dass Gobeni eine Schlüsselfigur in dem Fall ist!« Rosalie kratzte sich am Kinn. »Sein plötzliches Auftauchen kann kein Zufall gewesen sein. Auf der anderen Seite sind die Familienverhältnisse der Bonnets auch ziemlich komplex. Ich glaube, die könnten alle ein Motiv haben …«

»Verschon mich bitte mit deinen Theorien«, unterbrach Maurice sie ungnädig. »Von mir erfährst du auf jeden Fall nichts mehr.«

»Oh, du hast mir schon eine ganze Menge mitgeteilt«, antwortete Rosalie mit einem spitzbübischen Lächeln. Sie ärgerte ihn einfach zu gerne.

»Ach ja?« Maurice war tatsächlich für einen Augenblick verunsichert, bis er begriff, dass sie nur noch mehr aus ihm herauskitzeln wollte.

In diesem Augenblick klingelte sein Handy.

20

Rosalie sah ihrem Bruder schmunzelnd hinterher. Es machte ihr immer wieder Spaß, sich mit ihm anzulegen. Auch wenn Maurice es ihr nicht so richtig hatte glauben wollen, war sie tatsächlich nur in der Chocolaterie, um für ihren Vater Schokolade zu kaufen. Der alte Herr hatte sie schon am frühen Morgen angerufen und ihr so lange in den Ohren gelegen, bis sie ihm versprochen hatte, seinen Auftrag zu erledigen.

»Bring von jeder Sorte etwas mit«, hatte er von ihr verlangt. »Ich muss herausfinden, welche mir am besten schmeckt, damit ich sie nachmachen kann!«

Seine Vorliebe für Schokolade trieb mittlerweile kuriose Blüten. Sie war für ihn zu einer fixen Idee geworden. Louis hatte sich erst gestern darüber beschwert, dass sich auf seinem Hof mittlerweile nicht nur Maschinen, sondern auch noch Zucker-, Milchpulver- und Kakaosäcke stapelten, die Bertrand zum Herstellen eigener Schokolade bestellt hatte. Rosalie hatte kein Mitleid mit ihrem ältesten Bruder, solange der nicht einsehen wollte, dass Bertrand endlich professionelle Betreuung brauchte. Es war Louis' Aufgabe, das zu organisieren, aber dafür war er einfach zu geizig. Dennoch fühlte sich auch Rosalie für ihren Vater verantwortlich, auch wenn sie das nicht so gerne zugab. Um ihr schlechtes Gewissen zu beruhigen, besorgte sie ihm derzeit auch so viel Schokolade, wie er eben wollte. Ganz seinen Wünschen entsprechend füllte sie den Einkaufskorb mit sämtlichen Sorten, die die Regalwände hergaben. Noch ganz in ihre Einkäufe vertieft, bekam sie zunächst gar nicht mit, wie der Chef-Chocolatier aufgebracht durch den Verkaufsraum stürmte. Erst als sie seine laute Stimme vernahm, blickte sie auf.

»Das ist Sabotage«, hörte sie ihn hinter einem der Regale fluchen. »Wo ist verdammt noch mal Monsieur Frédéric? Das kann uns unseren Titel kosten!« Rosalie verließ die Deckung ihres Regals und sah, wie Tristan Thibault gerade die Theke erreichte, hinter der Sara Ammari an der Kasse stand. Möglichst unauffällig näherte sie sich den beiden, um zu erfahren, worüber Thibault sich so aufregte.

»Das ist nie und nimmer Criollo-Kakao«, echauffierte sich der Chef-Chocolatier und schüttete Sara eine Handvoll Kakaonibs auf die Theke, als müsse die Assistentin das Offensichtliche sehen. »Mir war ja schon während der Sichtung der Bohnen klar, dass da etwas nicht stimmt. Aber jetzt, nach dem Brechen und Reinigen, sieht sogar ein Blinder, dass die Nibs nur minderwertige Ware hergeben! Aber was erzähle ich dir! Wo ist der Bonnet? Er hat den Kakao eingekauft!« Thibault war so erregt, dass er einen hochroten Kopf hatte.

»Der Chef ist gerade gegangen«, antwortete Sara eingeschüchtert. »Ich habe keine Ahnung, wann er wiederkommt. Soll ich vielleicht Madame Bonnet anrufen? Sie hat bestimmt mehr Ahnung als ich.«

»Nicht nötig!«, schnaubte Thibault mit einer ungeduldigen Handbewegung. »Aus diesem Schlamassel muss ich mir eben selber helfen.« Er warf Sara einen entschuldigenden Blick zu. »Bitte entschuldige, dass ich dich so angefahren habe! Mir ist gerade eingefallen, dass wir noch einen Sack von der letzten Lieferung zurückgehalten haben. Damit kann ich genügend Nibs herstellen, dass es für die Preispralinen reicht.« Er drehte sich auf dem Absatz um und stieß direkt mit Rosalie zusammen, die ihm nicht mehr hatte rechtzeitig ausweichen können.

Nur mit Mühe gelang es ihr, ihr Gleichgewicht wiederzufinden.

»Verzeihen Sie, Madame«, entschuldigte sich Thibault. »Ich habe Sie völlig übersehen! Sind Sie okay?« Er warf ihr einen überraschten Blick zu. »Wir kennen uns, nicht wahr?«

»Ganz recht. Wir hatten erst kürzlich das Vergnügen. Ich kaufe hier öfter ein!«

Seine Miene hellte sich auf. »Stimmt! Sie sind die Haarkünstlerin mit dem Sinn für noch weitere schöne Dinge im Leben.« Er lächelte ihr charmant zu.

Rosalie beschloss, die günstige Gelegenheit zu ergreifen. »Ich hörte gerade, wie Sie von Sabotage sprachen. Das hört sich ja ganz schrecklich an!«, tat sie besorgt.

Thibaults Augenbrauen zogen sich sofort wieder bedenklich zusammen. »Uns wurde eine falsche Kakaosorte geliefert«, knurrte er. »Statt Criollo billige Forastero-Ware. Jemand von den Knalltüten in Afrika dachte wohl, wir würden das nicht merken!« Als er Rosalies fragenden Gesichtsausdruck bemerkte, berichtigte er sich sofort. »Das mit den Knalltüten meine ich nicht so. Die afrikanischen Bauern sind wahrscheinlich ganz und gar unschuldig. Es muss jemand von unserer Konkurrenz sein, der verhindern will, dass wir die *Charte Pur Beurre de Cacao* bekommen. Sie glauben ja nicht, wie viele Neider es unter den Chocolatiers gibt!«

»Oh, tatsächlich?«, reagierte Rosalie interessiert. »Dann geht es in Ihrem Metier ähnlich zu wie in der Spitzengastronomie?« Thibault nickte wichtig. »Haben Sie denn einen Verdacht?«

Er musste nicht lange überlegen. »Da käme mir spontan Simon Clavier in den Sinn …«, er kratzte sich nachdenklich am Kinn, »… obwohl der gerade in New York arbeitet. Auch Gustave Grignan wäre eine Sabotage durchaus zuzutrauen, wenn ich nicht wüsste, dass er gerade in der Karibik ist.« Er schüttelte unwirsch den Kopf. »Aber das spielt auch keine Rolle. Hauptsache ist, dass der Sabotageakt nicht gelungen ist. Mich führt zum Glück niemand so leicht hinters Licht!«

»Darf ich erfahren, wie Sie das mit dem falschen Kakao herausgefunden haben?«, hakte Rosalie gleich nach. Ihr Interesse war nicht geheuchelt.

Thibault schien sich unschlüssig, ob er darauf antworten sollte. »Also gut!«, gab er sich nach einem Moment des Zögerns großzügig. »Um das nachvollziehen zu können, müssen Sie unsere Firmenphilosophie verstehen. Monsieur Bonnet und seine erste Frau Christelle haben nicht nur viel Geld und Engagement aufgebracht, um für fairen Kakaoanbau in Afrika zu sorgen. Ihnen ist es gelungen, den sehr anspruchsvollen Criollo-Kakao dort anzubauen, wo von Natur aus eher minderwertige Sorten wachsen, wie der robuste Forastero-Kakao. Verstehen Sie?« Rosalie nickte artig, ohne zu wissen, auf was er hinauswollte. »Die Anstrengungen haben sich gelohnt«, fuhr Thibault ausschweifend fort. »Die Qualität des kongolesischen Criollo kann ohne Weiteres mit den besten Criollos aus Madagaskar mithalten. Das wiederum sind die besten Voraussetzungen, um eine herausragende Schokolade zu kreieren.«

»Und Sie haben nun minderwertigen Kakao von Ihren kongolesischen Bauern bekommen?«, versuchte sie ihn wieder zurück zum Thema zu bringen. Thibault warf ihr einen konsternierten Blick zu. »Ich bin es nicht gewohnt, unterbrochen zu werden«, tadelte er sie, bevor er seinen Vortrag unbeirrt fortsetzte. »Die Kakaobohnen werden nach der Ernte im Kongo vor Ort getrocknet und fermentiert. Dann in Jutesäcke abgefüllt und zu uns nach Frankreich verschifft. Wir sind also ein ›Bean to Bar‹-Unternehmen, was bedeutet, dass wir den gesamten Produktionsweg von der Bohne bis zur Schokoladentafel selbst in die Hand nehmen. Wir arbeiten nur mit den besten Zutaten, bauen unsere Maschinen selbst und machen so den Konsumenten mit einer ganz neuen Art Schokolade bekannt.«

»Was man zweifelsohne auch schmeckt. Wir können gar nicht genug davon bekommen«, wagte Rosalie ihn ein weiteres Mal zu unterbrechen und zeigte dem Chocolatier ihren vollen Einkaufskorb. Thibault schien zu gefallen, was er sah. An seinem Engagement erkannte sie, wie sehr er für seinen Beruf brannte. »Es freut mich, wenn Sie Gefallen an meinen Kreationen finden. Mein Kopf ist voller neuer Ideen, die nur darauf warten, umgesetzt zu werden.« Er atmete resigniert aus. »Vorausgesetzt, man lässt mich in Ruhe arbeiten!«

»Haben Sie den Kakaobohnen tatsächlich angesehen, dass sie keine Criollos waren?«

»Ich dachte, ich hätte mich getäuscht«, gab er zu, »erst beim Rösten, wenn die Kakaobohnen ihren vollen Geschmack entwickeln, war es klar, dass etwas nicht stimmt. Ich habe noch das Brechen und Reinigen durchgeführt …« Er bemerkte Rosalies verständnislosen Blick und erklärte, dass die gerösteten Bohnen, bevor man sie zu Schokolade mahlen konnte, erst zerkleinert und durch sogenanntes Worfeln von ihren unverdaulichen Schalen befreit werden müssen. »Dadurch erhält man in einem Auffangbehälter die sauberen Kakaonibs, das Innere der Bohne, die den ganzen Geschmack des fermentierten und gerösteten Kakaos enthalten. Aber die Nibs unserer letzten Lieferung taugen allenfalls noch zur Herstellung von Weihnachtsmännern«, beendete er abrupt seinen Vortrag und sah plötzlich erschreckt auf die Uhr. Mit einem Mal hatte er es sehr eilig. »Nun habe ich genug geredet«, entschuldigte er sich fahrig. »Vielleicht sehen wir uns ja in einigen Tagen bei der Prämierung. Sara wird Ihnen eine persönliche Einladung geben!«

Rosalie sah dem Schokoladenkünstler nachdenklich hinterher, während sie ihren Einkaufskorb vor die Kasse stellte. »Ist Thibault immer so aufgedreht?«, erkundigte sie sich bei Rachids Schwester.

»Der Mann brennt für seinen Job«, meinte diese achselzuckend.

»Dann ist die Zusammenarbeit mit ihm wohl eher schwierig?«

»Überhaupt nicht«, widersprach Sara. »Er ist bei den Kollegen sehr beliebt. Er versteht es, den Funken seiner Begeisterung auch auf die anderen zu übertragen.«

»Arthur Bonnet und er müssen ein tolles Team gewesen sein.«

»Nun, so richtig hatten die beiden ja kaum die Gelegenheit, das auszuprobieren«, meinte Sara bedauernd. »Monsieur Bonnet wurde schwer krank, kurz nachdem Thibault hier angefangen hat. Er war dann monatelang im Krankenhaus und in Reha. Es war ein Glück, dass seine Frau für ihn eingesprungen ist.«

»War denn Frédéric nicht allein in der Lage, den Betrieb zu führen?«, wunderte sich Rosalie. »Bonnet hat ihn doch als Nachfolger aufgebaut.«

»Monsieur Bonnet war mit seinem Neffen nicht immer einer Meinung«, verriet Sara bereitwillig. »Frédéric war zu sehr auf die Gewinnmaximierung der Chocolaterie aus, und das auf Kosten von Innovation. Der alte Bonnet hingegen wollte mit seiner Schokolade um jeden Preis in der ersten Liga mitspielen. Er hat viel Geld ausgegeben, nicht nur in Afrika, sondern auch für die Konstruktion besserer Mahl- und Raffiniermaschinen. Seine Frau hat ihn da sehr unterstützt. Außerdem hat sie sich als Marketinggenie herausgestellt.«

Sara zeigte auf die großen Fotoplakate an den Wänden, auf denen die Bauern in Afrika bei der Kakaoernte, aber auch Fotos von der Schokoladenmanufaktur gezeigt wurden. Außerdem wurde jeder Mitarbeiter in einem kurzen Porträt vorgestellt. »Madame Bonnet hat es geschafft, unserer Chocolaterie ein persönliches Gesicht zu geben. Jeder, der hier arbeitet, ist stolz darauf, für Bonnet & Frères tätig sein zu dürfen. Sie fühlen sich als Teil eines größeren Ganzen. Das hat auch nach außen hin eine sehr sympathische Wirkung.«

»In der Tat«, murmelte Rosalie nachdenklich. »Dann frage ich mich nur, weshalb Madeleine nicht weiterhin in der Firma arbeitet.«

»Das fragen sich hier viele.« Sara senkte die Stimme. »Es wird viel gemunkelt in der Belegschaft. Bis vor Kurzem sah es tatsächlich so aus, als ob Madame Bonnet gleichberechtigt mit Frédéric die Geschäftsführung übernehmen würde. Frédéric als kaufmännischer Leiter und Madeleine für das Marketing und die Produktentwicklung. Aber dann zog sie sich für uns alle überraschend wieder ganz aus dem Geschäft zurück. Viele vermuten, dass es Streit innerhalb der Familie gegeben hat.«

Vielleicht hatte Arthur ja herausgefunden, dass Frédéric und Madeleine ein Verhältnis hatten, schoss es Rosalie durch den Kopf. Vielleicht hatte Arthur seine Frau deshalb wieder aus der Geschäftsführung abgezogen. Und vielleicht hatte er Frédéric seine Anteile dafür angeboten, dass er das Verhältnis aufgeben sollte. Aber nein – das schien ihr dann doch recht weit hergeholt. Da musste etwas anderes dahinterstecken. Sie beschloss, so bald wie möglich die Gelegenheit zu suchen, mit Madeleine Bonnet darüber zu reden. Schließlich hatte sie ihr gegenüber so etwas Ähnliches wie eine Einladung ausgesprochen.

21

Vincent war damit beschäftigt, unterschiedliche Medizinprodukte in die Regale einzuordnen. Seit Denise ein neues Ordnungssystem eingeführt hatte, fand selbst er sich in seiner Apotheke viel besser zurecht. Im Laufe des Jahres, in dem sie bei ihm arbeitete, hatte seine Mitarbeiterin mehr oder weniger die Regentschaft über die Apotheke übernommen. Sie ging ihrer Arbeit mit Leidenschaft nach, was man von ihm in diesem Maße nicht behaupten konnte. Sein Herz gehörte der Wissenschaft. Vincent liebte es, komplexen organischen Dingen auf die Spur zu kommen. Aus diesem Grund hatte er nach dem Studium der Pharmazie auch noch ein Medizinstudium absolviert. Nach seinem Burnout vor einigen Jahren war die Entscheidung, in sein Heimatdorf zurückzukehren, um dort die Dorfapotheke zu übernehmen, nur konsequent gewesen. Er hatte geglaubt, nie wieder dem Stress in einem Forschungslabor oder in der Gerichtsmedizin gewachsen zu sein. Doch dank Rosalie war es ihm gelungen, einen neuen Weg zu beschreiten, der beschauliches Arbeiten in der Apotheke mit den aufregenden Aufgaben in der Gerichtsmedizin in einem guten Maße miteinander verband.

Um die Zeit, die er in der Gerichtsmedizin verbrachte, kompensieren zu können, brauchte er jedoch eine Fachkraft in der Apotheke, die ihn voll vertreten konnte. Denise Sissoko war dafür die perfekte Kandidatin. Sie musste nur endlich ihre Prüfungen schaffen. Vincent wusste, dass Denise mehr oder weniger alleine für ihre Familie sorgte. Der Vater ihrer vier Kinder schien sich nicht besonders um ihren Unterhalt zu kümmern. Genaueres wusste er jedoch nicht, da seine Mitarbeiterin sich diesbezüglich immer bedeckt hielt. Allerdings blieb ihm nicht verborgen, wie angestrengt sie oft morgens schon aussah. Mitten in seine Gedanken hinein klingelte plötzlich das Telefon. Commissaire Viales Stimme klang düster.

»Wir brauchen Sie in Avignon«, kam er ohne Umschweife zur Sache. »Einige Jogger haben am Ufer der Île de la Barthelasse in der Nähe des Campingplatzes die Leiche von Bosange Gobeni gefunden. Auf den ersten Blick sieht es so aus, als ob er ertrunken wäre. Doch ich bin ziemlich sicher, dass es ein Gewaltverbrechen war.«

»Ist das etwa der Afrikaner, der neulich in der Chocolaterie zusammengebrochen ist?«, stutzte Vincent. »Ich dachte, der Mann wäre noch im Krankenhaus.«

»Er hat sich gestern selbst entlassen und ist verschwunden«, schnaubte Viale. »Eine ziemlich unangenehme Sache. Ich mache mir Vorwürfe, dass ich ihn nach Bonnets Tod nicht bewachen ließ.«

Normalerweise war es nicht üblich, dass ein Rechtsmediziner direkt an den Tatort gerufen wurde. Die Arbeit fand überwiegend in den Obduktionsräumen statt. Dass der Commissaire ihn vor Ort haben wollte, zeigte Vincent, wie wichtig ihm seine Einschätzung war.

»In einer halben Stunde kann ich bei Ihnen sein,

Capitaine«, sagte er, obwohl Denise heute ihren freien Tag hatte und es noch genügend Arbeit in der Apotheke gab. Viale gab ihm noch die Koordinaten des Tatorts und bedankte sich. Vincent unterbrach seine Arbeit, holte rasch seinen Koffer und schloss die Apotheke ab, in der Hoffnung, dass seine Kunden dafür Verständnis haben würden.

Als er zum Tatort kam, war dieser bereits weiträumig abgesperrt worden. Hinter den Absperrbändern hatte sich eine größere Gruppe Schaulustiger eingefunden, die einen Blick hinter die aufgestellten Stellwände zu ergattern hofften. Vincent war es schon immer ein Rätsel gewesen, weshalb sich Menschen freiwillig den Anblick eines Toten zumuten wollten. Sensationsgier gepaart mit dem Wunsch, ein paar aufregende Bilder ins Netz stellen zu können, schien ihnen jede Art von Pietät geraubt zu haben. Auch nach vielen Jahren der Gewöhnung bereitete er sich selbst jedes Mal aufs Neue auf den Anblick eines Toten vor. Die erforderliche Objektivität für seine Arbeit gelang ihm nur dadurch, dass er Distanz hielt zu dem Geschehen, zu den Opfern, zu den Tätern und zu seinen eigenen Emotionen. Er sah sich in seinem Job als Sachverständigen, der versuchte, die Wahrheit ans Licht zu bringen. Die Toten konnten nichts mehr erzählen. Also musste er versuchen, für sie zu sprechen, indem er herausfand, was zu ihrem Tod geführt hatte. Dadurch tat er auch einen Dienst an den Hinterbliebenen. Vincent war ein sehr sensibler Mensch, dem so manches an die Nieren ging, womit andere sehr gut zurechtkamen. So wäre es für ihn zum Beispiel unvorstellbar gewesen, als Arzt in der Onkologie zu arbeiten, wo er täglich das Leiden seiner Patienten sähe und oft nicht mehr helfen könnte.

Ein Polizeibeamter hob das Absperrband an, damit er mit seinem Koffer hindurchschlüpfen konnte. Der Commissaire war schon eine ganze Weile vor Ort. Die beiden Männer begrüßten sich mit einem Kopfnicken, während Vincent sich Schutzkleidung und Handschuhe von dem bereits vorhandenen Team der KTU geben ließ. Dann begaben sie sich gemeinsam an den Fundort. Während Maurice Viale sich um die anwesenden Zeugen kümmerte, begab sich Vincent direkt zu dem Toten. Er sah sofort, dass die Leiche des Afrikaners noch nicht lange im Wasser getrieben haben konnte. Bis auf die aufgedunsene Haut mit der typischen Waschhautbildung waren äußerlich keine Verwesungsmerkmale zu erkennen. Die Kollegen hatten Gobeni an den Uferrand gezogen. Ein junges Pärchen aus Deutschland hatte den grausigen Fund beim Joggen gemacht, als sie den Körper in Zweigen verfangen in Ufernähe entdeckten. Jemand hatte ihnen Decken um die Schultern gelegt, die sie fest umklammert hielten. Sichtlich erschüttert beantworteten sie die Fragen des Commissaires. Vincent machte sich an die Arbeit und suchte nach auffälligen Verletzungen, die zum Tod des Mannes geführt haben konnten. Das war nicht leicht, denn auf den ersten Blick war nur schwer zu beurteilen, welche Verletzungen alt und welche neueren Datums waren. Einige der oberflächlichen Verletzungen stammten vermutlich von dem spitzen Geäst, in dem er gefunden wurde. Was er jedoch mit einiger Sicherheit sagen konnte, war, dass Gobeni nicht ertrunken war. Es fehlte die typische Blaufärbung eines Ertrunkenen, die durch Herzlähmung und eine Kohlensäurevergiftung herbeigeführt wurde. Die Überprüfung der Lunge auf Wassereinlagerungen würde darüber noch näheren Aufschluss geben. In der Zwischenzeit hatte sich Viale zu ihm gesellt, dem er seine ersten Erkenntnisse mitteilte.

»Der Mann ist noch keine vierundzwanzig Stunden tot und mit sehr großer Wahrscheinlichkeit keines natürlichen Todes gestorben«, berichtete er ihm abschließend. Dann zeigte er ihm die Füße des Toten, die ohne Schuhe waren. »Sehen Sie die Abriebe oberhalb seiner Knöchel?«

»Sieht aus, als wäre er dort gefesselt worden«, folgerte der Commissaire. Vincent stimmte ihm zu.

»Sehr wahrscheinlich, dass man ihm ein Gewicht an die Beine gehängt hat, um ihn für immer verschwinden zu lassen. Doch die Rhône ist ein lebhafter Fluss mit Strudeln und allerlei Unwägbarkeiten unter der Wasseroberfläche. Irgendetwas muss seine Fesseln gelöst und ihn wieder nach oben gebracht haben. Wäre Gobeni in einem ruhigeren Gewässer wie einem See versenkt worden, wäre das vermutlich nicht geschehen.«

»Hhm!« Viale fuhr sich nachdenklich über seine Stoppelhaare. »Zumindest wissen wir nun, dass Gobeni gelogen hat, als er behauptete, dass der erste Überfall auf ihn rein zufällig geschehen war, weil er einem Kriminellen über den Weg gelaufen ist. Es ist sehr unwahrscheinlich, dass ihm so etwas ein zweites Mal widerfährt. Da hatte es jemand direkt auf ihn abgesehen. Ich glaube, er ist aus dem Krankenhaus abgehauen, weil er sich nicht sicher fühlte.«

Vincent fiel noch etwas auf. »Sehen Sie mal hier.« Er zeigte auf die Fingernägel der linken Hand des Toten.

»Was ist damit?« Viale sah ihn fragend an. »Die Nägel sind abgebrochen. Wahrscheinlich hat er sich gewehrt.«

»Alles weist darauf hin«, gab er ihm recht. Dann zog er eine Lupe hervor und betrachtete die Hand genauer. »Unter den Nägeln sehe ich etwas Metallic-Grünes schimmern. Sieht aus wie Lack oder so was Ähnliches. Die Labortests werden uns darüber Aufschluss geben. Sie könnten von einem Fahrzeug stammen.«

»Das ist im Augenblick nicht besonders aufschlussreich«, brummte Viale unzufrieden. »Es gibt Tausende von grünen Fahrzeugen in der Vaucluse. Gobeni kann rein zufällig neben irgendeinem Auto gestanden haben, als er von seinem Mörder überrascht wurde.«

»Warten Sie die Untersuchungen ab. Die Zusammensetzung des Lacks verrät uns nicht nur mit einiger Wahrscheinlichkeit die Autofirma, sondern womöglich auch den Fahrzeugtyp. Mit etwas Glück stammt er von einem Sondermodell.«

»Frédéric Bonnet fährt einen metallic-grünen SUV«, fiel es dem Commissaire plötzlich ein. Er erzählte Vincent von seiner Befragung und dass Frédéric Gobeni im Krankenhaus besucht hatte. Sein Gesicht hellte sich etwas auf. »Das könnte ein Hinweis sein. Die KTU soll sich seinen Wagen genauer ansehen. Das ist womöglich doch eine wertvolle Spur!«

22

Lucinde saß lustlos hinter ihrer Kasse und wartete ab, bis die alte Madame Bouvier umständlich ihre Einkäufe von dem Körbchen ihres Rollators auf das Fließband legte. Dabei brabbelte die alte Frau unverständliches Zeugs. Doch Lucinde hörte gar nicht hin. Sie war mit ihren Gedanken ganz woanders. Ihre Stimmung war auf dem Tiefpunkt. Sie hatte das alles hier so satt. Tagein, tagaus dieselben Tätigkeiten. Sollte das wirklich schon alles in ihrem Leben gewesen sein? Nachdem sie *Ton Rêves* Einladung am vorigen Tag doch ausgeschlagen hatte, weil sie einfach den Mut nicht aufbrachte, sich in solch ein verdammtes Flugzeug zu setzen, hatte er sich nicht mehr gemeldet. Daraus ließ sich nur der eine Schluss ziehen: Er hatte die Nase voll von ihr. Sie hatte diese wunderbare und wahrscheinlich einzigartige Chance vertan, aus ihrem Leben noch etwas Besonderes zu machen.

Erst im Rückblick wurde ihr klar, wie sehr die kleine Romanze, auch wenn sie nur virtuell gewesen war, ihr tristes Leben erhellt hatte. *Ton Rêve* sah auf den wenigen Fotos, die er ihr geschickt hatte, einfach umwerfend attraktiv aus. So ein gut aussehender Mann hatte sich noch nie in ihrem Leben für sie interessiert. Dabei war es gar nicht sein Aussehen, was Lucinde so anziehend gefunden hatte, sondern die Art, wie er sie behandelte. *Ton Rêve* hatte ihr in jedem Chat das Gefühl gegeben, etwas Besonderes zu sein. In seinen Augen hatte sie sich nicht mehr als die kleine graue Maus gefühlt, zu der sie im Laufe der Jahre mutiert zu sein glaubte. Er hatte sie als attraktive Frau wahrgenommen, ihr Komplimente gemacht und ihr seine Wertschätzung dargebracht. Er war das genaue Gegenteil von Hervé, für den sie mehr oder weniger doch nur ein angenehmes Möbelstück in ihrem gemeinsamen Haushalt war. Lustlos winkte sie Rosalie zu, die sich gerade einen Einkaufswagen schnappte, um gleich darauf zwischen den Regalen zu verschwinden. Madame Bouvier fummelte immer noch an ihren Einkäufen herum und suchte gerade umständlich nach ihrer Geldbörse. Lucinde wartete geduldig. Ihr Gedankenkarussell drehte sich weiter. Es war ja nicht so, dass sie Hervé nicht mochte. Ihr Mann war zuverlässig, höflich, zeigte sich gelegentlich ihr gegenüber auch aufmerksam und machte ihr Geschenke. Doch es war ewig dasselbe und nie irgendwie eine Sache, die ihr wirklich etwas bedeutete. Der wenige Sex, den sie miteinander hatten, war genauso fade und langweilig wie die Gespräche, die sich immer um die wenigen Themen ihres Alltags drehten. Kurzum: Sie fühlte sich von Hervé nicht begehrt, und das frustrierte sie ungemein. Im Grunde genommen glich ihr gemeinsames Leben mehr dem eines ungleichen Geschwisterpaars als dem von Eheleuten.

Madame Bouvier hatte endlich alle ihre Einkäufe platziert und den Geldbeutel gefunden. Sie scannte die Ware und half der alten Frau, das passende Geld hervorzukramen und dann im Korb ihres Rollators zu verstauen. Die alte Frau bedankte sich mit einem munteren Lächeln. Lucinde sah ihr zu, wie sie mit ihrem Wägelchen auf die Rampe zueierte, die aus dem Laden führte. Auch das war eine Idee von Hervé gewesen. »Wir müssen für die alten Leute im Dorf da sein« war seine Devise. Deshalb hatte er nicht nur die Rampe gebaut, sondern bot auch einen kleinen Lieferservice für die alten Herrschaften im Dorf an.

Hervé liebte ihren gemeinsamen Laden wie andere Ehemänner ihre Kinder. Ihr dagegen war die Begeisterung für ihr Geschäft im Laufe der Jahre immer mehr abhandengekommen. Sie war erst Mitte vierzig und fühlte sich in ihrem Leben wie in einem Mausoleum gefangen. Bevor sie sich in dieser Partnerschaftsbörse angemeldet hatte, hatte sie mehrfach versucht, mit Hervé über ihr gemeinsames Leben zu reden. Sie hatte wirklich alles versucht, ihre Beziehung etwas zu beleben. Doch ihre Vorschläge wurden alle abgewiesen. Er hatte keine Lust auf Reisen, einen gemeinsamen Tanzkurs oder gar eine Ehetherapie. Hervé fand alles gut so, wie es war. Sie hörte, wie er im hinteren Teil des Ladens mit seinem neuen Bekannten herumwerkelte. Neuerdings trieb sich dieser Armand ständig hier herum. Hervé hatte sich im *Mistral* mit ihm angefreundet. Jetzt half er ihm gerade dabei, die neue Feinkosttheke einzubauen. Offensichtlich verstanden sich die beiden Männer sehr gut. Hervés Lachen hörte sich so munter und fröhlich an, wie sie es schon lange nicht mehr gehört hatte. Wenigstens ihm geht es gut, dachte sie missmutig. Anstatt sich zu freuen, dass er endlich einen Freund gefunden hatte, der ihn ein wenig aufmunterte, war sie neidisch. Sie konnte sich nicht erinnern, dass Hervé jemals mit ihr so gescherzt hatte.

»Bei euch tut sich ja einiges!«

Lucinde schreckte aus ihren Gedanken, als Rosalie plötzlich vor ihr stand, um ihre Einkäufe zu bezahlen.

»Wenn du die Feinkosttheke meinst, dann stimmt das wohl«, entgegnete Lucinde säuerlich. »Hervé findet das eine ganz tolle Idee, und wie du hörst, setzt er sie mit Begeisterung um. Er möchte unbedingt unseren Laden attraktiver gestalten.«

»Keine dumme Idee.« Rosalie warf ihr plötzlich einen kritischen Blick zu. »Aber du scheinst davon ja nicht sehr begeistert zu sein.«

»Nun ja …« Lucinde zuckte lustlos mit den Schultern. »Bislang sind wir doch auch immer gut über die Runden gekommen. Die Feinkostabteilung kostet eine Menge Geld, und wer weiß, ob sie sich je rentiert. Immer mehr Leute kaufen doch in den großen Supermärkten ein. Die graben uns Kleinen das Wasser ab.«

»Du darfst die alten Menschen im Dorf nicht vergessen, die kein Auto besitzen«, argumentierte Rosalie und stieß dabei ausgerechnet in dasselbe Horn wie Hervé. »Außerdem gibt es viele Menschen, die einem gemütlichen Einkauf im Dorf durchaus etwas abgewinnen können.«

»Möglich, dass du recht hast.« Der Summton auf ihrem Smartphone änderte schlagartig Lucindes Stimmung und ließ ihr Herz schneller schlagen. Es war *Ton Rêve*. Sie schielte unwillkürlich auf ihr Handy, das neben der Kasse lag.

»Ich kann dich einfach nicht vergessen!«

Sie spürte, wie ihr das Blut vor Freude und Aufregung in den Kopf schoss. Er hatte sie doch noch nicht abgeschrieben!

»Geht es dir nicht gut?« Rosalie wirkte besorgt. »Du hast

einen ganz roten Kopf. Soll ich dir ein Glas Wasser holen?« Ihrer Freundin entging aber auch wirklich nichts.

»Ach, es ist nur die schlechte Luft hier«, log sie und wedelte sich mit der Hand etwas frische Luft zu. Im nächsten Augenblick bereute sie ihre Ausrede, denn sie konnte Rosalies Rat eigentlich gut gebrauchen. Ein Blick in Richtung Hervé verriet ihr, dass er noch länger beschäftigt sein würde. Das bot ihr die Gelegenheit für ein paar offene Worte. Rosalie war eine der wenigen Frauen im Dorf, die nicht herumtratschten. Aus diesem Grund empfand sie auch freundschaftliche Gefühle für sie.

»Ich habe dir doch neulich von diesem Dating-Portal erzählt«, begann sie vorsichtig. »Erst wollte ich nur ein wenig Spaß haben, aber dann habe ich einen wundervollen Mann kennengelernt. *Ton Rêve* ist ein ganz fantastischer Mann. Er gibt mir das Gefühl, jemand ganz Besonderes zu sein …«

»*Ton Rêve?*« Rosalie kräuselte kritisch die Stirn. »Was ist das denn für ein Name? Hört sich an wie ein schwülstiges Männerparfüm!«

»Das ist doch nur sein Deckname«, stellte Lucinde ärgerlich klar. »Im Internet gibt man seinen Namen nicht sofort preis!« Ohne es zu beabsichtigen, geriet sie ins Schwärmen. »Wenn dieser Mann mir schreibt, habe ich sofort das Gefühl, lebendig zu sein. Anfangs dachte ich ja, dass er sich nicht wirklich etwas aus mir macht und ich nur ein Zeitvertreib für ihn bin, aber nun möchte er mich unbedingt kennenlernen!« Sie seufzte betrübt. »Leider lebt *Ton Rêve* auf Mauritius. Er leitet dort ein Hotel und möchte unbedingt, dass ich ihn dort besuche!«

Die Falten auf Rosalies Stirn vertieften sich noch mehr. »Und was sagt dein Mann dazu?«

»Er weiß noch nichts davon«, gestand sie. »Er denkt, dass ich mich mit anderen Frauen über Frauenprobleme austausche. Ich habe schon mehrfach versucht, mit ihm darüber zu reden, aber dann war ich doch zu feige. Ist ja jetzt auch egal. Aus unserem Treffen wird ohnehin nichts, weil ich es einfach nicht schaffen werde, in solch ein verdammtes Flugzeug zu steigen.«

»Du hast Flugangst und willst deshalb nicht den Mann deiner Träume treffen?« Rosalies Blick drückte mehr als Verständnislosigkeit aus. »Flugangst kann man bekämpfen. Außerdem gibt es Tabletten, die sie abmildern. Vincent wird dir da gerne weiterhelfen.«

Der Zuspruch ihrer Freundin munterte Lucinde sofort ein wenig auf. »Meinst du wirklich?« Doch schon im nächsten Augenblick verließ sie wieder der Mut. »Das ist unmöglich. Ich habe es doch schon versucht!«

»Weiß dieser *Ton Rêve* von deiner Flugangst?«

Lucinde zuckte unglücklich mit den Schultern.

»Vertraust du dem Kerl denn?«

»Natürlich!« Lucinde zeigte sich entrüstet über Rosalies Frage. »Er ist ein grundehrlicher Mann. Auf diesem Dating-Portal sind die Sicherheitsstandards sehr hoch. *Ton Rêve* ist kein Typ, der nur auf schnellen Sex und sein Vergnügen aus ist!«

»Hey! Ich wollte dir nicht zu nahe treten.« Rosalie hob sofort beschwichtigend die Hände. »Dir scheint es ja wirklich ernst zu sein!«

Lucinde lächelte versonnen. »Das ist es auch. Ich habe

mich noch nie so lebendig gefühlt und wünsche mir nichts mehr, als ihm endlich einmal persönlich zu begegnen!«

»Ich möchte dir ja nicht deine Freude nehmen«, rückte Rosalie dann doch mit ihrer Skepsis heraus. »Aber bist du wirklich dazu bereit, dein Leben in Vassols für ein ungewisses Abenteuer aufzugeben? Nimm es mir nicht übel, aber bislang habe ich dich immer als ängstlich und sicherheitsbewusst kennengelernt. Allein der Gedanke an etwas nicht Planbares hat dich bereits abgeschreckt.«

»Das hat sich eben geändert«, erwiderte Lucinde trotzig. »Du bist doch auch vor zwanzig Jahren hier einfach abgehauen. Meinst du, das schaffst nur du?«

Rosalies Miene verdüsterte sich. »Das war etwas ganz anderes und ist mit deiner Geschichte nicht zu vergleichen. Ich bin nicht wegen eines Mannes von hier fortgegangen. Klar?«

Lucinde war erstaunt über die Verbitterung in ihrer Stimme. Dann erst begriff sie, dass sie zu weit gegangen war. »Die Sache mit *Ton Rêve* ist kein Abenteuer und auch keine Affäre für mich«, lenkte sie wieder ein. »Das ist mir in den letzten Tagen immer deutlicher geworden. Ich mag nicht mein ganzes Leben in diesem Kaff hier vergeuden. Ich möchte das Leben noch einmal so richtig spüren.«

»Dann bleibt mir wohl nichts anderes übrig, als dir alles Gute zu wünschen!« Rosalie hatte es plötzlich eilig. Sie bezahlte ihren Einkauf und verabschiedete sich. Lucinde sah ihr nachdenklich hinterher. Vielleicht war es doch ein Fehler gewesen, sich ihr anzuvertrauen. Niemand konnte verstehen, wie es ihr ging. Sie griff nach ihrem Handy und tippte eine Antwort an *Ton Rêve*.

»Ich habe Flugangst. Das ist der einzige Grund, der mich davon abhält, nach Mauritius zu fliegen.«

Sie musste nicht lange auf eine Antwort warten.

»Und ich dachte schon, dass ich dir nicht wichtig genug bin!«

»Du bist mir wichtig! Sehr sogar!« Lucinde zögerte einen Augenblick, bevor sie entschlossen hinzufügte: *»Und ich will für dich mutig sein! Deshalb werde ich zu dir kommen!«*

»Das ist mehr, als ich jemals erhofft habe!!! Verzeih, wenn das Glück mich sprachlos macht!«

Lucinde wartete darauf, dass noch mehr folgte, doch *Ton Rêve* ließ sich viel zu lange Zeit mit der nächsten Antwort. Weshalb nur? Verstand er nicht, dass dies ein »Ja« bedeutete? Deshalb schrieb sie:

»Sobald du mir das Flugticket schickst, werde ich kommen.« Sie hoffte, dass er endlich verstand, wie ernst es ihr nun war. Nach einer weiteren gefühlten Ewigkeit erhielt sie endlich die eine Antwort, die sie alle Sorgen und Bedenken vergessen ließ.

»Ich habe eine noch viel bessere Idee! Ich werde nach Frankreich kommen! Eine dringende familiäre Angelegenheit, die ich schon länger aufgeschoben habe, kommt da gerade gelegen. Was hältst du davon, wenn wir uns übermorgen in Nizza im *Negresco* treffen? Selbstverständlich bist du mein Gast.«

Lucinde wurde schwindelig vor Freude. Eine Nacht im *Negresco*! Das war schon immer ihr Traum gewesen. Wie leicht sich das Leben doch plötzlich anfühlte! Sie hörte Hervé nach ihr rufen. Also tippte sie hastig ihre Antwort.

»Ich werde da sein!«

23

Das Gespräch mit Lucinde hatte Rosalie nachdenklich gemacht. Seit sie wieder in Brillon-de-Vassols lebte, gehörte das Ehepaar Ligier zu den Menschen, die sie besonders in ihr Herz geschlossen hatte. In gewisser Weise stachen sie ebenso aus dem Durchschnitt der Restbevölkerung hervor wie sie auch. Dass Hervé eine stark homosexuelle Neigung hatte, die er vielleicht selbst noch gar nicht richtig für sich wahrgenommen hatte, war ihr schon lange klar. Allerdings hatte sie immer angenommen, dass Lucinde das ebenfalls bewusst war, ja, dass sie sich damit längst arrangiert hatte. Doch das war offensichtlich nicht der Fall. Heute hatte sie in den Augen ihrer Freundin etwas Neues, sehr Lebendiges entdeckt, was sie um Jahre jünger machte. Dieser sogenannte *Ton Rêve* tat ihr augenscheinlich gut. Sie wünschte ihr von Herzen, dass sie ihr Glück genießen konnte. Auch Hervé kam ihr heute irgendwie verändert vor. In letzter Zeit war er immer sehr in sich gekehrt und melancholisch gewesen. Nun hatte sie ihn zum ersten Mal seit langer Zeit herzlich lachen gehört. Ob das mit diesem Armand zusammenhing?

Das Leben schlägt manchmal seltsame Kapriolen, sinnierte sie und beschloss, nachdem sie ihre Einkäufe zu Hause verstaut hatte, gleich noch einen Abstecher zu Madeleine

Bonnet zu machen. In ihrem Haarstudio war momentan ohnehin nichts los, also konnte sie genauso gut die Zeit für ein paar Recherchen nutzen. Die Villa des Chocolatiers lag etwas außerhalb von Vassols, in den Hügeln, mit Blick auf den Mont Ventoux. Sie tuckerte in ihrem alten Auto in Richtung St. Hippolyte und von dort aus weiter, bis sie zu einem Weiler gelangte, an dessen Rand das Anwesen der Bonnets lag. Das Haus lag inmitten eines Hains aus Steineichen, Pinien und Olivenbäumen, die im Sommer viel Schatten spendeten. Um das Grundstück herum befand sich eine Mauer mit einem großen schmiedeeisernen Tor, hinter dem eine geschwungene Auffahrt zu dem Eingang des Hauses führte.

Rosalie wollte ihren Wagen gerade durch das weit geöffnete Tor lenken, als ihr auf der gegenüberliegenden Seite, halb im Ginstergebüsch verborgen, ein geparktes Auto auffiel. Bei näherem Hinsehen erkannte sie, dass es sich um einen teuren Sportwagen handelte. Wahrscheinlich ein Wanderer, der die wunderbare Umgebung für einen Spaziergang nutzt, dachte sie beiläufig und lenkte ihren Wagen auf die knirschende Kiesauffahrt. Sie parkte vor der geschlossenen Garage. Von dort führte eine Treppe zu dem Haupteingang auf der linken Seite. Der Wohnbereich lag oberhalb der Garagen auf einer kleinen Anhöhe und war eine geschmackvolle Mischung aus moderner Architektur und traditioneller provenzalischer Bauweise. Viel Glas ließ von allen Seiten Licht in das Haus fluten. Rosalie beschloss, sich noch ein wenig auf dem Grundstück umzusehen, bevor sie sich bei Madeleine bemerkbar machte. Sie ging davon aus, dass diese zu Hause war. Ansonsten wäre mit Sicherheit das Tor geschlossen gewesen. Außerdem hatte sie frische Reifenspuren entdeckt, die in die Garage führten. Sie wollte ein Gefühl dafür bekommen, wie die Bonnets lebten, bevor sie die Gelegenheit wahrnahm, die Witwe näher kennenzulernen.

Rosalie beschloss, das Haus einmal zu umrunden. Das Anwesen war überaus gut gepflegt. Um das Gebäude herum waren Steingärten mit Lavendel und Rosmarinbüschen angelegt, zwischen denen Rosenstöcke wuchsen. Mehrere moderne Skulpturen, gut platziert, zeugten von einem erlesenen Kunstgeschmack. Ein leichter Mistral ließ die Blätter der Olivenbäume in einem flirrenden grün-silbrigen Lichtspiel erscheinen. Vom Garten aus konnte man ungehindert die helle Bergspitze des Mont Ventoux mit dem weißen Turm des Observatoriums sehen. An die Rückseite des Hauses schloss sich der Swimmingpool an, der von einer dichten Hecke aus Oleanderbüschen umgeben war. Von dort hatte man einen unverstellten Blick auf den Wohnbereich des Hauses.

Rosalie wurde sich plötzlich bewusst, dass sie gesehen werden konnte, also suchte sie Deckung hinter den Büschen. Dabei glaubte sie, ganz in ihrer Nähe ein Geräusch wahrzunehmen. Sie verhielt sich unwillkürlich still und drückte sich noch weiter ins Gebüsch. Möglich, dass es eine Katze oder ein anderes, größeres Tier war. Sie lauschte angestrengt, konnte aber nichts Verdächtiges mehr hören. Dann kam ihr plötzlich in den Sinn, dass sie nicht daran gedacht hatte, dass sich auch Gärtner auf dem Grundstück aufhalten könnten. Um ganz sicherzugehen, beschloss sie, noch ein wenig in ihrem Versteck auszuharren. Sie nutzte die

Gelegenheit, um einen Blick zwischen den Zweigen des Oleanders hindurch auf das Haus zu werfen. Von dort hatte man einen guten Blick auf den verglasten Wohnbereich des Hauses.

Die Verandatür stand weit offen, sodass sie direkt hineinsehen konnte. Plötzlich sah sie, wie Madeleine den Raum betrat. Sie war nicht allein. Ein Mann war bei ihr, den sie leider nicht erkennen konnte, da er mit dem Rücken zu ihr stand. Rosalie fragte sich sofort, ob es der Besitzer des roten Sportwagens war, den sie draußen gesehen hatte. Irgendwie kam ihr der Mann bekannt vor, doch sie konnte ihn nicht zuordnen. Was wollte der Kerl von Madame Bonnet? Sie beobachtete, wie Madeleine ihm gerade einen Stapel mit Fotos überreichte, die sie gemeinsam mit ihm betrachtete. Der Inhalt der Fotos schien den Mann aus der Fassung zu bringen. Sie sah, wie er aufgeregt zu gestikulieren begann. Madeleine schlug sich die Hände vors Gesicht. Dann versuchte sie, ihr Gegenüber wieder zu beruhigen. Rosalie hätte zu gerne erfahren, was die beiden so aufwühlte. Wenn sie doch nur wüsste, was darauf zu sehen war! Dann hörte sie ganz in ihrer Nähe wieder ein Geräusch. Ihre Aufmerksamkeit richtete sich nun auf das Gebüsch neben ihr. Ohne sich zu bewegen, versuchte sie etwas zu erkennen. Jetzt war sie ganz sicher, dass es kein Tier war. Ihr Herz stockte, als sie zwischen den Zweigen eine menschliche Gestalt zu erkennen glaubte, die sich vorsichtig zurückzog. Offensichtlich hatte auch sie das Haus beobachtet. Dann sah sie einen mittelgroßen Mann in einem dunklen Hoodie, der aus dem Busch kroch und sich in gebückter Haltung davonmachte. Er war keine zwei Meter von ihr entfernt, schien sie jedoch nicht bemerkt zu haben. Wer zum Teufel hatte außer ihr noch ein Interesse daran, Madame Bonnet zu bespitzeln? Sie war hin- und hergerissen, was sie nun tun sollte. Das, was in der Villa vor sich ging, war mindestens ebenso spannend herauszufinden wie zu erfahren, wer der andere Beobachter war. Die Entscheidung wurde ihr abgenommen, als ihr Blick wieder zurück zu den Geschehnissen im Haus wanderte. Madeleine hatte offensichtlich mit den Beschwichtigungsversuchen Erfolg gehabt, denn der Mann schien sich beruhigt zu haben. Die beiden wirkten mit einem Mal sehr vertraut. Erst legte sie ihm die Hand auf die Schulter, dann schmiegte sie sich eng an ihn. Leider konnte sie immer noch nicht erkennen, um wen es sich handelte.

Oha!, dachte Rosalie verblüfft und konzentrierte sich ganz auf das Geschehen, nachdem sie beschlossen hatte, den Mann mit dem Hoodie ziehen zu lassen. Madeleine Bonnet hatte offensichtlich einiges zu verbergen. Von wegen trauernde Witwe! Doch es kam noch besser. Die beiden begannen mit einem Mal sich wild zu küssen. Dabei fielen die Fotos auf den Boden. Das ist meine Chance, dachte Rosalie. Wenn die beiden sich so miteinander beschäftigen, kann ich mich vielleicht ein wenig näher heranschleichen. Möglicherweise würde es ihr ja sogar gelingen, einen Blick auf die Fotos zu erhaschen. Tatsächlich begann der Mann nun, Madeleine zu entkleiden. Noch immer konnte sie nicht erkennen, um wen es sich handelte. Rosalie vermutete, dass es Frédéric war. Doch der fuhr einen metallic-grünen SUV. Außerdem parkte sein Auto nicht vor dem Haus. Doch dann fiel ihr ein, dass sie im Kies vor der Garage frische Reifenspuren bemerkt hatte. Vielleicht war er ja in die

Garage gefahren, um kein Aufsehen zu erregen. Wenn dem so war, gehörte wahrscheinlich der rote Sportwagen dem unbekannten Beobachter. Das wurde ja immer interessanter.

Ungeduldig beobachtete Rosalie, wie die beiden mit ihrem Liebesspiel fortfuhren. Der Mann versuchte gerade, die halb entkleidete Madeleine auf seine Arme zu nehmen. Doch diese machte sich plötzlich von ihm los und begann, die heruntergefallenen Fotos vom Boden aufzulesen. Rosalies insgeheime Hoffnungen, an die Fotos zu kommen, wurden endgültig zerstört, als Madeleine die Verandatür schloss. Nun konnte Rosalie nur noch durch das reflektierende Glas die Geschehnisse beobachten, was nicht besonders viel hergab. Frustriert musste sie sich eingestehen, dass sie hier nichts weiter ausrichten konnte. Sie hätte vielleicht doch lieber den Mann mit dem Hoodie verfolgen sollen. So blieb ihr nur noch der Rückzug. Als sie das Grundstück der Bonnets verließ, war der rote Sportwagen verschwunden. Zu dumm, dass sie sich nicht einmal seine Autonummer gemerkt hatte. Immerhin wusste sie nun, dass Madeleine einen Liebhaber hatte. Und sie wollte verdammt sein, wenn es sich dabei nicht um Frédéric Bonnet handelte.

Tag 7

24

»Ich habe hier die Ergebnisse von der KTU und der Rechtsmedizin«, verkündete Croiset mit einem blitzenden Lachen. Der Lieutenant legte dem Commissaire die Unterlagen auf den Schreibtisch. Die Nachforschungen bezüglich der Herkunft des Lacks waren seine erste selbstständige Aufgabe. »Die Lackspuren unter Gobenis Fingernägeln stammen eindeutig von Frédéric Bonnets Fahrzeug. Wir haben bereits einen Abgleich gemacht und an seinem SUV auch Kratzspuren gefunden. So wie es aussieht, ist Gobeni direkt neben Bonnets Auto getötet worden.«

»Und was haben die Proben aus dem Inneren des Fahrzeugs ergeben?«, erkundigte sich Maurice erwartungsvoll. Falls man Gobenis DNA gefunden hatte, war der Fall geklärt. Croisets dunkle Haut wurde noch eine Spur dunkler, als er die Unterlagen nochmals an sich nahm und darin herumzublättern begann.

»Dazu gibt es noch keine Ergebnisse«, gab er kleinlaut zu. »Das sind nur die ersten Vorabergebnisse, weil ich Druck gemacht habe!«

»Und dafür machen Sie solch einen Aufstand?«, fuhr Maurice ihn ungeduldig an. »Hat man Ihnen auf der Polizeischule nicht beigebracht, dass nur vollständige Untersuchungsergebnisse einen zuverlässigen Ermittlungswert haben? Außerdem machen Sie sich mit solchen Aktionen nicht gerade Freunde bei unseren Kollegen in der KTU.«

»Ich dachte, es wäre dringend!«

»Versuchen Sie es beim nächsten Mal doch mit Gründlichkeit«, riet ihm Duval und konnte sich ein zufriedenes Grinsen dabei nicht verkneifen.

»Und was genau ist Ihre Meinung in der Sache?«, wandte sich Maurice an seinen älteren Kollegen. Seit der Lieutenant bei ihnen war, begnügte der sich meist mit der Rolle des Zuschauers.

»Wie freundlich, dass ich auch mal wieder nach meiner Meinung gefragt werde.« Duval warf Maurice hinter seinen dicken Brillengläsern einen beleidigten Blick zu. »Wie Sie schon sagten, müssen wir die Untersuchungsergebnisse aus der KTU erst einmal abwarten. Voraussichtlich können wir in den nächsten zwei Stunden damit rechnen. Die Kollegen haben mich gerade informiert. Ich schlage vor, dass wir uns auf jeden Fall bis dahin eingehender mit Frédéric Bonnet befassen. Sara Ammari, die im Verkauf der Chocolaterie tätig ist, hat zu Protokoll gegeben, dass sie Zeugin war, wie Frédéric und Arthur Bonnet kurz vor seinem Tod einen heftigen Streit hatten. Sie hat allerdings nicht mitbekommen, worum es ging.«

Maurice horchte auf. »Und wieso erfahre ich erst jetzt davon?«

»Weil Mademoiselle Ammari das erst kürzlich gemeldet hat.«

»Das lässt vermuten, dass Gobeni nicht ohne Grund nach Frankreich gereist ist«, überlegte Maurice laut. »Vielleicht wollte er sich bei Arthur über irgendetwas beschweren, und Frédéric wollte das verhindern.«

»Frédéric Bonnet war in den letzten Monaten mehrere Male in Afrika«, bestätigte Duval. »Dort hatte er Kontakt zu einem der wichtigsten Zwischenhändler von Schokolade, einem gewissen de Slagter. Dem Mann wird so einiges nachgesagt, unter anderem auch Verbindungen zu der Schokoladen-Mafia, die den gesamten westafrikanischen Handel fest unter ihrer Kontrolle hat. Möglicherweise steckt Bonnet ja mit ihm unter einer Decke.«

»Und könnte damit das Lebenswerk seines Onkels in Gefahr gebracht haben!« Maurice rieb sich zuversichtlich die Hände. »Das sieht nach einer vielversprechenden Spur aus und ist gleichzeitig ein Motiv für beide Morde. Laden Sie Bonnet vor. Ich bin schon gespannt, was er uns dazu zu sagen hat!«

Frédéric war schon außer sich gewesen, als die Polizei am Vortag sein Auto konfisziert hatte. Doch als Polizeibeamte am nächsten Morgen auftauchten, um ihn von seinem Büro aus mit auf das Kommissariat zu nehmen, geriet er geradezu in Rage. Nur unter Protest ließ er sich nach Carpentras bringen.

»Wie können Sie es wagen, mich vor den Augen meiner ganzen Mitarbeiter wie einen Verbrecher zu behandeln?«, polterte er los, sobald ihn ein Beamter in das Verhörzimmer geführt hatte. »Ich will sofort meinen Anwalt sprechen.«

»Das wird nicht nötig sein, Monsieur Bonnet«, erwiderte der Commissaire gelassen. »Bitte setzen Sie sich.« Er wies auf den Stuhl, der auf der anderen Seite des Tisches stand, und setzte sich ihm gegenüber. »Wie Sie sehen, steht die Tür zum Vernehmungsraum offen. Das bedeutet, dass dies hier kein Verhör ist, sondern lediglich eine Befragung zu den beiden Mordfällen Arthur Bonnet und Bosange Gobeni.«

»Damit habe ich rein gar nichts zu tun! Ich habe ihnen längst alles erzählt, was ich weiß!«

Maurice beobachtete, wie Bonnet sich endlich setzte und dann begann, nervös an seinem Hemdkragen herumzufingern.

»Bosange Gobeni wurde vorgestern Abend umgebracht und später in der Rhône entsorgt. Am Lack ihres SUVs haben wir Kratzer gefunden, die von seinen Fingernägeln stammen. Können Sie uns das erklären?«

»Davon weiß ich nichts!«, protestierte dieser. »Ich habe bis spät in den Abend in meinem Büro gearbeitet und bin danach sofort nach Hause gefahren. An meinem Auto habe ich nichts bemerkt.« Bonnet bemühte sich um Selbstbewusstsein, doch ein leises Zittern in seiner Stimme verriet ihn. »Wollen Sie mir etwa unterstellen, dass ich etwas mit Gobenis Tod zu tun habe? Das ist doch lächerlich«, fügte er hinzu.

»Das habe ich nicht behauptet«, entgegnete Maurice mit einem gelassenen Lächeln.

»Gut! Dann kann ich ja wohl wieder gehen!« Frédéric machte Anstalten, sich von seinem Stuhl zu erheben. »Allerdings versichere ich Ihnen, dass das Ganze hier noch ein Nachspiel haben wird.«

»Das wird es ganz bestimmt nicht«, erklärte ihm Maurice ruhig. »Wir ermitteln hier in einem doppelten Mordfall.

Da kann man nicht immer Rücksicht auf Befindlichkeiten nehmen. Und jetzt setzen Sie sich bitte wieder. Je schneller Sie kooperieren, desto schneller können Sie wieder zurück an Ihre Arbeit.« Der Commissaire registrierte zufrieden, wie Bonnet ihm widerwillig gehorchte. Tatsächlich war seine Vorgehensweise nicht ganz korrekt. Noch stand Bonnet nicht unter konkretem Mordverdacht, sodass er ihn streng genommen nicht einfach von Beamten hätte abholen lassen dürfen. Doch der Zweck heiligte eben manchmal die Mittel. Er ging davon aus, dass Gobenis DNA in Bonnets Auto zu finden war. Er musste ihn nur noch lange genug hinhalten, bis die Ergebnisse da waren.

»Um was ging es bei dem Streit, den Sie kurz vor Arthur Bonnets Tod mit ihm hatten?«, fragte er, um Zeit zu gewinnen. »Ihre Mitarbeiterin Sara Ammari hat uns davon berichtet.«

Bonnet, der sich mittlerweile etwas beruhigt hatte, antwortete, ohne zu zögern. »Wir hatten nur eine kleine Meinungsverschiedenheit bezüglich unserer Finanzen«, antwortete er, um Beiläufigkeit bemüht. »Arthur hat eine Menge Geld in dieses ECOCERT-Vorhaben und seine Schokoladenfarmen in Afrika investiert. Ich war dagegen, dass er noch mehr darin vergräbt. Arthur ist … ähm … war der Spiritus Rector der Firma, ich dagegen der unliebsame Finanzverantwortliche …« Sein Blick suchte nach Verständnis. »Ich sah es als meine Aufgabe, ihn davon zu überzeugen, dass wir bereits genügend investiert haben. Darüber wurde mein Onkel sehr aufgebracht. Das war es wohl, was Mademoiselle Ammari gehört haben wird …«

»Aber in Anbetracht der Tatsache, dass Arthur die

Hauptanteile an der Firma besaß und den alleinigen Führungsanspruch bis zu seinem Tod hatte, war er es doch, der die Entscheidungen traf.« Maurice ließ sich von Bonnets selbstbewusstem Auftreten nicht blenden und bohrte weiter nach. »War es nicht eher so, dass Sie beide einen handfesten Streit hatten, der etwas mit dem überraschenden Besuch von Bosange Gobeni zu tun hatte?«

Frédéric Bonnet tat erstaunt. »Darüber haben wir nicht weiter geredet«, behauptete er eine Spur zu schnell. »Wie bereits gesagt, ich kannte den Mann nicht. Unsere einzige Begegnung fand im Krankenhaus statt, als ich den letzten Willen meines Onkels erfüllte …«

»… und Sie Gobeni Schokolade für seine Kinder mitgaben«, vollendete Maurice sarkastisch den Satz.

»So ist es.« Demonstrativ lehnte sich Frédéric Bonnet nun in seinem Stuhl zurück. »War es das endlich?«

Maurice sah, dass er im Augenblick nicht weiterkam. Er ließ Bonnet allein zurück und ging nach draußen, um zu sehen, wo Duval mit den Untersuchungsergebnissen blieb. Croiset teilte ihm jedoch nur mit, dass es noch keine Neuigkeiten gab. Entnervt ging er wieder zu Bonnet zurück.

»Erzählen Sie mir etwas über das Projekt in Afrika«, wechselte er höflich das Thema. »Wie ich hörte, waren Sie in den letzten Monaten häufiger vor Ort. Was waren dort Ihre Aufgaben?«

»Das habe ich Ihnen doch bereits beim letzten Mal alles erzählt«, reagierte Bonnet gereizt. »Meine Aufgabe bestand darin, mich vom reibungslosen Ablauf unserer Geschäfte dort zu überzeugen. Ich habe alle Plantagen besucht und sie überprüft.«

»Und wieso kannten Sie dann Gobeni nicht? Soviel wir wissen, war er der Dorfvorsteher des Projekts, also ein wichtiger Mann.«

Frédéric ließ sich nicht aus der Ruhe bringen. »Schon möglich, dass wir uns mal über den Weg gelaufen sind«, meinte er schulterzuckend, »bedauernswerterweise habe ich ein furchtbar schlechtes Personengedächtnis. Ich kann mir schon europäische Gesichter schlecht einprägen. Bei Afrikanern ist das so gut wie unmöglich.« Er lachte gekünstelt und ging wohl davon aus, dass dieses Argument überzeugen würde. Maurice blätterte in seinen Unterlagen. Ohne aufzusehen, sagte er: »Laut des Protokolls zu Ihrem Aufenthalt, das uns Ihre Sekretärin freundlicherweise zur Verfügung gestellt hat, trafen Sie Bosange Gobeni im letzten halben Jahr mehr als fünf Mal und haben nachweislich mehrere Stunden mit ihm verbracht. Wollen Sie mir wirklich weismachen, Sie könnten sich da nicht mehr an sein Gesicht erinnern?« Maurice beugte sich weit über den Tisch vor und fixierte Bonnet aufmerksam. »Sie verarschen mich!«

Das Gesicht seines Gegenübers blieb regungslos. Allerdings beobachtete der Commissaire, wie sich Bonnets Hände an den Stuhllehnen festkrallten. Ein kleiner Moment der Unsicherheit, dann hatte er sich wieder gefasst.

»Sie können glauben, was Sie wollen«, entgegnete er kalt. »Ich bin Geschäftsmann und kein Menschenfreund. Für mich zählen Zahlen und nicht so sehr die Gesichter, mit denen ich zu tun habe.«

»Wie bedauerlich für Ihre Mitarbeiter«, konnte Maurice sich nicht verkneifen. »Aber darum geht es mir im Moment auch gar nicht.« Er pochte mit dem Zeigefinger auf seine Unterlagen. »Laut unseren Ermittlungen hatten Sie in Afrika mit Herrn de Slagter zu tun?«

»Natürlich! Er ist unser Mittelsmann. Er sorgt dafür, dass die Kakaobohnen nach Europa verschifft werden, und kassiert dafür eine Provision.« Frédéric schenkte ihm ein breites, selbstbewusstes Lächeln. »Viele Chocolatiers arbeiten mit ihm!«

»De Slagter genießt keinen allzu guten Ruf«, insistierte Maurice und beschloss, den Mann zu provozieren. »Man sagt ihm nach, dass er in dunkle Machenschaften verstrickt ist. Wissen Sie etwas davon? Es gibt Hinweise, dass es Schwierigkeiten mit den Kakaobauern gab. Angeblich wurden sie nicht so entlohnt, wie es vorgesehen war.«

Bonnet grinste überheblich. Er betrachtete in aller Ruhe seine Fingernägel und ließ dann seinen Blick im Raum umherwandern, als fände er dort eine Antwort. »Ich weiß nicht, wovon Sie reden«, meinte er gelassen. »Mein Onkel hatte vollstes Vertrauen in mich. Das ist wohl auch der Grund, weshalb ich seine alleinige Nachfolge antreten werde.«

»Sind Sie sich da sicher? Das Nachlassgericht hat uns darüber informiert, dass seine Frau Madeleine die alleinige Erbin ihres Mannes ist. Demnach erhält sie den Hauptanteil der Firma und kann bestimmen, was damit geschieht.«

»Arthur hat sein Testament zu meinen Gunsten geändert und mich darin zum alleinigen Geschäftsführer bestimmt«, erwiderte Frédéric ungehalten. »Das weiß ich von ihm persönlich. Das Testament habe ich übrigens gesehen!«

»Es wurde aber leider nicht mehr vor einem Notar rechtskräftig beurkundet!« Maurice sah, wie Bonnet nun doch nervös wurde.

»Das heißt noch lange nichts. Auch ohne notarielle Beurkundung gilt ein geändertes Testament als gültig. Außerdem werden Madeleine und ich uns schon irgendwie einigen. Und nun lassen Sie mich endlich gehen. Ihre Anschuldigungen sind lächerlich. Ich hatte überhaupt keinen Grund, Arthur nach dem Leben zu trachten.«

»Dann will ich Ihnen mal meine Sichtweise der Dinge schildern.« Maurice lehnte sich nun seinerseits in seinem Stuhl zurück. »Durch Gobeni ist Ihr Onkel Ihren kriminellen Machenschaften im Kongo auf den Grund gekommen. Beide mussten sterben, damit nichts aufflog.«

Frédéric schlug mit beiden Händen aufgebracht auf die Tischplatte. »So ein Bullshit!«, rief er. »Das haben Sie sich doch gerade aus den Fingern gesogen!«

»Wir haben herausgefunden, dass Sie vor Ihrem Studium ein Praktikum in einem Krankenhaus absolviert haben. Ich nehme an, dass sie dort mit der Anatomie von Menschen einige Erfahrungen gemacht haben. Zum Beispiel die, wie man einem Menschen Luft in die Vene pumpt, damit er eine Embolie erleidet!«

»Das … das … ist doch völliger Blödsinn!«, brauste Bonnet erregt auf. »Ich weiß gar nicht, wovon Sie reden! Und jetzt möchte ich sofort gehen. Sie haben keine Beweise gegen mich, also können Sie mich hier nicht länger festhalten.« Maurice stellte zu seiner Genugtuung fest, dass der Mann immer mehr aus der Fassung geriet. Das war genau, was er wollte. In dieser Situation würde er Fehler machen. Von nun an konnte er ihn in die Enge treiben. Nicht mehr lange, dann hatte er ihn so weit. Dann hörte er die ersehnten Schritte auf dem Gang. Das musste Duval sein. Endlich einmal ein Timing, wie es nicht besser sein konnte. Wenn er jetzt Bonnet mit den DNA-Spuren von Gobeni in dem Auto konfrontieren würde, hätte er ihn an der Angel. »Oh doch, das können wir«, antwortete er selbstsicher. »Und wissen Sie was? Unsere Beweise werden sogar dafür ausreichen, dass wir Sie gleich hierbehalten können. Selbstverständlich dürfen Sie dann auch Ihren Anwalt kontaktieren.«

Maurice wartete darauf, dass Duval endlich eintrat, doch der ältere Kollege blieb draußen vor der Tür stehen und winkte ihn nach draußen.

»Was ist denn los?«, schnaubte er ungehalten. »Nun geben Sie mir schon die Ergebnisse. Ich habe Bonnet so weit gebracht, dass er kurz vor einem Geständnis steht. Wir haben ihn, sobald ich ihn mit der Beweislage konfrontiere.«

»Das ist ja das Problem«, informierte ihn Duval schlecht gelaunt. »Es gibt keine eindeutige Beweislage. Sein Auto ist sauber!«

»Wie bitte?« Maurice glaubte, sich verhört zu haben. »Was ist das denn für eine Schlamperei? Da müssen Spuren sein!«

»Es gibt aber keine«, unterbrach ihn Duval sauer. »Das Auto wurde gründlich gereinigt. Unsere Leute haben dennoch alles gegeben. Leider haben sie kein Blut und keine DNA von Gobeni gefunden. Ich fürchte, wir haben nichts gegen ihn in der Hand. Sie müssen ihn wieder laufen lassen.«

25

Ungeduldig wartete Rosalie auf Vincent. Sie brannte darauf, ihm von ihren nachmittäglichen Beobachtungen zu erzählen. Außerdem hatte Vincent versprochen, für sie beide zu kochen. Rosalie hatte sich schon den ganzen Tag darauf gefreut und hatte längst einen ordentlichen Appetit. Doch Vincent war immer noch nicht da. Er hatte den ganzen Tag in der Rechtsmedizin verbracht und bereits vor über zwei Stunden angerufen, dass er sich um höchstens eine halbe Stunde verspäten würde. Maurice hatte ihn zu einer kurzen informellen Besprechung aufs Kommissariat nach Carpentras gebeten. Sie spürte, wie sie zunehmend ungeduldig wurde. Rosalie war sich inzwischen nicht mehr sicher, ob sie Vincents Engagement bei der Police nationale immer noch gut finden sollte. Seit er regelmäßig für die Polizei in der Rechtsmedizin arbeitete, verbrachten sie bedeutend weniger Zeit zusammen. Sie dachte an den frisch gekühlten Rosé im Kühlschrank und überlegte, sich schon einmal ein Glas einzuschenken. Doch dann hatte sie eine bessere Idee. Sie rief Rachid an, mit dem sie schon viel zu lange keinen Kontakt mehr gehabt hatte. Er meldete sich sofort. Allerdings klang er nicht so munter wie sonst. Ihr Freund wirkte bedrückt und unterließ die Scherze, die er normalerweise gerne zu machen pflegte. Irgendetwas lag ihm auf der Seele.

»Ist alles in Ordnung bei dir?«, erkundigte sie sich besorgt.

»Alles bestens«, meinte er lustlos. »Ich brüte gerade über einem schwierigen Angebot. Zum Glück bin ich gerade mit der Kalkulation fertig geworden. Bin gerade auf dem Weg zu Joseph, um noch einen Absacker zu nehmen.«

»Was dagegen, wenn ich dich begleite?« Rosalie ließ sich von der spontanen Idee leiten. Zum einen, weil sie das Gefühl hatte, dass Rachid ihre Gesellschaft nötig hatte, und zum anderen, weil sie sauer auf Vincent war, der sich immer noch nicht gemeldet hatte. Er sollte sich nur nicht einbilden, dass sie ewig auf ihn warten würde. Wie erwartet, war Rachid über ihren Vorschlag sehr erfreut. Sie schrieb Vincent einen Zettel und heftete ihn an ihre Haustür. Wenn er wollte, konnte er ja nachkommen. Sie konnten genauso gut im *Mistral* essen, zumal das Essen dort, seit Armand sich um die Küche kümmerte, um einiges besser geworden war.

Wenig später saß sie Rachid an einem der kleinen Restauranttische gegenüber. Wie sich herausstellte, hatte auch er noch nichts gegessen. Joseph, der sofort auf sie zugesteuert kam, um sie beide freudig zu begrüßen, bot ihnen etwas vom Lamm-Couscous an, der vom Mittagstisch noch übrig geblieben war. Beide bestellten sich eine Portion und dazu eine Karaffe mit Rotwein. Während des Essens nutzte Rosalie die Gelegenheit, um ihrem Freund ein wenig auf den Zahn zu fühlen. Obwohl er sich alle Mühe gab, einen möglichst normalen Eindruck zu machen, konnte er Rosalie nicht täuschen.

»Nun rück mal raus mit der Sprache«, preschte sie vor, sobald sie den üblichen Smalltalk hinter sich gebracht hatten. »Dich bedrückt doch was. Hat es etwas mit Amina zu tun?«

Rachid schenkte ihr ein widerwilliges Lächeln. »Kann man vor dir nicht mal ein klitzekleines Geheimnis haben?«, meinte er vorwurfsvoll.

»Nicht, wenn man mit mir befreundet ist!« Rosalie erwiderte das Lächeln. »Nun erzähl schon. Wo drückt der Schuh? Sie geht doch nicht etwa fremd?«

»Davon gehe ich im Augenblick nicht aus«, bekannte Rachid mit unglücklichem Gesicht. »Allerdings kann ich es auch nicht mit Sicherheit sagen. Wir reden in letzter Zeit nicht sehr viel miteinander. Außerdem sehen wir uns kaum noch.«

»Amina steht kurz vor ihrer Facharztprüfung«, erinnerte Rosalie. »Darauf solltest du jetzt einfach Rücksicht nehmen. Ich bin sicher, dass ihr wieder sehr viel mehr Zeit miteinander verbringen werdet, wenn die Zeit vorüber ist. Es dauert doch nur noch ein paar Monate!«

»Natürlich weiß ich, dass Amina gerade Stress in der Klinik hat und viel lernen muss. Aber es erklärt noch lange nicht, weshalb sie sich weigert, mich auch ab und zu hier zu besuchen. Sie verlangt, dass ich nach Paris reise, und sieht gar nicht, dass ich auch zwei Jobs habe, die viel Zeit in Anspruch nehmen.«

»Vielleicht erwartest du einfach zu viel von euch beiden?«, mutmaßte Rosalie ins Blaue hinein. »Gebt euch Zeit!«

»Es geht ja nicht nur um die nächsten paar Monate«, gestand Rachid unglücklich. »Es geht irgendwie auch um unsere Zukunft. Am liebsten wäre mir, wenn sich Amina nach ihrer Prüfung in einem Krankenhaus im Süden um eine Stelle bewirbt. Am liebsten in Carpentras oder in Avignon, von mir aus auch in Marseille oder Aix-en-Provence. Hauptsache, wir sind nicht mehr so weit voneinander entfernt.« Er seufzte. »Sie hingegen möchte unbedingt in Paris bleiben und bittet mich, ihr zu folgen. Aber das geht leider nicht!« Als er Rosalie ansah, lag aufrichtige Verzweiflung in seinen Augen. »Ich muss mich doch um meine Mutter kümmern. Sara wird über kurz oder lang irgendwohin zum Studieren gehen, und dann wäre Zora ganz allein. Das kann ich nicht verantworten!«

»Amina hat auch eine Familie in Paris, die sie vielleicht nicht verlassen will«, mahnte Rosalie. »Ihr fällt die Entscheidung sicherlich genauso schwer.«

»Darum geht es ihr aber nicht«, behauptete Rachid. »Sie hat noch beide Eltern und auch einige Geschwister, die sich um die beiden kümmern können. Es wird ihr nicht so schwerfallen, von dort wegzugehen. Der wahre Grund, weshalb sie nicht in den Süden will, ist der, dass man ihr in dem Krankenhaus, in dem sie arbeitet, eine tolle Stelle angeboten hat. Angeblich hat sie dort mehr Forschungsmöglichkeiten. Sie will dort Karriere machen und nicht hier!«

Rosalie musste das Gesagte erst verarbeiten, bevor sie antwortete. »Hast du ihr gesagt, weshalb du nicht nach Paris kommen möchtest?«

Rachid zuckte mit den Schultern. »Das weiß sie doch. Sie kennt meine Situation und kann sich das wohl denken!«

»Dann hat sie dir also die Pistole auf die Brust gesetzt?«, verlangte sie zu wissen.

»Nicht direkt, aber irgendwie fühle ich mich von ihr unter Druck gesetzt.«

»Dann musst du ihr in aller Klarheit deutlich machen, weshalb du nicht nach Paris ziehen willst«, forderte Rosalie kopfschüttelnd. »Ihr Männer verkompliziert aber auch immer alles«, warf sie ihm vor. »Rede mit Amina Klartext! Fahr zu ihr nach Paris und führe sie schön aus. Ich bin sicher, sie wird sich zumindest mit deinen Argumenten ernsthaft auseinandersetzen.«

»Meinst du?« Rachid wirkte immer noch geknickt. »Ich war neulich ziemlich sauer auf sie, weil sie ihren Besuch bei mir im Süden abgesagt hat. Seither haben wir kaum noch Kontakt!«

»Dann ist es umso wichtiger, dass du sie möglichst schnell anrufst!« Sie wollte noch etwas hinzufügen, als Vincent das *Mistral* betrat und auf sie zukam.

»Tut mir leid, dass ich erst jetzt komme«, entschuldigte er sich zerknirscht. »Heute war der Bär los! Erst haben mich die Kollegen von der KTU noch in Beschlag genommen und später noch dein Bruder. Er hat darauf bestanden, dass ich beim abendlichen Update seiner Truppe teilnehme …«

»Und wenn dich der Kaninchenzüchterverein von Vassols zum Stallmisten einbestellt hätte, hättest du denen auch noch geholfen«, schnaubte Rosalie ungnädig. »Auf die Idee, dass wir eine Verabredung hatten, bist du natürlich nicht gekommen! Du hättest dich wenigstens mal melden können!« Ihr wurde erst jetzt bewusst, wie wütend sie auf ihn war.

»Es tut mir ja furchtbar leid, auch dass ich dir nicht Bescheid gesagt habe. Es wird bestimmt nicht wieder

vorkommen. Ich werde alles wieder gutmachen, *ma Chérie!*«
Vincent setzte seinen Hundeaugen-Blick ein und baute darauf, dass sie ihm verzieh.

»Leicht werde ich es dir auf jeden Fall nicht machen«, drohte Rosalie, auch wenn ihr Unmut schon fast verflogen war. Allerdings würde sie ihn noch eine Weile zappeln lassen. Rachid, der ihr Geplänkel amüsiert beobachtet hatte, mischte sich nun ein.

»Ich werde euch beiden Turteltäubchen dann mal alleine lassen«, verkündete er, indem er sich von seinem Stuhl erhob. »Wir sehen uns!« Er klopfte mit den Fingerknöcheln zum Abschied auf den Tisch. »Und vielen Dank für deinen Ratschlag, Rosalie.«

Vincent runzelte die Stirn und wartete auf eine Erklärung. Doch Rosalie ignorierte seinen fragenden Blick und trank stattdessen einen Schluck Rotwein. »Willst du dich nicht endlich setzen und mir alles erzählen?«

Vincent kam ihrer Aufforderung nach, nachdem er sich ebenfalls eine Portion von dem Lamm-Couscous und Wein bestellt hatte. Noch bevor das Essen auf dem Tisch stand, bedrängte ihn Rosalie.

»Als Wiedergutmachung verlange ich alle Neuigkeiten in unserem Fall«, forderte sie ihn nochmals auf. »Und wage es nicht, mir etwas zu verschweigen!« Sie blitzte ihn aus ihren grünen Augen an.

»Also gut«, fügte er sich. »Aber nur, wenn du alles für dich behältst und deinen vorwurfsvollen Blick sein lässt!«

»Von mir erfährt niemand etwas«, versprach Rosalie, »und was das andere betrifft, hängt es ganz davon ab, wie sehr mich deine Antworten zufriedenstellen.«

Artig fasste Vincent die Obduktions- und dann die Ermittlungsergebnisse in Kürze zusammen. Rosalie erfuhr, dass Arthur Bonnet auf sehr raffinierte Weise umgebracht worden war, während die Art und Weise, wie Bosange Gobeni ums Leben gekommen war, äußerst brutal gewesen war. »Bonnet wurde mit einem schwer nachweisbaren Narkotikum erst einmal betäubt, bevor man ihm mit einer Hohlnadel Luft in die Venen gespritzt hat. Das führte zu einer Embolie und dann zu seinem Tod«, erläuterte er. »Dem Mörder lag daran, das Ganze wie einen Herzinfarkt aussehen zu lassen. Er muss Bonnets Krankheitsgeschichte gekannt und gute anatomische Kenntnisse gehabt haben. Gobeni hingegen wurde regelrecht hingerichtet. Die Art und Weise, wie man ihn erst zusammengeschlagen und dann getötet hat, lässt darauf schließen, dass der Täter genau wusste, wie er vorgehen muss.«

»Dann könnte es also ein und dieselbe Person gewesen sein?«, hakte Rosalie nach. Vincent wiegte zweifelnd den Kopf.

»Das kann man so nicht daraus schließen. Es ist möglich, aber für mich nicht sehr wahrscheinlich. Die Choreografie der Morde ist doch recht unterschiedlich.«

»Choreografie der Morde?« Rosalie rümpfte skeptisch die Nase. »Was für ein seltsamer Vergleich. Das versteh ich nicht!«

»Aus Erfahrung weiß man, dass hinter jedem Mörder auch ein bestimmtes Psychogramm steckt«, versuchte Vincent es ihr zu erklären, »der eine Täter geht eher intellektuell vor, wie wir es in dem Fall Bonnet haben, der andere reagiert im Affekt oder sogar im Auftrag. Letzteres vermute ich eher bei Gobeni. Ich weiß, dass ich kein Profiler bin, aber ein wenig Erfahrung habe ich eben doch.«

»Hhm!« Rosalie dachte nach. »Dann denkt ihr also an zwei unterschiedliche Täter?«

»Das ist nur meine Vermutung«, schränkte Vincent ein. »Dein Bruder tendiert zu einem einzigen Täter und hat auch schon einen Verdacht. Er hat heute Morgen Frédéric Bonnet auf den Zahn gefühlt, musste ihn aber aus Mangel an Beweisen wieder laufen lassen.«

Auf diese Weise erfuhr Rosalie, dass die Polizei Frédéric im Verdacht hatte, heimlich hinter dem Rücken seines Onkels eigene Geschäfte zu tätigen. Vermutlich war Arthur dabei seinem Neffen auf die Schliche gekommen und hatte deswegen sterben müssen. Der Afrikaner hatte den Stein ins Rollen gebracht und musste ebenso verschwinden. Auf den ersten Blick klang das alles ziemlich plausibel. Irgendetwas störte Rosalie jedoch an diesem Gedankenkonstrukt, ohne dass sie genau benennen konnte, was es war. Sie erzählte Vincent von ihren Beobachtungen vor Madeleines Haus.

»Wenn Madeleines Geliebter tatsächlich Frédéric war«, überlegte sie laut, »dann stecken die beiden entweder unter einer Decke, oder Frédéric nutzt die Beziehung nur aus, um sich die Firma ganz unter den Nagel zu reißen. Wie viel von dem Kuchen gehört ihm denn schon?«

»Laut Testament ist Madeleine die Haupterbin. Ihr gehören fünfundvierzig Prozent der Firma, Frédéric hat von seinem Vater fünfunddreißig Prozent erhalten, und die restlichen zwanzig Prozent gehören Arthurs Stiefsohn Sébastien Réval. Allerdings hat Sébastien keinen Zugriff auf das Geld, da es eine an Bedingungen geknüpfte feste Einlage ist.

Die Bedingungen besagen, dass sein Geld so lange in der Firma verbleiben muss, solange die Chocolaterie sich an die Regeln des Fairtrade hält.«

»Das erklärt, weshalb Arthur so sehr daran gelegen war, das ECOCERT-Zertifikat zu bekommen.« Der Gedanke leuchtete Rosalie ein. »Dieser Sébastien kam mir neulich ziemlich klamm vor. Ob er versucht hat, an sein Geld heranzukommen?«

»So war es in der Tat. Die Polizei hat herausgefunden, dass er schon mehrmals Forderungen an Arthur Bonnet gestellt und auch Anwälte damit beschäftigt hat. Aber de facto hat er keinen Anspruch darauf. Die Chocolaterie erfüllt mit dem ECOCERT alle erforderlichen Bedingungen. Ohne die Zertifizierung sähe das anders aus. Dann müsste die Chocolaterie wohl dichtmachen, weil es einen finanziellen Engpass gäbe.«

»Ich weiß nicht«, sinnierte Rosalie nachdenklich. »Mir kommt Maurice' These irgendwie zu einfach vor …« Sie fasste einen Entschluss. »Ich werde mir auf jeden Fall diese Zertifizierung morgen Nachmittag nicht entgehen lassen. Irgendwie habe ich das Gefühl, dass dort noch eine Menge geschehen wird.«

»Ist die Inquisition nun beendet?«, fragte Vincent mit einem schmallippigen Lächeln. »Ich habe furchtbaren Hunger und würde gerne …« Er deutete auf sein Essen, das schon eine ganze Weile unberührt vor ihm auf dem Tisch gestanden hatte.

»Lass dich nicht stören«, erwiderte Rosalie lässig und schenkte ihm endlich das versöhnende Lächeln, auf das er so lange hatte warten müssen.

Tag 8

26

Als Rosalie am nächsten Morgen nach einer gelungenen Versöhnungsnacht mit Vincent etwas verspätet das *Folies Folles* aufschloss, erblickte sie Hervé Ligier, der an der Eingangstür zu ihrem Salon lehnte und ziemlich bedrückt wirkte.

»Hatten wir eine Verabredung?«, erkundigte sie sich etwas verwundert. Hervé war zwar einer ihrer treuesten Kunden, aber seine Haare hatte sie erst vor wenigen Tagen geschnitten. »Gefällt dir etwa deine neue Frisur nicht?«

»Nein, damit ist alles in Ordnung.« Hervé strich sich geistesabwesend über seine sorgfältig mit Haarlack modellierten Koteletten. »Ich brauche dringend einen Rat wegen Lucinde ...« Seine hellblauen Babyaugen sahen sie hilflos an. »Ihr beide seid doch so was wie Freundinnen, *n'est-ce pas?*«

Rosalie sah ihn forschend an. »Ich mag deine Frau. Aber nun komm erst mal rein. Ich mach uns gleich mal einen Kaffee.« Damit öffnete sie die Tür und komplimentierte den Lebensmittelhändler in das Innere ihres Friseursalons. Hervé ließ sich sogleich auf das weiße Ledersofa sinken, das unter seinem Gewicht beängstigend knarzte. Mit einer weibischen Bewegung strich er nochmals über seine Koteletten, die über seine runden Pausbäckchen hinweg spitz auf sein Kinn zuliefen. Rosalie war es nicht gelungen, ihm diesen modischen Unsinn auszureden.

»Wo drückt der Schuh?«, erkundigte sie sich, als sie nach einigen Minuten den Kaffee vor ihn auf das Tischchen mit den Zeitungen stellte. Natürlich ahnte sie längst, um was es ging. Zweifelsohne hatte er von Lucindes Internetbekanntschaft Wind bekommen.

»Lucinde will mich verlassen«, platzte es aus ihm heraus. Hervé schien wirklich verzweifelt. »Wie kann sie mir das nur antun, nach all den Jahren?«

»Hat sie dir das wirklich so gesagt?« Rosalie bezweifelte, dass Lucinde so schnell zu einer Entscheidung gelangt war. »Was genau ist denn passiert?«

»Sie hat mir gestern Abend beim Essen einfach so mitgeteilt, dass sie einen Liebhaber hat. Sie hatte nicht einmal ein schlechtes Gewissen!« Hervé schüttelte fassungslos den Kopf. »Sie hat ihn über das Internet kennengelernt! Verstehst du?« Seine Augen bekamen etwas Kuhäugiges, während er sich selbst an Rosalie vorbei im Spiegel mitleidig anstarrte. »Ein Mann aus dem Katalog! Da kann ich natürlich nicht mithalten!« Er schlug die viel zu kleinen Hände vor sein rundes Vollmondgesicht und seufzte theatralisch auf. »Wochenlang hat sie mir etwas vorgemacht und mich angelogen. Mir hat sie erzählt, dass sie sich in einem Frauenforum tummelt, aber in Wirklichkeit ging es immer nur um diesen Kerl! Wie kann sie mir das nur antun?« Er nahm die Hände wieder von seinem Gesicht und war mit einem Mal ganz sachlich. »Wenn sie weggeht, sind wir pleite!«

Die Art und Weise, wie Hervé ihr die Umstände schilderte, ließ in Rosalie nicht zum ersten Mal den Verdacht aufkeimen, dass es ihm weniger um ihr verlorenes Liebesglück ging als vielmehr um die Wahrung der Besitzstände. Die Betreiber der Lebensmittelkette, in deren Namen Hervé und Lucinde ihr Geschäft betrieben, verpachteten nur an Eheleute, um eine gewisse Kontinuität des Verkaufsbetriebs zu garantieren. Im Falle einer Scheidung würde der Pachtvertrag wahrscheinlich nicht verlängert werden. Seine Sorgen waren also durchaus berechtigt.

»Lucinde ist sich selbst doch noch gar nicht sicher«, behauptete sie, um ihn zu beruhigen. Doch Hervé war ganz anderer Meinung.

»Ist sie doch! Sie ist heute Morgen ganz früh nach Nizza gefahren, um sich dort mit diesem angeblichen Traummann zu treffen. Sie hat mir nicht mal verraten, wie lange sie bleiben wird. Vielleicht kommt sie ja gar nicht mehr zurück.« Sein Blick bekam bei diesem Gedanken sofort wieder etwas Panisches. »Der Kerl besitzt auf Mauritius ein Luxushotel! So ein Leben kann ich ihr hier natürlich nicht bieten!«

»Nun beruhig dich erst mal! Vielleicht kommt Lucinde schneller zurück, als du denkst. In der Realität halten die Internetbekanntschaften oft nicht, was sie versprechen!«

»Das glaube ich nicht! Lucinde ist schon jetzt wahnsinnig verliebt. Ich habe sie noch nie so glücklich erlebt …« Er seufzte erneut. »Und wenn ich ehrlich bin, dann freut es mich sogar ein wenig für sie! Ich weiß sehr gut, dass ich für sie immer nur die zweite Wahl war.«

Hervés Selbsterkenntnis hatte etwas durchaus Rührendes. Hervé tat ihr leid, und sie wollte ihn gerne trösten. »Selbst wenn Lucinde von hier weggehen würde – was noch lange nicht feststeht«, sagte sie sanft, »könntet ihr eine

Vereinbarung treffen. Lucinde wird dich in dieser Beziehung niemals im Stich lassen.«

»Aber das hat sie doch schon!«, schmollte Hervé, griff aber dann doch ihren Gedanken auf. »Glaubst du, sie würde pro forma weiter an meiner Seite sein?« Der Gedanke munterte ihn tatsächlich etwas auf. »Ich müsste mir dann nur eventuell einen neuen Partner suchen. Vielleicht hat ja Armand Lust …«

»Es gibt immer eine Lösung«, versicherte Rosalie und wunderte sich dann doch, wie schnell Hervé sich hatte trösten lassen.

27

Je näher sie Nizza kam, desto aufgeregter wurde Lucinde. Allein die Tatsache, dass sie zum ersten Mal in ihrem Leben etwas Verrücktes unternahm, jagte ihr einen Schauer nach dem anderen über den Rücken. Es vermittelte ihr ein Gefühl von Freiheit. Außerdem hatte sie sich noch nie so lebendig gefühlt.

Als sie aber dann die Autobahn verließ, um in Richtung Innenstadt zu fahren, befiel sie eine wachsende Nervosität. Was, wenn *Ton Rêve* von ihr enttäuscht war? Möglicherweise rächte sich nun, dass sie mit ihrem Profil nicht ganz ehrlich gewesen war. Die Fotos, die sie von sich gepostet hatte, waren nicht nur digital geschönt, sondern zudem auch fast zehn Jahre alt. Damals war sie Mitte dreißig und in mancherlei Hinsicht attraktiver gewesen. Durch einen Blick in den Autospiegel versuchte sie sich wieder zu beruhigen, doch so richtig wollte ihr das nicht gelingen. An ihrer Figur hatte sie nichts auszusetzen, aber die Tränensäcke unter den Augen verbargen selbst unter dem sorgfältig aufgetragenen Make-up kaum ihr wahres Alter. Als sie sich schließlich auf der palmengesäumten Promenade des Anglais immer mehr ihrem Ziel näherte, war ihre Nervosität so groß, dass sie am liebsten wieder umgedreht hätte. Sie hatte weder einen Blick für das herrlich türkisfarbene

Meer übrig noch für das frühlingshafte Flair rundherum. An jeder roten Ampel überlegte sie, die nächste Abzweigung zurück nach Vassols zu nehmen. Dass sie es nicht tat, war allein dem Umstand geschuldet, dass *Ton Rêve* sich schon mehrere Male bei ihr gemeldet hatte, seit sie unterwegs war. Vielleicht hatte er ja auch bei seinen Fotos gemogelt, versuchte sie ihre Ängste beiseitezuschieben. Und später lachen wir darüber, dachte sie.

Ton Rêve hatte sie angewiesen, direkt vor die Einfahrt des Hotels zu fahren. Ein Hotelbediensteter würde sich dort um ihren Wagen kümmern. Sie fuhr zweimal um den weißen Hotelpalast aus der Belle Époque mit seiner rosafarbenen Kuppel, bevor sie ihr Auto vor den Eckturm lenkte. Mit einem Mal kam ihr das Cabrio, auf das sie immer so stolz gewesen war, richtig albern vor. Doch bevor sie weiter darüber nachdenken konnte, trat auch schon ein Angestellter in roten Hosen und blauer Uniformjacke mit goldenen Epauletten an ihren Wagen und fragte, ob er etwas für sie tun könne. Lucinde nahm Haltung an und zwang sich zu einem höflichen Lächeln.

»Ich bin Gast in Ihrem Hotel«, sagte sie schüchtern, worauf dieser sofort die Fahrertür öffnete, um sie ins Innere zu begleiten. Der Page vor dem Eingang kümmerte sich ungefragt um ihren Koffer und stellte ihn auf einen bereitstehenden messingfarbenen Kofferwagen. Lucinde brauchte einen Augenblick, um das Ambiente auf sich wirken zu lassen. Sie konnte immer noch nicht glauben, dass einer ihrer größten Träume nun Wirklichkeit werden würde. Ein leiser Schauer überkam sie, wenn sie daran dachte, dass Popikonen wie Michael Jackson und die Rolling Stones hier ebenso logiert hatten wie Jean Marais, Greta Garbo und all die gekrönten Häupter des europäischen Adels. Voller Bewunderung musterte sie das palastähnliche Interieur. Der von weißen Säulen umsäumte runde Hauptsaal wirkte durch das Oberlicht und die großen modernen Teppiche auf dem weißen Marmorboden heiter. Erlesene Kunstwerke schmückten diverse Nischen und Wände, während eine gelb-blaue Nana von Niki de Saint Phalle ihre Arme keck dem Betrachter entgegenstreckte. Sie war so fasziniert von all der Pracht um sie herum, dass sie nicht bemerkte, dass sie nicht mehr allein war.

»Was für ein bezaubernder Anblick, in jeder Beziehung.«

Ein warmer wohliger Schauer überkam Lucinde, als sie sich der Stimme zuwandte. Vor ihr stand ein etwa vierzigjähriger, gut gekleideter Mann mit sorgfältig geschnittenen, dunklen Haaren, die hier und da ein paar graue Strähnen zeigten. Aus braunen Augen lächelte er sie warmherzig an. »Ich habe dich auf Anhieb erkannt. Du siehst in Wirklichkeit noch viel schöner aus als auf den Fotos.«

Lucinde spürte, wie ihr vor Verlegenheit das Blut in den Kopf schoss. Sie fühlte sich zu unbeholfen, um angemessen darauf zu reagieren.

Ton Rêve. Er sah auch viel besser aus als auf den Fotos!

»Mein Name ist Christophe«, sagte er leise, während er ihre Hände nahm und ihr dabei tief in die Augen sah. »Christophe Picoli.«

Mit klopfendem Herzen nannte Lucinde auch ihren richtigen Namen, woraufhin Christophe ihr auf beide Handrücken je einen Kuss hinhauchte, bevor er sie wieder losließ. Sie fühlte sich wie im Märchen, ach nein, wie in Tausendundeiner Nacht! Wie selbstverständlich legte er seinen Arm um ihre Schulter und führte sie zu einer der gepolsterten Sitzecken. Dort bestellte er zwei Gläser Champagner, bevor er zur Rezeption ging, um sie einzuchecken. Während sie auf ihn wartete, sah sie sich in der Halle um und sog jede noch so kleine Kleinigkeit in sich auf. Sie kam aus dem Staunen gar nicht mehr hinaus. Die Einrichtung war eine Mischung aus modernem und palastartigem Mobiliar, das von der Belle Époque über Louis-XV.-Möbel bis hin zur Moderne reichte. Passend dazu waren unterschiedliche Kunstwerke klassischer und zeitgenössischer Maler aufgehängt. Zweifellos war Madame Augier, deren Familie seit sechzig Jahren das Hotel betrieb, ein sehr erlesener Geschmack eigen. Kein Wunder, dass das Hotel vom französischen Staat als Baudenkmal eingestuft worden war. Ein Kellner in livrierter Uniform brachte auf einem silbernen Tablett den Champagner. Fast im gleichen Augenblick kehrte Christophe zurück und überreichte ihr mit einer galanten Verbeugung eine weiße Lilie. »Ich konnte einfach nicht widerstehen. Auf Mauritius heißen wir jeden unserer Besucher mit Blumen willkommen. Ich möchte damit ausdrücken, wie glücklich ich bin, dass du gekommen bist.«

Lucinde lächelte geschmeichelt. Dabei konnte sie sich beim besten Willen nicht vorstellen, dass ein Mann wie Christophe fürchten konnte, versetzt zu werden. Er sah nicht nur gut aus, sondern hatte auch formvollendete Manieren. Er setzte sich zu ihr, um mit ihr anzustoßen. Der Champagner war vorzüglich, stieg ihr aber auch gleich zu Kopf. Christophe hatte eine ganze Flasche kommen lassen und ließ es sich nicht nehmen, immer wieder nachzuschenken.

Schon bald war ihre Unsicherheit verschwunden. Gebannt hörte sie seinen Erzählungen zu. Er war erst in der Nacht von Mauritius eingetroffen und erzählte ihr ausschweifend von seinem kleinen Hotel, das bei näherem Nachfragen gar nicht so klein war, wie er immer behauptet hatte. Er war ein begnadeter Unterhalter, der nicht nur zu erzählen verstand, sondern sie auch immer wieder zum Lachen brachte.

»Lass uns durch die Stadt streifen und eine Kleinigkeit essen gehen«, schlug er schließlich vor. »Ich habe nach so langer Abwesenheit aus Frankreich ein wenig Lust auf Authentisches!«

Lucinde hätte allzu gern ihr Zimmer besichtigt, doch Christophe überredete sie, erst einen Bummel zu machen. Er informierte sie, dass er für sie beide eine Suite gebucht habe, in der jeder sein eigenes Schlafzimmer habe.

»Ich möchte nicht, dass du dich von mir zu irgendetwas genötigt siehst«, erklärte er ihr mit einem unsicheren, jungenhaften Grinsen. »Was natürlich nicht bedeutet, dass ich mir nicht wünsche, dass wir uns näherkommen.« Seine Rücksichtnahme rührte sie. Jeder andere Mann hätte sofort die Gelegenheit ausgenutzt. Christophe war wirklich ein Gentleman.

Wenig später verließen sie das Hotel und bummelten Hand in Hand ein Stück am Strand entlang. Die Sonne schien für die Jahreszeit ungewöhnlich warm. Das Wasser in der Baie des Anges glitzerte in verlockendem Türkisblau, während ein leichter Südwind durch die Blätter der Palmen strich. Draußen auf dem Meer strahlten die weißen Segel einiger Jachten vor dem tiefen Blau des wolkenlosen Himmels. Lucinde genoss jeden Augenblick dieses wundervollen

Tages. Irgendwann bogen sie in Richtung Altstadt ab, wo Christophe sie zu einem sonnendurchfluteten Platz führte, an dem sich ein kleines Restaurant befand. Dort bestellte er für sie beide einen Salat.

»Ich hoffe, du bist mit dieser Kleinigkeit einverstanden«, meinte er fröhlich. »Denn für heute Abend habe ich für uns einen Tisch im *Chantecler* bestellt. Wir sollten uns dafür einen kleinen Hunger aufbewahren.«

Lucinde erschrak. Das *Chantecler* war mit Abstand die feinste Adresse in Nizza. Das Essen in dem mit zwei Michelin-Sternen ausgezeichneten Restaurant würde ein Vermögen kosten. Christophe musste ihre Unsicherheit bemerkt haben. »Du bist selbstverständlich mein Gast«, erklärte er und legte beruhigend seine Hand auf ihre.

»Ich möchte aber nicht, dass du das Gefühl hast, ich könnte nicht für mich selber bezahlen«, zierte sie sich. »Ist es nicht üblich, dass man sich die Ausgaben teilt bei einem ersten Date?« Mein Gott, bin ich spießig, dachte sie, kaum hatte sie es ausgesprochen. Wie kann ich einem Mann von Welt nur mit so etwas kommen? Auf der anderen Seite hatte sie auch ihren Stolz.

»Ich habe die Richtlinien unseres Internet-Dating-Portals auch studiert«, meinte Christophe ohne jeden Anflug von Ironie. »Allerdings finde ich, dass wir sie getrost außer Acht lassen können.« Er legte den Kopf schief und lächelte sie an. »Das Schicksal hat es so gewollt, dass ich mir über finanzielle Dinge keine Sorgen machen muss. Es wäre mir wirklich ein Vergnügen, wenn du meine Einladung annehmen könntest. Ich möchte dir noch so viel zeigen!« Er hatte immer noch seine Hand auf ihrer und begann nun, sanft darüberzustreichen. Ihr ganzer Körper reagierte auf seine Berührung. »Seit wir uns kennen, weiß ich, dass ich in dir eine Seelenverwandte gefunden habe«, fügte er leise hinzu. Er suchte Blickkontakt zu ihr, was sie nur noch mehr erregte. »Ich hatte in meinem Leben nicht sehr viel Glück mit Frauen«, gestand er. »Meine große Liebe hat mich viel zu früh verlassen ...« Er seufzte und ließ den Satz unvollendet.

»Sie ist gestorben, nicht wahr?«, bemerkte Lucinde vorsichtig. Christophe nickte betrübt und wandte den Blick ab. Gleichzeitig zog er seine Hand zurück und starrte in die Ferne.

»Es ist lange her, ein tragischer Unfall auf dem Meer ... Ich habe lange gebraucht, um es zu verwinden. Lange Zeit dachte ich, dass ich sie nie vergessen werde.«

»Hattest du seither keine Frauen?« Lucinde war nicht wohl bei dem Gedanken, denn sie fürchtete, dass sie im direkten Vergleich zu seiner verstorbenen Partnerin nur schwer bestehen konnte. Doch Christophe nahm ihr die Bedenken.

»Ich bin auch nur ein Mann.« Sein entschuldigendes Lächeln, als er sich ihr wieder zuwandte, erinnerte sie an einen kleinen Jungen, dem man nichts übel nehmen konnte. »Natürlich hatte ich nach Elodies Tod noch andere Beziehungen, doch sie hielten aus den unterschiedlichsten Gründen nicht lange.« Er holte tief Luft, bevor er fortfuhr. »Deshalb genieße ich diese kostbaren Augenblicke mit dir ja auch so. Mir ist, als würden wir uns schon eine Ewigkeit kennen. Vor dir kenne ich keine Hemmungen und fühle mich zum ersten Mal seit langer Zeit wieder als Mensch.« Seine braunen Augen nahmen sie wieder gefangen. »Ich wünsche mir nichts sehnlicher, als dass es dir genauso mit mir ergehen möge.«

Lucinde fühlte, wie ihr schwindlig wurde. So etwas Schönes und Besonderes hatte noch nie ein Mann zu ihr gesagt. Für Christophe war sie tatsächlich einzigartig. Sie fühlte sich so gerührt, dass ihr die Tränen in die Augen schossen.

»Habe ich etwas Falsches gesagt?« Christophe wirkte erschrocken. Lucinde schüttelte heftig den Kopf.

»Mir geht es doch ganz genauso«, flüsterte sie heiser.

»Dann lass uns keine Zeit mehr verlieren!«

28

»Wie freundlich, dass Sie sich heute auch noch mal hier sehen lassen!«, begrüßte Capitaine Duval seinen Vorgesetzten in gewohnt respektloser Manier, als dieser erst gegen Mittag das Kommissariat betrat. »Ich habe hier für Sie den Bericht von unseren Kollegen von der Wirtschaftsabteilung.« Er deutete auf die Akte auf seinem Tisch.

»Steht darin etwas, was uns weiterbringt?«, verlangte Maurice zu wissen.

»Lesen Sie selbst«, brummte Duval und tat so, als wäre er mit Wichtigerem beschäftigt.

»Verdammt, nun fassen Sie schon zusammen«, knurrte Maurice übellaunig. »Der Staatsanwalt will endlich Ergebnisse sehen!« Sein Tag war bislang alles andere als gut gelaufen. Erst hatte er am frühen Morgen einen Streit mit seiner Tochter gehabt, weil sie partout am Wochenende mit ihren Freunden auf eine Rave-Party gehen wollte, was er ihr schon allein wegen ihres Alters verbieten musste. Danach war er in die Zentrale nach Avignon einbestellt worden, wo ihm der Staatsanwalt in Anwesenheit des Kommandanten seine Unzufriedenheit über den bisherigen Stand der Ermittlungen allzu deutlich gemacht hatte. Der neue Staatsanwalt, ein junger Schnösel aus Paris, der sich in erster Linie profilieren wollte, hatte ihm glatt nachlässige Ermittlungen vorgeworfen. Und das nur, weil er ihren einzigen Tatverdächtigen hatten laufen lassen müssen.

»Wir konnten Frédéric Bonnet bislang nichts nachweisen. Alles, was wir haben, sind Vermutungen. Die KTU hat keine brauchbaren Spuren in seinem Wagen entdeckt, und der Bericht von den Kollegen aus der Wirtschaftsabteilung liegt noch nicht vor«, hatte er sich verteidigt. »Geben Sie uns noch ein wenig Zeit, wir müssen noch tiefer graben!« Daraufhin hatte der Staatsanwalt ihm einen arroganten, überheblichen Blick über den Rand seiner Akten zugeworfen und ihm mitgeteilt, dass er in den nächsten achtundvierzig Stunden einen Ermittlungserfolg erwarte, anderenfalls sei es wohl die Aufgabe des Kommandanten, einen neuen, fähigeren Ermittlungsleiter zu ernennen. Sein Chef hatte ihm zwar beim Hinausgehen zu verstehen gegeben, dass er hinter ihm stehe, aber auch durchblicken lassen, dass ihm die Hände gebunden seien, wenn es nicht bald einen Durchbruch gab.

»Hat Ihnen der Staatsanwalt grünes Licht gegeben, damit wir uns Bonnet nochmals vorknöpfen können?«, erkundigte sich prompt Duval.

»Hat er nicht! Die Beweislage gegen Bonnet ist einfach zu dünn. Wir müssen nach einem anderen Ansatz suchen, auch wenn ich darauf wetten könnte, dass Frédéric Bonnet unser Mann ist!«

»Der Kerl hat auf jeden Fall Dreck am Stecken«, stimmte Duval zu seiner Überraschung zu. »Der Bericht der Kollegen legt nahe, dass er womöglich in dunkle Geschäfte in Afrika verwickelt ist.«

»Dann spannen Sie mich nicht länger auf die Folter.«

Duvals Umständlichkeit konnte einem manchmal den letzten Nerv rauben. »Wo ist unser junger Kollege eigentlich?«

»Croiset ist mit den Kollegen von der KTU noch einmal am vermeintlichen Tatort, so wie Sie es von ihm verlangt haben.«

»Das hatte ich ganz vergessen!« Maurice winkte zerstreut ab. Auf Croiset konnten sie im Augenblick ohnehin gut verzichten. »Nun schießen Sie schon los!«

»Unsere Kollegen von der Wirtschaftsabteilung haben die Kakao-Mafia von Westafrika schon eine ganze Weile im Blick.« Duval blätterte in seinen Unterlagen. »Um die Hintergründe zu verstehen, muss man wissen, dass zwei Drittel des weltweit erzeugten Kakaos aus dieser Region stammen. Es ist ein zerstörerischer Genuss, dem wir in der ersten Welt frönen, da für den Anbau von Schokolade riesige Flächen an Regenwald gerodet werden, sogar in den Nationalparks. Was das für die einheimische Tierwelt zu bedeuten hat, können Sie sich ja vorstellen. Es geht auf Kosten der Zwergelefanten, Schimpansen und Flusspferde ...«

»Kommen Sie zur Sache«, unterbrach ihn Maurice genervt. »Wir ermitteln in zwei Mordfällen und nicht für den Tierschutz.«

Duval warf ihm einen beleidigten Blick zu. »Um die Zusammenhänge verstehen zu können, muss ich etwas weiter ausholen«, wiederholte er trotzig. »Wichtig ist auf jeden Fall die Produktionskette. An deren Anfang stehen die kleinen und größeren Kakaobauern, die den Kakao ernten, fermentieren und trocknen. Sie verkaufen ihre Ware erst an kleine Händler. Diese wiederum veräußern die Kakaobohnen dann an regionale Großhändler, bevor die Waren in den Häfen an die Exporteure gehen. Die Exporteure wiederum verkaufen den sortierten und verpackten Kakao an die internationalen Händler, die die Ware in die ganze Welt verschiffen. Erst dann kommt der Kakao zu großen Schokoladenfabriken. Rund fünfundneunzig Prozent der weltweit produzierten Schokolade durchläuft diesen Weg zu den großen Fabriken. Das Ungerechte an diesem Produktionsablauf ist, dass dem Pflanzer, der die Hauptarbeit hat und das Risiko von Fehlernten trägt, nur sieben Prozent des Preises einer Tafel Schokolade zugutekommen. Den Rest streichen die Zwischenhändler, Großhändler und Exporteure ein, die eine mafiöse Struktur bilden. So wurde es jahrzehntelang gehandhabt, bis sich im Zuge der Globalisierung eine zunehmende Sensibilität gegenüber Armut und Kinderarbeit auch bei dem Verbraucher entwickelte. Viele kleine Schokoladenhersteller setzten auf Nachhaltigkeit ihrer Schokolade. Am Anfang waren es nur wenige, doch im Laufe der Jahre führte ihre Einstellung zu mehr fairem Handel und umweltschonendem Anbau, bis auch die großen Schokoladenfabriken sich genötigt sahen, dem Trend zu folgen. Immer mehr Marken begannen mit der Fairtrade Foundation zusammenzuarbeiten. Im Idealfall kooperieren die Manufakturen, wie auch Bonnet & Frères, direkt mit den Bauern und zahlen so Höchstpreise für hochwertige Bohnen. Dadurch können sich deren Lebens- und Arbeitsbedingungen verbessern. Verstehen Sie?«

»Das ist ja schön und gut, aber was hat das mit unserem Fall zu tun?« Maurice wollte endlich wissen, worauf sein Kollege hinauswollte.

»Dazu komme ich als Nächstes«, grunzte Duval

ungnädig. »Rein theoretisch hat sich also die Situation für die Kakaobauern verbessert. Doch die Realität sieht anders aus. Die Kakao-Mafia hat einige Zeit gebraucht, um sich auf die neuen Bedingungen einzustellen, doch mittlerweile untergräbt sie erfolgreich das Fairtrade-Konzept. Die großen Kakaobauern bauen weiterhin konventionell Kakao an. Sie spritzen und düngen, benutzen Kinder als Arbeitskräfte und fahren ihren hohen Ertrag ein. Um die Qualität ihrer Ware zu verbessern, zwingen sie die kleinen Kakaobauern, die nach biologischen Maßstäben anbauen und vielleicht auch auf andere, bessere Sorten setzen, ihnen ihre Ernte zu verkaufen. Durch die Beimischung kleiner Mengen biologischen Kakaos zu großen Mengen herkömmlichen Kakaos fällt die Ware automatisch unter das Fairtrade-Siegel. Die Mafia sorgt für unklare Strukturen, die es kaum nachvollziehbar machen, ob die Ware nun fairer Kakao ist und ob er wirklich aus zertifiziertem Anbau stammt. Die Zertifikate sind also oft nur Augenwischerei, auf jeden Fall sind sie keine Wundermittel, die die Lebensbedingungen auf den Plantagen verändern. Dadurch bleiben die Bauern nach wie vor abhängig von den Käufern. Kakao-Konzerne kaufen ganze Ernten von Kooperativen ein und diktieren den Preis.«

»Wollen Sie damit andeuten, dass die Plantage von Arthur Bonnet im Kongo nur eine Farce ist?«, bohrte Maurice nach.

»Davon ist nicht auszugehen«, widersprach ihm Duval. »Um gerade das zu verhindern, haben Bonnet & Frères ihre eigenen Plantagen und Vertriebswege geschaffen. Mittlerweile gilt das in der gesamten Region als Prestigeprojekt.

Von Monsieur Thibault, dem Chef-Chocolatier, wissen wir, dass die Qualität der Kakaobohnen, die von den eigenen Plantagen kamen, bis vor kurzer Zeit ausgezeichnet war. Arthur hat den minderwertigen Forastero-Kakao gegen Criollo, eine geschmacklich sehr viel höherwertige Sorte, ersetzen lassen. Criollo-Kakao braucht zwar mehr Pflege, aber das nehmen die Bauern gerne in Kauf, da sie auch sehr viel besser bezahlt werden.«

»Und jetzt ist die Ware nicht mehr gut?«, schaltete sich Maurice wieder ein. Duval stimmte ihm zu.

»Als Arthur Bonnet krank wurde und sein Neffe sich um die Plantagen im Kongo kümmern musste, gab es mit einem Mal Unregelmäßigkeiten. Thibault beschwerte sich einige Male bei ihm, weil der Kakao nicht mehr sortenrein war und sich damit die Qualität verschlechtert hatte.«

»Wollen Sie damit sagen, dass Frédéric dahintersteckt? Sie vermuten, dass er den hochwertigen Kakao gepanscht hat, um einen höheren Ertrag zu erhalten?«

»So könnte es zumindest am Anfang gewesen sein«, bestätigte Duval selbstsicher. »Es ist bekannt, dass der junge Bonnet zwar einiges vom Geld, aber nur wenig vom Kakao und der Herstellung von Schokolade versteht. Vielleicht hat er auf diese Weise versucht, seinen Onkel zu hintergehen, und gedacht, dass ihm niemand auf die Schliche kommt. Doch irgendwann hat ihm das offensichtlich nicht mehr gereicht, oder aber es kam doch heraus.« Duval schob seine Brille zurecht. »Den Kollegen von der Wirtschaftsabteilung ist es schon vor einiger Zeit gelungen, einen V-Mann innerhalb der Kakao-Mafia einzuschleusen. Dieser Mann versucht die Strukturen und Mechanismen der Händlerkette zu durchleuchten, unter anderem, wie die gepanschten Kakaosorten an die Großhändler kommen. Dabei hat er beobachtet, wie sich Frédéric Bonnet immer wieder mit hochrangigen Managern von einem der wichtigsten belgischen Schokoladenhersteller traf.«

»Das kann alle möglichen Gründe haben.« Maurice horchte dennoch auf. »Wir müssen auf jeden Fall herausfinden, was dahintersteckt. Wissen wir, ob Bonnet immer noch Kontakt zu dem Konzern hat?«

Duval konnte ein triumphierendes Lächeln nicht unterdrücken. »Ich habe mir erlaubt, die Telefonverbindungen aller Firmenhandys der letzten Monate nachzuprüfen. Frédéric steht seit einigen Monaten in ständigem Kontakt zu den Belgiern. Ich will einen Besen fressen, wenn es dabei nicht um geschäftliche Dinge ging.«

Maurice spürte ein Kribbeln. Das war ein weiterer, sehr konkreter Hinweis darauf, dass Bonnet etwas im Schilde führte, was gegen die Interessen der Miteigentümer von Bonnet & Frères ging. Allerdings war das längst noch kein Beweis. »Möglich, dass er mit dem Gedanken spielt, die Chocolaterie an den Konzern zu verkaufen«, dachte er laut nach. »Bonnet & Frères genießt einen exzellenten Ruf. Die Belgier werden für eine Übernahme bestimmt einen guten Preis bezahlen. Allerdings hätte Arthur dem niemals zugestimmt.« Maurice nickte Duval anerkennend zu. »Gut gemacht, Kollege. Das könnte ein Motiv sein, Arthur aus dem Weg zu schaffen. Nach dessen Tod steht ihm nur noch die Witwe im Weg. Doch die kann er als alleiniger Geschäftsführer ausbezahlen. Madame Bonnet wird dankbar sein, wenn sie sich mit dem vielen Geld ein angenehmes

Leben leisten kann. So könnte es tatsächlich gewesen sein. Nun stellt sich nur noch die Frage, wie genau Gobeni da hineinpasst.«

Auch darauf hatte Duval eine Antwort parat. »Der Afrikaner musste sterben, weil er drohte, Frédérics Machenschaften aufzudecken. Der hat die Bauern auf Bonnets Plantage schlechter bezahlt. Das wollten sich die Leute nicht gefallen lassen und haben ihren Dorfvorsteher Gobeni nach Frankreich geschickt. Der sollte sich bei Arthur beschweren, was er auch getan hat. Wahrscheinlich ist daraufhin alles eskaliert. Die Angestellte in der Chocolaterie hat gehört, wie Frédéric und Arthur gestritten haben, nachdem der Afrikaner dort gewesen war. Daraufhin hat Frédéric erst Arthur und dann den Afrikaner aus dem Weg geräumt. Er fürchtete, dass Gobeni, falls er nochmals auftauchte, die Zertifizierung stören könnte. Er musste ihn ausschalten, damit die Zertifizierung reibungslos über die Bühne gehen kann.«

Maurice musste zugeben, dass Duvals Theorie etwas für sich hatte. Er fuhr sich durch sein Stoppelhaar. »Nun müssen wir das Bonnet nur noch nachweisen.«

»Das wird nicht ganz einfach werden.« Duvals Gesichtszüge bekamen prompt wieder etwas Verkniffenes. »Bonnet ist mit allen Wassern gewaschen!«

»Versuchen Sie etwas über diesen belgischen Schokoladen-Konzern und mögliche Übernahmepläne herauszufinden, und dann knöpfen wir uns nochmals Bonnet vor. Da er vorgab, zu beiden Tatzeiten alleine zu Hause gewesen zu sein, hat er kein sehr glaubwürdiges Alibi. Das gibt uns einen Grund für eine weitere Vorladung. Vielleicht gelingt es uns ja doch noch, ihn weichzukochen.«

»Das ist uns doch schon beim letzten Mal nicht gelungen«, protestierte Duval. »Wir müssen schon mehr gegen ihn in die Hand bekommen.«

»Dann machen Sie sich an die Arbeit!« Maurice wollte noch etwas hinzufügen, als sein Handy eine neue Nachricht anzeigte. Als er sah, dass sie von Bertine stammte, vergaß er für einen Augenblick den Fall. Plötzlich hatte er es ziemlich eilig. Er erhob sich von seinem Stuhl und machte, dass er ins Nebenzimmer kam.

»Wollen wir heute Abend, 19 Uhr, gemeinsam essen?«

Maurice konnte sich ein zufriedenes Lächeln nicht verkneifen. Die Chancen standen gut, dass aus dem verkorksten Tag doch noch etwas Besseres werden konnte.

29

Die Sonne stand schon tief, als Lucinde erwachte. Ein tiefes Glücksgefühl durchströmte sie, als sie den nackten, sehnigen Körper von Christophe neben sich liegen sah. Er schlief noch tief und fest. Sein Gesicht wirkte entspannt. Was für ein göttlicher Mann, dachte sie hingerissen. Und er liebte sie! Daran hatte er die vergangenen Stunden jedenfalls keinen Zweifel gelassen. Sie hatte in ihrem ganzen Leben noch keinen so guten Sex gehabt. Wenn sie ehrlich war, hatte sie davor gar nicht gewusst, wie viel Spaß man daran haben konnte. Christophe hatte in ihr Gefühle hervorgerufen, die sie weder gekannt noch für möglich gehalten hatte. Mein Gott, sie hatte gar nicht genug bekommen können! Liebevoll strich sie mit ihrer Hand über seinen muskulösen Rücken. Sie hörte ein leises wohliges Grunzen, von dem er jedoch nicht erwachte. Sie setzte sich auf und genoss den Blick über die Balustraden des Balkons aufs offene Meer. Das intensive Blau des Himmels verwandelte sich in Türkis und dann in sanfte Orangetöne. Von der Straße her hörte sie das Rauschen der Autos und das Geplapper von Menschen von der Promenade des Anglais. Zwischendurch das Gekreische von Möwen.

Die Suite, die Christophe für sie beide gemietet hatte, glich eher einem Palast als einem Hotelzimmer. Das

Mobiliar war in Rottönen gehalten, schwere Polstergarnituren aus der Belle Époque vor modernen weißen Wänden, an denen expressionistische Kunstwerke hingen. Lucinde warf nochmals einen zärtlichen Blick auf ihren Geliebten und stand auf, um ins Bad zu gehen. Eine frei stehende Badewanne mit Löwenfüßchen und goldenen Wasserhähnen wartete nur darauf, von ihr benutzt zu werden. Sie ließ Wasser ein und sparte nicht an dem bereitstehenden Badeöl. Dann huschte sie zurück ins Schlafzimmer, um ihr Handy zu holen. Sobald sie sich vergewissert hatte, dass Christophe noch schlief, machte sie ein paar Fotos von der Zimmerflucht und dem wunderbaren Ausblick von ihrer Suite aufs Meer. Am liebsten hätte sie auch den schlafenden Christophe abgelichtet. Doch dann ließ sie es lieber bleiben. Er hatte ihr unmissverständlich klargemacht, dass er keine Fotos wünschte.

»Ich habe das schon als Kind gehasst und bin furchtbar abergläubisch in dieser Beziehung«, hatte er ihr erklärt und zu ihrem Bedauern nicht einmal zugestimmt, dass sie ein gemeinsames Selfie von ihnen beiden machte. »Ich lasse ein Porträt von uns beiden malen«, hatte er ihr versprochen. »Das spiegelt unsere Verbundenheit viel besser wieder!«

Als sie sich wenig später in das heiße, schäumende Bad gleiten ließ, fühlte sie sich wie Kleopatra, die in Eselsmilch badet. Während sie sich zu entspannen versuchte, kam ihr unwillkürlich Hervé in den Sinn. Wenn sie an sein trauriges Gesicht dachte, als sie ihm von *Ton Rêve* erzählt hatte, tat er ihr im Nachhinein dann doch leid. Sie hatte ihn nicht verletzen wollen. Außerdem hätte sie nicht gedacht, dass ihm die Nachricht so an die Nieren gehen könnte. Sie war sich so sicher gewesen, dass er ihre gemeinsame Ehe genauso betrachtete wie sie. Eigentlich waren sie doch nie mehr als nur gute Freunde gewesen, die sich aus Mangel an anderen Gelegenheiten zusammengetan hatten.

»Meine Königin!« Christophe war unbemerkt von hinten an sie herangetreten und küsste sie zärtlich in die Halsbeuge. Sie wandte sich ihm zu, um ihn zu küssen. Er war immer noch nackt, wie Gott ihn erschaffen hatte. »Darf ich?«

Ehe sie sich versah, glitt er zu ihr in die Badewanne. Wasser schwappte über und fiel klatschend auf den Marmorboden. Sie spürte seine haarigen Beine und dann auch seine Hand zwischen ihren Schenkeln. Lucinde stöhnte vor Wollust auf und überließ sich ganz Christophes Führung.

Als sie sich später beim Essen im *Chantecler* gegenübersaßen, dachte sie, dass jeder im Restaurant sehen konnte, was sie gerade mit Christophe im Bett und sonst wo getrieben hatte. Sie fühlte sich immer noch wie elektrisiert von all ihren Erlebnissen. Wenn es nach ihr gegangen wäre, hätten sie gut auf das Essen verzichten und den Abend im Bett verbringen können. Aber Christophe hatte der Sex hungrig gemacht, sodass sie sich schließlich doch noch dazu hatte überreden lassen. In seiner Nähe konnte Lucinde den Luxus um sie herum richtig genießen.

Das Ambiente im *Chantecler* passte zu der Einrichtung im Hotel. Die Mischung aus Klassik und Moderne durchzog auch die Räumlichkeiten des Restaurants. Die mit bodenlangen gestärkten Tüchern eingedeckten runden Tische waren von schweren pinkfarbenen und hellgrünen Polsterstühlen umstellt, die wiederum zu dem in denselben Farben gemusterten Teppichboden passten. Lucinde fürchtete, dass ihre Garderobe nicht fein genug für diesen Anlass war. Doch Christophe verstand es, ihr die Angst zu nehmen.

»Du siehst bezaubernd und sexy aus in deinem Abendkleid. Keine Frau wird heute Abend neben dir bestehen können«, hatte er sie mit Komplimenten überhäuft und ihr dabei tief in die Augen gesehen. Sie hatte sich geschmeichelt gefühlt, auch wenn sie wusste, dass er ein wenig schummelte. »Morgen gehen wir zu Michal Negrin in die Rue de la Préfecture«, versprach er ihr, als hätte er ihre Gedanken wieder einmal erraten. »Er ist ein Freund von mir und gehört zu den vielversprechenden Sternen am Haute-Couture-Himmel. Ich hätte Freude daran, dir ein Belle-Époque-Kleid aus seiner neuen Kollektion zu schenken. Michal lässt sich von den Zwanzigerjahren inspirieren. Es wird dir gefallen! Vielleicht fühlst du dich ja dann morgen Abend noch ein wenig besser.«

Sein charmantes Lächeln hatte schließlich die letzten Zweifel besiegt. Das Essen war genauso außergewöhnlich wie alles, was sie an diesem Tag erlebt hatte. Lucinde fühlte sich wie im siebten Himmel. Während sie das von der Küchenchefin empfohlene *Menu Signature* mit den von einem Sommelier empfohlenen Weinen genossen, begann Christophe erneut von Mauritius zu schwärmen und schilderte ihr die Insel und sein Leben dort in schillernden Farben. Lucinde hörte ihm fasziniert zu, während sie Seebarsch und Austerntartar mit Zitronenschaum und Kaviar von der Sologne schlemmte. Diesem folgte aufgetürmter junger Lauch mit Yuzu, Frischkäse und heimischem Granatapfel sowie Filet von Kabeljau an saisonalem Gemüse mit Buttersauce von Zitronenmelisse und ein butterzartes provenzalisches Lammfilet mit geräuchertem Auberginenkaviar, gegrilltem Gemüse und Gnocchi. Die Käseplatte ließen sie aus und gingen gleich zu dem in Calvados servierten Apfeldessert mit knusprigem Dinkelsplitter an roher Sahne über, denen noch eine Auswahl von selbst gemachten Pralinés folgte. Lucinde fühlte sich wie im Himmel, als Christophe sie bat, ihn nach Mauritius zu begleiten. In diesem Augenblick war sogar ihre Flugangst wie weggeblasen. Ohne zu zögern, sagte sie zu. Sie beschlossen, sich schon in zwei Tagen auf die Reise zu machen.

Dann unterbrach ein Telefongespräch ihre traute Zweisamkeit. »Bitte entschuldige, ich habe vergessen, mein Smartphone auf lautlos zu stellen!« Christophe wollte es gerade stumm stellen, als sein Blick aufs Display fiel. »Mein Anwalt in Paris«, fügte er mit besorgtem Blick hinzu. »Ich fürchte, ich muss doch schnell drangehen.«

Tag 9

30

Vincent war viel zu spät dran, als er endlich auf den Parkplatz der Chocolaterie fuhr. Das halbe Dorf hatte sich heute dort eingefunden, um an dem großen Ereignis teilzuhaben. Nur mit Mühe fand er noch einen Parkplatz. Neben dem mit Blumen geschmückten Haupteingang entdeckte er Rosalies Fahrrad. Prompt bekam er ein schlechtes Gewissen, weil er sie nicht rechtzeitig abgeholt hatte. Aber Denise hatte sich heute Vormittag frei genommen, sodass er allein in der Apotheke gewesen war. Langsam begannen ihm seine beiden Jobs doch über den Kopf zu wachsen. Auf Dauer würde er sich wohl entscheiden müssen, was ihm wichtiger war. Ein über den Eingang gespanntes Banner hieß die Besucher willkommen.

Herzlich willkommen zum Tag der offenen Tür
anlässlich der Verleihung des ECOCERT-Siegels
Führungen und Schokoladenverkostung frei!

Vincent war klar, dass dies nur der Vorwand war, um ein möglichst großes Publikum anzulocken. In Wirklichkeit ging es um den von allen mit Spannung erwarteten Wettbewerb um die *Charte Pur Beurre de Cacao*, eine der renommiertesten Auszeichnungen in der Welt der Schokolade.

In Fachkreisen galt der Preis so viel wie die von Michelin verliehene höchste Sternezahl in einem Spitzenrestaurant. Dazu war eigens aus Paris ein dreiköpfiges Komitee angereist, deren Vorsitz die berühmte Marie-Claire Betaincourt innehatte. Bonnet & Frères waren bereits in der Endausscheidung. Der heutige Tag würde zeigen, ob die Chocolaterie den Preis bekam oder nicht. Dementsprechend herrschte eine angespannte und doch fröhliche Atmosphäre.

Als Vincent den Verkaufsraum betrat, hatte Clotilde Maurel bereits mit ihrer Rede begonnen. Sie stand auf einer eigens errichteten kleinen Bühne vor einem Stehpult und hieß die Versammelten willkommen. Die Jury befand sich ebenfalls auf der Bühne und saß am anderen Ende der Bühne ihr zugewandt. Um die Veranstaltung nicht zu stören, hielt Vincent sich im Hintergrund, wo er in Ruhe die Leute beobachten konnte. Ein großer Teil des Raums war bestuhlt. Die Plätze waren alle besetzt. In einer der vorderen Reihen entdeckte er Rosalie neben Josette, Hervé und Armand. Lucinde konnte er nicht entdecken. Vor ihnen in der ersten Reihe saß Madeleine Bonnet zwischen Frédéric und Tristan Thibault. Während die beiden Bonnets aufmerksam der Rede lauschten, wirkte der Maître Chocolatier sichtlich nervös. Immer wieder sah er sich prüfend im Raum um und fuhr sich dabei unentwegt durch sein schwarz glänzendes Haar. An seiner Stelle wäre ich auch aufgeregt, dachte Vincent verständnisvoll. Schließlich wurden ja an diesem Tag hauptsächlich seine Kreationen bewertet. Neben dem Meister saßen Arlette und Jean-Luc Farnauld. Offensichtlich beanspruchten auch sie einen Ehrenplatz, auch wenn sie nicht sehr zufrieden wirkten.

Vincent tippte darauf, dass Jean-Luc als kommissarischer Bürgermeister gerne selbst die Rede gehalten hätte und deswegen so griesgrämig dreinblickte. Doch zu seinem Leidwesen waren Clotilde und Madeleine befreundet, weshalb seine Konkurrentin bevorzugt worden war.

Madame Maurel hob in ihrer Rede die Firmengeschichte und Verdienste der Chocolaterie hervor und betonte dabei, welch große Rolle der leider viel zu früh verstorbene Arthur Bonnet gespielt hatte. Ihr Blick wanderte dabei voller Mitgefühl zu Madeleine, die sichtlich um Haltung rang. Vincent beobachtete, wie ihr beide Nachbarn beinahe gleichzeitig ein Taschentuch reichten. Madeleine nahm das des Chocolatiers und betupfte sich die Augen. Madame Maurel kam nun auf die Plantagen im Kongo zu sprechen und erläuterte Arthur Bonnets Konzept von Nachhaltigkeit und fairem Lohn.

»Arthur Bonnet hat mit seinem Lebenswerk in der Demokratischen Republik Kongo nicht nur fachlich Herausragendes geleistet, indem er es gewagt hat, höherwertige Kakaosorten anzupflanzen, sondern auch menschlich Unglaubliches vollbracht«, führte sie aus. »Dank seinem Einsatz verdienen die Bauern vor Ort nun genügend Geld, um ihre Familien mit dem Anbau von Kakao zu ernähren. Faire Preise und der Bau einer Schule erlauben es ihnen, voller Zuversicht in die Zukunft zu sehen. Das, meine sehr verehrten Damen und Herren, verdient schon allein einen Applaus.« Das Publikum zollte brav Beifall, bevor die Rednerin nun zum Ende kam. »Um sie nicht länger mit Zahlen und Fakten zu langweilen, möchte ich Ihnen nun nur noch kurz den Ablauf der heutigen Veranstaltung erklären.

Nach einer Führung durch die Chocolaterie, die Maître Thibault höchstpersönlich durchführen wird, erwartet sie der Höhepunkt des heutigen Tages, nämlich die Verkostung der Meisterwerke von Maître Tristan Thibault und seinem Konkurrenten aus Lille, Maître Richard Lambac. Dazu begrüße ich im Namen der Firmeninhaber ganz besonders die Mitglieder der Jury unter Vorsitz der wohl erfahrensten Verkosterin von Schokolade, Madame Marie-Claire Betaincourt. Sie und ihre beiden Kollegen werden heute darüber entscheiden, wer den Preis für die *Charte Pur Beurre de Cacao* dieses Jahr erhalten wird. Ein weiterer Gruß geht an die Inhaber der Chocolaterie Cristelle aus Lille, die mit Bonnet & Frères in die Endausscheidung gekommen sind. Eine der beiden Chocolaterien wird heute mit dem Preis geehrt werden. Möge der Bessere gewinnen!« Madame Maurel lächelte dem klatschenden Publikum zu und begab sich zurück auf ihren Platz.

In den folgenden Minuten löste sich die Versammlung auf. Ein Teil der Zuhörer sah sich im Verkaufsraum um, wo Fotos an den Wänden einen Eindruck von den Plantagen im Kongo vermittelten, während sich der andere Teil um Maître Thibault versammelte, der die erste Führung übernehmen sollte. Vincent wartete kurz auf Rosalie, um sie zu fragen, ob sie sich mit ihm der Führung anschließen wolle. Leider schien sie keine rechte Lust zu haben.

»Ich finde es hier unter den Leuten viel aufregender«, murmelte sie und deutete dabei auf den Eingang, durch den gerade Sébastien Réval trat. »Sieh an, da kommt der Stiefsohn des verstorbenen Arthur Bonnet. Der macht bestimmt wieder Ärger.« Ihre Augen blitzten vor Vorfreude. »Das darf ich mir auf keinen Fall entgehen lassen.« Sie gab Vincent einen neckischen Kuss auf die Nase. »Nun schau nicht so enttäuscht. Du kannst dir doch die Führung alleine ansehen. Wir sehen uns dann später wieder.« Sagte es und bewegte sich auch schon in Richtung Réval.

Vincent wollte sich die Führung auf keinen Fall entgehen lassen. Also beeilte er sich, um noch Anschluss an die Gruppe zu finden. Thibault forderte sie gerade auf, ihm in die Produktion zu folgen. Der nicht sehr hochgewachsene, aber athletische Chocolatier war nun ganz in seinem Element. Von der Nervosität, die Vincent noch vorher an ihm beobachtet hatte, war nun nichts mehr zu spüren. Jeder der Anwesenden konnte sehen, dass er seinen Beruf mit Leidenschaft ausübte. Außerdem konnte man ihm ein gewisses Talent zur Unterhaltung nicht absprechen.

»Mesdames, Messieurs! Wussten Sie, dass beim Genuss von Schokolade Wohlgefühle entstehen, die dem Verliebtsein sehr ähnlich sind?«, begann er launig. »Theobromin und andere Inhaltsstoffe setzen Endorphine im Gehirn frei. Diese Stoffe werden auch ausgeschüttet, wenn wir schöne Dinge wie Sport oder auch Sex machen.« Amüsiertes Gelächter war zu hören. »Schokolade ist außerdem viel gesünder als ihr Ruf. So haben etwa zahlreiche Studien gezeigt, dass der tägliche Konsum kleiner Mengen hochwertiger Zartbitterschokolade mit hohem Kakaoanteil gesundheitsfördernd sein kann. Schokolade enthält besonders viele antioxidativ wirkende Flavonoide, die gegen zellschädigende freie Radikale schützen. Die regelmäßige Einnahme von Antioxidanzien kann dazu beitragen, den Blutdruck zu senken und Herzerkrankungen vorzubeugen. Kurzum:

Essen Sie hochwertige Schokolade, wie Sie sie bei Bonnet & Frères bekommen.«

Es folgte nun ein kleiner Vortrag über die Herkunft des Kakaos, über Fairtrade und direkte Handelswege, über die Vincent dank Rosalie mittlerweile bestens informiert war. Dann ging es direkt in die Produktion. Thibault erläuterte, dass die Kakaobohnen nach dem Fermentieren und Trocknen in ihrem Ursprungsland direkt angeliefert werden.

»Das Sortieren der Bohnen übernehmen wir. Damit die Bohnen ihren vollen Geschmack entwickeln und unbedenklich für den Verzehr sind, rösten wir sie in dem Ofen, den Sie hier sehen. Er gleicht einem konventionellen Großofen, doch Monsieur Bonnet hat eine rotierende Trommel eingebaut, damit die Bohnen rundum gleichmäßig behandelt werden. Beim Rösten werden nicht nur Mikroorganismen auf der Schale abgetötet, sondern es wird auch die papierene Schale, die vor der weiteren Verarbeitung entfernt werden muss, gelöst. Durch das Rösten entfaltet sich der natürliche Geschmack der Bohnen. Es bedarf einigen Fingerspitzengefühls, um den exakten Zeitpunkt zu bestimmen, an dem Bohnen ein konsistentes Geschmacksprofil entwickelt haben.«

Der Chocolatier führte sie weiter zu einer trichterförmigen Maschine, in der die gerösteten Bohnen zerkleinert und durch sogenanntes Worfeln von ihren unverdaulichen Schalen befreit wurden.

»Nachdem die Kakaobohnen gebrochen und gereinigt wurden, erhalten wir die sogenannten Kakaonibs«, erklärte er. »Diese Nibs werden nun zu einer dickflüssigen Kakaomasse verarbeitet. Dazu müssen die Kakaonibs auf eine minimale Teilchengröße gemahlen werden, sodass sie auf der Zunge nicht mehr einzeln wahrnehmbar sind. So erhält man eine Konsistenz, die als seidig und geschmeidig beschrieben wird. Dies macht der Melangeur oder, wie hier bei uns, der etwas kompliziertere Raffineur.« Er zeigte auf eine kesselähnliche Maschine, an deren Grund zwei Granitwalzen über einen Granitteller rollten. Der Kessel rotierte um die inneren Walzen und hielt die Kakaomasse in Bewegung. Durch die Reibung mit den Walzen wurde Wärme erzeugt, die die Nibs schmelzen ließ. »In diesem Zustand werden nun je nach Schokoladensorte Zucker, Kakaobutter, Aromen und Milchpulver zugefügt, eine Aufgabe, die ich immer persönlich erledige.« Thibault lächelte selbstbewusst. »Wie Sie sehen, erfordert der Prozess der Schokoladenherstellung in fortgeschrittenem Stadium die Aufmerksamkeit eines Fachmanns. Wir kommen nun also zu den beiden letzten Schritten der Schokoladenherstellung, dem Conchieren und dem Temperieren …«

Die Besucher wurden nun zu einem weiteren Kessel geführt, der dem Melangeur ähnelte. Sie erfuhren, dass auch diese Maschine von Arthur Bonnet entwickelt und verbessert worden war.

»Die Conchiermaschine wurde 1879 von dem Schweizer Schokoladenhersteller Rodolphe Lindt erfunden«, dozierte Thibault. »Den Namen Conche erhielt sie, weil der Trog, der die Schokolade enthält, wie eine Muschel geformt ist. In Lindts Maschine bewegte eine schlichte Rolle die Schokolade hin und her, während der Trog von unten beheizt wurde. Diese Maschine hier verwendet Räder und Paddel zum Rühren. Durch das Conchieren wird der Geschmack der Schokolade noch weiter verfeinert. Bis heute weiß man nicht genau, was da genau chemisch abläuft. Auf jeden Fall werden durch die Wärme und Bewegung die bitter schmeckenden Bestandteile der Schokolade reduziert und die Restfeuchtigkeit entzogen. Unsere Schokolade wird in der Regel zwischen zweiundsiebzig und achtzig Stunden conchiert, um den besten Geschmack zu erhalten. Der letzte Produktionsschritt vor dem Formen und Verpacken der Schokolade ist das Temperieren. Auch dieser Prozess erfordert große Aufmerksamkeit. Ich temperiere die Schokolade von Hand in diesem Temperierkessel, der entweder von einem Heizelement erwärmt oder von einem Gebläse abgekühlt wird. Ziel ist es, der Schokolade durch das gefühlvolle Erhitzen und Wiederabkühlen ihren Glanz und ihren knackigen Bruch zu verleihen.«

Bevor sie durch den Lärm der Verpackungshalle geführt wurden, gab der Maître Chocolatier den Anwesenden noch die Gelegenheit, Fragen zu stellen. Vincent nutzte die Gelegenheit.

»Was bringt einen so berühmten Chocolatier dazu, ausgerechnet aus Paris hierherzukommen?«, wollte er wissen. »Arbeiten die wirklich großen Chocolatiers, zu denen Sie zweifellos auch gehören, nicht alle in der Hauptstadt?« Thibault sog hörbar Luft durch seine Nase, bevor er auf seine etwas provozierende Frage antwortete.

»Das ist eine sehr persönliche Frage, die ich Ihnen jedoch gerne beantworte«, ließ er sich schließlich zu einer Antwort herab. »Ich lernte Monsieur Bonnet und seine Frau auf einer Messe in Paris kennen. Dabei erklärte mir Monsieur Bonnet das Konzept seiner Firma und die Möglichkeiten, die er mir dort bieten konnte. Nirgendwo in Frankreich oder Belgien gibt es bessere Maschinen und Konditionen. Nun, mein Chef war sehr überzeugend! Außerdem glaube ich, dass die Zeiten des Zentralismus auch in Frankreich sich langsam ihrem Ende zuneigen. Wieso muss die beste Schokolade Frankreichs denn ausgerechnet aus Paris kommen?«, fragte er ihn augenzwinkernd. »Der beste Wein Frankreichs kommt doch auch aus der Provence!« Einige der Zuhörer lachten und klatschten Beifall.

»Da haben Sie zweifellos recht«, meinte Vincent und nickte Thibault freundlich zu. »Aber nun ist Monsieur Bonnet ja leider verstorben. Werden Sie dennoch Bonnet & Frères treu bleiben?«

Über Thibaults Gesicht huschte ein kurzer Schatten. Womöglich fand er seine Frage zu intim. »Nun, solange die Bedingungen sich für mich nicht ändern, werde ich selbstverständlich hierbleiben. Außer man jagt mich davon, wenn ich die *Charte Pur Beurre de Cacao* nicht gewinne«, fügte er nach einer kurzen Pause noch hinzu, was ihm erneut einige Lacher einbrachte. Vincent musste zugeben, dass der Mann es auf sehr amüsante Weise verstand, sein Publikum zu fesseln. Wenn sein Können bei der Herstellung von Schokolade seinem Unterhaltungstalent auch nur annähernd gleichkam, würde ihm der Preis wahrscheinlich sicher sein.

Die letzte Etappe der Führung ging in das sogenannte Allerheiligste von Maître Thibault, seine Küche, in der er seine Schokoladenkreationen entwickelte. Der Raum mit seiner sehr hellen Beleuchtung erinnerte eher an ein Labor als an eine künstlerische Werkstatt. Thibault erklärte, dass er hier die Pralinen von Hand entwickelte. Die Fertigung über Maschinen am Laufband erfolgte erst dann, wenn die Kreation als verkaufswürdig empfunden wurde. Vincent fühlte sich in gewisser Weise an sein eigenes Labor in der Apotheke erinnert, auch wenn er dort ganz andere Dinge herstellte.

Thibault führte die Besucher zu einem seiner Mitarbeiter, einem jungen Inder, der ihnen zeigte, wie man handgemachte Pralinen herstellte. Gebannt beobachteten sie, wie dieser geschickt auf einer Folie eine dünne Schicht Schokoladenkuvertüre aufbrachte, um die Fläche dann mit einem Rahmen für die Füllung der Praline einzugrenzen. Thibault kommentierte jeden seiner Schritte und machte auch hierbei keinerlei Hehl daraus, mit welcher Begeisterung er sich seinem Metier widmete. Die Ganache, wie die Füllung der Praline genannt wurde, wurde in einer bestimmten Temperatur auf die ausgehärtete Kuvertüre aufgetragen, gerade so hoch, wie der Rahmen war. In einem dritten Schritt wurde die gehärtete Ganache in Schokolade getaucht und dann dekoriert. Vincent war fasziniert von den Gerätschaften des Chocolatiers. Mit der Konditorpalette wurde die Schokolade glatt gestrichen. Das Gerät zum Schneiden des ganachierten Pralinenkörpers erinnerte an einen altmodischen Eierschneider aus Metall, trug aber den poetischen Namen Pralinenharfe. Die ganachierten Pralinenrohlinge kamen dann in eine Pralinenüberzugsmaschine, wo sie auf einer Art Rollgitter mit flüssiger Schokolade überzogen wurden. Zum Abschluss wurde auf die noch flüssige Schokoladenschicht eine Strukturfolie gelegt, die nach dem letzten Aushärten ein filigranes Muster auf den Pralinés hinterließ.

Mit einer feinen Plastikpipette wurden noch weiße Schokoladenspritzer aufgetupft. Vincent war aufgefallen, dass der junge Mann dieses Gerät immer wieder benutzte. Als die Gelegenheit günstig war, fragte er nach, ob dieses Gerät zu den typischen Gerätschaften eines Chocolatiers gehöre.

»Die hat der Chef hier eingeführt, weil man sie so vielfältig einsetzen kann«, antwortete der junge Inder bereitwillig. »Mittlerweile können wir uns unsere Arbeit gar nicht mehr ohne Pipetten vorstellen. Wir haben immer eine ganze Schachtel hier herumliegen. Sie sind sehr nützlich!«

Thibault, der den Wortwechsel mitbekommen hatte, nahm die Schachtel und trat auf sie zu. »So eine Pipette sollte in keinem guten Haushalt fehlen«, bemerkte er gut gelaunt. »Bitte bedienen Sie sich. Damit lässt sich alles Mögliche auch in Ihrem Haushalt bewerkstelligen. Nur keine Scheu! Die Dinger sind Einwegware und stammen aus Asien. Ganz gut für den Hausgebrauch.« Er grinste vielsagend und tippte mit dem Finger auf seine Brusttasche. »Ich trage meine eigene immer bei mir.« Wie einige andere auch nahm Vincent eine der Pipetten und steckte sie in seine Jackentasche.

Thibault nutzte die Gelegenheit, um sich von der Besuchergruppe zu verabschieden. »Banarjee wird Ihnen nun noch weitere kleinere Tricks der Pralinenherstellung verraten«, kündigte er an. »Mich selbst müssen Sie nun entschuldigen. In weniger als einer halben Stunde beginnt die Verkostung ...« Er rollte vielsagend mit den Augen und verschwand durch eine Schwingtür.

31

Rosalie sah, wie Vincent mit seiner Gruppe Thibault in die Schokoladenproduktion folgte. Sie schlug hingegen die entgegengesetzte Richtung ein, um zu sehen, was Sébastien Réval im Schilde führte. So, wie sie den Stiefsohn des ermordeten Arthur einschätzte, war er nicht hier, um nur an der Preisverleihung teilzuhaben. Überhaupt, was spielte der junge Mann für eine Rolle in dem ganzen Geschehen?

Alles, was sie bislang über ihn erfahren hatte, war, dass er der Sohn von Arthur Bonnets erster Frau Christelle war. Bonnet & Frères hatte von der Ehe Arthur Bonnets mit Christelle Réval von Anfang an profitiert. Nach dem frühen Tod von Arthurs Bruder hatte Christelle das Weiterbestehen der Chocolaterie durch erhebliche finanzielle Einlagen gewährleistet. Sie hatte diese auch dann nicht zurückverlangt, als sie sich von Arthur getrennt hatte. Die einzige Bedingung für das Verbleiben ihrer Geldanlage in der Firma bestand darin, dass Arthur Bio-Schokolade herstellte nach den internationalen Reglements des Fairtrade. Christelle Réval war von Haus aus so vermögend gewesen, dass der Verbleib ihres Geldes in einer fremden Firma sie nicht weiter belastete. Soweit Rosalie informiert war, war sie vor etwas mehr als zwei Jahren verstorben. Da Sébastien ihr einziger Sohn war, war er mit Sicherheit ihr Alleinerbe. Sein plötzliches Auftauchen war also damit zu erklären, dass er nun an das vermeintlich ihm zustehende Geld wollte. Doch das bekam er nur, wenn er der Chocolaterie nachweisen konnte, dass sie nicht nach diesen Bedingungen arbeitete. Ob er wohl mit dem ermordeten Bosange Gobeni gemeinsame Sache gemacht hatte? Womöglich hatte Sébastien ihn dazu gebracht, Arthur zu erpressen. Vielleicht fand sie ja eine Möglichkeit, das von ihm zu erfahren.

Sie sah, wie Sébastien sich suchend umsah und schließlich Madeleine, die ganz in der Nähe von Rosalie mit Clotilde Maurel stand, kurz zunickte, bevor Rosalie ihn in der Menge aus den Augen verlor. »Ah, Rosalie! Wie schön, dass Sie heute auch hier sind«, wurde sie prompt von der Bürgermeisterkandidatin mit einem warmen Lächeln begrüßt. »Hat Ihnen meine kleine Rede vorhin gefallen?«

»Sie werden immer besser. Und natürlich hoffe ich sehr, dass die Chocolaterie nachher die Auszeichnung erhält.« Rosalie versuchte sich mit einem höflichen Lächeln aus dem Staub zu machen, da sie Sébastien nicht aus den Augen lassen wollte. Doch Madame Maurel ließ das nicht zu. »Gibt es schon Neuigkeiten bezüglich des Mordes an Arthur?«, verlangte sie von ihr zu wissen.

»Nicht, dass ich wüsste«, gab sich Rosalie zurückhaltend und bedachte Madeleine mit einem kurzen prüfenden Blick. »Die stochern immer noch im Ungewissen.«

»Ach, kommen Sie! Ich weiß doch, dass Sie mindestens so viel wissen wie die Polizei«, insistierte Clotilde um Vertraulichkeit bemüht. »Erzählen Sie uns wenigstens, ob es schon einen Verdächtigen gibt. Was halten Sie eigentlich von Arthurs Stiefsohn Sébastien Réval? Sein Benehmen neulich auf der Wahlveranstaltung war wirklich empörend, finden Sie nicht auch?« Sie blickte bedauernd in Madeleines Richtung, die mit ihren Gedanken ganz woanders zu sein schien.

Rosalie war erstaunt, dass Madame Maurel kein Blatt vor den Mund nahm und so offen Stellung bezog. Für eine Politikerin war dies höchst ungewöhnlich; Madeleines Schicksal schien sie sehr zu berühren. Das war nicht allein durch ihre Freundschaft zu erklären. Vermutlich fühlte sich Clotilde ihr deshalb so nah, weil sie ebenfalls erst vor kurzer Zeit auf tragische Weise ihren Mann verloren hatte. Madeleine stand unterdessen immer noch mit abwesendem Blick neben ihnen, als ginge das alles sie gar nichts an. Rosalie war sich nicht sicher, ob sie ihnen etwas vorspielte oder ob sie einfach sehr angespannt war. Womöglich hatte es mit dem Erscheinen von Sébastien zu tun.

»Hat Sébastien wirklich Geld von Ihnen gefordert?«, fiel Rosalie mit der Tür ins Haus. Sie war neugierig auf Madeleines Reaktion. Auch wenn ihre Frage reichlich unverschämt war, hielt sie sie dennoch für gerechtfertigt. Schließlich war Madeleine vor noch gar nicht langer Zeit nicht abgeneigt gewesen, ihre Hilfe anzunehmen. Das hatte sie jedenfalls behauptet. Sie hatte die Absicht, sie aus der Reserve zu locken. Vielleicht fand sie ja auf diese Weise etwas mehr über sie heraus. Madeleines Augenlider flatterten nervös, als sie sich ihr mit einer kleinen Verzögerung zuwandte. Sie machte den Eindruck, als hätte man sie gerade aus einem anderen Universum in die Wirklichkeit katapultiert.

»Nun ja«, äußerte sie sich ausweichend. »Vermutlich ist Arthurs Stiefsohn mal wieder in Geldnöten. Er hat schon mehrfach versucht, an das Vermögen seiner Mutter in unserer Firma zu kommen. Er kann es einfach nicht lassen.« Ihr schwaches Lächeln sollte wohl überzeugend wirken.

»Aber dieses Mal wittert er anscheinend Morgenluft und rechnet sich eine gute Chance aus«, bohrte Rosalie weiter nach, obwohl sie für ihre Vermutung nicht den geringsten Beweis hatte. »Haben Sie schon mal daran gedacht, dass er mit Bosange Gobeni gemeinsame Sache gemacht haben könnte?« Sie spann ihre Theorie munter weiter. Diese entbehrte auch nicht einer gewissen Logik, wenn sie an die Fotos dachte, die Madeleine und ihren geheimnisvollen Geliebten so erschreckt hatten. Eines war jedenfalls klar, Madeleine spielte nicht mit offenen Karten.

»Ich verstehe nicht, worauf Sie hinauswollen.« Madeleine gab sich ahnungslos. Doch Clotilde Maurel horchte auf, was Rosalie die Gelegenheit verschaffte fortzufahren.

»Ich meine damit«, fuhr sie munter fort, »dass die beiden Arthur und Frédéric unter Druck gesetzt haben könnten. Vielleicht können sie ja beweisen, dass es in Afrika auf den Plantagen nicht so läuft, wie es soll«, fabulierte sie ins Blaue hinein. »Sébastien könnte Gobeni dazu überredet haben, nachdem er davon erfahren hat.«

»Dazu müsste er ja in Afrika gewesen sein. Wie hätte er Gobeni denn sonst kennenlernen können?«, widersprach Madeleine eine Spur zu energisch. »Sie fantasieren sich da etwas zusammen, das jeder Grundlage entbehrt. Frédéric war regelmäßig vor Ort. Auf unseren Plantagen ist alles in Ordnung!«

»So gut, wie Sie es schildern, kann es womöglich gar nicht sein«, konterte Rosalie schlagfertig. »Ich habe neulich erst mitbekommen, wie sich Monsieur Thibault über die miese Qualität einer Kakaolieferung beschwert hat.« Rosalie wollte ihren Fisch nicht mehr von der Angel lassen. Sie hatte sich rein zufällig daran erinnert und nutzte es, um ihr Gegenüber noch mehr zu verunsichern. Doch dieses Mal reagierte Madeleine anders, als sie gedacht hatte. Sie stellte sich als gewiefte Schauspielerin heraus.

»Es gab Unregelmäßigkeiten mit dem Kakao?«, hauchte sie entsetzt. »Aber davon haben weder Frédéric noch Monsieur Thibault je etwas erwähnt.«

So leicht kommst du mir nicht davon, dachte Rosalie. »Vielleicht weil der eine liebevoll Rücksicht auf Sie nahm, während der andere Sie nicht beunruhigen wollte?« Sie drückte sich absichtlich mehrdeutig aus und erzielte damit prompt eine Reaktion. Madeleine blinzelte irritiert und errötete leicht. Rosalie hätte gerne noch etwas draufgesetzt. Doch das ließ Clotilde Maurel leider nicht zu.

»Nun treiben Sie es aber eindeutig zu weit! Was fällt Ihnen ein, solch wilde Mutmaßungen anzustellen?«, fuhr sie entrüstet dazwischen. Es war offensichtlich, dass sie ihre Freundin schützen wollte. »Sehen Sie nicht, wie Sie Madeleine verunsichern?« Sie legte beschützend ihre Hand auf deren Rücken. »Es war ein Fehler, Sie um Ihre Meinung gefragt zu haben, Mademoiselle Rosalie, und nun entschuldigen Sie uns. Es wird Zeit, wieder die Plätze einzunehmen. Die Preisverleihung beginnt in wenigen Minuten.« Sie hakte sich bei Madeleine unter und zog sie von Rosalie weg.

Rosalie sah den beiden nachdenklich hinterher. Madeleine machte nicht den Eindruck, als fühle sie sich besonders wohl. In dieser Stimmung hatte sie sich schon befunden, bevor sie die Anspielung auf den Liebhaber gemacht hatte. Ob es mit Sébastiens Anwesenheit zu tun hatte? Sie musste unbedingt erfahren, was ihn dazu bewogen hatte, ausgerechnet heute hier zu erscheinen. Sie nahm sich ein Praliné von einem der Tabletts, die von Angestellten herumgereicht wurden, und bahnte sich einen Weg durch die Menge. Ob er dreist genug war, die Preisverleihung zu stören? Sie traute es ihm durchaus zu. Vielleicht wollte er sich so für Frédérics Abfuhr rächen. Der junge Mann hatte auf Rosalie einen recht haltlosen Eindruck gemacht. Sie hielt ihn für einen Lebemann, dem sein Vergnügen und anspruchsvoller Lebensstil alles bedeutete und der nur ungern Verantwortung übernahm. In gewisser Weise erinnerte er sie an ihren Ex Jérôme, der hinter seinem Charme gut seinen wahren Charakter zu verstecken verstand.

Sie entdeckte Sébastien schließlich am Rande der kleinen Bühne. Lässig an einen Eckpfeiler gelehnt, beobachtete er die anwesenden Gäste. Seine Anwesenheit hatte etwas Provokantes, da er für alle gut sichtbar war. Einige der Anwesenden hatten seinen Auftritt bei der Wahlveranstaltung miterlebt und fragten sich vermutlich, was er hier wollte. Schließlich trat Frédéric auf ihn zu. Rosalie vermutete, dass der Hausherr ihn zum Gehen auffordern würde. Doch zu ihrer Überraschung steuerten die beiden Männer in offensichtlichem Einvernehmen Arthur Bonnets ehemaliges Büro an. Das weckte Rosalies Neugier. Ohne dass die beiden sie bemerkten, folgte sie ihnen.

Das Büro lag in dem Bereich hinter der Empfangstheke. Für die Veranstaltung hatte man vor der Theke eine Kordel gespannt, die einen Zugang in diesen Teil des Gebäudes verhindern sollte. Wegen der einsehbaren freien Fläche vor den Büros konnte Rosalie den Männern also nicht unbemerkt folgen. Sie sah, wie die beiden in dem Zimmer verschwanden, jedoch die Tür nicht hinter sich schlossen, sondern nur anlehnten. Rechts davon befand sich eine buschige Topfpflanze von fast zwei Metern Höhe. Wenn sie es schaffte, unbemerkt dorthin zu gelangen, um sich dahinter zu verstecken, könnte sie problemlos dem Gespräch der beiden Männer folgen. Sie sah sich kurz um und tauchte unter der Kordel hindurch, als sie glaubte, dass ihr im Augenblick niemand seine Aufmerksamkeit schenkte. Dann huschte sie dicht an den Wänden entlang in Richtung der Topfpflanze und erreichte sie gerade noch rechtzeitig, bevor Frédérics Sekretärin unerwartet aus einem der danebenliegenden Büros heraustrat. Für einen kurzen Augenblick dachte sie, sie wäre entdeckt worden, denn der Blick der Frau ging genau in ihre Richtung. Rosalie hielt den Atem an und rechnete damit, gleich angesprochen zu werden. Doch dann glitt der Blick der Frau über sie hinweg, und sie begab sich hinter die Absperrung zu den anderen Gästen. Rosalie atmete erleichtert auf und konzentrierte sich auf das Gespräch in Bonnets Büro. Was für ein Glück, dass die beiden Männer die Tür nicht richtig geschlossen hatten. Durch den Spalt hatte sie einen Blick auf einen Teil des Schreibtisches. Sie sah, wie Frédéric gerade einen Stapel Fotos auf die Schreibtischfläche knallte und mit wütender Stimme auf Sébastien losging: »Du verdammter kleiner Erpresser! Diese Fotos beweisen rein gar nichts!«

»Sie zeigen, wie es wirklich auf den Plantagen zugeht«, konterte Sébastien. »Von wegen Fairtrade und Bildung für die Kinder! Die Schule ist geschlossen, die Kinder der Bauern arbeiten auf den Plantagen. Wahrscheinlich, weil du die Preise gedrückt hast oder sonst eine Schweinerei läuft.«

»Das ist alles Schnee von gestern«, behauptete Frédéric. »Dafür trägt unser Mittelsmann vor Ort die Verantwortung. Er hat die Preise gedrückt. Ich habe ihn entlassen und alles wieder in Ordnung gebracht. Woher hast du die Fotos überhaupt?«

»Das geht dich gar nichts an«, schnaubte Sébastien verächtlich. »Fakt ist, dass sie zeigen, wie es auf euren Plantagen zugeht. Man sieht sogar den Namen der Plantage.« Seine Stimme wurde schärfer. »Hat mein Stiefvater auch davon gewusst? Oder musste er sterben, weil er es herausgefunden hat?«

»Hör auf mit dem Schwachsinn«, fuhr Frédéric dazwischen. »Du fantasierst dir da was zusammen, was absoluter Blödsinn ist! Ich stell mir doch nicht selber ein Bein, indem ich dem Ruf unserer Firma Schaden zufüge.«

Sébastien lachte hämisch auf. »Vor mir musst du dich nicht verstellen, Stiefcousin. Was denkst du, wird geschehen, wenn ich die Fotos gleich der Jury zeige, hä?«

»Das wirst du nicht wagen! Damit würde alles, was dein Stiefvater aufgebaut hat, zerstört werden. Der Wert der Firma und damit deine Einlage würden in den Keller gehen!«

»Das ist mir so was von egal«, zischte Sébastien hasserfüllt. »Der Alte hat meine Mutter mit diesem Flittchen betrogen und sie einfach abgeschoben. Was aus mir wurde, darum hat sich nie jemand gekümmert. Wieso sollte ich jetzt Rücksicht nehmen, hä?«

»Weil du dir damit selbst schaden könntest«, sagte Frédéric mit bemerkenswerter Ruhe in der Stimme. »Du denkst wohl, du bist besonders schlau! Diese Fotos kenne ich bereits. Sie stammen von Gobeni, nicht wahr? Der Kerl hat ebenfalls versucht, uns damit zu erpressen, und keinen Erfolg damit gehabt. Ich frage mich nun, was wohl die Polizei dazu sagen wird, wenn sie erfährt, dass du mich mit den Fotos des Afrikaners erpressen wolltest. Sie wird wissen wollen, woher du sie hast, und dann dich mit seinem Tod in Verbindung bringen. War es so? Hast du den armen Kerl umgebracht, damit du uns schaden kannst?« Die Frage schwebte im Raum, bis Sébastien sich wieder gefangen hatte.

»So ein ausgemachter Schwachsinn! Ich habe doch mit dem Tod dieses Afrikaners nichts zu tun. Ich hab den Kerl ja nicht einmal gekannt! Die Fotos habe ich in Madeleines Haus gefunden, wo ich neulich heimlich eingestiegen bin!«

Rosalie stellte fest, wie Frédéric im Augenblick immer mehr Oberwasser gewann. Er hatte es zumindest geschafft, seinen Kontrahenten zu verunsichern. Doch dieser Zustand währte nur einen kurzen Augenblick. Dann hatte sich Arthurs Stiefsohn wieder im Griff.

»Okay! Vielleicht bringt dich ja das hier zur Einsicht!« Sie hörte hektisches Papierrascheln, dem eine angespannte Zeit des Schweigens folgte. Rosalie konnte leider nicht sehen, worum es sich handelte. Sie wäre zu gern noch etwas näher an die Tür geschlichen, doch dazu hätte sie ihre Deckung aufgeben müssen. Schließlich hörte sie Frédéric tief ausatmen. »Du dachtest wohl, ich hätte nichts gegen dich in der Hand! Ich will die Zweihunderttausend, die mir ohnehin zustehen, und, sagen wir mal, fünfzigtausend obendrauf als Sonderzahlung für mein Schweigen. Dafür verspreche ich dir, nie mehr hier aufzutauchen. Ist das ein Deal?« Sébastien strotzte mittlerweile wieder vor Selbstbewusstsein. Es gab eine längere Pause.

»Ich bin einverstanden«, gab Frédéric schließlich nach. An seinem Ton war zu hören, wie schwer es ihm fiel. »Ich werde dich ausbezahlen, vorausgesetzt, du hältst die Klappe und verschwindest für immer von hier.«

»Eine kluge Entscheidung!«

Rosalie fragte sich unterdessen, was Frédéric so schnell bewogen haben konnte, auf die Erpressung einzugehen. Die Fotos schienen es jedenfalls nicht zu sein.

»Allerdings kann ich dir im Augenblick nicht mehr als fünfzigtausend anzahlen. Den Rest des Betrags muss ich erst flüssigmachen.«

»Ich verstehe ...« Sébastien zögerte. »Dann gib mir jetzt siebzigtausend, und wir sind im Geschäft. Den Rest hole ich mir in zwei Tagen ab.«

»Die bekommst du, sobald du mir deine Firmenanteile überschrieben hast«, widersprach Frédéric, »aber das mit den siebzigtausend geht in Ordnung.« Sébastien war anscheinend einverstanden, denn wenig später hörte Rosalie, wie eine Schublade geöffnet wurde, und dann das Kratzen eines Füllfederhalters. Offensichtlich wurde gerade ein Scheck ausgestellt.

»Wir haben also einen Deal?«

»Den haben wir!« Sébastien gab sich keine Mühe, seine Zufriedenheit zu verbergen. »War mir ein Vergnügen, Stiefcousin!«

Rosalie rechnete damit, dass die beiden Männer nun gleich aus dem Zimmer treten würden, und drückte sich noch enger zwischen die Zweige ihres *Ficus benjamini*. Doch Frédéric hielt Sébastien noch für einen Augenblick zurück.

»Und denk nicht mal daran, die Fotos jemandem zu zeigen«, drohte er ihm unverhohlen. »Die Polizei würde sofort eine Verbindung zu dir und dem Afrikaner herstellen. Damit wärst du Hauptverdächtiger in einem Mordfall!«

»Verdammt, ich hab den Kerl nicht umgebracht!«, schnaubte Sébastien. »Aber du kannst dich auf mich verlassen.« Keine zehn Sekunden später öffnete sich die Tür, und er eilte an ihr vorbei in Richtung Ausgang. Rosalie sah noch, wie er hinter der gläsernen Frontwand auf dem Parkplatz auf sein Auto zusteuerte. Es war derselbe rote Sportwagen, den sie neulich vor Madeleines Haus gesehen hatte. Und ihr fiel noch etwas auf. Ein Mann, der sich in unmittelbarer Nähe des Autos befunden hatte, entfernte sich rasch. Rosalie machte sich keine weiteren Gedanken darüber. Sie hielt ihn für einen Bewunderer des edlen Gefährts. Männer eben.

Rosalie wartete noch darauf, dass auch Frédéric sein Büro verließ. Danach erst wollte sie ihr Versteck verlassen. Doch anstatt zu gehen, schloss er die Tür. Kurz darauf hörte sie seine Stimme. Sie klang erregt. Offensichtlich telefonierte er. Leider verstand sie weder, mit wem er telefonierte, noch, was er sagte. Vor der Bühne kam wieder Bewegung in die Menschenmenge. Maître Thibault kündigte an, dass in wenigen Minuten die Jury für die Verkostung antreten würde, und bat die Zuschauer, wieder Platz zu nehmen.

Rosalie beschloss, ihr Versteck zu verlassen, doch im nächsten Augenblick öffnete sich erneut die Tür, und

Frédéric verließ den Raum. Offensichtlich war er in Eile, denn er vergaß, die Tür abzuschließen. Das war eine günstige Gelegenheit, um noch einmal einen kurzen Blick in sein Büro zu werfen. Rosalie zögerte nur einen kurzen Augenblick, dann nützte sie ihre Chance und glitt, nach einem kurzen Blick in die Runde, vor die Tür. Die Klinke ließ sich problemlos herunterdrücken. Im nächsten Moment stand sie in Frédérics Büro und schloss die Tür von innen. Der geräumige Raum mit dem großen Schreibtisch und einer modernen Sesselgruppe aus Leder für Besprechungen machte einen sehr aufgeräumten Eindruck. Sie hatte gehofft, die Fotos noch vorzufinden, doch der Schreibtisch war leer. Sie umrundete ihn, um an die Schubladen zu kommen. Sie waren abgeschlossen. Fluchend rüttelte sie daran, in der Hoffnung, dass sie sich doch öffnen ließen, doch es war umsonst. Ihr blieb also nichts anderes übrig, als sich wieder davonzustehlen.

Gerade wollte sie wieder auf den Flur treten, da hörte sie Schritte, die genau auf sie zuhielten. Sie würde wohl kaum eine plausible Erklärung finden, um ihre Anwesenheit zu erklären. Also musste sie sich nochmals verstecken. Sie sah sich panisch um und kam auf keine bessere Idee, als sich hinter die Polstergruppe zu ducken. Allerdings war ihr sehr wohl bewusst, dass ein aufmerksamer Beobachter sie sofort entdecken würde. Mit klopfendem Herzen registrierte sie, wie die Klinke heruntergedrückt und kurz darauf die Tür geöffnet wurde. Sie rechnete erneut mit Frédéric. Doch es war die Sekretärin. Sie hatte offensichtlich den Auftrag, etwas zu holen. Auch sie versuchte sich an den Schubladen. Als sie feststellte, dass sie abgeschlossen waren, verschwand sie für einen kurzen Augenblick. Wenig später kehrte sie mit einem Schlüssel zurück und schloss die Zentralverriegelung der Schubladen auf. Aus dem obersten Fach zog sie etwas heraus, was wie eine Urkunde aussah. Dann klingelte ihr Handy. Genervt nahm sie den Anruf entgegen.

»Ich bin schon unterwegs«, meldete sie sich, schob das Schubfach zu, bis es einrastete, und eilte mit ihren Papieren wieder aus dem Raum. Rosalie hoffte inständig, dass sie die Tür nicht auch noch hinter sich abschloss. Sie hatte Glück. Für den Augenblick hatte sie Aufregung genug gehabt. Sobald die Luft rein war, würde sie sich wieder unter die Zuschauer mischen, möglichst bevor die Veranstaltung begann. Auf dem Weg zur Tür entdeckte sie, dass die Sekretärin den Schlüssel vergessen hatte. Er lag nun auf der leeren Schreibtischoberfläche und wartete nur darauf, dass sie ihn benutzte. Alle Vorsicht außer Acht lassend nahm sie ihn und öffnete damit erneut die Zentralverriegelung. Rasch begann sie mit der Durchsuchung der Schubladen. Doch sie wurde enttäuscht. Außer alten Prospekten, Katalogen und einigen Formularen befand sich nichts Aufregendes darin. Sie zog das untere Schubfach heraus, das etwas größer als die anderen war und zur Aufbewahrung von Hängemappen diente. Sie warf in jede Mappe einen kurzen Blick, konnte aber außer weiteren Flyern und Prospekten nichts Bemerkenswertes entdecken. Gerade wollte sie ihre Suche enttäuscht beenden, als ihr auffiel, dass die letzte Mappe etwas anderes enthielt als die anderen. Sie zog die Papiere heraus, um sie eingehender zu studieren. Kurze Zeit später wusste sie, weshalb Sébastien etwas gegen Frédéric in Händen hielt.

32

Lucinde saß in der Lobby des *Negresco* und warf immer wieder ungeduldige Blicke auf das Display ihres Handys. Immer noch keine Nachricht von Christophe. Sie vermisste ihn, obwohl sie noch keine vierundzwanzig Stunden voneinander getrennt waren. Zu dumm auch, dass ihn dringende Geschäfte kurzfristig nach Paris gerufen hatten. Ausgerechnet jetzt, wo sie gerade begonnen hatten, sich näher kennenzulernen. Natürlich verstand sie, weshalb dies nötig gewesen war. Jeder hätte dafür Verständnis gehabt, denn Christophe war gerade dabei, noch ein weiteres Hotel hier in der Provence zu kaufen. Dafür musste er sich mit der reichlich schwierigen Erbin in Paris treffen.

»Duchesse du Plessis ist fünfundneunzig Jahre alt und möchte nur an jemanden verkaufen, der sie davon überzeugen kann, dass man ihr Lebenswerk auch in Ehren hält«, hatte er ihr nach seinem Telefongespräch während des Abendessens reichlich zerknirscht erklärt. »Mein Konzept von einem Landhotel mit ökologischer Ausrichtung gefällt ihr sehr gut. Nun will sie mich unbedingt persönlich kennenlernen. Wir hatten uns eigentlich erst für nächste Woche verabredet, aber ihr ist etwas dazwischengekommen.« Seine Stimme war voller Bedauern. Dann hatte er ihre Hand ergriffen und ihr innig in die Augen geblickt.

»Die Gräfin besteht darauf, dass ich mich morgen früh mit ihr zum Frühstück treffe. Das bedeutet, dass ich gleich nach dem Essen aufbrechen muss.«

»Konntest du sie nicht wenigstens auf das Mittagessen vertrösten?«, hatte Lucinde enttäuscht entgegnet.

»Eine Gräfin lässt man nicht warten.« Christophe hatte leidenschaftlich ihren Handrücken geküsst und sie dabei bedauernd angesehen. Lucindes Körper war bei seiner Berührung sofort wieder entflammt. »Aber keine Angst, *ma Chérie,* ich werde schon am frühen Nachmittag wieder hier sein, und wir holen alles nach.« Wie von Zauberhand lag plötzlich eine kleine Schmuckschatulle auf dem Tisch vor ihr, die er geschickt öffnete. Darin lag ein bezaubernder Ring mit einem von Diamanten umkränzten Saphir. »Nimm das als Zeichen meiner Wertschätzung«, flüsterte er mit sanfter Stimme. Sie war einfach sprachlos gewesen. Der Ring sah zauberhaft aus und musste ein Vermögen gekostet haben. Als er sah, dass sie zögerte, nahm er ihn heraus und streifte ihn über ihre Hand. Er passte perfekt.

»Gefällt er dir?«

»Er ist einfach hinreißend und viel zu teuer! Ich kann ihn unmöglich annehmen!« Sie zierte sich, damit er nicht den Eindruck gewann, sie wäre auf sein vieles Geld aus. Doch er bestand darauf, dass sie ihn behielt. Mit einem entschuldigenden Blick auf seine Uhr ließ er wenig später die Rechnung kommen. »Wenn ich mich nicht beeile, verpasse ich noch den Flieger nach Paris«, entschuldigte er sich. Er legte seine Kreditkarte in das Kästchen, das ihm auf einem Silbertablett gereicht worden war. Dann wandte er sich ihr wieder zu. »Ich möchte, dass du dir morgen einen schönen

Tag machst«, schlug er vor. »Kauf dir ein schönes Kleid, ein Kostüm, passende Schuhe, alles, was du willst. Ich werde dafür aufkommen, sobald ich zurück bin. Die Rechnungen kannst du ohne Probleme ins *Negresco* schicken lassen. Ich freue mich schon jetzt, dich morgen darin bewundern zu können!« Er lächelte ihr aufmunternd zu, sodass ihre Enttäuschung tatsächlich etwas gemildert wurde. Sie wurden durch das Räuspern des Obers unterbrochen, der Christophe etwas ins Ohr flüsterte und ihm das Kästchen mit der Kreditkarte wieder zurückgab.

»Du entschuldigst mich?«, meinte ihr Geliebter und folgte dem Ober zur Kasse. Als er wenig später wieder zurückkam, fragte sie ihn, was geschehen sei.

»Es war irgendetwas mit meiner Kreditkarte«, murmelte er etwas zerstreut. »Es gab wohl ein Verbindungsproblem zu meiner Bank in Mauritius.«

»Soll ich für dich einspringen?«, bot Lucinde sofort an, obwohl ihr in Anbetracht der Summe, die ihr Menü und die teuren Weine gekostet hatten, ganz schwummrig wurde. Doch Christophe ließ es nicht zu.

»Wie käme ich mir denn vor, wenn ich mich bei unserem ersten richtigen Abendessen von dir aushalten ließe«, protestierte er entrüstet. »Keine Sorge, *ma Chérie*! Ich lasse die Rechnung auf mein Zimmer gehen. Es ist alles geregelt.«

Kurz darauf hatte er sie ins Hotel zurückbegleitet und war sofort in ein Taxi gestiegen. Notgedrungen hatte sie die Nacht alleine verbringen müssen, und auch während des Frühstücks am nächsten Morgen hatte sie ihn vermisst. Danach hatte sie seinen Vorschlag in die Tat umgesetzt und war in all die teuren Boutiquen gegangen, um die sie normalerweise einen großen Bogen machte, weil allein die Preise sie schwindlig werden ließen. Auf diese Weise gelang es ihr ganz gut, sich ein wenig abzulenken, auch wenn ihr Christophes Gesellschaft noch lieber gewesen wäre. Sie genoss es, wie die Angestellten sie hofierten, und erstand tatsächlich ein bezauberndes schwarzes Spitzenkleid von Dior samt passenden Pumps und verführerischer Unterwäsche, in der sie Christophe am Abend zu verführen gedachte. Jedes einzelne Stück war sündhaft teuer gewesen, und sie hatte deswegen immer noch ein schlechtes Gewissen. Doch Christophe hatte sie vor seiner Verabredung mit der Duchesse nochmals angerufen und sie ausdrücklich aufgefordert, sich etwas Besonderes zu gönnen.

»Geld spielt wirklich keine Rolle, *ma Chérie*«, hatte er ihr mehrfach versichert. Nun konnte sie es gar nicht mehr erwarten, dass er endlich zurückkehrte und sie ihn damit bezaubern konnte.

Mittlerweile war die Mittagszeit längst vorüber. Christophe hatte sich immer noch nicht gemeldet. Offensichtlich gingen die Verhandlungen mit der Gräfin doch länger, als er vorausgesehen hatte. Diese alte Schachtel soll sich nicht so haben, dachte sie verstimmt und stellte sich vor, wie ihr Geliebter sich an der zerknitterten Gräfin die Zähne ausbiss. Im nächsten Augenblick kam ihr der Gedanke auch schon wieder lächerlich vor. Sie konnte sich nicht vorstellen, dass jemand Christophes Charme widerstehen konnte. Als hätte er ihre Gedanken gelesen, klingelte auch schon im nächsten Augenblick ihr Telefon.

»Es tut mir leid, dass du so lange warten musstest.« Ein wohliger Schauer rieselte über ihren Rücken, als sie seine tiefe Stimme vernahm. Sie klang allerdings nicht so fröhlich, wie sie es gewohnt war.

»Gab es Ärger mit der Gräfin?«, erkundigte sie sich alarmiert.

»Nein, das Treffen mit der Duchesse war sehr angenehm«, beruhigte er sie. »Sie hat keinen Hehl daraus gemacht, dass sie mich unter allen anderen Bewerbern bevorzugt.«

»Dann darf ich dir also gratulieren?« Lucinde spürte eine große Erleichterung. Sie freute sich wirklich für Christophe, nicht zuletzt deswegen, weil er angedeutet hatte, dass dies ein möglicher Weg war, um wieder nach Frankreich zurückzukehren, sollte der Deal klappen. Sie hatte ihm gegenüber nie einen Hehl daraus gemacht, dass sie lieber in Frankreich bleiben würde, als mit ihm nach Übersee zu gehen. Diesen Wunsch von ihr schien er sehr ernst zu nehmen.

»Ja, ich kann das Hotel kaufen. Doch es gibt noch ein paar Hindernisse, die es nicht ganz einfach machen ...« Seine letzten Worte dämpften ihre Freude. »Die Gräfin möchte eine sofortige Anzahlung in beträchtlicher Höhe. Das ist an und für sich kein Problem. Doch es bedeutet, dass ich noch von hier aus mit meiner Bank verhandeln muss. Es wird mehrere Tage dauern, bis das Geld von Mauritius hier sein wird. Es gab wirtschaftliche Unruhen, die den Geldfluss im Augenblick behindern. Wie gesagt, nichts Dramatisches, aber es zwingt mich hierzubleiben, schon allein um die Duchesse zu beruhigen. Ich hoffe, du kannst das verstehen, *ma Chérie* ...«

»Natürlich!« Lucinde gab sich alle Mühe, ihre Enttäuschung zu verbergen, auch wenn sie am liebsten laut protestiert hätte. Mit Mühe gelang es ihr, sich wieder zu beruhigen. Sie wollte nicht, dass Christophe sie für hysterisch hielt. »Möchtest du, dass ich zu dir nach Paris komme?«, fragte sie schließlich.

»Ich könnte mir nichts Schöneres vorstellen. Doch das kann und will ich dir nicht zumuten. Ich werde dauernd unterwegs sein und keine Zeit für dich haben. Wie gesagt, die Duchesse ist sehr anspruchsvoll. Außerdem will ich die Zeit nutzen, um alte Kontakte zu pflegen. Ich wäre gezwungen, dich sträflich zu vernachlässigen …«

»Das verstehe ich natürlich!« Sie schluckte schwer, als sie es sagte. Christophe spürte ihre Traurigkeit und begann sofort, beruhigend auf sie einzureden.

»Sei nicht traurig, *Chérie*! Wir holen das alles nach!«, versprach er zärtlich. »Ich mach dir einen Vorschlag. Du fährst jetzt wieder nach Hause und wartest, bis ich die Sache über die Bühne gebracht habe. Ich werde mich beeilen, und wir bleiben natürlich ständig in Kontakt. Da ich auf vielen Meetings sein werde, ist es besser, wenn ich dich anrufe. Und wenn ich zurück bin, werden wir gemeinsam unser neues Hotel in Augenschein nehmen. Es liegt direkt an der Küste, ganz in der Nähe von St. Tropez. Ich habe viel nachgedacht und bin mittlerweile fest entschlossen, wieder zurück nach Frankreich zu kommen. Was hältst du davon, wenn wir dieses Hotel gemeinsam führen? Ich könnte mir nichts Aufregenderes vorstellen. Sogar einen Namen habe ich mir schon dafür ausgedacht. Was hältst du davon, wenn wir es *Lucinde* nennen?«

Lucinde wurde ganz schwindlig von dem, was Christophe ihr da vorschlug. Hatte er wirklich »unser« Hotel gesagt? Und wollte er ihm tatsächlich ihren Namen geben?

Vergessen war ihre Enttäuschung, dass er nicht zurückgekommen war. Die Zukunft war das, was jetzt zählte.

»Ich weiß gar nicht, was ich dazu sagen soll«, seufzte sie hingerissen.

»Sag einfach Ja!«, antwortete er. »Ich kann es gar nicht erwarten, mit dir die Pläne dafür auszuarbeiten.«

Dann beteuerte er ihr nochmals, wie sehr er sie vermisse und dass er die Stunden zähle, bis sie sich wieder in die Arme schließen konnten. Für Lucinde, die von Hervé noch niemals auch nur annähernd solche Liebesbeteuerungen gehört hatte, war dies wie ein warmer Sommerregen, der überbordende Glücksgefühle in ihr zum Vorschein brachte. Sie hätte ihm stundenlang zuhören können.

»Da wär nur noch eines«, druckste Christophe, als es Zeit wurde, das Telefongespräch zu beenden. »Es ist mir wirklich peinlich, mich deswegen an dich zu wenden, aber dadurch, dass ich so übereilt aufgebrochen bin, steht noch die Rechnung für unser Hotel offen. Ist es ein Problem für dich, sie vorzustrecken? Natürlich erstatte ich dir den Betrag umgehend zurück auf dein Konto. Schick mir eine Nachricht über die Summe auf mein Smartphone, damit ich es gleich erledigen kann.«

»Mach dir keine Sorgen, mein Geliebter«, säuselte Lucinde noch immer benommen von ihren Glücksgefühlen. »Ich erledige das!«

»Es ist mir wirklich peinlich, *ma Chérie*! Du musst weiß Gott was von mir denken!«

»Das tue ich ganz gewiss nicht«, beruhigte ihn Lucinde. »Ich liebe dich! Das ist das Einzige, was zählt!«

»Und ich liebe dich!«

33

Die Verkostung fand auf der Tribüne statt. Dort hatte man in der Zwischenzeit die Theke festlich eingedeckt. Vor jedem der dahinterstehenden Jurymitglieder befanden sich sechs gleich aussehende Teller, die mit Glashauben abgedeckt waren. Darunter lagen die Schokoladentafeln der beiden Bewerber, die in die Endausscheidung gekommen waren. Ferner standen eine Karaffe mit klarem Wasser, Gläser und Schalen mit winzigen Stücken kalter, ungewürzter Polenta bereit. Madame Betaincourt hatte den Vorsitz der Bewertungskommission und moderierte gleichzeitig die Vorstellung. Sie war trotz ihrer geringen Größe eine energisch auftretende Mittfünfzigerin mit erstaunlich publikumswirksamer Präsenz. Nach einer kurzen Vorstellung der Jury, deren Teilnehmer alle unterschiedliche berufliche Hintergründe hatten und sich seit Jahren in der Welt der Schokolade als Geschmacksexperten einen Namen gemacht hatten, begann die Verkostung. Ohne Madame Betaincourts Erklärungen wäre sie mit Sicherheit recht unspektakulär gewesen, dachte Vincent, der immer noch nach Rosalie Ausschau hielt. Er hatte ihr einen Platz in den vorderen Reihen frei gehalten, so wie sie es gewünscht hatte, doch sie war bislang noch nicht erschienen.

»Eine gute Schokolade sollte einen mit auf eine Reise

nehmen«, erklärte die Jurorin soeben mit einem bedeutsamen Lächeln ins Publikum. »Beim Auspacken und ersten Probieren zeigen sich bereits das Können des Herstellers und die Qualität der Zutaten. Für eine Verkostung benötigt man einen sauberen Gaumen, der nach jedem Stück Schokolade wieder neutralisiert werden muss. Aus diesem Grund trinken wir nach jedem Bissen klares Wasser und nehmen ein kleines Stück Polenta zu uns.«

Während sie über die Komplexität der Aromen dozierte und deren geschmackliche Nuancen, stieß Rosalie endlich zu ihm. Ihre roten Wangen ließen vermuten, dass sie Neuigkeiten hatte. Unter den vorwurfsvollen Blicken von Arlette und Jean-Luc Farnauld bahnte sie sich ihren Weg durch die Reihen zu ihrem Sitzplatz.

»Wo warst du nur so lange?«, raunte Vincent ihr leise zu.

»Erzähl ich dir später!« Rosalie ignorierte seinen fragenden Blick und konzentrierte sich auf die Personen vor ihr. Madeleine Bonnet saß zwischen Frédéric und Tristan Thibault. Alle drei lauschten aufmerksam Madame Betaincourts Erklärungen, die nun den Vorgang der ersten Verkostung kommentierte. Rosalie wandte sich erst nach einer ganzen Weile ihm wieder zu. »Du glaubst nicht, was ich herausgefunden habe«, flüsterte sie aufgeregt. »Frédéric hat auf alle Fälle Dreck am Stecken. Ich konnte …«

»Pscht!!«, zischte es aufgebracht neben ihnen. Arlette warf Rosalie einen vernichtenden Blick zu, woraufhin diese ihr honigsüß zulächelte, aber dann doch schwieg.

Vincent, der nur zu gern gewusst hätte, was es Neues gab, musste erst einmal seine Neugier zügeln. Widerwillig verfolgte er, wie die Juroren in einem ersten Schritt die Schokoladenstücke inspizierten. Eine glänzende Oberfläche deutete darauf hin, dass sie gut temperiert und optimal gelagert wurde. Dann brachen sie die Tafel klein. Das Geräusch, das dabei entstand, war ebenfalls ein Qualitätsmerkmal. Die Schokolade musste mit einem sauberen Knacken brechen, was auf ihre perfekte Kristallstruktur hindeutete. In einem dritten Schritt legten sich die Juroren ein Schokoladenstück in die Hand, hielten es sich dicht unter die Nase und nahmen seine Aromen wahr. Erst danach wurde es auf die Zunge gelegt, um die Konsistenz zu fühlen. Gute Schokolade sollte sich seidig und glatt anfühlen und musste gleichmäßig auf der Zunge schmelzen. Dabei wurden die einzelnen Geschmacksnoten festgestellt. Schmeckte sie nussig, würzig, fruchtig oder blumig, erdig, geröstet oder frisch? Jede dieser sieben Grobeinteilungen besaß nochmals einen Haufen weiterer subtiler Nuancen, die Vincent an eine Weinverkostung erinnerten. So arbeiteten sich die Verkoster durch alle sechs Schokoladensorten. Zwischen den einzelnen Gängen gab es Pausen, damit die Juroren Notizen machen und sich ihre Geschmacksknospen erholen konnten. Am Ende der Verkostung zogen sich die Jurymitglieder zu einer kurzen Beratung zurück, bevor die lang ersehnte Preisverleihung begann. Die Anspannung im Publikum stieg, als Madame Betaincourt endlich wieder die Bühne betrat, um das Ergebnis mitzuteilen.

»Mesdames, Messieurs«, begann sie und hatte sofort die Aufmerksamkeit des Publikums wieder zurück. »Es ist mir eine große Freude, Ihnen den diesjährigen Sieger der *Charte Pur Beurre de Cacao* zu verkünden. Die Jury hat es sich nicht leicht gemacht. Zweifelsohne gebührt beiden Chocolatiers die Ehre, zu den besten Frankreichs zu gehören. Ihre Handwerkskunst ist außerordentlich, und die Qualität der Produkte spricht für sich. Doch letztendlich fiel es uns nicht schwer, den klaren Sieger des heutigen Tages herauszufinden. Eine wunderbar glänzende Criollo-Schokolade, deren sauberes Knacken eine perfekte Kristallisierung verrät, hat unsere besondere Aufmerksamkeit geweckt. Die Vielfalt ihrer Aromen, die bei der Verkostung in die Nase stieg, sowie der unvergleichlich fruchtige Geschmack, der an Aprikose, Feige und etwas Orange erinnert, hat uns so sehr beeindruckt, dass unsere Abstimmung einstimmig ausfiel. Der Preis der *Charte Pur Beurre de Cacao* geht aus diesem Grund dieses Jahr an …« Madame Betaincourt machte eine Kunstpause und sah mit einem verheißungsvollen Lächeln ins Publikum. Vincent stellte fest, wie sich die gesamte Reihe vor ihnen versteifte. Dort befanden sich die Vertreter der beiden konkurrierenden Chocolatiers in banger Hoffnung.

»Sieh mal!« Vincent zuckte zusammen, weil Rosalie ihn unvermutet in die Seite gestoßen hatte. Sie deutete mit dem Kopf in Richtung Madeleine. Diese schob vermeintlich unauffällig ihre Hand zu ihrem Nebenmann und berührte sie innig. Im nächsten Augenblick wurde der Gewinner verkündet.

»Der Preis der *Charte Pur Beurre de Cacao* geht in diesem Jahr an Maître Tristan Thibault und damit an die Chocolaterie Bonnet & Frères. Wir gratulieren Ihnen von Herzen!«

Lauter Jubel brandete auf. Das Publikum, das zu einem Großteil aus Vassols stammte, stampfte sogar mit den

Füßen vor Begeisterung. Gleichzeitig machte sich große Erleichterung breit. Frédéric umarmte Madeleine, bevor er Thibault für alle sichtbar die Hand reichte und ihn in Richtung Bühne schob. Madeleine blieb etwas hilflos sitzen. Thibault kehrte nochmals um und reichte ihr die Hand, um sie ebenfalls auf die Bühne zu holen. Schließlich standen alle drei vor dem immer noch applaudierenden Publikum, wo der Chocolatier stellvertretend für Bonnet & Frères den Preis entgegennahm.

»Thibault und Madeleine scheinen sich sehr gut zu verstehen«, raunte Vincent Rosalie zu.

»Ja, das habe ich auch gerade bemerkt«, murmelte sie nachdenklich. »Merkwürdig«, fügte sie noch hinzu. Er wusste nicht, was sie damit sagen wollte. »Lass uns von hier verschwinden«, forderte sie ihn plötzlich auf. »Wir müssen reden!«

Sie erhoben sich von ihren Plätzen und bahnten sich einen Weg nach draußen. Noch bevor sie auf den Parkplatz gelangten, begann sie auch schon von dem Gespräch zwischen Frédéric und Sébastien zu erzählen, das sie heimlich belauscht hatte.

»Frédéric hat seinen Onkel betrogen, und Sébastien erpresst ihn deswegen«, fasste sie am Ende nochmals alles zusammen. »Der junge Bonnet hat damit angefangen, den teuren Criollo-Kakao mit einer minderwertigen Kakaosorte strecken zu lassen, um damit einen größeren Profit zu erzielen. Den hat er selbstverständlich in die eigene Tasche gewirtschaftet. Mit Sicherheit hat er in Afrika Komplizen, die ihm dabei geholfen haben. Später hat ihm dann dieser belgische Schokoladenriese wohl ein Übernahmeangebot gemacht. Die wollen sich Bonnet & Frères' guten Ruf und sein Fairtrade-Renommee wohl einverleiben.«

Vincent verstand nicht ganz. »Aber was hätte Frédéric davon? Ihm gehört doch nur ein Drittel der Firma, und er verliert seinen Job, mit dem er gutes Geld verdient.«

Rosalie schnaubte ungeduldig. »Das weiß ich auch nicht so genau. Aber er wollte auf keinen Fall, dass Sébastien damit an die Öffentlichkeit geht.«

»Und dem geht es offensichtlich um seine Anteile, an die er unbedingt heran möchte«, ergänzte Vincent.

»Stimmt! Der Kerl besitzt keinerlei Skrupel, um sein Ziel zu erreichen«, gab Rosalie ihm recht. »Er hat Frédéric mit den Fotos erpresst, die vorher Gobeni gehört haben. Er hat behauptet, sie Madeleine entwendet zu haben. Das bedeutet, er ist bei ihr eingebrochen, nachdem ich ihn vor ihrem Haus gesehen habe. Ich weiß nun zumindest, dass er es gewesen ist, den ich dort gesehen habe. Ihm gehört der rote Sportwagen.«

»Glaubst du, dass er was mit dem Tod seines Stiefvaters und womöglich auch mit dem von Gobeni zu tun hat?«

Rosalie schüttelte den Kopf. »Das trau ich ihm irgendwie nicht zu. Sébastien ist eher so was wie ein Trittbrettfahrer.«

»Dann kommt also nur noch Frédéric in Frage«, schloss Vincent. »So wie du es schilderst, hätte zumindest auch er ein Motiv.«

Rosalie wog unschlüssig den Kopf. »So wie sich alles darstellt, liegt die Vermutung natürlich nahe. Auf der anderen Seite passt das alles für mich noch nicht richtig zusammen ...« Sie kräuselte nachdenklich ihre Stirn. »Es könnte natürlich sein, dass Frédéric und Madeleine gemeinsame

Sache machen. Wenn sie die Firma verkaufen … Ihnen gemeinsam gehören achtzig Prozent – und hundert Prozent, wenn sie Sébastien jetzt ausbezahlen. Wahrscheinlich ist das Verkaufsangebot so hoch, dass die Viertelmillion, die er Sébastien angeboten hat, nur ein Bruchteil von dem ist, was ihm normalerweise zustehen würde. Ja, das macht Sinn. Aber wieso sollte Madeleine verkaufen wollen? Nach allem, was wir über sie wissen, hat ihr die Arbeit in der Chocolaterie viel Spaß gemacht. Angeblich ist sie nur schweren Herzens wieder zu Hause geblieben, nachdem Arthur genesen war. Wenn sie in Frédéric verliebt ist, ist das natürlich plausibel. Aber weshalb hat sie dann vorhin Thibaults Hand gedrückt?« Sie schüttelte unwirsch den Kopf. »Wie auch immer … Ich muss dringend Maurice darüber informieren. Ich ruf ihn an, sobald ich zu Hause bin.« Sie standen mittlerweile vor ihrem Fahrrad. Vincent sah ihr mit den Händen in den Jackentaschen zu, wie sie es aufschloss. »Kommst du noch mit zu mir nach Hause?«, fragte sie ihn.

»Ich müsste eigentlich noch mal ins Labor«, gestand er ihr zögernd. »Ich möchte da einer Sache nachgehen. Vielleicht könnte ich ja etwas später noch kommen.«

»Moment bitte!« Ihr Handy hatte geklingelt. »Das ist Louis.« Sie verzog ihr Gesicht. »Da muss ich ran!« Sie nahm ab und entfernte sich von ihm. »Nicht schon wieder!«, hörte er sie kurz darauf genervt sagen. Dann begann sie heftig zu gestikulieren. Wahrscheinlich hatte der alte Bertrand mal wieder etwas angestellt, und sie musste ihren Bruder beruhigen. Er beschloss, sie in Ruhe telefonieren zu lassen. Dabei bekam er zufällig die Pipette in seiner Tasche in die Finger, die er während der Führung mitgenommen hatte. Er holte sie heraus, um sie nochmals genauer zu betrachten. Wie mochte eine medizinische Gerätschaft wohl ihren Weg in die Werkstatt eines Chocolatiers gefunden haben?, überlegte er. Bevor er den Gedanken weiterspinnen konnte, kehrte Rosalie zurück. Sie wirkte aufgeregt und besorgt.

»Mein Vater ist abgehauen«, teilte sie ihm kurzerhand mit. »Ich muss sofort zum Weingut!«

»Soll ich dich begleiten?«

»Geh du nur in dein Labor«, lehnte Rosalie nach kurzem Überlegen ab. »Weit kann er ja nicht gekommen sein.« Sie gab ihm einen Kuss auf die Nase. »So verlieren wir am wenigsten Zeit und können den Abend noch ein wenig genießen.«

Vincent versprach, etwas für sie beide zu essen zu besorgen, dann verabschiedete er sich.

Zu Hause nahm er den Weg durch die Apotheke, um Denise kurz Bescheid zu geben, dass er wieder zurück war. Seine Kollegin begrüßte ihn wie immer gut gelaunt. Sie war gerade dabei, wieder einmal den Verkaufsraum umzudekorieren.

»Schon Nachricht vom Prüfungsamt?«, begrüßte er sie. Denise zuckte mit den Schultern.

»Ende nächster Woche werden die Ergebnisse bekannt gegeben.«

»Ich bin sicher, dass Sie alle geschafft haben!«

Denise sah ihn lächelnd an, weil er keinen Zweifel zeigte. »Es war zwar leichter, als ich gedacht hatte«, gestand sie ihm, »aber sicher kann man dennoch nicht sein!«

Er tätschelte ihre Schulter. »Wird schon! Bald werden Sie meine Partnerin.« Dann tauschten sie sich über die wichtigsten Dinge aus. Er fand, dass er und die Frau aus Mali sich prächtig ergänzten.

»Ich habe noch etwas im Labor zu tun«, verkündete er ihr, nachdem sie alles Notwendige geklärt hatten. Auf dem Weg ins Untergeschoss überdachte er nochmals den Gedanken, der ihm auf dem Parkplatz so unvermittelt gekommen war. Ein Glück, dass er über ein Labor verfügte, das in so mancherlei Aspekten mit der Ausstattung in der Gerichtsmedizin in Avignon mithalten konnte. Nachdem er die Apotheke vor etwas mehr als zwei Jahren gekauft hatte, hatte er sich eine kostspielige Einrichtung im Keller geleistet, um privat ein paar Forschungen machen zu können. Im tiefsten Grund seines Herzens würde er wohl immer Wissenschaftler bleiben, deshalb hatte er sich auch diesen Wunsch erfüllt. Nun war er in der Lage, einige besondere Analysen zu machen, und er war zudem bestens vernetzt. Er setzte sich an seinen Computer und verschaffte sich Zugriff zu seinen Daten in der Gerichtsmedizin. Seine Kollegen und er hatten lange gerätselt, mit welchem Werkzeug die Luftblase in Arthur Bonnets Herz gekommen war. Der Einstichkanal war ungewöhnlich lang, viel länger als der von handelsüblichen Spritzen, dabei aber fein und präzise. Er fragte sich, ob eine Mikropipette als Tatwerkzeug in Frage kam. Vincent verglich die Einzelheiten der Daten und Fotos, die sie von dem Körper des Toten gemacht hatten, mit den Maßen der unterschiedlichen im Handel erhältlichen Pipettenformen. Form und Länge stimmten in etwa überein. War es möglich, dass eine Pipette als Tatwerkzeug in Frage kam, wenn sie robust und spitz genug war und man sie als Blasrohr verwendete? Er verwarf den Gedanken wenig später wieder, als er sich an einem Stück Rindfleisch aus seinem Kühlschrank mit unterschiedlichen Pipettenmodellen versucht hatte. Er musste einsehen, dass er sich verrannt hatte. Keines der Materialien von Pipetten war dazu geeignet. Selbst hochwertige Pipetten brachen ab, sobald man sie in das Fleisch bohrte. Der Täter hatte eine andere Kanüle benutzt. Er gab im Internet die Firma ein, die die Pipetten herstellte, die in der Chocolaterie benutzt wurden. Diese Firma hatte sich auf die Herstellung von Pipetten und besonderen Spritzen spezialisiert. Während Vincent das Sortiment durchging, stieß er auch auf Spritzen mit besonders langen Kanülen, wie sie im Veterinärbereich verwendet wurden. Das brachte ihn auf eine Idee.

34

Auf dem Weg zu Louis rief Rosalie Maurice an, um ihn zu bitten, sie bei der Suche nach ihrem Vater zu unterstützen. Sie fand, dass es endlich an der Zeit war, dass auch er sich mehr um ihren gemeinsamen Vater kümmerte. Ihrer Meinung nach ging er viel zu leichtfertig mit dessen Demenz um.

»Ich kann unmöglich von hier weg«, wiegelte er jedoch sofort ab. »Wie du weißt, stecke ich mitten in wichtigen Ermittlungen!«

»Diese Ausrede kannst du dir sparen«, konterte Rosalie verärgert. »Wir haben alle etwas Wichtiges zu tun.«

Ihr Bruder wand sich. »Wieso hat Louis denn nicht schon längst eine Pflegekraft für Vater engagiert? Wir hatten das doch besprochen!«

»Das musst du ihn schon selber fragen. Doch darum geht es im Augenblick nun wirklich nicht.« Es brachte sie langsam auf die Palme, wie er sich aus seiner Verantwortung zu stehlen versuchte. »Vater könnte wer weiß was geschehen sein! Kümmert dich das denn gar nicht?«

»Selbstverständlich, aber du musst auch verstehen, dass ich im Augenblick nicht von hier weg kann. Der Kommandant und der Staatsanwalt sitzen mir gemeinsam im Nacken. Wenn ich nicht demnächst etwas Handfestes vorzuweisen habe, dann kann ich wieder Streife fahren.«

»Das hätte immerhin den Vorteil, dass du dich mal wieder auf die wichtigen Dinge im Leben konzentrieren könntest«, gab Rosalie ungerührt zurück. Endlich wechselte Maurice seine Taktik und lenkte ein.

»Okay, ich werde Arduin benachrichtigen, damit er euch bei der Suche hilft«, versprach er ihr endlich. »Der ist sowieso sauer, weil er bei unserem aktuellen Fall nicht mitmischen darf. Und wenn ihr den Alten bis zum Dunkelwerden nicht findet, bringe ich die Fahndungsmaschinerie ins Laufen. Versprochen!«

Rosalie war mit seiner Antwort immerhin so zufrieden, dass sie sich dazu herabließ, ihrem Bruder von ihren Beobachtungen in der Chocolaterie in Kenntnis zu setzen. Sie erzählte ihm offen von ihrer Lauschaktion, obwohl sie damit rechnete, dass er sie dafür rügen würde. Zu ihrer Überraschung unterließ er es jedoch. Ja, er hörte ihr sogar aufmerksam zu.

»Das passt zu dem, was meine Männer über Frédéric herausgefunden haben«, murmelte er sichtlich zufrieden und gab ihr sogar noch eine erläuternde Erklärung dazu. »Bonnet hat hinter dem Rücken seines Onkels mit der Kakao-Mafia Geschäfte gemacht. Die Kollegen von Interpol sind gerade dabei, uns die nötigen Nachweise zu liefern. Doch damit können wir ihn noch lange nicht wegen des Mordes belangen. Wenn er jedoch die Firma an einen Schokoladenkonzern verhökern möchte, hätte er mehr als ein ausreichendes Motiv. Womöglich macht er mit Arthurs Witwe sogar gemeinsame Sache. Ich wette, die beiden haben schon länger ein Verhältnis. Gemeinsam halten sie achtzig Prozent der Firmenanteile, und es sind hundert, wenn sie

Sébastien ausbezahlen. Die Erpressung muss Frédéric ja direkt gelegen gekommen sein.«

»Es hatte auf jeden Fall den Anschein«, gab Rosalie ihm recht. »Allerdings bezweifle ich, dass Madeleine etwas mit der Sache zu tun hat. Ich glaube nicht, dass die beiden ein Paar sind …«

»Das spielt auch gar keine Rolle«, ignorierte Maurice ihren Einwand. »Dadurch, dass Frédéric auf Sébastiens Erpressung eingegangen ist, erhält er weitere zwanzig Prozent an den Firmenanteilen. Damit kann er den Verkauf ganz alleine durchziehen und braucht Madeleine nicht mehr.«

Rosalie konnte nichts dagegen einwenden. »Und was wirst du nun unternehmen?«

»Sobald die Informationen von Interpol da sind, hoffe ich, etwas zu haben, womit wir ihn festnageln können. Die Geschäfte mit der Mafia sowie das Wissen um die Erpressung, auf die er eingegangen ist, werden ihn in die Enge treiben. Ich bin guter Dinge, dass er mir über kurz oder lang die beiden Morde gestehen wird. Arthur musste sterben, weil er durch Gobeni von den Unregelmäßigkeiten auf den Plantagen erfahren hatte und Frédéric deswegen aus der Firma haben wollte – und Gobeni war ihm als Mitwisser im Weg. Die Lage scheint eindeutig. Dieses eine Mal hat deine Neugier doch etwas Positives gehabt!«

»Ein Lob aus deinem Mund!«, spottete Rosalie. »Ich weiß gar nicht, wie ich damit umgehen soll.« Sie beendete das Gespräch. Zugegebenermaßen klang Maurice' Theorie dieses Mal schlüssig. So wie er es darlegte, war der Fall also geklärt. Doch Rosalie wäre nicht Rosalie gewesen, wenn ihr nicht irgendwie noch ein Rest von Zweifel geblieben wäre. Es war nur ein unbestimmtes Gefühl, das ihr sagte, dass alles noch nicht so recht schlüssig war. Leider konnte sie nicht benennen, was sie an der Lösung des Falles störte. Doch im Augenblick gab es für sie Wichtigeres zu tun. Sie mussten ihren Vater finden, und zwar möglichst, bevor es dunkel wurde.

Auf dem Dorfparkplatz traf sie auf Rachid, der gerade aus Aix gekommen und auf dem Weg in seine Wohnung war. Sie erzählte ihm von ihrem Vater, woraufhin er sich sofort anbot, sie zu begleiten.

Als sie gemeinsam auf dem Weingut eintrafen, erwartete Louis sie bereits ungeduldig. Er hatte in der Zwischenzeit einige seiner Angestellten zusammengetrommelt, um gemeinsam mit ihnen zu einer Suchaktion auszuschwärmen. Wenig später traf auch Philippe Arduin mit Blaulicht ein. Der Dorfpolizist hatte eine Karte dabei und organisierte mit gewichtiger Miene die Suche. Sie kamen überein, dass sie einzeln, zu Fuß, jeder in eine andere Richtung ausschwärmen sollten, während Philippe die Gegend mit dem Auto abfuhr. Über Handyverbindung wollten sie alle miteinander in Kontakt bleiben.

Mittlerweile war der Nachmittag schon weit fortgeschritten, und es war nur noch eine Frage der Zeit, bis es dunkel wurde. Rosalie hatte sich die Gegend ausgesucht, die in Richtung der Dentelles de Montmirail führte. Dort kannte sie sich gut aus. Sie hatte sich daran erinnert, dass es dort einen kleinen Fluss gab, an dem Bertrand früher mit ihr und den beiden Brüdern hin und wieder zum Angeln gegangen war. Rosalie erinnerte sich, dass ihm der Ort immer ganz besonders am Herzen gelegen hatte. Um dorthin zu gelangen, musste sie ein ganzes Stück zu Fuß gehen. Bertrand wurde seit den Mittagsstunden vermisst. Außerdem trug er nur leichte Bekleidung. Er konnte weiß Gott wo sein, doch ihr Gefühl sagte ihr, dass er nicht weit gekommen war. Sie nahm eine Abkürzung quer über die Weinfelder, die in den letzten Tagen ordentlich an Laub zugelegt hatten. Am Himmel über ihr zog ein Steinadler seine Kreise, während die Abendsonne ihr warmes Licht über die Landschaft ergoss. Alles wirkte friedlich, und doch befand sich irgendwo da draußen ihr Vater und wusste vielleicht nicht mehr, wo er war.

Dieser alte Sturkopf, schimpfte sie leise vor sich hin. Ihr ganzes Leben lang kannte sie ihn nur als dominanten, alles bestimmenden Patriarchen, der es gewohnt war, dass man sich widerspruchslos seinem Willen beugte. Seine Krankheit milderte diese Charaktereigenschaften nicht gerade ab. Sie verstand nur zu gut, dass Louis damit überfordert war. Doch er hatte immer gewusst, auf was er sich einließ. Das hatte er nun davon. Rosalie tat ihr Bruder nicht leid. Denn Louis war vor allem eines. Er war geizig. Anstatt Bertrand eine Pflegerin zu besorgen, wollte er das Geld sparen. Am liebsten hätte er gehabt, dass sich Rosalie um ihn kümmerte. Doch dazu war sie nicht bereit. Zu tief saß noch der Stachel, der sie daran erinnerte, welche Rolle sie in dieser Familie nur spielen durfte. Sie war immer Kuckuckskind geblieben, das man nur duldete, weil man keine andere Möglichkeit sah, es loszuwerden. Rosalie hatte immer gedacht, dass sie im Laufe der Jahre, die sie fernab ihrer Heimat verbracht hatte, damit ihren Frieden gemacht hatte.

Doch in Momenten wie diesen merkte sie, dass dem nicht so war. Dass sie heute so war, wie sie war, hatte seinen Ursprung darin, dass sie Zeit ihres Lebens nach Anerkennung innerhalb der Familie gesucht hatte. Und weil dies nicht durch Wohlverhalten gegangen war, hatte sie sich in Auflehnung und Trotz geflüchtet. Sie war auf diese Weise in eine Abwärtsspirale geraten, die sie schließlich von hier weggetrieben hatte.

Sie kam an ein kleines Waldstück, an dessen Ende sich das Flüsschen entlangschlängelte. Es führte unterhalb des Zähnchengebirges, wie die Dentelles aufgrund ihrer gezackten Felsenkämme im Volksmund hießen, in Richtung Mont Ventoux. Immer wieder verbreiterte sich das Gewässer zu größeren Gumpen, in denen sich sogar Forellen tummelten. Sie wählte einen Pfad, der durch das Dickicht führte und sich dann entlang dem Flüsschen wand. Immer wieder rief sie Bertrands Namen. Rachid meldete sich. Er durchkämmte das Gebiet etwas weiter westlich von ihr. Er schlug vor, sich ihr in einem großen Bogen zu nähern.

»Weit kann dein Vater doch nicht gekommen sein«, wunderte er sich. »Wir müssten ihn längst gefunden haben.«

»Vielleicht ist er ja mit dem Bus in die Stadt gefahren und irrt dort irgendwo herum«, mutmaßte Rosalie, die langsam die Hoffnung zu verlieren begann. Die Sonne näherte sich mittlerweile in großen Schritten dem Horizont.

»Sollen wir zurück und deinen Bruder um Hilfe bitten?«

»Vielleicht ist das ja am vernünftigsten. Bald wird es dunkel, dann sehen wir ohnehin nichts mehr. Ganz in der Nähe war früher eine Schutzhütte für Jäger. Sie müsste auf halbem Weg zwischen dir und mir in der Nähe des Flusses liegen. Wir können uns dort treffen.« Rachid war einverstanden.

Ein paar Hundert Meter weiter glaubte Rosalie plötzlich ein Wimmern zu vernehmen. Es hörte sich an wie das eines kleinen Kindes. Rasch lief sie in die Richtung und sah sich dabei ständig um. Auf einem Felsbrocken, etwas unterhalb des Weges direkt am Fluss sah sie ihren Vater. Die Arme um die angezogenen Knie geschlungen kauerte er da und wiegte vor und zurück, als säße er auf einer Wippe. Rosalie erschrak bei seinem Anblick. Ihr großer, kräftiger Vater, der immer alles um sich herum beherrscht hatte, sah so klein und schutzbedürftig aus wie ein hilfloses Kind. Er zitterte, was auch kein Wunder war in Anbetracht dessen, dass er nur eine Jogginghose und einen dünnen Pullover trug.

»Papa?«, rief sie vorsichtig. Sie nannte ihren Vater für gewöhnlich bei seinem Namen. Austausch von Zärtlichkeiten war zwischen ihnen beiden nicht üblich. Doch nun konnte sie nicht anders. Die Gestalt auf dem Felsen zuckte zusammen. Orientierungslos sah Bertrand Viale sich um. Offensichtlich konnte er die Herkunft der Stimme nicht richtig zuordnen.

»Ich bin hier oben. Alles wird gut!«

Endlich sah er zu ihr hinauf. Als er sie entdeckte, verwandelte sich der verängstigte Ausdruck auf seinem Gesicht zu immer größer werdender Freude. Ihr wurde ganz warm ums Herz, als sein Gesicht zu strahlen begann. So hatte er sie noch niemals angesehen.

»Malika«, rief er plötzlich laut. Sie sah, wie Tränen in seine Augen stiegen. »Malika! Warum hast du mich so lange allein gelassen?«

Rosalie erstarrte, als sie den Namen ihrer Mutter hörte. Der Mutter, die sie nie kennenlernen durfte. »Ich bin Rosalie, deine Tochter«, antwortete sie mit trockener Stimme. Doch ihr Vater registrierte es nicht. Er rappelte sich auf und streckte die Hand nach ihr aus, damit sie ihm nach oben half. Rosalie griff danach und half dem Alten zu ihr hoch. Kaum stand er vor ihr, lächelte er sie glückselig an. Dabei rannen ihm Tränen über beide Wangen.

»Ich habe dich so vermisst! Wieso hast du mir nicht erzählt, dass du schwanger bist? Ich hätte mich um dich gekümmert!«

Rosalie fühlte sich von der Situation überfordert. Ihr Vater war so verwirrt, dass er sie tatsächlich für ihre Mutter hielt. »Ich bin doch Rosa…« Er ließ sie nicht ausreden, sondern griff nach ihren Händen und ließ sie nicht mehr los.

»Ich habe dich nie vergessen, Malika«, brach es aus ihm heraus. »Du warst die Liebe meines Lebens. Aber ich war doch schon verheiratet. Verstehst du? Ich konnte Isabelle und die beiden Jungen nicht so einfach verlassen, auch wenn ich es mir so gewünscht hätte.« Er löste seinen Griff um ihre Hände und ließ die Arme schlaff an sich herunterhängen. »Ich wollte dich nicht verlieren«, sagte er traurig. »Und dann warst du weg!«

»Ich bin ja jetzt hier, Bertrand«, antwortete Rosalie, ohne darüber nachzudenken, dass sie damit freiwillig in die Rolle ihrer Mutter schlüpfte. Aber sie brachte es einfach nicht über sich, ihn jetzt zu enttäuschen.

Er hob sein Kinn, das reumütig auf seiner Brust gelegen hatte, und sah sie an. Sie hoffte, dass er sie endlich erkannte, aber sein Geist war so weit in der Vergangenheit, dass er es noch nicht schaffte.

»Ich werde Isabelle für dich verlassen, wenn du nur bei mir bleibst«, schwor er. »Ich kann ohne dich nicht leben. Alles ist mir so fremd geworden, weißt du?« Er sah sie an, und sie erkannte in seinem verwirrten Blick, wie verloren er im Augenblick war. Zum ersten Mal, seit sie von seiner Erkrankung erfahren hatte, bekam sie eine Ahnung davon, wie grausam dieser Zustand des Vergessens sein konnte. Und trotz all den Unstimmigkeiten, die zwischen ihnen beiden im Lauf der Jahre entstanden waren, spürte sie plötzlich Zuneigung und eine große Wärme für den alten Mann. Vielleicht zum ersten Mal in ihrem Leben.

»Ich bleibe bei dir«, versprach Rosalie und nahm seine Hand, um sie leise zu drücken. Bertrand nickte dankbar, ohne sie anzusehen. Sie spürte, wie er durch ihre Zuwendung ein wenig Ruhe fand. Gemeinsam machten sie sich nun auf den Heimweg. Während er schweigend und wieder in seiner eigenen Gedankenwelt verloren neben ihr hertrottete, überkam sie eine große Traurigkeit. Die Erkenntnis, dass die Beziehung zwischen Malika und Bertrand keine bloße Affäre gewesen war, stellte alles auf den Kopf, was sie sich bislang über ihr eigenes Verhältnis zu ihrem Vater ausgemalt hatte. Bertrand hatte ihre Mutter geliebt. Und er trauerte dem Verlust immer noch nach. Sie hatte sich immer nur als lästiges Anhängsel in seiner Familie empfunden. Und ihr war niemals der Gedanke gekommen, dass in Wirklichkeit alles ganz anders gewesen sein konnte. Vielleicht hatte sie ihm immer unrecht getan. Vielleicht erinnerte sie ihren Vater nur immer wieder schmerzlich an das, was er verloren hatte. Vielleicht war das der wahre Grund für ihre schwierige Beziehung.

Von hinten näherte sich jemand mit eiligen Schritten. Es war Rachid. Sie hatte ganz vergessen, ihm Bescheid zu geben. Sie hielten an, um auf ihn zu warten.

»Monsieur Viale«, begrüßte er sie, »wie schön, dass Sie wieder da sind!«

»Was reden Sie da?« Rosalies Vater sah Rachid entrüstet an. »Ich war nie weg.« Er sah an sich herab und bemerkte, dass Rosalie ihn an der Hand hielt. Er machte sich abrupt frei und trat einen Schritt zurück. »Wieso zerrst du mich bei Einbruch der Dunkelheit hier nach draußen«, blaffte er sie an. »Du hast schon als Kind nichts als Flausen im Kopf gehabt, Rosalie!« Er bedachte sie mit einem strengen Blick. »Ich muss sofort nach Hause, um meine Kakaolieferung entgegenzunehmen. Ab morgen machen wir auf dem Hof Schokolade!« Damit wandte er sich von ihnen ab und stapfte davon. Rosalie und Rachid sahen ihm kopfschüttelnd hinterher.

35

Während Sébastien mit dem Scheck in der Tasche der Chocolaterie den Rücken zukehrte, um zu seinem Auto zu gehen, gelang es ihm kaum, sein Triumphgefühl zu unterdrücken. Er fühlte sich einfach großartig. Endlich hatten seine Geldsorgen ein Ende. Endlich konnte er wieder das Leben führen, das er gewohnt war. Das musste gefeiert werden, und zwar sofort. Er war so mit seinen euphorischen Gedanken beschäftigt, dass er den Mann, der sich gerade von seinem Auto entfernte, nur am Rande wahrnahm. Dass sein Fahrzeug nicht abgeschlossen war, hielt er für seine eigene Nachlässigkeit. Mit dem Stolz eines Besitzers strich er über seinen roten Renault Alpine A110S. Vor ein paar Tagen hatte er noch befürchtet, das dreihundert PS starke Gefährt zurückgeben zu müssen. Doch das war nun Geschichte. Das Auto gehörte ihm, und vielleicht konnte er ja auch seinen Vermieter überzeugen, ihm die Luxuswohnung in St. Tropez wieder zu überlassen. Er würde gleich ein paar Freunde anrufen, damit sie sein neues Glück gebührend feiern konnten.

Doch zuerst brauchte er noch etwas zum Aufputschen. Er stieg in seinen Wagen ein und machte es sich auf dem Ledersitz bequem. Bevor er den Motor startete, fischte er aus der Konsole ein Päckchen mit Kokain. Konzentriert schüttete er die Hälfte des weißen Puders in einer Linie auf seinen Handrücken und sog die Droge tief durch die eine Nasenöffnung ein. Dasselbe machte er mit der anderen Hälfte. Binnen kürzester Zeit zeigte die Droge ihre Wirkung. Sie rauschte mit affenartiger Geschwindigkeit durch seine Adern und öffnete seinen Geist. Eine Welle von Euphorie überspülte ihn und gab ihm das Gefühl, unbesiegbar zu sein. Alles war so gelaufen, wie er es geplant hatte. Er hatte dieser elitären Bonnet-Mischpoke gezeigt, dass er ihnen überlegen war. Sie würden ihm bis auf den letzten Cent das geben, was er von ihnen verlangte, und vielleicht sogar noch mehr. Er startete den Motor und freute sich an dem geschmeidigen Schnurren. Ein 1,8-Liter-Direkteinspritzer mit Turbolader. Schon der mitreißende Sound versprach Kraft, Reaktionsschnelligkeit und eine aufregende Leistung. Er entschloss sich, einen kleinen Umweg über Land zu machen, um die Vorzüge seines Wagens noch ein wenig auszutesten. Sobald er Vassols verlassen hatte, steuerte er die kleine Straße über den Col de la Madeleine an, von der er wusste, dass sie nicht sehr befahren war. Die Strecke war eigentlich nicht für hohe Geschwindigkeiten ausgelegt, aber dank der Ausgewogenheit des Fahrwerks lag der Alpine auf der Straße wie ein Rennwagen. Die Landschaft rauschte nur so an ihm vorbei, während er in überhöhter Geschwindigkeit eine Kurve nach der anderen nahm. Gleichzeitig genoss er das Gefühl der Freiheit.

Endlich liefen die Dinge in die Richtung, die er wollte. Dass Madeleine ihn abfällig als unfähigen Loser betitelt hatte, der nichts anderes konnte, als andere Leute zu erpressen, kam ihm mit einem Mal nur noch lächerlich vor.

Diese billige Schlampe war es nicht wert, dass er sich über sie ärgerte. Er hatte die zweite Frau seines Stiefvaters früher bewundert, weil sie jung, sexy und verdammt gut aussehend war. Eigentlich hätte er sie auch gerne gevögelt, aber wahrscheinlich war sie im Bett nichts als eine Enttäuschung.

Sébastien lachte bei der Vorstellung laut auf und nahm die nächste Kurve mit noch ein wenig mehr Geschwindigkeit. Die Serpentinen wurden nun etwas enger und die Sicht schlechter. Doch das kümmerte ihn nicht.

Heute hatte er ihnen gezeigt, dass er schlauer war als sie alle zusammen. Er hatte das Kunststück fertiggebracht, Frédéric und Madeleine gegeneinander auszuspielen, ohne dass sie etwas davon mitbekommen hatten. Sie würden explodieren wie eine Handgranate, wenn sie es jemals herausfanden. Doch dann war es schon zu spät. Alles in allem würde er für das Geld, das seine Mutter einmal als Einlage einbezahlt hatte, fast das Doppelte einfahren. Und das alles nur wegen ein paar Fotos, die ihm rein zufällig in die Finger gekommen waren. Seine Neugier hatte ihm zu einem Glücksgriff verholfen, als er Madeleine vor einigen Tagen privat aufgesucht hatte, um mit ihr über den Verkauf der zwanzig Prozent seiner Mutter zu verhandeln. Er war als Bittsteller gekommen, weil ihm das Wasser bis zum Hals gestanden hatte. Das war seine letzte Chance, um sich von seinen drückenden Schulden zu befreien, die ihn möglicherweise sogar in den Knast bringen konnten. Sie hatte ihm genauso die kalte Schulter gezeigt wie bei ihrer ersten Begegnung während der Wahlveranstaltung und nur auf die Vertragsklausel seiner Mutter hingewiesen.

»Du hast kein Recht auf dieses Geld, solange wir unser

Firmenmotto befolgen«, hatte sie ihm mitgeteilt und dabei die Dreistigkeit besessen, ihn zu bedauern. Dann hatte sie ihm tausend Euro als zinslosen Kredit angeboten, weil er ja irgendwie zur Familie gehöre. Ihm war nichts anderes übrig geblieben, als auf ihr Angebot einzugehen.

Während sie zum Scheckausstellen in ein anderes Zimmer gegangen war, hatte er sich etwas in dem prächtigen Wohnzimmer umgesehen. Sébastien musste kichern, wenn er daran dachte, dass sie sich durch ihre großzügige Geste selbst geschadet hatte. Die Schreibtischschubladen seines Stiefvaters hatten es ihm schon früher angetan. Es war nicht das erste Mal, dass er daraus etwas entwendet hatte. Der Alte pflegte dort immer einen Batzen Bargeld aufzubewahren, von dem seine Frau wahrscheinlich nicht einmal etwas wusste. Ein schlechtes Gewissen hatte er deswegen nicht. Tatsächlich hatte er Glück. Unter einem Briefumschlag lugten ein paar Scheine hervor. Als er sie herauszog, rutschte ein Foto aus dem Briefumschlag, das sofort seine Aufmerksamkeit erregte. Da er Madeleines Schritte hörte, packte er das Geld und den Umschlag rasch in seine Jackentasche. Was für einen Glücksgriff er damit getan hatte, wurde ihm erst klar, als er später die Fotos in Ruhe betrachten konnte.

Als er Madeleine das letzte Mal aufsuchte, war er es gewesen, der die Karten austeilte. Wie erwartet, war sie außer sich gewesen, als er ihr die Fotos, die er natürlich vervielfältigt hatte, vorlegte. Offensichtlich war ihr deren Existenz bislang noch nicht bekannt gewesen, was umso erstaunlicher gewesen war, als er sie doch in ihrem Haus gefunden hatte. Ihr Entsetzen war nicht gespielt gewesen, was er auch daran erkannt hatte, wie inständig sie ihn gebeten hatte, das Werk Arthurs nicht so leichtfertig aufs Spiel zu setzen.

»Warte wenigstens ab, bis die Zertifizierung über die Bühne ist«, hatte sie ihn angefleht. »Monsieur Thibault hat es nicht verdient, so enttäuscht zu werden!« Außerdem hatte sie ihm hoch und heilig zu versprechen versucht, dass sie persönlich dafür sorgen werde, dass die Zustände im Kongo sich wieder normalisierten.

Unter anderen Umständen hätte ihr Flehen ihn ja vielleicht einlenken lassen können, zumal ihr die Zukunft der Chocolaterie mehr am Herzen lag, als er vermutet hatte. Als sie ihm gestand, dass sie in Zukunft beabsichtige, ebenfalls in die Geschäftsleitung der Chocolaterie einzusteigen, wusste er, dass er sie in der Tasche hatte. Er verlangte für sein Schweigen die Hälfte der zwanzig Prozent, die die Einlage seiner Mutter ausmachten, allerdings ohne dass dies später verrechnet würde. Sie hatte schwer mit sich gerungen, doch schließlich hatte sie nachgegeben und ihm schon einmal eine Anzahlung von siebzigtausend Euro gegeben, nachdem er ihr versprochen hatte, dass er Frédéric nichts von ihrem Deal verriet.

Das wiederum hatte ihn stutzig werden lassen. Er vermutete, dass sowohl Frédéric als auch Madeleine nach Arthurs Tod ihre eigenen Pläne mit der Chocolaterie hatten. Aus diesem Grund hatte er sich heimlich Zugang zu Frédérics Büro verschafft, was nicht besonders schwer gewesen war. Auf seinem Computer, der viel zu nachlässig gesichert war, hatte er den Beweis gefunden, dass Frédéric hinter Madeleines Rücken die Firma verkaufen wollte. Damit hatte er alles in den Händen gehabt, um auch ihn zu erpressen!

Sébastien nahm die letzte Kurve vor dem Pass und genoss im Vorüberrauschen den wunderbaren Blick hinunter aufs Rhônetal. Von nun an würde er nur noch auf der sonnigen Seite des Lebens stehen. Sobald er in wenigen Tagen alles Geld beisammenhatte, würde er seine Schulden begleichen und mit dem Rest in das Immobiliengeschäft seines Kumpels Raoul investieren. Er gab nochmals ordentlich Gas und beschleunigte seinen Sportwagen auf der kurzen geraden Strecke, bevor die Serpentinen nach unten kamen. Als er kurz vor der ersten Kurve abbremsen wollte, ging plötzlich der Motor aus. Die Elektronik im Wagen versagte ebenso wie die Bremsen. Da er ein guter Autofahrer war, gelang es ihm, die ersten beiden Kurven einigermaßen zu nehmen. Währenddessen versuchte er den Motor neu zu starten. Als dies nicht funktionierte, probierte er, einen niedrigen Gang einzulegen. Es misslang ihm genauso wie alles andere. Hilflos musste er mit ansehen, wie sein Sportwagen immer mehr an Geschwindigkeit gewann. Aus ihm unerfindlichen Gründen lief der Wagen im Leerlauf. Mit einiger Mühe gelang es ihm, die nächsten Kurven ebenfalls zu nehmen. Das machte ihn wieder zuversichtlicher. Zum Glück ließ sich das Fahrzeug noch lenken. Wenn es ihm gelang, die nächsten Kurven bis ins Tal zu überstehen, würde der Wagen seine Fahrt automatisch verlangsamen, und er konnte ihn sicher auslaufen lassen. Nach der nächsten Kurve zerschlug sich seine Hoffnung. Er war gezwungen, einem plötzlich auftauchenden Traktor auszuweichen, der gemächlich den Berg vor ihm hinuntertuckerte. Er riss das Lenkrad um, um ihn zu überholen, und entdeckte erst in letzter Sekunde das Auto, das ihm entgegenkam. Erneut lenkte er dagegen, schaffte es, vor dem Traktor wieder einzuscheren, wobei er über den rechten Seitenstreifen gefährlich nah auf den Abgrund zusteuerte. Beim nächsten Lenkversuch geriet sein Fahrzeug ins Schleudern. Bevor er es wieder unter Kontrolle bekam, stand die nächste Kurve an. Verzweifelt versuchte er, sie zu nehmen, doch das Auto gehorchte ihm nicht mehr. Das Letzte, was er vor dem Aufschlag mitbekam, war ein Moment der Schwerelosigkeit.

36

Als Lucinde von Nizza zurückgekehrt vor ihrem Haus stand, zögerte sie hineinzugehen. Der Gedanke, Hervé gegenüberzutreten, um ihm zu sagen, dass sie ihn für einen anderen Mann verlassen wollte, kam ihr mit einem Mal unerträglich vor. Sie plagte ein schlechtes Gewissen, auch wenn sie sich sicher war, dass er ihr die Peinlichkeiten einer Szene ersparen würde. Vor der Wohnungstür lauschte sie auf Geräusche von innen. Erst als sie glaubte, sicher zu sein, dass niemand zu Hause war, trat sie ein. Hervé war um diese Zeit natürlich im Supermarkt und arbeitete. Bis er nach Hause kam, würde es noch eine ganze Weile dauern, zumal er im Augenblick auf sich allein gestellt war.

Während sie ihren Koffer in den Hausflur schob, überkam sie ein sentimentales Gefühl. Die Einrichtung, die Möbel, die vielen kleinen Accessoires um sie herum waren ihr lieb und vertraut. Sie erzählten etwas von dem gemeinsamen Leben, das sie und Hervé gehabt hatten. Schon sehr bald würde dieser Abschnitt ihres gemeinsamen Lebens der Vergangenheit angehören. Sie überlegte, was von den Dingen sie mitnehmen wollte, und entschied sich dann, das meiste Hervé zu überlassen. Sie fand es nur recht und billig. Schließlich hatte er die meisten Dinge angeschafft, die ihrem Zuhause Behaglichkeit verliehen hatten. Mit

Christophe an ihrer Seite würde sie sich ohnehin etwas Neues aufbauen.

Merkwürdig, wie unwirklich die beiden letzten Tage ihr immer noch erschienen. Wie ein Traum, aus dem sie nie wieder erwachen wollte. Als hätte Christophe ihre Gedanken erraten, meldete er sich genau in diesem Augenblick bei ihr. Voll freudiger Erwartung nahm sie das Gespräch entgegen. Seine tiefe Stimme, die ihr sofort Zärtlichkeiten ins Ohr flüsterte, machten ihr deutlich, dass sie wirklich nicht träumte. Doch als sie ihn fragte, wann er sie abhole, wurde er zurückhaltender. Seine Stimme hörte sich nun niedergeschlagen an.

»Ich kann noch nicht weg aus Paris«, gestand er ihr betrübt.

»Das ist sehr schade.« Lucinde gab sich Mühe, ihre Enttäuschung zu verbergen. »Gab es Schwierigkeiten?«

»Wie man es nimmt«, antwortete er zögernd. »Die Duchesse überlegt, das Hotel doch jemand anderem zu verkaufen, nachdem der Transfer von meinem Konto in Mauritius immer noch nicht eingetroffen ist. Angeblich gibt es Schwierigkeiten mit der Software. Das verhindert jegliche Transaktion. Die Duchesse wird langsam ungeduldig und glaubt, dass ich sie nur hinhalten will.«

»Aber du sagtest doch, dass ihr euch so gut versteht!« Lucinde wollte einfach nicht glauben, dass ihr Traum wegen der lächerlichen Banalität eines Softwareproblems platzen sollte.

»Sie hat mir immer wieder versichert, wie gerne sie das Hotel mir überlassen würde. Doch dann ist plötzlich ihr Neffe mit einem anderen Interessenten aufgetaucht, der das

Hotel um jeden Preis haben will. Es ist ein arabischer Investor, der bereit ist, mein Angebot zu überbieten«, seufzte er. »Die Duchesse fühlt sich im Augenblick zwar noch an ihr Versprechen gebunden, aber nur bis morgen und nur, wenn ich ihr sofort fünfzigtausend Euro anzahle, was ich unter den gegebenen Umständen leider nicht kann! Es ist schon verrückt! Ich habe das Geld und kann doch nicht darüber verfügen, jetzt, wo ich es brauche.« Sie hörte sein kurzes, freudloses Lachen, auf das sie nichts zu sagen wusste. »Wir werden etwas anderes finden«, versuchte er sie schließlich zu trösten. Seine Stimme klang jedoch alles andere als zuversichtlich.

In Lucinde stieg plötzlich eine Wut auf diesen arabischen Investor auf. Bestimmt war er einer dieser Ölscheichs, die sich einbildeten, für ihr Geld die ganze Welt kaufen zu können. Wie sehr sie ihn dafür verachtete. Dann kam ihr in den Sinn, dass es möglicherweise doch noch einen Ausweg aus dieser Situation gab. Nämlich dann, wenn sie der Duchesse das verlangte Geld vorstreckte. Hervé und sie hatten im Laufe der Jahre so einiges zusammengespart. Die Hälfte davon stand immerhin ihr zu. Sie gab sich einen Ruck.

»Ich kann dir die fünfzigtausend vorstrecken«, meinte sie entschlossen. »Ein Anruf an meine Bank, und ich kann dir das Geld sofort anweisen lassen.«

»Das kann ich nicht annehmen!«, widersprach Christophe sofort energisch. »Das … das ist einfach zu viel verlangt. Obwohl …« Sie hörte, wie er mit sich rang. »Obwohl du mir, nein uns, damit wirklich aus der Patsche helfen würdest. Natürlich bekommst du das Geld sofort wieder zurück, mit Zins und Zinseszins. Ach Lucinde, ich fühle mich aber damit gar nicht gut!«

Sie war gerührt, wie schwer es ihm fiel, von ihr Geld anzunehmen. Christophe war eben ein Ehrenmann. »Aber ich will es so! Gib mir die Kontonummer der Duchesse an, dann veranlasse ich sofort alles Notwendige.«

»Es wäre mir lieber, wenn du das Geld per Bargeldtransfer schicken könntest«, wandte Christophe ein. »Es wäre eine vertrauensbildende Maßnahme, wenn ich der alten Dame das Geld persönlich aushändige. Dann kann ich die Gelegenheit auch nochmals nutzen, persönlich bei ihr vorzusprechen.«

Das leuchtete Lucinde natürlich ein.

37

Vincent ließ die Suche nach dem Tatwerkzeug einfach keine Ruhe. Obwohl er ein Mann der Wissenschaft war, der Fakten stets irgendwelchen Spekulationen vorzog, wurde er das unbestimmte Gefühl nicht los, dass er durch die Pipette auf etwas gestoßen war, was die Ermittlungen voranbringen konnte.

Rosalie hat mich mit ihrer Intuition schon infiziert, dachte er kopfschüttelnd. Zwar hatte er die Pipette als Mordinstrument aus unterschiedlichen Gründen ausschließen müssen, nicht zuletzt, weil das Material zu brüchig war und sich durch ein spitzes Rohr wohl kaum genügend Luft in die Venen pressen ließ. Doch seitdem er die Führung durch die Chocolaterie gemacht hatte, wollte ihm Tristan Thibault nicht mehr aus dem Sinn gehen. Der Mann war nicht nur ein selbstverliebter Künstler, sondern ganz zweifelsohne auch ein Perfektionist, der nichts dem Zufall überließ. Außerdem fiel ihm im Nachhinein auf, dass es in der Werkstatt des Meisters wie in einem Labor ausgesehen hatte. Die Art, wie Thibault sich während der Preisverleihung und auch während der Führung präsentiert hatte, war nicht nur die eines Stars gewesen, sondern hatte auch den Eindruck erweckt, als gehöre ihm die ganze Firma. Vincent erinnerte sich plötzlich wieder an die Vertrautheit zwischen

Madeleine und ihm. Rosalie war es auch aufgefallen. Angenommen, Thibault hatte mit Arthurs Witwe ein Verhältnis, dann würde das vieles erklären.

Vincent setzte sich an seinen Computer und recherchierte ein wenig in den sozialen Medien. Es dauerte keine zwei Minuten, bis er Thibault auf unterschiedlichen Plattformen gefunden hatte. Der Drang nach Selbstdarstellung machte es einem heutzutage sehr leicht, etwas über einen Menschen herauszufinden. Thibault stellte sich als sehr fleißiger User heraus. Die Liste seiner Posts und Fotos war so lang, dass es eine ganze Weile dauerte, bis Vincent sich auch nur annähernd durchgearbeitet hatte. Sie begann mit den ersten Fotos der heutigen Preisverleihung. Thibault stand mit der Trophäe der *Charte Pur Beurre de Cacao* auf der Tribüne und hielt sie stolz in die Höhe. Madeleine stand direkt neben ihm, Frédéric mit undurchdringlicher Miene etwas dahinter. Auch er gehörte nach wie vor zu dem Kreis der Verdächtigen. Durch den Deal mit Sébastien war er schon bald in der Lage, die Firma an den Schokoladenkonzern zu verkaufen, auch wenn Madeleine sich querstellen sollte. Denn mit Sébastiens Anteilen besaß er die Mehrheitsanteile in der Firma. So gesehen hatte ihm die Erpressung sogar in die Hände gespielt. Es ersparte ihm sogar, Arthurs Testament anzufechten, in dem Madeleine noch als Haupterbin eingesetzt war. Vincent behielt den Gedanken im Hinterkopf.

Dann konzentrierte er sich wieder auf Thibault und scrollte die Liste weiter rückwärts, noch tiefer in dessen Vergangenheit. Es war wirklich erstaunlich, was der Pâtisserie-Meister während der letzten Jahre alles erreicht hatte. Er war bei allen namhaften Chocolaterien in Frankreich, Belgien und der Schweiz gewesen und hatte sich dabei fast alle Preise geholt, die es zu gewinnen gab. Herausforderungen schienen ihn zu reizen. Sobald er sein Ziel erreicht hatte, zog es ihn an einen neuen Ort. Ein Post wiederholte sich in letzter Zeit ständig. *Mit der »Charte Pur Beurre de Cacao« wird mein Leben künftig in eine andere Richtung gelenkt! Ich werde meine Visionen aus Schokolade künftig als mein eigener Herr gestalten.* Vincent überlegte, was das bedeuten mochte. Wollte Thibault sich selbstständig machen? Dazu brauchte man einiges an Kapital. Auch ein so angesehener Chocolatier wie Thibault dürfte nicht genug verdienen, um sich das ohne Weiteres leisten zu können. Und das Preisgeld würde ebenfalls nicht ausreichen. Ob er möglicherweise aus einer wohlhabenden Familie stammte?

Vincent scrollte weiter rückwärts. Doch die Einträge reichten nur etwa acht Jahre zurück. Damals ließ er sich für seine erste Auszeichnung feiern. Vincent fiel auf, dass Thibault damals bereits fünfunddreißig Jahre alt gewesen war. In einem Online-Artikel wurde er als spätberufenes Schokoladen-Genie bezeichnet. Als er weiterlas, stieß er auf einen Hinweis über seine Vergangenheit, der ihn aufmerken ließ. Möglicherweise liefen die Ermittlungen ja in die ganz falsche Richtung? Eine fiebrige Erregung ergriff ihn. Er beschloss, dem Commissaire seine Gedanken mitzuteilen, und rief ihn an. Doch er erreichte nur Viales Mailbox. Er bat ihn um einen Rückruf. Dann versuchte er es bei Rosalie. Auch sie würde interessieren, was er herausgefunden hatte. Vielleicht brauchte sie ja auch noch seine Hilfe, um Bertrand zu finden. Doch auch sie meldete sich nicht.

Der Gedanke, untätig herumzusitzen, gefiel ihm ebenso wenig wie der, dass er sich durch seine Vermutungen vielleicht lächerlich machte. In Gedanken ging er nochmals die Führung durch die Chocolaterie durch. Da war irgendetwas gewesen, was ihn im Labor des Chocolatiers hatte stutzig werden lassen. Doch ihm fiel nicht ein, was. Kurzerhand griff er nach seiner Jacke und beschloss, nochmals bei Bonnet & Frères vorbeizufahren.

38

»Damit ist also alles klar!« Maurice nickte seinen beiden Kollegen zu, bevor er weitere Anweisungen gab. »Croiset, Sie verständigen die Spurensicherung. Der Durchsuchungsbeschluss für Büro und Wohnung müsste bereits da sein. Sorgen Sie persönlich dafür, dass Frédéric Bonnet sofort zu einer Befragung im Kommissariat erscheint. Duval, Sie machen den Bericht fertig und fassen alles für den Staatsanwalt zusammen. Außerdem brauchen wir so schnell wie möglich sämtliche Telefonnachweise des heutigen Tags von Bonnet. Dieses Mal wird er uns nicht entwischen! Gute Arbeit, Kollegen«, endete er mit einem Lob.

Croiset griff nach seinen Unterlagen und verließ umgehend den Besprechungsraum, während Duval in aller Ruhe seine Sachen einsammelte und griesgrämig vor sich hin murmelte. Maurice ließ es unkommentiert. Heute konnte ihm selbst Duval seine Laune nicht verderben. Ein Blick auf sein Handy zeigte ihm, dass Olivier um einen Rückruf bat. Doch das hatte erst einmal Zeit. Die Aufklärung der beiden Mordfälle war zum Greifen nah. Er war guter Dinge, Frédéric noch am selben Tag zu einem Geständnis zu bewegen. Die Beweislast gegen ihn war erdrückend. Sein Chef und der Staatsanwalt würden zufrieden sein.

Maurice gönnte sich einen Augenblick der Entspannung,

sobald Duval den Raum verlassen hatte. Er holte sich vom Automaten eine Tasse Kaffee und überlegte, ob er sich kurz bei Bertine melden sollte. Der Gedanke an sie und ihre erste gemeinsame Nacht ließ ihn schon den ganzen Tag nicht mehr los. Er vermisste sie und wollte ihr gerne sagen, wie viel ihm ihre Begegnung bedeutet hatte. Ob er sie fragen konnte, ob sie ihn heute Abend schon wieder sehen wollte? Vielleicht war das ja zu aufdringlich. Außerdem hatte er Cathérine versprochen, für sie zu kochen. Er fühlte sich aufgekratzt wie ein kleiner Junge. Mein Gott, ich glaube, ich habe mich verliebt, dachte er. So etwas war ihm seit Sylvie nie wieder passiert.

Er ließ es zu, dass seine Gedanken nochmals zum Vorabend abschweiften. Er war davon ausgegangen, dass er Bertine zum Essen ausführte. Doch sie hatte ihn stattdessen erst einmal in ihre Wohnung gebeten. Immer noch ahnungslos dachte er, dass sie noch etwas Zeit für ihre Garderobe brauchte. Doch dann war ihm dieser verführerische Duft aus der Küche entgegengekommen. »Ich hatte Lust zu kochen«, eröffnete sie ihm mit ihrem bezaubernden Lächeln und nahm ihm die Jacke ab. Dabei berührte sie kurz seine Hand, was sich für ihn wie ein Stromschlag angefühlt hatte. Sie hatte so hinreißend dabei ausgesehen, dass er sie am liebsten auf der Stelle geküsst hätte. Es fiel ihm schwer, seinen Blick von ihrem atemberaubend eng anliegenden Kleid zu wenden. Gleichzeitig umschmeichelte ihr sinnliches Parfüm seine Nase. Als er sich dafür entschuldigt hatte, dass er ihr nicht einmal Blumen mitgebracht hatte, hatte sie ihn nur ausgelacht und ihm ein Glas Champagner in die Hand gedrückt. Alles zwischen ihnen war so selbstverständlich gewesen, als würden sie sich schon eine halbe Ewigkeit kennen. Das exzellente Essen, die unverkrampften Gespräche und die damit einhergehende Vertrautheit waren etwas, was er sehr lange nicht mehr erlebt hatte. Als er sich spät am Abend nach Hause verabschieden wollte, hatte sie ihn einfach geküsst. Danach war er die ganze Nacht bei ihr geblieben.

Ein Telefonanruf riss ihn aus seinen angenehmen Gedanken. Sébastien Réval hatte einen schweren Autounfall gehabt und lag mit lebensgefährlichen Verletzungen im Krankenhaus. »Sein Wagen wird in der KTU untersucht«, informierte ihn der Kollege von der Gendarmerie. »Wir gehen davon aus, dass er manipuliert worden ist.«

Maurice fluchte still vor sich hin. Dahinter steckte bestimmt ebenfalls Bonnet. Wahrscheinlich hatte er auch diesen Unfall in Auftrag gegeben. Hätte der Staatsanwalt vor ein paar Tagen einer Untersuchungshaft zugestimmt, wäre dieser Unfall möglicherweise zu verhindern gewesen. Doch darüber brauchte er sich jetzt keine Gedanken mehr zu machen. Nun wurde es umso dringender, Bonnet dingfest zu machen.

Rosalies unverantwortliche Lauschaktion hatte seine Theorie nur noch bestätigt. Für Maurice und sein Team war dies ein wertvoller Hinweis, der sich wie ein Puzzlestück in ihre laufenden Ermittlungen fügte. Duval hatte mit der Unterstützung von Croiset und den Kollegen von Interpol herausgefunden, dass Frédéric Bonnet hinter dem Rücken seines Onkels in der Demokratischen Republik Kongo Geschäfte gemacht hatte. Bonnet, der in chronischen Geldschwierigkeiten steckte, hatte die Krankheit seines Onkels ausgenutzt, um sich zu bereichern. Ermöglicht wurde ihm dies durch einen Kakaohändler, mit dem Arthur Bonnet zusammenarbeitete. Dieser Mann namens de Slagter war in Wirklichkeit der Kopf der Kakao-Mafia, die Mittel und Wege gefunden hatte, mit dem Fairtrade-Label schmutzige Geschäfte zu machen. Frédéric hatte sich nach und nach darauf eingelassen. Anfangs hatte er das Geld, das für die Schulen und andere Sozialprojekte vorgesehen war, veruntreut und selbst eingesteckt. De Slagter hatte ihn dann dazu gedrängt, den Bauern weniger Geld für den Kakao zu bezahlen. Ihnen wurde erklärt, dass die Qualität des Criollo schlecht sei. Um ihren Ertrag zu steigern, verlangte er, dass sie heimlich gegen die Parasiten verbotene Gifte spritzten. Und nachdem ihm auch das nicht mehr reichte, streckte er den hochwertigen Kakao mit einer minderwertigen Sorte.

Womit Bonnet offensichtlich nicht gerechnet hatte, war, dass der Dorfvorsteher Gobeni sich das alles nicht länger gefallen lassen wollte, nachdem einige Bewohner des Plantagendorfes von den Spritzmitteln krank geworden waren. Er erinnerte sich an das Versprechen von Arthur Bonnet, zu dem er ein vertrauensvolles Verhältnis gehabt hatte, und beschloss, ihn über die Vorgänge auf den Plantagen zu informieren. Die Leute legten das Geld für einen Flug nach Frankreich zusammen und schickten ihren Anführer los. Davon musste de Slagter Wind bekommen haben. Er schickte ein paar seiner Leute los, um Gobeni zum Schweigen zu bringen. Dank der Ermittlungen von Interpol hatten sie erfahren, dass die Kugel, die der Afrikaner bei seiner ersten Begegnung in Marseille abbekommen hatte, von einer

Pistole stammte, mit der schon einmal jemand erschossen worden war. Das erste Todesopfer stammte interessanterweise wie Gobeni aus dem Kongo und konnte mit de Slagter in Verbindung gebracht werden. Auch die Art und Weise, wie Gobeni dann schließlich getötet worden war, ließ auf die Mafia schließen. Maurice' Theorie war, dass Frédéric erst Arthur umgebracht hatte, nachdem er ihm auf die Schliche gekommen war, und dann der Mafia den Tipp gegeben hatte, wo sich der Afrikaner aufhielt, um ihn als Zeugen loszuwerden. Damit war er auch für dessen Tod verantwortlich.

Maurice sah ungeduldig auf die Uhr. Er konnte kaum erwarten, Bonnet in die Mangel zu nehmen.

39

Als Vincent seinen Wagen auf den Parkplatz der Chocolaterie lenkte, waren nur noch wenige Besucher da. Zwischenzeitlich fragte er sich, ob es klug gewesen war, seinem spontanen Einfall zu folgen. Es war nichts als ein Gefühl, was ihn dazu veranlasst hatte, sich nochmals in Thibaults Labor umzusehen. Ein paar Hartgesottene tummelten sich noch im Verkaufsraum und machten sich über die Reste der Schokolade und vor allem den kostenlosen Champagner her, der zur Feier des Tages ausgeschenkt worden war. Vincent war sich nicht sicher, was er eigentlich hier suchen sollte. Möglicherweise begegnete er ja nochmals Thibault und konnte ihm einige Fragen nach seiner Vergangenheit stellen. Vielleicht gab ihm ja seine Reaktion darauf einige Aufschlüsse. Er verwarf den Gedanken, als er ihn nirgendwo entdeckte. Wahrscheinlich war er mit den Bonnets beim Feiern, denn Frédéric und Madeleine waren beide nicht mehr zu sehen.

Einige Angestellte waren mit den Aufräumarbeiten beschäftigt. Das brachte Vincent auf die Idee, sich nochmals ein wenig in Thibaults Labor umzusehen. Vor allem interessierten ihn die Gerätschaften, mit denen der Meister herumhantierte. So mischte er sich unter die restlichen Gäste und überlegte, wie er am unauffälligsten noch einmal in das Labor kommen konnte. Er stellte sich hinter eine

Säule und beobachtete, wie die Angestellten immer wieder mit Tischen und Stühlen durch die Tür verschwanden, hinter der sich die Produktion und somit auch das Labor verbargen. Kurzerhand packte er einen Stapel Stühle und folgte einem der ebenfalls bepackten Männer, als gehöre er zu ihnen. Da jeder möglichst schnell nach Hause wollte, fiel er keinem auf. Angrenzend an die Endproduktion, wo die Schokoladentafeln verpackt wurden, gab es einen Abstellraum, in den die Stühle gestellt wurden. Vincent ließ sich etwas Zeit und wartete, bis der Mann vor ihm wieder verschwunden war. Sobald er allein war, nutzte er die Gelegenheit und versuchte, sich an den Weg ins Labor zu erinnern. Je weiter er ging, desto einsamer wurde es. Niemand schien sich mehr in der Produktion aufzuhalten. Er hoffte, dass die Aufräumarbeiten noch eine Weile dauern würden, damit ihm ausreichend Zeit blieb, sich in Ruhe umzusehen. Die Vorstellung, dass man ihn über Nacht hier einschloss, gefiel ihm hingegen gar nicht. Doch darüber wollte er jetzt lieber nicht nachdenken.

Endlich stand er vor Thibaults Reich. Die Schiebetür zum Labor war geschlossen. Als er daran zog, stellte er zu seiner Erleichterung fest, dass sie nicht abgeschlossen war. Nachdem er sich nochmals umgesehen hatte, schlüpfte er durch den Spalt und zog die Tür sofort wieder hinter sich zu. Da es keine Fenster gab, war es im Labor stockdunkel. Vincent tastete an den Wänden entlang nach dem Lichtschalter, den er problemlos fand. Sobald die grelle Deckenbeleuchtung anging, fühlte er sich etwas wohler.

Neugierig sah er sich um. Sein Blick schweifte über die zentrale Theke mit den diversen Gerätschaften zum

Erhitzen und Rühren der Schokolade. Alles machte einen sehr sterilen Eindruck. Rasch stülpte er sich die mitgebrachten Einweghandschuhe über. Dann machte er sich an die Arbeit. Er beschloss, systematisch vorzugehen, und begann mit den oberen Schubladen, in denen er die feineren Instrumente vermutete. Der Inhalt war jedoch in keiner Weise ungewöhnlich. Löffel, Rührbesen, Schaber, Messer, Abdruckformen und Tüllen zum Aufbringen von feinen Verzierungen. Auch die Kiste mit den Pipetten entdeckte er in einem Fach. Vermutlich suchte er nach etwas, was er hier gar nicht finden würde. Nur weil Thibault mit Pipetten hantierte, musste er ja nicht auch noch Spritzen besitzen.

Dann fiel ihm an der Wand ein gesonderter Arbeitsplatz auf, der von der Ausstattung her etwas Besonderes hatte. Vermutlich entwickelte Thibault hier seine Meisterkreationen. Im oberen Regal standen mehrere Flaschen mit unterschiedlichen Alkoholika. Unter anderem auch einem sündhaft teuren Cognac. Die Arbeitsfläche war aus weißem Marmor und viel höherwertig als die der großen Theke. Daneben befand sich eine eigene Spüle. Verschiedene Werkzeuge lagen griffbereit in offenen Regalen. Sie unterschieden sich allerdings nicht von denen, die er zuvor entdeckt hatte. Dann sah er unter der Arbeitsfläche eine Schublade, auf der »privé« stand. Sie weckte seine Neugierde. Er versuchte vergeblich, sie zu öffnen. Sie war abgeschlossen. Verdammt! Er kaute auf seiner Unterlippe und dachte nach. Wenn er das Ding gewaltsam öffnete, überschritt er eine wichtige Grenze. Doch dann dachte er an Rosalie. Sie würde sich mit Sicherheit nicht von einer verschlossenen Schublade abhalten lassen.

Nach kurzem Zögern suchte er nach einem Messer, mit dem er das Schloss aushebeln konnte. Es ging leichter, als er gedacht hatte. Er schob das Messer mit seiner flachen Seite in den Spalt zwischen Schublade und Abdeckung und schlug kurz dagegen. Das Schloss hatte sich aus seiner Verankerung gelöst. Als er die Schublade herauszog, entdeckte er zu seiner Enttäuschung nur ein Heft, auf dem »Rezepte« stand. Er nahm es in die Hände und blätterte darin. Thibault hatte dort tatsächlich nur seine Rezepturen für Pralinen und Schokoladenmischungen notiert. Vincent legte das Heft zurück und wollte die Schublade wieder schließen. Da entdeckte er ganz hinten ein längliches Kästchen, das seine Aufmerksamkeit auf sich zog. Er zog es heraus und legte es auf die Marmorplatte, um es zu öffnen. In diesem Moment legte sich eine schwere Hand auf seine Schulter.

40

Frédéric Bonnet ließ sich nur unter lautem Protest in den Verhörraum führen.

»Das ist eine bodenlose Unverschämtheit«, zeterte er, als Croiset ihn am Arm in den Raum bugsierte. »Ich möchte sofort Ihren Chef sprechen!«

»Der kümmert sich gleich persönlich um Sie«, gab Croiset ungerührt zurück. »Setzen Sie sich bitte!«

Bonnet befreite sich ungeduldig vom Griff des jungen Polizisten und sah sich in dem schmucklosen Raum um, in dem sich außer einem kleinen, verankerten Tisch in der Mitte und ein paar Stühlen nichts befand. Der Polizist ließ ihn ohne weiteren Kommentar alleine zurück, was ihn nur noch wütender machte. Immerhin schloss er die Tür nicht hinter sich zu.

Maurice beobachtete durch den Türspalt, wie Frédéric aufgeregt hin und her lief. Offensichtlich machte er sich darüber Gedanken, was die Polizei gegen ihn in der Hand haben mochte. Unruhig marschierte er auf und ab. Dann blieb er plötzlich stehen und begann die Wände abzusuchen. Maurice musste grinsen. Bestimmt suchte er nach der verdeckten Glasscheibe, wie es sie in Kriminalfilmen bei Verhören gab, oder einer Kamera. Als er nichts entdecken konnte, setzte er sich schließlich auf einen der Stühle und ergab sich in sein Schicksal.

Der Commissaire ließ ihn noch eine Weile schmoren. Er wollte seinem Verdächtigen noch ein wenig Zeit zum Nachdenken geben. Bestimmt wurde ihm erst jetzt bewusst, was seine Festnahme im Restaurant für Konsequenzen haben würde. Allein der Gedanke, dass die Polizisten ihn in aller Öffentlichkeit aufgefordert hatten, ihnen sofort zu folgen, musste für ihn ein Tiefschlag gewesen sein. Ganz abgesehen von der Tatsache, dass Madame Betaincourt daraufhin unmissverständlich kundgetan hatte, dass man auf die Fortsetzung der Veranstaltung unter solch misslichen Umständen verzichten wollte. Sein siegreicher Abend war zu Ende gewesen, noch bevor er begonnen hatte. Die Schlagzeilen der Presse würden ihr Übriges tun.

Nachdem Maurice der Meinung war, dass Bonnet lange genug gewartet hatte, betrat er endlich mit seinen beiden Kollegen den Verhörraum. Frédéric lehnte sich trotzig zurück, als er sie bemerkte. Es gelang ihm, erstaunlich ruhig zu bleiben.

»Monsieur Bonnet.« Commissaire Viale grüßte kurz und nahm ihm gegenüber an dem kleinen Tisch Platz, während seine beiden Begleiter im Hintergrund des Raumes stehen blieben. Er gab Bonnet keine Gelegenheit, etwas darauf zu erwidern, sondern legte gleich los. »Ich möchte Sie darauf aufmerksam machen, dass es sich bei unserem Gespräch um eine Vernehmung handelt. Aus diesem Grund ist es meine Pflicht, Sie über Ihre Rechte aufzuklären. Sie …« Mit unbewegter Miene ließ Frédéric den amtlichen Sermon über sich ergehen, bis Viale ihn fragte, ob er sein Recht auf die Anwesenheit eines Anwalts wahrnehmen wolle.

»Ich verzichte. Ich habe nichts zu verbergen«,

antwortete der Vorgeladene ruhig. »Allerdings verstehe ich nicht, weshalb Sie mich nochmals befragen. Ich habe Ihnen beim letzten Mal bereits alles gesagt. Nochmals für Ihr Protokoll: Ich habe nichts mit dem Tod meines Onkels zu tun.«

Maurice hob belustigt eine Augenbraue. »Sie müssen hier gar nichts verstehen, Monsieur Bonnet. Ich möchte Sie nur bitten, wahrheitsgetreu auf unsere Fragen zu antworten. Im Augenblick interessiere ich mich nicht für den Mord an Ihrem Onkel, sondern für Ihr Verhältnis zu Ihrem Freund de Slagter. Was können Sie uns zu ihm sagen?«

»De Slagter?« Maurice sah Frédéric seine Überraschung an. Mit dieser Wendung hatte er offensichtlich nicht gerechnet. »Was geht das die Polizei an? Er ist einer unserer Mittelsmänner, na und?«

»Wir wissen mittlerweile, dass er etwas mit dem Tod von Bosange Gobeni zu tun hat. Unseren Erkenntnissen nach hat er ihn von seinen Männern umbringen lassen. Und wir wollen nun von Ihnen wissen, inwieweit Sie darin verwickelt sind.«

»Sind Sie jetzt total verrückt geworden?«, entfuhr es Frédéric, dem plötzlich ganz eng um den Hals zu werden schien. Er begann nervös an seinem Hemdkragen zu nesteln, bis er sich wieder einigermaßen in der Gewalt hatte.

»De Slagter kümmert sich um den Transport der Kakaobohnen zum Hafen«, antwortete er widerwillig. »Er ist ein Geschäftspartner, den mein Onkel eingestellt hat.«

»Den Sie eingestellt haben, sobald Sie die Geschäfte Ihres Onkels während seiner Krankheit übernahmen«, stellte Maurice richtig. »Laut der Aussage Ihrer Sekretärin war Arthur Bonnet nicht sehr glücklich über diese Verbindung.«

»Er wurde mir empfohlen. Außerdem bin ich ihm nur ein paarmal begegnet. Ich kenne den Mann kaum.«

»Merkwürdig«, murmelte Viale und legte ihm mehrere Fotoausdrucke vor, auf denen er zu sehen war, wie er sich mit de Slagter in einem Klub in Kinshasa mit ein paar Frauen amüsierte. Im Hintergrund befanden sich zwei bewaffnete Bodyguards. »Unsere Kollegen in Kinshasa haben da ganz anderes beobachtet.« Maurice versuchte ihn mit seinem Blick festzunageln, während er weitersprach. »Die beiden Finstermänner …«, er deutete mit seinem Stift auf die Bodyguards, »… sind gesuchte Verbrecher. Beide saßen in derselben Maschine wie Gobeni, als er aus dem Kongo in Marseille eintraf. Wussten Sie das?«

»Nein, das wusste ich nicht.« Auf Bonnets Stirn traten kleine Schweißperlen. Doch er konnte nichts gegen die aufsteigende Nervosität tun und machte sich erneut an seinem Hemdkragen zu schaffen. »Okay, ich habe mich vielleicht ein-, zweimal von de Slagter einladen lassen. Aber das ist unter Geschäftskollegen üblich. Mit allem anderen habe ich nichts zu tun.«

Maurice lächelte zufrieden. »Oh doch, das haben Sie. Wir haben hier Beweise, dass Sie Ihren Onkel nach Strich und Faden betrogen haben. Wir wissen von Ihren krummen Geschäften mit de Slagter. Sparen Sie sich Ihre weiteren Lügen.« Es machte ihm Spaß, nun mit einem Detail nach dem anderen herauszurücken. Bonnet blieb gar nichts anderes übrig, als hinzunehmen, dass die Polizei gute Arbeit geleistet hatte. Sie war über alles informiert, was er im

Kongo getrieben hatte. Als er auch noch Sébastien Révals Erpressung ins Spiel brachte, knickte Frédéric Bonnet ein.

»Okay«, gab er widerwillig zu. »Ich habe meinen Onkel hintergangen, und es stimmt auch, dass ich beabsichtige, die Chocolaterie an den belgischen Konzern zu verkaufen, sobald ich die Anteilsmehrheit in der Firma besitze. Das Angebot ist mehr als lukrativ. Ich werde Gebietsleiter des Konzerns über den ganzen Süden. Aber Madeleine und Sébastien haben dadurch keine Nachteile. Sie bekommen beide, was ihnen zusteht. Keiner von denen trägt einen Schaden davon. Vielleicht mag es ja in Ihren Augen verwerflich erscheinen, dass ich meinen Onkel hintergangen habe, aber nach französischem Recht kann man mich dafür nicht belangen.«

»Das mag wohl stimmen«, bemerkte Maurice ungerührt. »Wofür wir Sie allerdings belangen werden, ist der Mord an Arthur Bonnet und Bosange Gobeni sowie der Mordversuch an Sébastien Réval.« Er machte eine kleine Pause, um die Wirkung seiner Worte zu verstärken. »Arthur musste sterben, weil Gobeni Ihre Machenschaften im Kongo aufgedeckt hat und Ihr Onkel Sie aus der Geschäftsleitung drängen wollte. Gobeni haben Sie de Slagters Männern überlassen, und dann haben Sie Révals Auto manipuliert, weil er Sie erpresst hat und Sie Angst hatten, dass er nochmals kommen könnte. So sieht es aus, nicht wahr?«

»Sind Sie jetzt total verrückt geworden?« Bonnet sprang so schnell hoch, dass der Stuhl umfiel. Croiset machte sich bereit einzugreifen. Doch Maurice gab ihm ein Zeichen, sich zurückzuhalten. »Was Sie sagen, ist doch völlig aus der Luft gegriffen!« Frédéric sah sich um wie ein gehetztes Tier. »Ich verlange sofort einen Anwalt!«

Maurice nickte. »Der steht Ihnen selbstverständlich zu. Und nun setzen Sie sich bitte wieder.« Er lehnte sich zurück und wartete, bis Bonnet seiner Aufforderung Folge geleistet hatte.

»Ich habe doch überhaupt kein Motiv«, sagte Frédéric nach einer Weile des Schweigens. »Arthur hatte keine Zweifel an mir. Er hat mir vertraut. Als er die Fotos von Gobeni sah, glaubte er mir, dass ich nichts von den Zuständen auf den Plantagen wusste. Ich behauptete, dass de Slagter dafür verantwortlich war, und versprach ihm, alles wieder in Ordnung zu bringen. Und ob Sie das glauben oder nicht, das hätte ich auch getan, bevor die Belgier die Firma übernommen hätten. Ich wollte alles wiedergutmachen. Verdammt! Mein Onkel hatte vor, mir seine Anteile zu überschreiben. Die Verträge dazu waren schon fertig.«

»Laut Testament ist Madeleine seine alleinige Erbin«, unterbrach ihn Maurice. »Sie erbt alles, was ihr verstorbener Mann einmal besaß, einschließlich der Firmenanteile.«

»Sie hat den Vertrag nach seinem Tod verschwinden lassen«, echauffierte sich Frédéric verzweifelt. »Er wollte ihn in den nächsten Tagen beim Notar beglaubigen lassen. Fragen Sie seine Sekretärin Madame Rossignol.«

»Damit hätte er seine eigene Ehefrau enterbt. Wieso sollte Monsieur Bonnet seiner Frau das antun?« Viale sah ihn belustigt an.

»Weil Madeleine ihn ebenfalls hintergangen hat. Sie hat ein Verhältnis mit Tristan Thibault. Die beiden sind sich wohl während seiner Krankheit nähergekommen. Arthur hat Madeleine sehr geliebt. Ihre Untreue hat ihn schwer verletzt. Er wollte sie so bestrafen.«

Maurice horchte auf. Diese Information war neu für ihn. Er wandte sich an seinen Kollegen. »Prüfen Sie das sofort nach, Croiset. Befragen Sie auch Madame Rossignol. Außerdem soll die KTU nachprüfen, ob sie etwas auf einem der Rechner finden.«

Maurice war jedoch noch nicht fertig. »Kommen wir zu dem Mordversuch an Sébastien Réval. Auch hier hatten Sie ein Motiv, Sie haben sein Auto manipuliert, weil Sie fürchteten, dass er zu gierig werden könnte. Unsere Leute haben in Ihrem Büro ein Tablet sichergestellt, auf dem eine betreffende Software aufgespielt war. Ein Empfänger befand sich an dem verunglückten Fahrzeug. Damit haben Sie die elektronische Steuerung von Révals Fahrzeug außer Kraft gesetzt.«

»Ich weiß nichts von diesem Tablet! So ein Bullshit! Das kann mir jeder untergeschoben haben!« Bonnet schien tatsächlich überrascht, bevor er sich heftig zur Wehr setzte. »Sébastien war bereit, mir seine Anteile zu überschreiben«, brach es aus ihm heraus. »Mit seinem Anteil hätte ich die Mehrheit in der Firma gehabt und damit dennoch an die Belgier verkaufen können, auch wenn Madeleine Arthur beerbte. Er hat bereits einen Vorvertrag unterschrieben. Auch das werden Sie in meinen Unterlagen finden! Er hätte mich nicht nochmals erpressen können!«

Maurice blieb nichts übrig, als erneut seine Strategie zu ändern. Er legte Bonnet nun mehrere Listen mit Telefonverbindungen vor. »Fühlen Sie sich nicht zu sicher«, sagte er leise. »Diese Nummern hier zeigen, wie oft und wie lange Sie in letzter Zeit mit de Slagter telefoniert haben.

Merkwürdigerweise geschah kurz darauf immer ein Angriff auf Gobeni. Finden Sie das nicht merkwürdig?«

»Das ist absurd! Es ging um Geschäfte!«

»Ein paar Kollegen von Interpol sind Ihrem Freund schon seit geraumer Zeit auf den Fersen«, informierte ihn Maurice. »Sie haben mittlerweile genügend gegen ihn und seine Leute in der Hand. Heute Morgen wurden er und einige seiner Komplizen festgenommen. Wie ich höre, zeigt sich de Slagter kooperationsbereit. Ich bin mir sicher, dass Ihr Freund Sie als Auftraggeber für den Mord an Gobeni nennen wird. Schon allein, um sein Strafmaß etwas zu verringern. Aus dieser Nummer kommen Sie nicht so leicht raus.«

Im nächsten Augenblick sprang Bonnet erneut von seinem Stuhl auf und versuchte, in Richtung Ausgang zu rennen. Als Duval sich ihm in den Weg stellte, stieß er den älteren Kollegen einfach gegen die nächste Wand. Croiset, der sich hinter Duval befand, musste erst über diesen klettern, bevor er eingreifen konnte. Doch Maurice war schon im nächsten Augenblick zur Stelle. Noch bevor Bonnet die Tür erreichte, packte er ihn an der Schulter, griff nach seinem Arm und verdrehte ihn schmerzhaft nach hinten.

»Ich bin kein Mörder!«, schrie Bonnet verzweifelt.

»Abführen!«, war Viales einziger Kommentar.

41

»Wollen Sie mir freundlicherweise verraten, was Sie hier in meinem Labor zu suchen haben?«

Vincent zuckte zusammen, als er Tristan Thibaults Stimme in seinem Rücken hörte. Mit dem Kästchen aus der Schublade in den Händen drehte er sich ihm langsam zu, bis er ihm ins Gesicht sehen konnte. Der Maître Chocolatier trug immer noch seine gestärkte Konditormontur mit der extravaganten Kochhaube, in der er den Preis entgegengenommen hatte. Sein schwarz glänzendes Haar war mit Pomade sorgfältig zurückgekämmt, was seinem Aussehen etwas Artifizielles verlieh. Nur die schwarzen, lebhaften Augen störten den Eindruck von Perfektion.

»Ich war neugierig, was sich in dieser Schachtel befindet«, antwortete Vincent. Er versuchte erst gar nicht zu lügen.

»Sind Sie von der Konkurrenz?« Thibault kniff sofort die Augen misstrauisch zusammen und griff nach dem Rezeptheft in der Schublade. Hastig blätterte er es durch, um sich zu vergewissern, ob etwas fehlte. Als er sah, dass alles in Ordnung war, wurde sein Misstrauen jedoch nicht geringer.

»Was wollen Sie hier ausspionieren?«, verlangte er zu wissen. Sein Blick hatte etwas Lauerndes. »Sie waren heute bei meiner Führung dabei, richtig? Arbeiten Sie für die Belgier, die uns übernehmen wollen? Dann sagen Sie den Herrschaften, dass daraus nichts wird! Madame Bonnet wird niemals verkaufen!«

Vincent war verblüfft, dass er ihn für einen Industriespion hielt.

»Sie irren sich! Ich bin kein Spion, im Gegenteil. Mir gehört die örtliche Apotheke. Ich war einfach fasziniert, mit welchen Gerätschaften Sie hier hantieren. So vieles kommt mir hier vertraut vor.« Er hoffte, dass Thibault sich damit beruhigen ließ. Immerhin war er in sein Reich eingebrochen. »Darf ich?« Vincent nutzte die Gelegenheit, um das Kästchen zu öffnen. Der Anblick des Inhalts bestätigte seinen Verdacht. »Spritzen! Wie faszinierend! Diese Art gibt es doch eigentlich nur im veterinärmedizinischen Bereich, nicht wahr?«

»Und wenn schon! Das gibt Ihnen noch lange nicht das Recht dazu, hier einfach herumzuschnüffeln«, entgegnete Thibault finster. »Ich werde jetzt die Polizei verständigen. Erklären Sie doch denen, was Sie hier wollten.«

»Das können Sie gerne tun.« Vincent hatte nichts dagegen, auch wenn er sich Viale gegenüber rechtfertigen musste. Im Gegenteil. »Ich bin übrigens Rechtsmediziner«, informierte er ihn, »Commissaire Viale und ich kennen uns gut.«

»Sie sind von der Rechtsmedizin?« Thibault zog die Augenbrauen zusammen und wirkte mit einem Mal unschlüssig. Um seine Worte zu unterstreichen, zeigte Vincent ihm seinen Passierschein.

»Sie haben dennoch keinen Durchsuchungsbefehl«,

knurrte Thibault mit einem kurzen Blick darauf. »Weiß Ihr Chef, was Sie hier machen?«

»Capitaine Viale ist nicht mein Chef«, stellte Vincent klar. »Ich unterstehe dem Krankenhaus.«

»Also weiß der Commissaire nicht, dass Sie hier sind?«

»Ähm, nein! Doch es wird kein Problem sein, es ihm zu erklären!«

Thibault schien mit seiner Erklärung zufrieden. Er wurde mit einem Mal viel umgänglicher. »Nach was haben Sie denn gesucht?«, fragte er nun interessiert. »Möglicherweise kann ich ja Ihre Neugierde befriedigen.«

Vincent betrachtete die Spritzen in dem Kästchen, das er in der Zwischenzeit wieder auf die Ablage gelegt hatte. »Sind die Spritzen eine Reminiszenz an Ihre frühere Beschäftigung als Krankenpfleger?«

Thibaults Augenbrauen schnellten in die Höhe. »Sie sind gut informiert«, meinte er überrascht. »Ich benutze die Spritzen, um damit die Körper von Pralinen zu füllen.« Er ließ Vincent jetzt keinen Moment mehr aus den Augen. »Es trifft tatsächlich zu, dass ich für einige Instrumente aus meinem früheren Berufsleben auch in meiner jetzigen Tätigkeit Verwendung finde. Das haben Sie ganz richtig beobachtet. Wieso interessiert Sie das?«

Vincent antwortete mit einem verbindlichen Lächeln. Die Situation hatte sich für sein Empfinden entspannt. Das war womöglich die Gelegenheit, ihm noch etwas mehr auf den Zahn zu fühlen. Rosalie würde beeindruckt sein, wenn er ihr später davon erzählte.

»Spritzen kann man tatsächlich sehr vielfältig einsetzen«, bemerkte er beiläufig. »Wussten Sie, dass Arthur Bonnet vermutlich mit ebenso einer Spritze getötet wurde?« Er deutete auf die Spritze mit der längsten Kanüle.

Thibault sah ihn amüsiert an.

»Wollen Sie etwa damit andeuten, dass meine Spritze die Tatwaffe gewesen sein könnte?« Er lachte. »Das ist so abwegig, dass es schon wieder gut ist!« Es war offensichtlich, dass er ihn nicht ernst nahm.

»Das ist sogar mehr als wahrscheinlich!« Vincent blieb ernst und wartete ab, wie lange der Chocolatier noch so gelassen blieb. Doch Thibault ließ sich auch durch die erneute Provokation nicht beeindrucken. Im Gegenteil.

»Dringt hier einfach so in mein Allerheiligstes ein und stellt dann auch noch wilde Theorien auf!« Er schüttelte den Kopf. »Sie sind ein Mann mit Humor. Das gefällt mir! Leider muss ich Sie enttäuschen. Bis Sie die Schublade gewaltsam geöffnet haben, waren die Spritzen immer unter Verschluss. Ich bin der Einzige in der ganzen Belegschaft, der sie für seine Arbeit benutzt.« Sein Blick wurde nachdenklicher. »Sie glauben doch wohl nicht selber, was Sie da gerade behaupten, oder?«

»Ich habe gar nichts behauptet«, wehrte Vincent mit Unschuldsmiene ab. »Ich habe lediglich erwähnt, dass eine Spritze dieser Art als Tatwaffe in Frage kommen könnte!«

»Wissen Sie was?«, bot Thibault ihm mit einem Mal sehr großzügig an. »Nehmen Sie die Spritze doch mit in Ihr Labor und untersuchen Sie sie. Überzeugen Sie sich selbst davon, dass an Ihrer Vermutung nichts dran ist!«

»Sie hätten nichts dagegen?« Diese Reaktion hatte Vincent nicht erwartet. Er war dementsprechend überrascht.

Thibault zuckte gleichmütig mit den Schultern. »Aber

nein. Ich habe ja nichts zu verbergen. Stecken Sie die Dinger ruhig ein.« Er wedelte großzügig mit der Hand. »Eigentlich bin ich ja nur hierhergekommen, weil ich mir quasi als Belohnung für meinen Erfolg noch einen besonderen Schluck genehmigen wollte. Ich habe mir für diese Gelegenheit einen wundervollen, alten Cognac besorgt. Wollen Sie mir die Freude erweisen, mit mir anzustoßen?«

»Ich weiß nicht! Ich habe Ihnen schon genügend Unannehmlichkeiten bereitet«, wehrte Vincent peinlich berührt ab. Die Sache begann, ihm zunehmend unangenehm zu werden. Offensichtlich hatte er sich da in etwas verrannt. Doch Thibault gab sich damit nicht zufrieden.

»Das sind Sie mir jetzt schuldig!«, antwortete er mit einem jovialen Lächeln. »Außerdem schmeckt ein guter Tropfen in Gesellschaft viel besser.«

Vincent musste sich wohl oder übel fügen. Im Grunde genommen hatte er Thibault dankbar zu sein, dass er die Angelegenheit mit Humor nahm. Dieser griff unterdessen tief in eines der oberen Regale und zog daraus eine Flasche 1959 Albert de Montaubert Impérial. Die Flasche kostete gut und gern 250 Euro, wie Vincent wusste. So eine Spezialität bekam man nicht alle Tage geboten. Thibault fiel sein anerkennender Blick auf, und er lächelte.

»Ich sehe, Sie verstehen etwas von einem guten Cognac«, stellte er fest. Er deutete mit dem Kopf auf den angrenzenden Nebenraum, in dem außer einem Schreibtisch auch zwei Sessel standen. »Machen Sie es sich doch schon mal bequem. Ich hole uns aus dem Kühlschrank noch ein paar meiner neuesten Kreationen. Sie mögen doch Pralinen?«

Vincent fand die Aussicht verlockend und tat, wie ihm

geheißen. Während er es sich auf einem der Sessel in dem Raum bequem machte, der Thibault als Büro diente, betrachtete er die Bilderrahmen an den Wänden. Sie enthielten nicht nur die Auszeichnungen und Preise, die er sich erworben hatte, sondern waren umringt von Fotos, auf denen sich der Meister feiern ließ. Vincent fand es bemerkenswert, dass ein Mensch um sich selbst so viel Aufhebens machen konnte.

Thibault kam kurz darauf mit einem Tablett herein, auf dem zwei Cognacschwenker sowie ein Tellerchen mit diversen Pralinés standen. Er stellte es auf den kleinen Beistelltisch und nahm ihm gegenüber Platz.

»Gefällt Ihnen meine kleine Galerie?« Er machte eine weit ausladende Bewegung. »Das alles habe ich in den letzten zehn Jahren erreicht. Nun fehlt nur noch die Krönung, die *Charte Pur Beurre de Cacao.*«

»Das ist wirklich überaus beeindruckend!«, lobte Vincent nachdenklich. »Bitte verzeihen Sie meine Neugier. Aber wie kommt es, dass ein Krankenpfleger zu einem Maître Chocolatier wird? Unterschiedlicher können zwei Berufswege doch wohl kaum sein.«

Thibault nahm seinen Cognacschwenker und roch daran. Mit einem Kopfnicken forderte er ihn auf, es ihm gleichzutun. Die Aromen waren wirklich wundervoll. Dann stießen sie an.

»Lassen Sie uns erst auf meinen Erfolg trinken, bevor ich Ihnen antworte!«

»Auf Ihren Erfolg«, entgegnete Vincent artig und nippte an dem edlen Tropfen. Es war wirklich ein überzeugendes Geschmackserlebnis, wie der Cognac erst die Mundhöhle mit seinen Aromen verwöhnte, um dann warm und samtig seinen Rachen zu erfüllen. Allerdings fand er, dass er im Abgang ein wenig bitter schmeckte.

»Sie müssen einen weiteren Schluck nehmen, um den Cognac in seiner ganzen Bandbreite erfassen zu können«, ermunterte ihn Thibault und nahm ebenfalls noch einen zweiten Schluck. Vincent tat es ihm nach und musste ihm recht geben.

»Meine Eltern wollten, dass ich eine Ausbildung zum Krankenpfleger mache«, nahm Thibault wieder den Gesprächsfaden auf. »Also habe ich ihnen den Gefallen getan.« Er zog die Stirn nachdenklich in Falten. »Ich war gut in meinem Beruf und bekam genügend Anerkennung von meinen Kollegen. Doch Spaß oder gar Erfüllung habe ich darin nie gefunden. Ich wollte schon immer etwas mit Schokolade machen. Sobald mein Vater gestorben war, habe ich meinen alten Beruf an den Nagel gehängt und endlich das getan, worauf ich schon immer Lust hatte.«

»Sie haben bei einem der besten Chocolatiers in Paris gelernt, nicht wahr?«, wusste Vincent. Thibault nickte geschmeichelt.

»Sie sind wirklich bestens informiert! Bereits während meiner Ausbildung erkannte mein Chef meine außerordentliche Begabung, die gepaart ist mit einem äußerst feinen Geschmackssinn. Nicht viele Chocolatiers auf der Welt bringen das mit …« Er lachte eine Spur zu selbstgefällig, wie Vincent fand. »Sie werden sicherlich verstehen, dass dies ein Geschenk ist, das man nicht verschwenden darf!«

Vincent wunderte sich, dass Thibault ihn plötzlich nicht mehr aus den Augen ließ. Tatsächlich fühlte er sich ein wenig benommen. Er schüttelte den Kopf, um wieder etwas klarer denken zu können. Wahrscheinlich hätte er den Cognac nicht auf nüchternen Magen trinken dürfen. Das war vielleicht doch etwas zu viel für ihn. Thibault fuhr unterdessen fort. »Ich habe vieles für meine Begabung geopfert und werde alles tun, um meine Ziele zu erreichen …« Sein freundliches Lächeln erstarb. »Sie sind mir eigentlich sympathisch«, meinte er mit einer Spur von Bedauern in seiner Stimme. »Es ist nur schade, dass Sie so neugierig waren!« Es dauerte eine Weile, bis Vincent begriff, dass seine Worte eine Drohung waren. Sein Verstand fühlte sich mit einem Mal so träge an, als hätte man ihn in Watte gepackt.

»Es war sehr freundlich von Ihnen, mir etwas von Ihrem Cognac anzubieten«, sagte er mit schwerer Zunge. »Aber ich glaube, es wird Zeit, dass ich langsam nach Hause gehe …« Er versuchte, sich zu erheben, doch dann sank er wieder kraftlos zurück auf seinen Sessel.

Thibault drehte genüsslich sein Cognacglas in den Händen und beobachtete ihn weiter. »Müde?«, fragte er scheinbar arglos.

Vincent bekam kaum noch ein Nicken hin. Sein Gegenüber begann vor seinen Augen zu verschwimmen. Mit aller Kraft versuchte er, sich dagegen zu wehren.

»Bevor Sie gleich die Besinnung verlieren, möchte ich Ihre Neugier gerne noch ein wenig befriedigen, Herr Rechtsmediziner.« Vincent sah, wie Thibault nach dem Kästchen griff, das er auf seinem Schoß hatte, und es öffnete. Er nahm die längste der Spritzen und strich mit seinem Zeigefinger fast zärtlich darüber. »Ich hatte, ehrlich gesagt, nicht beabsichtigt, sie noch einmal für solch einen

Zweck zu benutzen«, erklärte er versonnen. »Aber es ist ein humaner Tod. Dank der K.-o.-Tropfen werden Sie nichts spüren …« Vincent versuchte nochmals aufzustehen, doch seine Beine gehorchten ihm nicht mehr. Er durfte auf keinen Fall dieser bleiernen Müdigkeit nachgeben. Das war seine einzige Chance.

»Sie … haben … Arthur … umgebracht«, kam es stoßweise aus seinem Mund. »Warum?«

»Umgebracht? Was für ein unschönes Wort!« Thibault verzog missbilligend das Gesicht. Vincents gestörte Wahrnehmung ließ ihn wie einen zähnefletschenden Wolf aussehen. »Arthur hatte ohnehin nicht mehr lange zu leben«, erklärte er ohne jede emotionale Anteilnahme. »Sein Herz war sehr geschwächt. Im Grunde genommen habe ich ihm viel Leid erspart.«

Vincent hörte nicht auf, sich gegen die Wirkung der K.-o.-Tropfen zu wehren. Dass er immer noch nicht die Besinnung verloren hatte, zeigte ihm, dass Thibault ihm nicht genügend davon verabreicht hatte. Doch das brauchte dieser nicht zu wissen. Er musste Zeit gewinnen, und das schaffte er nur, wenn er ihn am Reden hielt. »Sie … sind … verrückt!«

»Verrückt ist nur, wer sich mir in den Weg stellt.« Thibault musterte ihn abfällig. »Arthur hat dummerweise herausgefunden, dass Madeleine und ich ein Verhältnis haben. Wir sind uns während seiner Krankheit nähergekommen. Madeleine ist vom selben Eifer besessen wie ich. Zusammen können wir Großes erreichen.« Er begann ausführlich über ihre gemeinsamen Zukunftspläne zu erzählen, was Vincent kostbare Zeit verschaffte, sich weiter zu regenerieren.

»Unsere Beziehung war von Anfang an etwas ganz Besonderes«, schwärmte er. »Madeleine und ich sind wie Yin und Yang. Wir ergänzen uns in jeder Beziehung. Nach und nach wurde mir klar, dass ich an ihrer Seite all meine Träume würde verwirklichen können. Gemeinsam werden wir die Chocolaterie zur besten in ganz Frankreich machen. Nur Arthur stand uns dabei im Weg. Madeleine konnte ihn nicht einfach verlassen. Sie war doch finanziell von ihm abhängig, verstehen Sie?«

»Dann … war … sie … Ihre … Komplizin?« Vincent sprach absichtlich weiter stockend, auch wenn seine Gedanken zunehmend klarer wurden. Langsam kam auch wieder etwas Gefühl in seine Gliedmaßen. Thibault durfte das nur nicht mitbekommen.

»Madeleine hat mit der ganzen Sache nichts zu tun«, wehrte Thibault ab. »Sie ist viel zu sensibel. Ich musste das für uns entscheiden!« Seine Gesichtszüge verhärteten sich, während er sich mehr vor sich selbst als vor Vincent rechtfertigte. »Als Arthur das mit uns herausfand, setzte er sie unter Druck. Er drohte, sie zu enterben, wenn sie nicht Schluss mit mir machte. Er hatte bereits ein neues Testament aufsetzen lassen, in dem er Frédéric seine Anteile überschreiben wollte. Damit hat er sie erpresst. Und sie hätte um ein Haar nachgegeben, wenn ich nicht eingegriffen hätte.« Er richtete seine Aufmerksamkeit wieder auf Vincent, der sofort so tat, als schwänden ihm langsam die Sinne. »Sie halten erstaunlich lange durch«, meinte er. »Doch die Gegenwehr wird Ihnen nichts nutzen, glauben Sie mir.«

»Sie … wollten Bonnets Tod … wie einen Herzanfall …

aussehen lassen, damit … sie nichts … merkt«, stammelte Vincent.

»Was leider nicht geklappt hat«, brummte Thibault sarkastisch. Dann lächelte er. »Das habe ich wahrscheinlich auch Ihnen zu verdanken. Doch damit ist jetzt Schluss! Ich lasse mir meinen Traum nicht zerstören! Von keinem Bonnet und von keinem Réval.« Seine Miene wurde zunehmend finsterer. »Und auch nicht von Ihnen!«

»Was ist mit Réval?«

»Dieser miese kleine Erpresser«, zischte Thibault verächtlich. »Erst verlangte er von Madeleine siebzigtausend Euro, damit er die Preisverleihung nicht platzen ließ, und dann verlangte er nochmals so viel, damit er auch künftig den Mund hielt. Ich kenne diese Sorte Menschen. Die bekommen nie den Hals voll!« Seine Züge waren hasserfüllt, als er weitersprach. »Also hat er bekommen, was er verdiente …« Er lachte triumphierend. »Ich habe es gerade im Polizeifunk gehört. Der Arme hatte einen tödlichen Unfall. Dafür musste ich nur ein wenig die Elektronik seines Sportwagens manipulieren. Keine große Sache, wenn man weiß, wie es geht! Aber das Beste ist: Alle werden denken, dass Frédéric dafür verantwortlich ist. Ich habe es so arrangiert, dass man die Manipulationssoftware mit seinen Fingerabdrücken bei ihm im Büro findet. Damit sind auch seine Pläne endgültig zerstört.« Sein selbstzufriedenes Lachen hatte etwas Absurdes an sich.

Vincent begriff, dass der Mann bereit war, für seinen Traum alles zu tun. Als er sah, wie Thibault nach der Spritze griff, gefror ihm das Blut in den Adern. Er war sich nicht sicher, ob er schon wieder so weit war, genügend Kraft gegen ihn zu mobilisieren, wenn er ihm die Spritze zu setzen versuchte. Um nicht in Panik zu geraten, kniff er die Augen zu und versuchte, sich auf das Unvermeidbare einzustellen. Als nichts geschah, blinzelte er durch die Augenlider. Er sah, wie Thibault mit seinem Glas den Raum verließ. Offensichtlich hielt er ihn für bewusstlos. Er schien sich seiner Sache sehr sicher zu sein.

Vincent sah seine einzige Chance gekommen. So gut es ging, kämpfte er gegen den Schwindel an und hievte sich aus dem Sessel. Alles drehte sich, doch dann gelang es ihm immer besser, sein Gleichgewicht zu halten. Er griff nach der Spritze, die Thibault wieder abgelegt hatte, und tappte in Richtung Labor. Dabei stieß er gegen den Sessel. Um ein Haar wäre er über ihn gefallen. Er lauschte, ob Thibault ihn gehört hatte. Doch dem war nicht so. Vorsichtig näherte er sich dem Eingang zum Labor und hielt die Spritze wie eine Waffe vor sich hin. Er rechnete damit, Thibault rechts von sich an seinem Arbeitsplatz zu finden, wo er den Cognac aufbewahrte. Wenn es ihm gelang, ihn zu überraschen, konnte er ihn stoßen und dann rasch an ihm vorbei auf den Ausgang zusteuern. Doch als er ums Eck linste, war Thibault nirgendwo zu sehen. Er wagte sich weiter vor, um auch in die andere Richtung zu sehen. Da hörte er plötzlich seine Stimme.

»Sie dachten wohl, Sie sind schlauer als ich.« Im selben Augenblick donnerte ein harter Gegenstand auf seinen Kopf, und er verlor das Bewusstsein.

42

Mit Rachids Hilfe brachte Rosalie ihren Vater wieder gut nach Hause. Bertrand war ihnen bereitwillig gefolgt und hatte nichts dagegen, sich von dem sichtlich erleichterten Louis in sein Zimmer bringen zu lassen. Rosalie und Rachid nutzten die Gelegenheit, um sich zu verabschieden.

»Mach's gut, Bertrand«, sagte sie zu ihrem Vater und berührte ihn leicht an der Schulter. Sie konnte sich nicht erinnern, wann sie das zum letzten Mal getan hatte. Ihre Berührung ließ ihn zusammenzucken. Rosalie ging davon aus, dass sie mal wieder das Falsche gemacht hatte. Doch Bertrand hielt plötzlich ihren Arm fest und berührte mit der anderen Hand sanft ihre Wange.

»Danke«, murmelte er, ohne ihrem Blick zu begegnen. Dann wandte er sich ab und schlurfte in Richtung Haus. Rosalie sah ihm nachdenklich hinterher. Zum zweiten Mal an diesem Tag musste sie gegen ihre widersprüchlichen Gefühle kämpfen. Verdammt! Wieso gelang es ihr nicht, in dem alten Kerl wieder das Ekel zu sehen, das sie so lange gekannt hatte. Abrupt wandte sie sich ab und marschierte in Richtung ihres Autos. Rachid kam ihr kaum hinterher.

»Hey! Geht's dir gut?«, fragte er vorsichtig.

»Nein! Mein Vater war gerade nett zu mir! Und das auch

nur, weil er mich für seine ehemalige Geliebte hält«, erwiderte sie patzig und bereute im nächsten Augenblick auch schon wieder, dass sie so kratzbürstig gewesen war. »Lass uns nach Hause fahren!«, brummte sie und stieg auf der Beifahrerseite ein.

Rachid nahm von Vacqueras aus eine Abkürzung über Nebenstraßen. Während der Fahrt schwiegen sie und hingen beide ihren Gedanken nach. Als sie an der Chocolaterie vorbeifuhren, sahen sie, dass der ganze Spuk der Preisverleihung offensichtlich vorüber war. Nur die Notbeleuchtung brannte noch im Verkaufsraum. Bis auf zwei Autos war der Parkplatz leer.

»Ist das nicht Vincents Wagen?« Rachid deutete auf einen der beiden Wagen.

»Merkwürdig.« Rosalie stutzte. Was hatte ihr Freund hier zu suchen? »Eigentlich waren wir verabredet«, murmelte sie leicht verärgert.

»Möchtest du nachsehen?«

Sie überlegte kurz, entschloss sich aber dagegen. »Er wird schon seine Gründe dafür haben, dass er hier ist. Ich bin hundemüde und möchte einfach nur nach Hause.«

Im nächsten Augenblick läutete ihr Telefon. Es war Maurice. »Habt ihr Vater gefunden?«, verlangte er zu wissen. Sie erzählte ihm in knappen Worten, wie und wo sie ihn gefunden hatten. Dass er sie für ihre Mutter gehalten hatte, verschwieg sie ihm allerdings lieber.

»Dann wollen wir mal hoffen, dass unser Bruder aus dieser Geschichte etwas gelernt hat und endlich eine Pflegerin einstellt«, meinte Maurice erleichtert. Dann erkundigte er sich nach Vincent. »Sein Wagen steht vor der

Chocolaterie«, berichtete Rosalie immer noch verstimmt. »Keine Ahnung, was er dort macht.«

»Er bat mich um einen Rückruf. Ich ging davon aus, dass du weißt, was er wollte. Du bist doch sonst immer so gut informiert!«

»Zu mir hat er nur gesagt, dass er noch etwas in seinem Labor zu erledigen hat. Keine Ahnung, was ihm da durch den Sinn ging. Er kam mit einer Pipette von Thibaults Führung zurück. Sie schien ihn irgendwie zu inspirieren.«

»Thibault, hmh.« Maurice wirkte mit einem Mal nachdenklich.

»Was ist mit ihm?« Rosalie horchte auf. Plötzlich fiel ihr ein, dass der zweite Wagen auf dem Parkplatz der von Thibault war.

»Croiset hat gerade herausgefunden, dass der Chocolatier früher Krankenpfleger war. Er hat jahrelang auf der Intensivstation gearbeitet. Den Beruf des Chocolatiers hat er erst ergriffen, nachdem sein Vater an einem plötzlichen Herztod gestorben ist. Vielleicht haben wir ja da etwas übersehen, obwohl …« Maurice räusperte sich und schwieg eine ganze Weile.

In Rosalie schrillten plötzlich die Alarmglocken. Die ganze Zeit über hatte sie das Gefühl gehabt, dass etwas nicht stimmte. »Und wenn nicht?«, rutschte es ihr heraus. »Vielleicht hat Vincent ja etwas herausgefunden und ist deshalb in die Chocolaterie gefahren.« Sie fand das mit einem Mal eine sehr plausible Erklärung. Sie rechnete damit, dass Maurice ihr widersprach. Doch überraschenderweise tat er das nicht.

»Thibault und Madeleine Bonnet haben ein Verhältnis«,

verriet er ihr. »Das wissen wir von Frédéric, den wir bereits in Gewahrsam haben. Wir können ihm nachweisen, dass er mit Gobenis Tod etwas zu tun hat. Er bestreitet allerdings, etwas mit Bonnets Tod und mit dem Anschlag auf Réval zu tun zu haben.« Rosalie erschrak, als sie von dem Autounfall erfuhr. Dann fiel es ihr wie Schuppen von den Augen.

»Ich glaube, ich habe Thibault gesehen, wie er sich an seinem Wagen zu schaffen gemacht hat«, brach es aus ihr heraus. »Ich habe mir nichts dabei gedacht, weil ich glaubte, er raucht vor Aufregung vor der Preisverleihung nur noch schnell eine Zigarette!«

»Dann ist er wahrscheinlich unser Mann!« Maurice wirkte mit einem Mal so entschlossen, wie sie ihn nur selten erlebt hatte. »Ich schicke sofort ein paar Wagen los! Möglich, dass Vincent in Gefahr ist. Du bleibst zu Hause und wartest, bis ich dir Bescheid gebe!«

Rosalie widersprach ihrem Bruder nicht und legte auf.

»Dreh um«, befahl sie Rachid. »Vincent braucht unsere Hilfe!«

43

Als Vincent das Bewusstsein wiedererlangte, wurde ihm als Erstes bewusst, dass er sich nicht mehr bewegen konnte. Arme und Beine waren mit einem Paketband fixiert. Außerdem brummte sein Schädel zum Erbarmen.

»Da sind Sie ja endlich wieder«, begrüßte ihn Thibault nicht sehr freundlich. Vincent versuchte seinen Kopf in seine Richtung zu drehen, doch sein Kopf schmerzte so sehr, dass er die Augen schließen musste. »Sie haben mich in eine verdammt unangenehme Situation gebracht«, beschwerte sich der Maître Chocolatier und stieß ihn dabei mit dem Schuh in die Seite. »Ich lasse mir meinen Triumph nicht versauen!« Dieses Mal trat er fester zu, sodass Vincent vor Schmerz aufstöhnte. »Hören Sie gut zu«, fuhr sein Peiniger fort. »Ich werde Ihnen jetzt die Fußfesseln lösen, damit Sie mir folgen können. Sie begleiten mich zu meinem Wagen. Haben Sie verstanden?«

Als Vincent nicht antwortete, trat er ihn so fest in die Seite, dass Vincent fürchtete, er hätte ihm eine Rippe gebrochen. »Ja«, presste er mühsam hervor. Gleichzeitig fragte er sich, weshalb Thibault ihn nicht schon längst umgebracht hatte. »Was haben Sie mit mir vor?«

»Das werden Sie schon noch sehen.« Thibault machte sich mit einem Cutter an den Fußfesseln zu schaffen und schnitt sie durch. Dann half er ihm unsanft auf die Beine. In seiner rechten Hand hielt er ein Tortenmesser, mit dem er ihn bedrohte. »Wir unternehmen eine kleine Fahrt an die Rhône«, verkündete er schließlich. »Ich kann Sie ja schlecht hier entsorgen.« Er lachte irr. »Sie werden zu Ihrem eigenen Grab zu Fuß gehen müssen!« Vincent konnte seinen alkoholisierten Atem riechen. Sein Blick fiel auf die fast leere Cognacflasche. Thibault hatte sich offensichtlich betrunken, während sein Gefangener ohnmächtig gewesen war.

»Lassen Sie mich gehen«, flehte er ihn an. »Wenn Sie sich der Polizei stellen, wird das Gericht es mit Sicherheit strafmildernd beurteilen.«

»Schnauze!« Thibault schlug ihm mit der offenen Hand ins Gesicht. Eine Welle von Schmerz durchzuckte Vincents Schädel, sodass er fast wieder die Besinnung verlor. »Kommen Sie jetzt!« Er zerrte ihn an seinem Ärmel bis zur Tür, die er verschlossen hatte. Vincent begriff, dass er damit sichergehen wollte, nicht zufällig von einem Mitarbeiter überrascht zu werden. Thibault schloss die Tür auf und vergewisserte sich nochmals, dass sie alleine waren. Erst dann bugsierte er ihn nach draußen. Kurz darauf befanden sie sich in der dunklen Produktionshalle, in der die Schokoladentafeln gegossen wurden. Die Notbeleuchtung war ihre einzige Lichtquelle. Thibault lotste seinen Gefangenen sicher an den Fertigungsbändern vorbei in Richtung eines Nebenausgangs, den er ebenfalls aufschloss. Einen Augenblick später waren sie draußen. Die kalte Nachtluft linderte ein wenig den tobenden Schmerz in Vincents Kopf. Doch sein Peiniger ließ ihm keine Zeit zu verschnaufen. Er boxte ihn unsanft in die Seite und bedeutete ihm, zu seinem

Wagen zu gehen, der etwa fünfzig Meter vom Ausgang entfernt stand. Vincent tappte unsicher darauf los. Plötzlich riss Thibault ihn unsanft zurück.

»Mist, da kommt jemand!«, fluchte er aufgeschreckt und zwang ihn wieder zurück in die Fertigungshalle.

44

»Sollten wir nicht lieber auf die Polizei warten?«, gab Rachid zu bedenken, während er umdrehte und zurück zur Chocolaterie fuhr.

»Auf keinen Fall! Vincent braucht uns! Das spüre ich.« Rosalies Sorge um ihn wuchs mit jedem Augenblick. Je länger sie über Thibault nachdachte, desto sicherer schien es ihr, dass er Bonnets Mörder war. Sie war wie verblendet gewesen, weil sie die beiden Mordfälle ganz selbstverständlich einem Täter zugeschrieben hatte. Doch in Wirklichkeit war die Sachlage viel komplizierter. Sie ärgerte sich, dass sie nicht schon viel früher darauf gekommen war. Thibault war ihr von Anfang an suspekt gewesen. Der Mann war ein Fanatiker, der möglicherweise längst den Blick für die Realität verloren hatte. »Fahr schneller«, drängte sie Rachid. Am liebsten hätte sie ihn vom Steuer verdrängt.

Endlich kamen sie in die Nähe der Chocolaterie. Rachid nahm den schmalen Zufahrtsweg, der zum Eingang des Geländes führte. Das Tor stand offen.

»Da vorne ist jemand!« Rosalie war sich sicher, dass sie zwei Gestalten entdeckt hatte, die gerade aus dem Gebäude getreten waren. Die Scheinwerfer ihres Wagens leuchteten unglücklicherweise gerade parallel zu der Fabrikwand, sodass sie ihre Schemen nur im Mondlicht erkennen konnte. Sie bildete sich ein, dass einer von ihnen stolperte. In dem Moment, als Rachid abbog und die Scheinwerfer die Mauern beleuchteten, verschwanden die beiden wieder in der Dunkelheit. »Da stimmt was nicht!«, rief Rosalie alarmiert.

Rachid machte vor dem Gebäude eine Vollbremsung. Die Scheinwerfer des Autos beleuchteten die Fassade.

»Da vorne ist eine Tür. Ich glaube, sie sind wieder rein!« Sie wollte gerade aussteigen, als Rachid sie am Arm zurückhielt.

»Einer muss hierbleiben und der Polizei Bescheid geben«, ermahnte er sie. »Bleib du hier und erzähl deinem Bruder, was du gesehen hast! Ich gehe rein!«

»Aber ich will nicht untätig hier draußen bleiben!«

»Behalte die anderen Türen im Auge. Es könnte sein, dass sie einen anderen Ausgang wählen!«

Rachids Argument war stichhaltig. Missmutig stimmte Rosalie zu. »Pass auf dich auf!«

Rachid nickte ihr zu. Dann sah sie, wie er im Dauerlauf auf die Tür zutrabte. Kurze Zeit später war er im Gebäude verschwunden.

Rachid brauchte einen Augenblick, bis er sich an die Dunkelheit gewöhnt hatte. Doch dann half ihm die Notbeleuchtung an den Wänden, sich einigermaßen zu orientieren. Er befand sich in einer Halle mit Maschinen und Fließbändern. Sie waren wie zwei Straßen parallel zueinander angeordnet. Im hinteren Teil des Raumes glaubte er Geräusche zu hören. Mit vorsichtigen Schritten querte er den Raum und versuchte auf sie zuzusteuern. Dann hörte er das

Zischen einer automatischen Tür, die sich öffnete. Als er sie wenig später erreichte, war sie bereits wieder geschlossen. Er suchte im Dunkeln nach einer Möglichkeit, sie zu öffnen. Es dauerte eine Weile, bis er den Knopf fand, der die Tür wieder in Gang brachte. Mit einem erneuten Zischen öffnete sie sich. Er schlüpfte hindurch und befand sich nun in einem weiteren Produktionsteil der Chocolaterie mit speziellen Maschinen zum Conchieren und Temperieren der Schokolade. Hier war es weit unübersichtlicher als im vorigen Gebäudeteil und auch dunkler. Da Rachid mit den örtlichen Gegebenheiten nicht vertraut war, musste er sich langsam vorantasten. Er hielt Ausschau nach einem weiteren Ausgang, durch den die beiden möglicherweise verschwunden waren. Plötzlich ging das Licht an. Mit einem Mal wurde alles von grellen Lampen erleuchtet. Rachid blinzelte, um sich an die Helligkeit zu gewöhnen. Dann entdeckte er nur wenige Schritte von sich entfernt Vincent. Und direkt hinter ihm Tristan Thibault, der seinem gefesselten Freund ein langes Küchenmesser an den Hals hielt.

»Bleiben Sie stehen«, forderte der Pâtissier Rachid auf. Er sah sich hektisch um, ob ihm noch jemand folgte. »Sind Sie allein?«

»Die Polizei wird gleich hier sein. Lassen Sie Vincent sofort los«, antwortete Rachid und hoffte, ihn damit zur Einsicht zu bewegen. Thibaults grimmiges Lachen und sein entschlossener Gesichtsausdruck zeigten ihm jedoch, dass er gar nicht daran dachte. Als er die Spitze des Messers in Vincents Hals drückte, hob er beschwichtigend beide Hände in die Höhe.

»Tun Sie ihm um Gottes willen nichts an«, rief er

erschrocken. »Mein Freund hat Ihnen doch nichts getan!«

»Halten Sie Ihre verdammte Klappe und kommen Sie her. Hände über den Kopf.« Rachid gehorchte umgehend, als Thibault seiner Forderung Nachdruck verlieh, indem er Vincents Hals ritzte, bis die ersten Blutstropfen hervorquollen. Sein Freund stöhnte vor Schmerz laut auf. Thibault hatte ihm den Mund mit Klebeband verklebt. Der Mann war zu allem entschlossen. Rachid hoffte nur, dass die Polizei noch rechtzeitig eintraf. Thibault lotste ihn zu einer Schiebetür, die in den Kühlraum führte. Er forderte ihn auf, die Tür zu entriegeln. Dabei achtete er darauf, genügend Abstand zu ihm zu haben. Das Messer war weiterhin auf Vincents Kehle gerichtet. Rachid blieb gar nichts anderes übrig, als zu gehorchen. »Rein mit Ihnen!« Thibault gab ihm einen Stoß. Rachid stolperte in das Innere des Kühlraums und stürzte über eine Kiste. Als er sich aufrappelte, war die Tür hinter ihm bereits wieder verriegelt. Ihn umfingen völlige Dunkelheit und eisige Kälte.

45

Rosalie marschierte ungeduldig vor dem Gebäude auf und ab. Es erschien ihr eine Ewigkeit, bis die Polizei endlich eintraf. Und wo blieb überhaupt Rachid? In der Zwischenzeit musste er die beiden doch gefunden haben. Endlich sah sie das blinkende Licht der Polizeifahrzeuge sich über die Auffahrt nähern. Aus drei Fahrzeugen sprangen sechs Beamte und formierten sich um Maurice, der eilig auf sie zukam. Rosalie klärte ihn rasch über die Lage auf, auch, dass Rachid sich ebenfalls im Gebäude befand.

»Du bleibst hier draußen und rührst dich nicht vom Fleck«, befahl ihr Bruder streng. Dann gab er seinen Männern den Befehl, ihm ins Innere zu folgen. Hilflos musste Rosalie mit ansehen, wie die Männer mit gezückten Waffen wenig später im Gebäude ausschwärmten, während sie dazu verdammt war, tatenlos draußen rumzustehen. Das ärgerte sie. Außerdem machte sie sich wirklich Sorgen um ihre beiden Freunde. Was, wenn Thibault bewaffnet war? Vielleicht hatte er Vincent ja längst getötet und Rachid nun in seiner Gewalt! Die Vorstellung machte ihr so große Angst, dass sie beschloss, Maurice' Anweisungen zu ignorieren und selbst nachzusehen. Vorsichtig schlüpfte sie ebenfalls durch den Eingang. Einer der Polizisten hatte das Licht in der Halle angeschaltet. Rosalie folgte dem Lärm und hörte

Maurice' laute Stimme im angrenzenden Raum. »Geben Sie auf, Thibault! Hier kommen Sie nicht raus!« Es gab ein Wortgefecht, das sie nicht in allen Einzelheiten verstand, nur, dass Maurice plötzlich »Waffen auf den Boden legen!« befahl. Das konnte nur eines bedeuten! Thibault war bewaffnet und hatte einen oder beide ihrer Freunde in seiner Gewalt. Dann hörte sie rasche Schritte und unterdrücktes Stöhnen. Sie kamen direkt auf sie zu. Rosalie sah sich nach einer Gelegenheit um, wo sie sich verstecken konnte. Sie fand einen Platz zwischen zwei Maschinen. Der Zwischenraum der kastenförmigen Verpackungsmaschinen war gerade groß genug, dass sie dazwischen passte, wenn sie sich unter den Feuerlöscher duckte. Hastig quetschte sie sich dazwischen. Keine zwanzig Sekunden später sah sie Thibault mit Vincent um die Ecke biegen. Sie steuerten entlang dem Fließband direkt auf sie zu, zum Ausgang hin. Vincents Hemd und Jacke waren blutverschmiert, und er stolperte mehr, als dass er ging. Rosalie wurde fast wahnsinnig vor Sorge um ihn. Dann sah sie aus ihrem Versteck Maurice und seine Männer ebenfalls um die Kurve kommen. Sie hielten zwar Abstand, aber Thibault geriet dadurch erneut in Panik. Nur knapp zwei Meter von ihr entfernt blieb er stehen und wandte sich den Polizisten wieder zu. Rosalie konnte seinen Angstschweiß riechen, während er Vincent am Ärmel hielt und wild mit dem Messer herumgestikulierte.

»Verschwinden Sie oder ich töte diesen Mann«, brüllte Thibault. Rosalie begriff, dass der Chocolatier nichts mehr zu verlieren hatte. Außerdem war er mit seinen Nerven am Ende. Am liebsten hätte sie Maurice zugerufen, dass er und seine Männer verschwinden sollten. Doch ihr Bruder begriff anscheinend den Ernst der Lage nicht.

»Sie kommen hier nicht ungeschoren davon«, rief der ihm zu. »Legen Sie das Messer weg und geben Sie auf. Wir können über alles reden!«

»Ich rede über gar nichts mehr. Hauen Sie endlich ab!« Er fuchtelte erneut hektisch mit dem Messer. Dann geschahen mehrere Dinge gleichzeitig. Vincent nutzte den kurzen Augenblick der Unachtsamkeit und trat nach hinten gegen das Schienbein seines Peinigers. Dieser zuckte vor Schmerz zusammen und krümmte sich. Vincent versuchte, sich an ihm vorbeizuducken und zu fliehen. Doch Thibault bekam ihn mit der freien Hand wieder zu packen. Im nächsten Augenblick ertönte ein Schuss. Rosalie sah, wie Thibault am Bein getroffen worden war und laut aufschrie. Vincent hielt er immer noch am Ärmel fest. Da dessen Arme hinter seinem Rücken gefesselt waren, konnte er sich nicht wehren. »Du verdammtes Schwein«, schrie Thibault außer sich vor Wut und holte mit der Messerhand aus, um ihn niederzustechen. Rosalie dachte nicht mehr nach. Sie riss den Feuerlöscher aus seiner Verankerung, zog die Sicherung und zielte mit dem Schlauch direkt auf Thibaults Gesicht. Weißer Schaum nebelte die beiden ein und legte sich wie Schnee auf die Männer. Rosalie konnte nicht erkennen, ob Thibault schon zugestochen hatte. Gleichzeitig stürmten die Polizisten auf die beiden am Boden liegenden Gestalten zu. Alles war ein großes Durcheinander. Rosalie schrie laut auf, als Maurice auf sie zutrat und ihr den Feuerlöscher wieder abnahm.

»Es ist vorbei«, sagte er nur.

Tag 13

46

Vier Tage später war Wochenmarkt in Brillon-de-Vassols. Vincent hatte vor, Rosalie bei ihren Einkäufen zu begleiten.

»Bist du wirklich sicher, dass du so auf die Straße willst?« Rosalie sah ihn belustigt an. »Die Leute werden glauben, ich wäre dir an die Gurgel gegangen.« Vincents Aussehen war tatsächlich abenteuerlich. Er trug einen breiten Verband über seiner Halswunde.

»Ich werde einen Schal umbinden«, gab er ungerührt zurück. »Zu Hause halte ich es einfach nicht mehr aus, auch wenn du dich zugegebenermaßen rührend um mich kümmerst.« Er lächelte und gab ihr einen Kuss auf die Nasenspitze. »Außerdem habe ich Lust auf Fisch. Heute werde nämlich ich mal wieder kochen!«

»Das ist ein schlagendes Argument«, erwiderte Rosalie erleichtert. »Dann gibt es endlich mal wieder etwas Richtiges zu essen.« Sie machte keinen Hehl daraus, dass sie nicht kochen konnte. Außer *Croque Monsieur* und belegten Baguettes hatte Vincent in den letzten Tagen nichts Anständiges zu essen bekommen.

Es war ein herrlicher Frühlingstag. Der Himmel strahlte blau und intensiv über dem kleinen Dorf mit seinen verwinkelten Gassen und alten Gemäuern. Auf dem von Platanen umstandenen Platz vor der Kirche und entlang der

Cours de la République waren zahlreiche Stände aufgebaut, die sämtliche Köstlichkeiten der Provence feilboten. Rosalie und Vincent schlenderten Arm in Arm durch die Gassen und genossen die laue Luft und die friedliche Atmosphäre. Es tat gut, auf diese Weise die turbulenten Ereignisse der vergangenen Tage vergessen zu können. Rosalie machte sich immer noch Sorgen um Vincent, der jede Nacht von Albträumen heimgesucht wurde. Zwar versuchte er, die traumatischen Erlebnisse tagsüber zu bagatellisieren, doch sie kannte ihn gut genug, um zu wissen, wie sehr sie ihn immer noch verfolgten. Selbst Maurice, der normalerweise nicht für seine Sensibilität berüchtigt war, hatte ihm geraten, psychologische Hilfe anzunehmen.

Ihr Bruder hatte Vincent und ihr am vorigen Tag einen Besuch abgestattet und sie über den Abschluss der Ermittlungen informiert. Frédéric und Thibault waren beide verhaftet worden. Thibault lag derzeit noch mit einer Schussverletzung am Bein im Krankenhaus. Er würde wegen Mordes, Mordversuchs und auch wegen der Geiselnahme von Vincent angeklagt werden. Inwieweit man Frédéric eine Mittäterschaft für die Ermordung an Bosange Gobeni nachweisen konnte, würden die weiteren Ermittlungen ergeben. Maurice war zuversichtlich, dass de Slagter ihn belasten würde.

Sébastien Réval würde überleben. Allerdings war durch den Autounfall seine Wirbelsäule so schwer verletzt worden, dass es noch keine Prognosen gab, inwieweit er jemals würde wieder laufen können. Rosalies Mitleid für den jungen Mann hielt sich allerdings in Grenzen. Sébastien hatte sein ganzes Leben lang immer nur auf Kosten anderer gelebt. Erst auf die seiner Mutter, und als er deren

Vermögen durchgebracht hatte, hatte er es mit Erpressungen versucht. Sie wünschte ihm dennoch, dass er daraus eine Lehre zog.

Madeleine Bonnet tat ihr jedoch aufrichtig leid. Sie war im Zuge der Ereignisse zum Spielball unterschiedlicher Interessen geworden. Ihr Mann Arthur hatte den Fehler gemacht, sie ausschließlich an sich binden zu wollen, obwohl Madeleine für die Chocolaterie eine wahre Leidenschaft entwickelt hatte. Während seiner Krankheit hatte sie gezeigt, dass sie darin ein großes Geschick besaß. Arthur hatte es nicht wahrhaben wollen. Tristan Thibault hingegen hatte Madeleines Qualitäten sofort erkannt. Mit ihr an seiner Seite sah er sein Lebensziel in erreichbare Nähe gerückt. Er wollte in seiner eigenen Chocolaterie unsterblich werden. Dafür hatte er auch in Kauf genommen, Arthur zu töten. Ob Madeleine den Chocolatier wirklich geliebt hatte? Rosalie war sich nicht sicher. Sie hielt Madeleine für labil und leicht beeinflussbar. Sie war eine von den Frauen, die sich trotz beachtlicher Fähigkeiten immer wieder zum Opfer machen ließen. Jetzt stand sie alleine da.

Rosalie wurde aus ihren Gedanken gerissen, als ihnen Rachid entgegenkam. Er trug eine Reisetasche unter dem Arm.

»Ich muss in Paris etwas Wichtiges erledigen«, teilte er ihnen mit, nachdem er sich nach Vincents Zustand erkundigt hatte. Auch er wirkte noch etwas angeschlagen. Seine Nase triefte, denn er hatte sich bei seinem unfreiwilligen Aufenthalt im Kühlraum eine Erkältung zugezogen. In dem ganzen Durcheinander, das an jenem Abend geherrscht hatte, hatte es eine Weile gedauert, bis man ihn befreit hatte.

»Besuchst du Amina?«

Rachid zog die Stirn in Falten. »Ich habe über unser Gespräch neulich nachgedacht«, meinte er zögerlich. »Mir ist mittlerweile klar geworden, dass wir nur dann eine gemeinsame Zukunft haben, wenn wir beide einen Kompromiss schließen können.«

»Und wenn es den nicht gibt?«

Rachid zuckte mit den Schultern. »Dann werden wir wohl damit leben müssen.« Er grinste unsicher und sah sie beide an. »Es kann ja nicht jeder so viel Glück haben wie ihr beide!« Vincent schlug ihm versöhnlich auf die Schulter.

»Noch ist es ja nicht so weit. Wer weiß, vielleicht findet ihr beide ja doch noch eine Lösung!«

»Inschallah! Wir werden sehen!« Er nickte ihnen beiden zu und verschwand in Richtung Bushaltestelle.

Rosalie sah ihm nachdenklich hinterher, während Vincent schon wieder von einem anderen Bekannten abgelenkt wurde.

»Ich besorg schon mal das Gemüse«, schlug sie ihm vor, als sie sah, dass das Gespräch länger dauern konnte. Sie verabredeten sich für später im *Mistral*. Rosalie schlenderte weiter und entdeckte Lucinde, die an einem Stoffstand einen ganzen Berg provenzalischer Tischtücher aufstapelte.

»Willst du deine Wände mit Tischtüchern tapezieren?«, erkundigte sich Rosalie amüsiert. Lucinde war so in ihre Gedanken versunken, dass sie ziemlich überrascht wirkte.

»Ach, du bist es«, meinte sie zerstreut. »Findest du die gelben Tischtücher besser oder doch lieber die roten? Ich finde, die gelben nehmen besser das provenzalische Licht auf.«

»Für was brauchst du sie denn?« Langsam wurde Rosalie doch neugierig. Sie merkte, wie Lucinde zögerte, bevor sie antwortete.

»Hat es etwas mit *Ton Rêve* zu tun?« Als sie sah, dass Lucindes Gesichtsfarbe um einiges dunkler wurde, wusste sie, dass sie richtig geraten hatte.

»Wir haben uns getroffen«, gestand sie ihr. Dann gab sie sich einen Ruck. »Wir werden zusammen ein Hotel an der Côte d'Azur führen.«

Rosalie verschlug es die Sprache. Wenn die spröde Lucinde innerhalb kürzester Zeit eine solch gravierende Entscheidung für ihr Leben traf, musste etwas Ungeheuerliches geschehen sein. »Und was sagt Hervé dazu?« war das Einzige, was ihr dazu im Augenblick einfiel. Lucinde machte eine wegwerfende Handbewegung.

»Er hat es ziemlich gelassen genommen«, meinte sie vage. Rosalie glaubte nicht, dass sie die Wahrheit sagte. Auch wenn sie wusste, dass Hervé und sie keine besonders glückliche Ehe führten, tat es ihr leid, wenn die beiden so auseinandergingen. Außerdem war sie skeptisch, ob Lucinde sich das wirklich gut überlegt hatte.

»Findest du nicht, dass das alles sehr schnell geht?«, musste sie einwenden.

»Es war Liebe auf den ersten Blick«, erwiderte ihre Freundin mit einem Anflug von Trotz in der Stimme. »Christophe und ich sind seelenverwandt. Er hat sofort gewusst, dass ich die Frau seines Lebens bin – und umgekehrt!«

»Er heißt also Christophe!«

»Christophe Picoli. Ihm gehört schon eine große Hotelanlage auf Mauritius. Das Hotel an der Côte d'Azur hat er mir zuliebe gekauft«, behauptete Lucinde glücklich. »Er weiß, dass ich nicht so gerne in den Tropen leben würde.«

»Und dann kauft er dir einfach mal so ein Hotel?« Rosalie zog zweifelnd die Stirn kraus.

»Geld spielt für ihn keine Rolle«, erwiderte Lucinde stolz. »Er hat mich ins *Negresco* eingeladen. Du glaubst ja gar nicht, wie schön es dort war.«

»Und wo ist dein Angebeteter jetzt?«

»In Paris, um den Kauf des Hotels perfekt zu machen!« Lucinde geriet ins Schwärmen. »Es wird wundervoll werden. Sieh nur, er hat mir schon Fotos geschickt.« Sie zeigte auf ihrem Smartphone einige Fotos von einem wunderschönen alten Hotel aus dem Fin de Siècle, das auf Klippen stand. Rosalie konnte nicht glauben, dass so etwas einfach so zu erwerben war. Sie äußerte ihre Zweifel, worauf Lucinde sofort beleidigt reagierte.

»Du bist ja nur eifersüchtig«, warf sie ihr vor. Rosalie versicherte ihr, dass das nicht stimme. Lucinde lenkte sofort wieder ein. »Natürlich gibt es ein paar Hindernisse«, gestand sie ihr, nachdem sie alle Vorzüge geschildert hatte. »Das Hotel gehört einer exzentrischen alten Duchesse, die sich im Augenblick noch etwas ziert, weil Christophe Schwierigkeiten hat, die Anzahlung zu überweisen. Seine Bank auf Mauritius hat Schwierigkeiten mit ihrer Software. Deshalb zögert sich der Geldtransfer hinaus. Damit die Duchesse an niemand anderen verkauft, bin ich schon mal eingesprungen. Wenn ich mich morgen mit Christophe in Avignon treffe, um ihm den Rest der Anzahlung zu übergeben, haben wir das Hotel sicher!« Lucinde lächelte Rosalie so glücklich an, dass es ihr die Sprache verschlug. In Wirklichkeit schrillten sämtliche Alarmglocken in ihr auf.

Als Rosalie wenig später vor dem *Mistral* auf Vincent wartete, wollte ihr das Gespräch mit Lucinde nicht mehr aus dem Kopf gehen. Die Naivität, mit der ihre Freundin sich in ihr Liebesabenteuer gestürzt hatte, war das eine, aber das grenzenlose Vertrauen, das sie in diesen Christophe setzte, war mehr als fahrlässig. Man musste kein Hellseher sein, um zu wissen, dass da was nicht stimmte! Sie nutzte die Zeit, um ein wenig im Internet zu recherchieren. Es war gar nicht so einfach, etwas über diesen Mann herauszufinden. Immerhin gab es tatsächlich eine Hotelanlage auf Mauritius, deren Eigentümer Christophe Picoli war. Allerdings fand sie weder Fotos von dem Eigentümer noch Angaben zu seiner Vita. Der Mann war offenkundig sehr medienscheu. Vielleicht hatte Lucinde ja doch mit ihm einen Lottogewinn gemacht? Ihr Bauchgefühl sagte ihr jedoch etwas anderes. Die Sache wollte ihr den ganzen Tag über nicht mehr aus dem Kopf gehen. Sie erzählte auch Vincent davon, der ihre Meinung teilte und ihr sofort bei der Recherche half. Er war es auch, der auf die Idee kam, in Wirtschaftsjournalen zu suchen. Schließlich wurden sie fündig und fanden sowohl ein Foto als auch ein paar Lebensdaten über ihn. Das Ergebnis war erstaunlich.

Christophe Picoli war tatsächlich ein sehr erfolgreicher Unternehmer. Was Lucinde jedoch nicht erwähnt hatte, war, dass der Mann nicht nur dunkelhäutig war, sondern vor wenigen Tagen im Kreise seiner Familie seinen achtzigsten Geburtstag auf Mauritius gefeiert hatte.

Tag 14

Epilog

Es war nicht einfach gewesen, Lucinde davon zu überzeugen, dass sie auf einen Heiratsschwindler im Internet hereingefallen war. Mit Vincent als Verstärkung war sie noch am selben Tag zu Lucindes Wohnung gegangen. Hervé öffnete ihnen die Tür und ließ sie herein. Rosalie kam ohne Umschweife zur Sache, woraufhin Lucinde wütend reagierte und sie als Lügnerin beschimpfte.

»Ihr seid ja nur neidisch auf mein Glück«, rief sie vehement aus. »Christophe und ich, wir lieben uns!«

»Mir kam das alles ja von Anfang an komisch vor«, wagte Hervé zaghaft einzuwerfen. An den Türrahmen gelehnt hatte er die Situation verfolgt.

»Misch dich nicht in Dinge ein, von denen du nichts verstehst!«, ging Lucinde sofort auch auf ihn los. Je mehr sie gegen Christophe sagten, desto mehr nahm sie seine Partei ein. Erst als Vincent, der von ihnen allen der Ruhigste geblieben war, sich einschaltete und ihr das Foto von Christophe im Kreise seiner Familie zeigte, war sie bereit, ihren Argumenten in Ruhe zuzuhören.

»Christophe Picoli hält sich zurzeit auf Mauritius auf«, erklärte Vincent ruhig. »Er ist seit fünfzig Jahren verheiratet und ganz bestimmt nicht der Mann, in den du dich verliebt hast!«

Lucinde wurde plötzlich ganz still. »Aber wer ist der Kerl dann?«

»Ein Heiratsschwindler und Betrüger«, antwortete Rosalie voller Anteilnahme. Im nächsten Augenblick explodierte Lucinde.

»Dieser hundsgemeine, fiese Kerl!«, jaulte sie wütend auf. »Er hat mich um mein ganzes Geld gebracht!«

»Du hast ihm unser Vermögen gegeben?«, tönte es fassungslos von der Tür.

»Meines, du Idiot! Deines ist noch auf unserem Konto!« Sie ballte wütend die Fäuste und trommelte damit auf den Tisch. »Wie konnte ich nur so naiv sein! Dieser Hurensohn, den werd ich mir vorknöpfen und anschließend den Haien im Meer zum Fraß vorwerfen.« Sie steigerte sich immer mehr hinein, schrie, fluchte und tobte, dass Rosalie und Vincent schon fürchteten, sie würde das ganze Mobiliar zerschlagen. Doch dann geschah etwas Seltsames. Hervé trat auf seine Frau zu und legte sanft seinen Arm um ihre Schultern.

»Alles wird gut, *mon Chouchou*«, sagte er leise. Als hätte er damit einen Schalter umgelegt, beruhigte sie sich sofort und sah ihn mit tränengefüllten Augen verzweifelt an. »Ich bin so eine Idiotin!«, schluchzte sie. »Das schöne Geld!«

Vincent warf Rosalie einen vielsagenden Blick zu. Sie ahnte, was er dachte.

»Mein ganzes Erspartes ist futsch«, brach es erneut aus ihr heraus. »Dieser gemeine Schuft! Was soll ich denn jetzt tun?«

»Du musst den Kerl bei der Polizei anzeigen«, schlug Hervé vor.

»Die machen eh nichts.« Rosalie blieb wie immer skeptisch.

»Lucinde muss auf jeden Fall den Missbrauch auf der Internetplattform melden«, wandte Vincent ein. »So richtet er wenigstens keinen Schaden mehr an.«

»Stellt euch vor, um ein Haar hätte ich ihm morgen noch einmal so viel Geld in den Schlund geworfen!«, brach es erneut aus Lucinde heraus. »Ich habe sogar einen Kredit aufgenommen!« Sie schlug entsetzt die Hände vor den Mund und starrte sie alle drei an. »Das ist einfach nur schrecklich!« Hervé strich ihr erneut sanft über den Rücken, bis sie sich wieder beruhigt hatte.

Das brachte Rosalie auf eine Idee. »Vielleicht ist ja doch noch nicht alles verloren«, überlegte sie und übersah geflissentlich Vincents skeptischen Blick. Nach und nach reifte in ihr ein Plan, wie man dem Heiratsschwindler zumindest eine Lehre erteilen konnte. Schließlich gelang es ihr, Lucinde, Vincent und auch Hervé davon zu überzeugen.

Am folgenden Tag fuhren sie zu dritt nach Avignon, um *Ton Rêve* zu stellen. Nachdem Lucinde ihren verräterischen Liebhaber angerufen und sich mit ihm für den nächsten Tag in den päpstlichen Gärten verabredet hatte, war sie nervlich so am Ende gewesen, dass es ihnen angeraten erschien, sie von der eigentlichen Operation fernzuhalten. Gut eine Stunde vor dem verabredeten Zeitpunkt trafen die drei Freunde an dem halbrunden Aussichtspunkt ein, der sich auf einem Felsen oberhalb von Avignon befand. Von dort hatte man nicht nur einen wunderbaren Blick über das Rhônetal bis in die Alpen. Ein weiterer Vorteil ihres Treffpunkts bestand darin, dass ihnen der Heiratsschwindler von dort nicht so leicht entkommen konnte. Der Plan war, dass Rosalie *Ton Rêve* als Lucinde verkleidet erwartete, während die beiden Männer, sobald er sich zu erkennen gegeben hatte, den Weg verstellten. Gemeinsam wollten sie ihn dann in die Zange nehmen, um ihn dazu zu bewegen, dass er Lucindes Geld wieder herausrückte. Es war einen Versuch wert, auch wenn er vielleicht nur dazu diente, ihn so weit einzuschüchtern, dass er künftig von solchen Tricks seine Finger ließ. Alle drei waren sich darin einig, dass die Polizei ihnen in diesem Fall ohnehin nicht helfen konnte.

Für ihre Rolle als Lucinde hatte Rosalie eine blonde Perücke aus ihrem Salon geopfert, der sie Lucindes Frisur verpasst hatte. Außerdem hatte sie sich von ihrer Freundin einen Mantel ausgeliehen, zu dem sie eine große Sonnenbrille trug. Sie war etwas nervös, denn wenn *Ton Rêve* ihre Maskerade auffiel, bevor er bei ihr auf der Plattform stand, war ihr Plan zum Scheitern verurteilt. Sie musste Vincent und Hervé die Gelegenheit verschaffen, dass sie ihm den Weg abschneiden konnten.

Lange vor der Zeit hatte jeder von ihnen seine Position eingenommen. Rosalie stand vorne am Aussichtspunkt und tat so, als studiere sie die bronzene Tafel mit dem Landschaftspanorama. Hervé und Vincent hielten sich rechts und links vor dem Eingang auf die Plattform hinter dichtem Oleandergebüsch verborgen. Als es Zeit wurde, dass *Ton Rêve* eintraf, näherte sich plötzlich vom hinteren Teil der päpstlichen Gärten eine Schulklasse. Eine Meute von Kindern stürmte direkt auf Rosalie und den Aussichtspunkt zu. Sie verwünschte sie, denn sobald sie von den Schülern umgeben war, war ihr Plan nicht mehr ausführbar. So ein Mist! Auf so etwas waren sie nicht vorbereitet gewesen. Innerlich stellte sie sich schon darauf ein, ihre Aktion abzublasen. Doch dann ertönten mehrere scharfe Pfiffe, mit denen die Lehrer ihre Zöglinge wieder zurückkommandierten. Rosalie atmete erleichtert auf. Die Situation hatte sie so abgelenkt, dass sie nicht bemerkt hatte, wie sich ihr von der anderen Seite ein Mann näherte.

»Lucinde, *ma Chérie*«, hörte sie plötzlich eine Stimme in ihrem Rücken. Rosalie schreckte zusammen. Es war weniger die Überraschung, dass der Mann so plötzlich aufgetaucht war, als vielmehr die plötzliche Gewissheit, dass sie diese Stimme nur allzu gut kannte. Sie war ihr auf eine so bittere Weise vertraut, dass sie nichts gegen die Flut an aufwallenden Gefühlen tun konnte. Wie gelähmt verharrte sie zunächst mit dem Rücken zu ihm in ihrer Position. Erst als sie unmittelbar hinter sich das Knirschen seiner Füße im Kies vernahm, fand sie den Mut, sich umzudrehen.

Vor ihr stand Jérôme! Der Mann, der sie am meisten in ihrem Leben enttäuscht hatte.